MÖRDERISCHER ZWANG

DI ZOE FINCH, BAND 2

RACHEL MCLEAN

Übersetzt von
SABINE SPENCER

ACKROYD PUBLISHING

MÖRDERISCHER ZWANG

Urheberrecht © 2020 von Rachel McLean

Alle Rechte vorbehalten.

Kein Teil dieses Buches darf ohne schriftliche Genehmigung der Autorin in irgendeiner Form oder mit irgendwelchen elektronischen oder mechanischen Mitteln, einschließlich Datenspeicher- und -abrufsystemen, vervielfältigt werden, es sei denn, es handelt sich um kurze Zitate in einer Buchbesprechung.

Dies ist ein Werk der Fiktion. Namen, Personen, Unternehmen, Orte, Ereignisse und Begebenheiten sind entweder der Fantasie der Autorin entsprungen oder werden fiktiv verwendet. Jede Ähnlichkeit mit tatsächlichen lebenden oder toten Personen oder tatsächlichen Ereignissen ist rein zufällig.

Ackroyd Verlag

ackroydpublishing.com

Deutsche Übersetzung: Sabine Spencer

KAPITEL EINS

„Mum, sie hat mein Curly Wurly gestohlen."

Alison blickte auf ihren Sohn hinunter. Sein Gesicht war voll Schokolade und auch sein lockiges braunes Haar war damit beschmiert.

„Es war ein kostenloses Curly Wurly, Ollie. Ich bin mir nicht sicher, ob man etwas stehlen kann, das wir umsonst bekommen haben."

„Will es wiederhaben."

Alison wandte sich an Ollies große Schwester. „Maddy, Liebes, gib es bitte zurück."

„Er mag keine Curly Wurlys."

„Das ist nicht der Punkt."

„Warum soll ich es zurückgeben, wenn er es nicht essen will?"

Ein Mann berührte Alison leicht im Vorbeigehen. Sie zuckte zusammen, ihre Nerven waren angespannt. Sie standen auf dem Gehweg, der zum Außenspielbereich von Cadbury World führte. Sie wusste, dass sie den Weg versperrten.

„Kommt schon, ihr zwei. Da drüben gibt es einen Stand,

der Hot Dogs verkauft. Lasst uns etwas zum Mittagessen holen."

„Ich will kein Mittagessen", schnaubte Ollie.

Alison kaute auf den Innenseiten ihrer Wangen. „Du musst etwas essen. Als Ausgleich zu all der Schokolade."

In den letzten zwei Stunden hatten die Kinder einen Curly Wurly (Madison), zwei Dairy Milks, zwei Double Deckers (gab es die noch?) und vier Töpfchen geschmolzener Schokolade gegessen. Dazu kam noch von allem ein Stück, das Alison ihnen aus ihrem eigenen Fundus an Werbegeschenken gegeben hatte.

„Ich will keine Hot Dogs."

Alison sah sich den Imbissstand an. „Okay. Es gibt auch Burger."

Ollie rümpfte die Nase.

„Hört zu", sagte Alison, „lasst uns einfach einen Tisch suchen und ich schaue, was sie haben. Okay?"

Madison zuckte mit den Schultern. Ollie gab ihr einen Klaps.

„Wofür war das?" fragte Alison.

„Meinen Curly Wurly klauen."

„Wir sagen nicht ‚klauen'. Sie hat es gestohlen."

Ollie stupste seine Schwester an. „Siehst du, Mum sagt, du hast es gestohlen."

Maddy warf ihren Kopf zurück und stolzierte zu einem leeren Tisch auf der anderen Seite des Picknickplatzes. Aus Angst, sie zu verlieren, ergriff Alison Ollies Hand und zog ihn mit sich, hinter ihr her . Sie stolperten an anderen Müttern vorbei, die versuchten, ihre Kinder davon zu überzeugen, etwas zu essen, das keine Schokolade war. Es war ein Freitagmittag und es gab nicht viele Väter.

Sie erreichte den Tisch und half Ollie auf die Bank. „Bleib

da, während ich nachforsche. Und Maddy, renn nicht wieder so weg."

„Ich bin nicht gerannt, ich ..."

Alison hob eine Hand. Wie viel von diesem Ausflug hatte ihr Spaß gemacht? Vielleicht fünf Minuten, die schokoladeninspirierte Fahrt durch die Anlage. Es hatte ihr Spaß gemacht, sich die alten Fernsehspots für Schokoriegel anzusehen, die es heute nicht mehr gibt. Aber die Kinder hatten sie bald weiter gezogen. Es wäre so viel einfacher gewesen, wenn Ian aufgetaucht wäre.

„Ich will nichts mehr hören, Maddy. Setz dich einfach hin und pass auf, dass dein Bruder nicht wegläuft. In Ordnung?"

„Ja." Maddy verschränkte die Arme vor der Brust und warf ihrem Bruder einen bösen Blick zu, der gerade eine Reihe von Ameisen zerquetschte, die über den Tisch wanderten. Alison strich mit einem Ärmel über den Tisch, um die Krümel wegzuwischen, die sie angelockt hatten.

„Mum!" Ollie warf ihr einen verärgerten Blick zu und hockte sich dann auf den Boden, um die Ameisen zu suchen.

Alison eilte zu dem Imbissstand hinüber und schenkte dem Mann dort ein nervöses Lächeln. „Was haben Sie?"

„Hot Dogs, Burger, Getränkedosen. Baguettes. Tee. Kaffee." Er zuckte mit den Schultern. Er hatte einen australischen Akzent und blondes Haar, das an einem Oktobertag in Birmingham fehl am Platz wirkte.

„Ist das alles?"

„Tut mir leid, ich entscheide die Speisekarte nicht."

Sie schenkte ihm ein Lächeln und eilte zurück zu den Kindern. Madison hatte sich eine Haarsträhne vor das Gesicht gezogen und flechtete sie, ihre Augen gekreuzt während sie sich konzentrierte. Ollie war auf dem Boden und verfolgte die Ameisen vom Tisch weg.

„Also", sagte Alison. „Ollie, es gibt Hot Dogs. Es gibt reichlich Ketchup, du magst sie doch mit Ketchup. Madison, du kannst ein Thunfischbaguette haben."

„Igitt."

„Du magst Thunfischbaguettes."

„Seit wann?"

„Seit ich dir gestern bei Greggs eins gekauft habe."

„Das war gestern."

„Na ja, ich kaufe trotzdem eins, und wenn du es nicht isst, werde ich es essen."

Maddy zuckte mit den Schultern, wobei sie ihren Blick nicht von ihrem Haar abwandte. Ollie kicherte über die Ameisen.

„Ollie, steh vom Boden auf."

Er ignorierte sie.

„Bitte?"

Nichts.

„Ollie! Deine Hose ist schmutzig."

Er schaute sie mit einem breiten Lächeln an. Sie biss sich auf die Lippe, Schuldgefühle überkamen sie. Ferien im Oktober, ein untypisch sonniger Tag. Das sollte doch Spaß machen. Ian hatte nur kurz zur Arbeit fahren müssen, sie wollten sich einen schönen Tag als Familie machen. Und jetzt war sie hier, schrie ihre Kinder an und machte ihnen allen das Leben zur Hölle.

Sie ging in die Hocke, um Ollies Kopf zu küssen.

„Bleibt hier, alle beide. Ich bin in fünf Minuten zurück."

Ollie kehrte zu den Ameisen zurück. Seine Hose war also schmutzig. Dafür gab es Waschmaschinen. Madison war zu einer anderen Haarpartie übergegangen. Ihre Zunge zeigte zwischen den Lippen hervor und sie summte leise vor sich hin.

Alison nahm ihr Telefon aus der Tasche. Zwölf Nach-

KAPITEL EINS

richten an Ian, keine Antwort. *Wo bist du nur?* In letzter Zeit machte er das viel zu oft. Er nahm sich von der Arbeit frei, doch dann sagte er, dass es einen Notfall gab. Er kam nach Mitternacht nach Hause. Mit einem Polizisten verheiratet zu sein, war nie einfach, das wusste sie. Aber konnte er nicht einmal einen Ausflug zu Cadbury World machen?

Am Imbissstand hatte sich eine Schlange gebildet. Alison zappelte von einem Fuß auf den anderen, weil sie zur Toilette musste. Madison war zwölf, gerade alt genug, um allein gelassen zu werden. Und Ollie würde sich dagegen wehren, auf die Damentoilette zu gehen. Sie beobachtete die beiden, als sich die Schlange nach vorne schob, und fragte sich, ob einer der beiden die Anwesenheit des anderen bemerken würde. Wusste Madison überhaupt, dass sie auf ihren Bruder aufpassen sollte? Würde sie es bemerken, wenn er sich auf der Jagd nach diesen Ameisen zu weit entfernte?

Alison war an der Reihe, gerade als Madison zur dritten Haarpartie überging. Sie wandte sich von ihrer Tochter ab und dem Australier zu.

„Hallo noch mal."

„Äh, hallo. Einen Hotdog und ein Thunfischbaguette, bitte. Und einen großen Americano."

„Ein Schuss, oder zwei?"

Ihre Nerven zitterten vor Müdigkeit. Olly hatte sie um drei Uhr morgens geweckt, und von da an hatte sie nur noch geschlafen, bis der Wecker um sechs Uhr klingelte.

„Drei, bitte."

„Drei? Wir machen keine drei."

„Dann nehme ich zwei."

„Kommt sofort." Der Mann drehte sich zu seiner glänzenden Kaffeemaschine um und begann, an Griffen und

Knöpfen zu drehen. Die Wurst für Ollies Hot Dog brutzelte auf dem Grill.

Alison spürte, wie ihr die Augen zufielen. Wenn Ian hier gewesen wäre, hätte sie fünf Minuten Pause einschieben können, nur einen Moment, um sich wieder zu sammeln. Aber es war unerbittlich, dieses Alleinerziehenden-Dasein trotz Ehe.

„Einen Americano." Er lehnte sich durch die Luke und zwinkerte. „Drei Schuss."

Sie grinste. „Danke."

„Keine Sorge." Er lagte die Hotdog-Wurst ins Brötchen und wickelte das Ganze in Papier ein. Er drehte sich zu einem Kühlschrank hinter ihm und holte ein Baguette heraus.

„Guten Appetit."

„Danke." Sie schleppte sich zu einem karierten Tisch und goss Milch in ihren Kaffee, bevor sie Ketchup auf Ollies Hotdog verteilte. Sie verteilte die Sachen neu in ihren Händen und wandte sich den Kindern zu.

Ihr drehte sich der Magen um. Der Tisch war leer.

Sie eilte vorgebeugt darauf zu, um zu sehen, ob Ollie dahinter auf dem Boden mit den Ameisen beschäftigt war. Sie suchte mit den Augen den Picknickplatz und den Spielplatz dahinter ab, um Madison zu finden.

Sie erreichte den Tisch, ihr Herz raste.

„Ollie? Madison?"

Nicht schreien. Nicht in Panik geraten. Noch nicht. Ollie war diesen Ameisen gefolgt, und Maddy wäre ihn zurückholen gegangen. Braves Mädchen.

Alison stellte die Essenspakete und die Kaffeetasse auf den Tisch und ermahnte sich, vorsichtig zu sein. Ruhig zu sein.

Sie prüfte die Tische. Etwa die Hälfte davon war besetzt. Sie blinzelte, damit ihre Sicht klarer wurde.

KAPITEL EINS

„Madison?" Ihre Stimme war erstickt. Sie räusperte sich. „Madison!"

Eine Frau an einem Nachbartisch sah auf. Alison spürte, wie ihre Glieder zitterten.

„Madison, Ollie. Euer Essen ist da. Hört auf, herumzualbern."

Sie ging auf den Spielplatz zu und ließ das Essen zurück. Auf dem Piratenklettergerüst tummelten sich Kinder, die trotz des Sonnenscheins in Wintermäntel gehüllt waren. Was hatte Ollie an?

Sie schloss die Augen und durchsuchte ihre Erinnerung an den Morgen. Sein blauer Anorak und die blassgraue Hose. Sie hatte sich Sorgen gemacht, dass er sie schmutzig machen würde.

Sie spürte eine Hand auf ihrem Arm und brach vor Erleichterung fast zusammen. Sie drehte sich um.

„Gehört das Ihnen?"

Die Frau vom Nachbartisch hielt ein blaues Bündel in der Hand. Ein Anorak. Alison stieß einen erstickten Laut aus.

„Sind Sie okay?"

Alison nickte, ihre Augen prickelten. „Ja. Nein."

Die Frau warf einen Blick zurück auf ihre eigenen Kinder. Sie stürzten sich selbstvergessen auf die Hamburger. Warum konnten ihre beiden nicht auch so essen?

„Sind Sie sicher? Sie sehen irgendwie grau aus."

„Meine Kinder. Haben Sie sie gesehen?"

Die Augen der Frau verengten sich. „Entschuldigung. Sind sie da drüben, auf dem Klettergerüst?"

„Ich kann sie nicht sehen."

Die Frau schenkte ihr ein Lächeln, die Art von Lächeln, die man jemandem schenkt, der einem gesagt hat, dass er unheilbar krank ist. „Gehen Sie nur und sehen nach. Ich passe auf Ihre Sachen auf."

Alison nickte. Sie hauchte etwas, das vielleicht ein Dankeschön war, und lief zum Klettergerüst.

„Ollie! Maddy!"

Sie umrundete das Gerüst zweimal. Keine Spur von ihnen.

Ihr Telefon surrte in ihrer Tasche. Sie nahm es in die Hand. Ian war hier. Er war bei ihnen. Alles würde gut werden.

Es war eine SMS von ihrer Mutter. Ein Problem mit ihrem Heizkessel. Alison wollte das Telefon auf den Boden werfen. Sie umklammerte es mit schweißnassen Handflächen.

Wo war die nächste Toilette? Sie lief zurück zum Tisch. Die Leute waren still, als sie vorbeiging. Sie beobachteten sie.

Die Frau hielt sich in der Nähe ihres Tisches auf und schaute sich in der Umgebung um, obwohl sie nicht wissen konnte, wonach sie suchte.

„Gibt es einen Ort, wo sie hingegangen sein könnten?", fragte Alison. „Toiletten?"

„Nicht hier draußen. Sie sind drinnen."

Alison wandte sich wieder dem Fabrikgebäude hinter ihr zu. Sie hatte fünf, höchstens zehn Minuten in der Warteschlange gestanden. Madison hätte ihr gesagt, wenn sie auf die Toilette gegangen wäre.

„Sie sind weg", sagte sie. Ihre Beine fühlten sich weich an und ihre Hände zitterten. „Meine Kinder sind weg."

KAPITEL ZWEI

„Was zum Teufel?"

DI Zoe Finch sackte mit zusammengebissenen Zähnen auf ihren Stuhl. Um sie herum fluchten die Kollegen und rauften sich die Haare. Ein DC schlug auf einen Tisch.

Neben ihr schüttelte DS Mo Uddin den Kopf. Zoes Chef, DCI Lesley Clarke, saß ein paar Reihen weiter vorne, vor dem Fernseher.

„Das ist scheiße", sagte Mo. Er legte eine Hand auf die Rückenlehne von Zoes Stuhl. „Tut mir leid."

Das reichte nicht mal annähernd. Zoe starrte auf den Bildschirm. Ein schlanker Mann in einem marineblauen Anzug sprach in die Kamera, seine Augen wanderten umher. Neben ihm, auf einer niedrigeren Stufe und mit entsprechend zerknirschtem Blick, stand Jory Shand. Er trug einen dunklen Anzug und einen grimmigen Gesichtsausdruck, sein graues Haar war ordentlich gekämmt. Hinter ihm stand ein kräftig gebauter Mann mit hellblondem Haar, sein Gesichtsausdruck war eindringlicher. Howard Petersen. Zwei der drei Angeklagten im Canary-Prozess.

Alle drei hatten Kinder missbraucht. Sie wusste es, Mo wusste es, sie alle wussten es. Es war Zoe, die die Beweise gefunden hatte, die die beiden mit Robert Oulman in Verbindung brachten, dem anderen Abschaum, den sie auf der Anklagebank beobachtet hatte, als sie ihre Aussage gemacht hatte. Und sie alle gehörten zu der Gruppe, die schutzbedürftige Kinder missbraucht hatte. Aber jeder der drei hatte seinen eigenen Anwalt. Der von Oulman, so schien es, war nicht so gut in seinem Job.

„Bastarde", zischte Zoe. Mo lehnte sich vor, die Hände auf den Stuhl vor sich gestützt. Der Besprechungsraum war voll, über zwanzig Leute waren hier. Der normale Betrieb war unterbrochen worden, um das Ergebnis des Prozesses abzuwarten, für den sie alle so hart gearbeitet hatten.

Lesley wandte sich ihnen zu. Sie trug einen ihrer typischen beigen Rockanzüge und eine grüne Brosche, die nicht zur Jacke passte. Sie schürzte kurz die Lippen, dann schlug sie mit der Hand auf den Tisch.

„Wir sind alle wütend", sagte sie. „Sie sind es. Ich bin es auch. Aber lassen Sie sich davon nicht auffressen. Es hat nichts mit den Fällen zu tun, an denen Sie alle gerade arbeiten. Verstanden?"

Von vorne kam ein Gemurmel.

„Ich habe eine Frage gestellt", sagte Lesley.

„Ja, Ma'am", murmelte Zoe. Zwanzig andere Stimmen folgten diesem Beispiel.

„Diese Männer", Lesley zeigte mit dem Finger auf den Bildschirm, „werden andere Verbrechen begangen haben. Sie werden anderen Kindern wehgetan haben. Sie werden Beweise hinterlassen haben. Wir werden sie irgendwann zur Strecke bringen. Aber wir machen es nach Vorschrift. Wir sammeln Beweise, wir bauen einen Fall auf." Sie stieß einen

KAPITEL ZWEI

scharfen Atemzug aus. „Aber jetzt konzentrieren Sie sich erst einmal auf Ihre Arbeit. Ich kümmere mich um die Sache."

Zoe lehnte sich zurück, ihre Brust fühlte sich schwer an. Frustration, Wut, vielleicht auch Angst. Angst um die Kinder, die diese Männer jetzt, da sie ihre Freiheit wieder hatten, ins Visier nehmen würden. Beide waren zu Bewährungsstrafen verurteilt worden. Wegen Geldwäscherei. Die Ironie, dass sie aufgrund der Beweise, die sie aufgedeckt hatte, verurteilt worden waren, entging ihr nicht. Aber Jory Shand und Howard Petersen gehörten ins Gefängnis. Sie sollten in einem Hochsicherheitstrakt für Schwerverbrecher kauern, so verängstigt, wie diese Kinder es gewesen waren.

Mo ergriff Zoes Arm und nickte in Richtung Fernseher. Der Anwalt des Bastards war durch eine andere, vertrautere Gestalt ersetzt worden. Detective Superintendent David Randle. Leiter der Kriminalpolizei.

„Stellen Sie lauter, Ma'am", rief jemand. „Der Super ist dran."

Lesley griff nach der Fernbedienung. Zoe sah zu, mit geballten Fäusten.

„Wir sind enttäuscht, dass wir nicht in der Lage waren, einen stärkeren Fall aufzubauen", sagte Randle. „Und erfreut, dass einer der Angeklagten verurteilt wurde. Meine Kollegen von der West Midlands Police haben hart an diesem Fall gearbeitet. Ich möchte ihnen meine Anerkennung für ihre harte Arbeit aussprechen."

Zoe starrte den Mann mit dem strengen Gesicht auf dem Bildschirm an und konnte kaum den David Randle erkennen, den sie kannte. Er stand in Verbindung mit diesen drei Männern, da war sie sich sicher. Sie hatte es nur noch nicht beweisen können. Und Lesley Clarke war sehr darauf bedacht, einen wasserdichten Fall aufzubauen. Wäre sie für den Fall

Canary zuständig gewesen, hätte es drei Haftstrafen gegeben. Oder mehr.

„Das reicht." Lesley schaltete den Fernseher aus. „Zurück an die Arbeit."

Zoe kam auf sie zu, als sich der Raum leerte.

„Zoe."

„Ma'am."

„Sie sind sicher genauso enttäuscht wie der Super."

„Mehr noch."

„Hmm. Sagen Sie mir etwas, DI Finch."

„Was soll ich Ihnen sagen, Ma'am?"

Die letzten ihrer Kollegen verließen den Raum. Lesley bedeutete ihnen, das Licht auszuschalten, und die beiden Frauen wurden in Dunkelheit getaucht.

„Was haben Sie daraus gelernt?", fragte sie.

„Daraus, dass die Bastarde wieder frei rumlaufen?", antwortete Zoe.

„Ja."

„Ich habe gelernt, dass das System kaputt ist. Die Gerechtigkeit geht an den Mann mit dem teuersten Anwaltsteam."

Lesley schüttelte den Kopf. „Nicht ganz." Sie biss sich auf den Fingernagel und spuckte aus. „Was sonst?"

„Dass wir mehr Beweise gebraucht hätten?"

„Bingo." Lesley spuckte wieder. „Wir bauen einen Fall auf, DI Finch. Wasserdicht. Hinweise, Beweise, Gründlichkeit. So bringt man Kriminelle zur Strecke. Beweiskette, korrektes Vorgehen."

„Ja, Ma'am."

„Gut. Und jetzt verschwinden Sie und lassen Sie mich ein oder zwei Wände einschlagen."

KAPITEL DREI

Alison stand am Eingang von Cadbury World, ihre Arme hingen schlaff herunter. Um sie herum verließen die Leute den Ort. Machten sich auf den Weg zu ihren Autos. Mit ihren Kindern.

Sie schlang die Arme um sich, um Wärme in ihren Körper zu bekommen. Sie ließ ihren Blick über den Parkplatz schweifen, zurück zum Außenspielbereich.

„Es ist wirklich das Beste, wenn Sie nach Hause gehen, Mrs. Osman", sagte die Polizistin neben ihr. „Wenn sich etwas ändert, werden wir Ihnen sofort Bescheid sagen. Und vielleicht kommen sie ja nach Hause."

„Ollie ist vier." Wie sollte ein Vierjähriger den Weg nach Hause ohne sie finden? Selbst Maddy, reif für ihre zwölf Jahre, wusste nicht, wie sie den ganzen Weg quer durch die Stadt nach Erdington finden sollte.

„Es muss einen Ort geben, an dem Sie noch nicht nachgesehen haben. Es ist so groß hier."

Die PC schenkte ihr ein gezwungenes Lächeln. „Wir haben alles abgesperrt. Wir haben das ganze Gebäude durchsucht, aber wir werden nicht aufhören, bis wir Ihre Kinder gefunden haben."

„Hmm." Alisons Körper fühlte sich hohl an, als hätte jemand ihr Inneres ausgehöhlt. Ein Auto fuhr auf den Parkplatz, gegen den ganzen Verkehr. Menschen, deren Ausflug abgekürzt worden waren.

Der Wagen kam neben ihr zum Stehen. Sie spannte sich an, als sich die Fahrertür öffnete, und ihre Augen füllten sich mit Tränen.

„Wo warst du?"

Ian beeilte sich, seine Arme um sie zu legen. Sie schüttelte ihn ab. „Du hast gesagt, du würdest eine Stunde brauchen. Wo warst du?"

„Es tut mir leid, Liebes." Er tauschte einen Blick mit dem PC aus. „Was ist los? Haben sie eine Suchaktion gestartet?"

„Ja, sie haben eine verdammte Suchaktion gestartet", sagte Alison.

„Gut. Wo ist die Kripo?"

„Sie sind auf dem Weg", sagte der PC.

„Okay. Wer ist noch hier?"

Der PC nickte in Richtung des Parkplatzes. Drei Polizeiautos standen an einer Seite. Zwei uniformierte Polizisten standen daneben und sprachen in ihre Funkgeräte. „Es sind noch vier weitere drin. Der Sicherheitsdienst hilft bei der Suche."

„Wo warst du, als sie verschwunden sind?"

Alison merkte, dass er mit ihr sprach. Sie winkte in Richtung des Picknickplatzes. „Etwas zum Mittagessen holen. Ich habe mich für fünf Minuten umgedreht ..."

Er streichelte ihren Arm. „Niemand macht dir einen Vorwurf, Liebes."

KAPITEL DREI

Sie riss ihn weg. „Wer sagt denn, dass das jemand tut? Du hättest hier sein müssen!"

„Tut mir leid. Ich musste ..."

„*Arbeit*. Ja, ich weiß. Du hast mir gesagt, dass du um halb elf hier sein würdest. Es hätten zwei von uns hier sein sollen."

Sein Körper sackte in sich zusammen, als hätte sie ihm in die Rippen geschlagen. „Ich weiß. Ich weiß. Es tut mir leid. Hör zu, ich mach mir genauso viele Sorgen wie du. Lass mich mit den Beamten reden und herausfinden, was los ist. Es gibt Verfahren ..."

Sie schüttelte den Kopf. „Hör auf. Bitte. Sei ein Vater, kein Detective." Sie schob ihr Haar aus den Augen und blinzelte ihn an. „Wo sind sie?"

Er ergriff ihre Hand und sah ihr in die Augen. „Wir werden sie finden, Liebes. Das verspreche ich dir. Wir werden sie finden."

KAPITEL VIER

Die Osmans wohnten in einem modernen Reihenhaus in Erdington, nördlich des Stadtzentrums. Es war meilenweit von Cadbury World entfernt, und Zoe konnte sich vorstellen, wie schwer es für sie gewesen sein musste, ohne ihre Kinder nach Hause zu kommen.

Zwei Streifenwagen standen vor dem Haus und füllten die schmale Straße. Gegenüber stand eine Frau mit blauem Haarschopf, die einen Yorkie an der kurzen Leine hielt. Sie tat so, als ginge sie mit ihrem Hund spazieren, aber in Wirklichkeit war sie neugierig.

Zoe deutete mit einem Kopfschütteln auf die Frau, als sie und Mo die Eingangstür erreichten. „Jemand, mit dem wir später reden können."

„Glaubst du, sie könnte etwas wissen?"

„Neugierige Leute wie die können einem viel über eine Familie verraten."

„Ich gehe jetzt mal zu ihr, wenn du willst. Besorge eine Adresse."

„Nein. Ich möchte, dass du mit mir kommst." Sie ging den

KAPITEL VIER

schmalen Weg zur Eingangstür hinauf, wo ein männlicher PC stand und unruhig aussah.

„Können Sie den Namen und die Adresse dieser Frau herausfinden? Sagen Sie ihr, dass sie einen wichtigen Beitrag zu unseren Ermittlungen leisten wird, oder irgendso einen Blödsinn. Schmeicheln Sie ihr."

„Geht klar, Ma'am."

Zoe schaute an der Fassade des Hauses hoch. Sie war mit einem Gerüst bedeckt.

„Und alle Arbeiten, die hier stattfinden, müssen unterbrochen werden. Schicken Sie alle Arbeiter weg, Okay?"

„Ja, Ma'am."

Die Haustür war offen. Zoe gab ihr einen leichten Stoß.

„Hallo?"

Ein weiblicher PC stand in dem schmalen Flur, der eine winzige Küche flankierte.

„PC Bright. Wir müssen aufhören, uns auf bei solchen Anlässen zu treffen."

„Schön, Sie zu sehen, Ma'am."

Trish Bright war bei Zoes letztem Fall, dem Mord an Assistant Chief Constable Bryn Jackson, die Verbindungsbeamtin für Familienangelegenheiten gewesen. Da war sie in einem wesentlich größeren Haus stationiert gewesen.

„Wo sind sie?"

„Sie ist im Wohnzimmer. Er ist oben und telefoniert."

Zoe näherte sich der Treppe mit den offenen Stufen und lauschte. Oben sprach ein Mann undeutlich.

„Wir brauchen beide hier unten."

„Gut." PC Bright ging nach oben, ihre Schritte hallten in dem stillen Haus wider.

Zoe warf Mo einen Blick zu und atmete tief durch. Er

nickte ihr aufmunternd zu und sie stieß die Tür zum Wohnzimmer im hinteren Teil des Hauses auf.

Hinter der Tür befand sich ein großer Raum, offensichtlich Teil eines nachträglichen Anbaus. Die Küche, an der sie auf dem Weg hierher vorbeigekommen waren, wirkte daneben wie ein Abstellraum. Im hinteren Teil des Raumes, vor den breiten Terrassentüren, stand ein lila geblümtes Sofa. Zwei Frauen kauerten darauf zusammen. Die eine hatte dünnes dunkles Haar und rotgeränderte, aber trockene Augen. Sie trug Outdoor-Kleidung: ein graues Fleece und einen grünen Schal. Die andere hatte dieselbe spitze Kieferpartie und flache Wangenknochen, aber graues Haar. Die Großmutter.

„Mrs. Osman?" fragte Zoe.

„Das bin ich", sagte die dunkelhaarige Frau. Sie strich sich mit dem Ärmel ihres Pullovers über das Gesicht. Ihre Mutter tätschelte ihre Schulter und schaute ihr besorgt ins Gesicht.

Zoe fragte sich, wie es sich anfühlte, eine Mutter zu haben, die einen so anschaut.

„Mein Name ist Detective Inspector Zoe Finch. Das ist Detective Sergeant Mo Uddin. Wir würden Ihnen gerne ein paar Fragen stellen und alles über Madison und Oliver herausfinden."

„Maddy und Ollie", antwortete die Frau mit leerem Blick.

„Maddy und Ollie", wiederholte Zoe. „Ist Ihr Mann verfügbar?"

„Ich bin hier." Ein verfrüht kahl werdender Mann mit fahler Haut schob sich an Mo vorbei und ließ sich in einen Sessel fallen. Er starrte hinaus auf den winzigen Garten.

„Wir müssen mit Ihnen beiden allein sprechen", sagte Zoe. Die jüngere Frau nickte ihrer Mutter zu, die sich von ihrem Stuhl erhob und Zoe einen Blick zuwarf, der Stahl zum Schmelzen bringen würde.

KAPITEL VIER

„Danke", sagte Mo, als sie an ihm vorbeiging.

„Ich werde Tee machen", sagte die Großmutter.

„Ich bin sicher, dass PC Bright das tun kann", sagte Zoe.

„Ich möchte nützlich sein."

Die Frau stolperte aus dem Zimmer. Sekunden später ertönte aus der Küche das Geräusch eines eingeschalteten Wasserkochers und des Klirren von Tassen.

Zoe ging auf das Paar zu. „Darf ich mich setzen?"

Die Frau zuckte mit den Schultern. Der Mann zeigte auf einen weiteren Sessel. Zoe nahm Platz und Mo stellte sich an die Seite. Sie sah ihn stirnrunzelnd an, und er zog einen Stuhl vom Esstisch heran.

Zoe beugte sich zu der Frau vor. „Darf ich Sie Alison nennen?"

Ein Nicken.

„Danke, Alison. Bitte, nennen Sie mich Zoe. Ich bin die leitende Ermittlungsbeamtin, die Ihnen zugeteilt wurde. Meine Aufgabe ist es, Maddy und Ollie zu finden und sie so schnell wie möglich zu Ihnen zurückzubringen."

Ein weiteres Nicken. Ian schob sich nach vorne. „Warum haben wir Sie? Warum nicht meine Kollegen in Kings Norton? Das ist näher an Cadbury World."

„Wir sind von der Kripo. Falls Ihre Kinder entführt worden sind – und die Betonung liegt auf falls – dann ist das ein schweres Verbrechen. Und Sie wohnen in einem anderen Teil der Stadt. Es ist besser so."

„Kings Norton kennt mich."

Alisons Kopf war gesenkt, ihre Augen geschlossen. Zoe rückte ein wenig näher an sie heran.

„Können Sie mir bitte sagen, was in Cadbury World passiert ist?"

„Sie hat es ihnen bereits gesagt", sagte Ian.

„Alison?"

Zoe wusste, dass Mo auf Ian aufpassen würde, während sie sich auf Alison konzentrierte. In möglichen Entführungsfällen waren die offensichtlichen Verdächtigen immer die Eltern. Ihre Reaktionen und die Dynamik zwischen ihnen zu sehen, würde helfen, ihre Ehrlichkeit zu beurteilen. Und da der Vater nicht mit in Cadbury World gewesen war, gab es kein Problem mit einer gegenseitigen Beeinflussung der Zeugenaussagen. Sie konnten später separat mit dem Paar sprechen, um Hintergrundinformationen zu erhalten. Sehen, ob es übereinstimmte.

Alison hatte die Hände in den Schoß gelegt. Neben ihr auf dem Sofa stand eine Schachtel mit Taschentüchern. Zerknüllte weiße Papierknäuel lagen auf dem Teppich zu ihren Füßen, zusammen mit einer halbleeren Tasse Tee. Zweifellos das Werk von Trish Bright.

„Was wollen Sie wissen?" Alisons Stimme klang dünn und flüsternd.

„Erzählen Sie mir, was passiert ist, von dem Moment an, als Sie das letzte Mal mit Maddy und Ollie zusammen waren."

Sie benutzte absichtlich die Namen der Kinder. Sie musste eine Beziehung zu dieser Frau aufbauen. Alison musste glauben, dass Zoe auf ihrer Seite war.

„Sie haben sich gestritten. Maddy hat Ollie sein Curly Wurly weggenommen. Oder es war andersherum. Ich bin mir nicht mehr sicher." Sie sah auf, ihre Augen waren feucht. „Ich sollte mich erinnern."

„Sie stehen unter Schock, das ist okay. Sprechen Sie weiter."

„Ich dachte, ihnen etwas zu essen zu geben, das keine Schokolade ist, könnte sie beruhigen. Da war ein Hotdog-Stand. Ein australischer Typ ... Entschuldigung. Das ist nicht wichtig."

KAPITEL VIER

Mo würde sich Notizen machen. Der Mann am Hotdog-Stand würde befragt werden, ebenso wie jeder andere, der in der Nähe der Familie gewesen war.

„Ich wusste, dass sie es wahrscheinlich nicht essen würden, aber ich habe es trotzdem gekauft. Ein Hot Dog für Ollie und ein Sandwich für Maddy. Sie sagte, sie mag keinen Thunfisch, aber ich könnte ihn haben, wenn ..." Alisons Hände verschränkten sich. Die Haut an den Fingerknöcheln war rau. „Ich habe es dort gelassen. Das Essen. Sie könnten hungrig sein."

Zoe lehnte sich vor. „Machen Sie sich keine Sorgen wegen des Essens, Alison. Sie waren also am Hotdog-Stand und ...?"

„Ich habe das Essen bezahlt. Und für mich einen Kaffee. Ein richtiger Barista-Kaffee, das hat eine Weile gedauert. Oh Gott. Ich hätte den Kaffee nicht bestellen sollen."

„Es ist nicht deine Schuld, Liebes."

Alison warf ihrem Mann einen verwirrten Blick zu. Zoe beobachtete sie abwartend.

„Ich ging zurück zum Tisch und sie waren nicht da." Sie holte zittrig Luft. „Ich dachte, sie wären in den Spielbereich gegangen. Ollie hat ein paar Ameisen gejagt. Aber ich konnte sie nicht ..."

Sie blickte auf, die Unterlippe zwischen den Zähnen eingeklemmt. „Ich muss zurück. Sie könnten immer noch dort sein."

„Wir haben Beamte und Sicherheitsleute, die die Attraktion und die Fabrik durchsuchen. Wenn Ollie und Maddy dort sind, werden wir sie finden."

„Ich möchte irgendetwas tun. Ich fühle mich so nutzlos."

Die grauhaarige Frau schob sich an Zoe vorbei und stellte zwei Tassen auf den Kaffeetisch. Sie reichte eine an Alison und nahm sich selbst eine. Ian bewegte sich in seinem Sitz, sagte aber nichts. Zoe rückte in ihrem Stuhl zurück, um Platz zu machen, aber die Frau ließ sich neben Alison auf den Boden sinken und legte eine Hand auf das Knie ihrer Tochter.

„Ich bin ihre Mutter", sagte sie. „Ich wohne in der Nähe. Ich bin sofort hergekommen, als ich davon gehört habe."

„Das ist gut", sagte Zoe. „Darf ich fragen, wie Sie heißen?"

„Barbara Wilson. Ich bin Witwe."

„Haben Sie daran gedacht, zu fragen, was die Kinder anhatten?", fragte Ian. „Werden Sie einen Aufruf starten?"

Zoe kratzte mit einem Fingernagel über ihre Handfläche. „Ollie trug eine blaue Jacke und Maddy einen lila Kapuzenpulli und blaue Jeans. Wir haben eine Personenbeschreibung erhalten."

„Nein", sagte Alison. „Er hat den Mantel ausgezogen. Er trug …" Ihr Gesicht verfinsterte sich. „Einen roten Kapuzenpulli. Mit Dinosauriern."

„Danke", sagte Zoe.

„Was ist mit dem Aufruf?", fragte Ian. „Es waren sehr viele Leute da."

„Das ist eine Möglichkeit. Aber wir müssen erst wissen, womit wir es zu tun haben. Manchmal kann ein Fernsehaufruf mehr schaden als nützen."

„Blödsinn", antwortete er.

Barbara gab einen leisen zischenden Laut von sich. Alison versteifte sich.

Zoe konzentrierte sich auf Alison. „Gibt es irgendwelche Freunde oder Familienmitglieder, die dort gewesen sein könnten, die Maddy und Ollie erkannt haben und zu denen sie gegangen sein könnten?"

„Nein", sagte Alison. „Es gibt nur Mum. Keine andere Familie."

„Was ist mit Freunden?"

KAPITEL VIER

„Die aus meiner Müttergruppe arbeiten heute alle. Sonst wären wir zusammen gegangen."

„Es war ein Familienausflug", sagte Ian mit leiser Stimme.

Alison riss den Kopf hoch. „Ohne dich."

„Es tut mir leid. Mein Gott, Liebes, wie oft muss ich es noch sagen?"

„Ian", sagte Zoe. „Es tut mir leid, Sie das zu fragen, aber wir müssen es in Betracht ziehen. Sie sind ein DS. Es könnte jemand sein, der einen Groll gegen Sie hegt." Sie ließ ihren Blick kurz zu Alison schweifen. „Ich erwarte nicht, dass Sie sich jetzt erinnern, aber Sie müssen uns alles erzählen, was relevant sein könnte."

Er schüttelte den Kopf. „Ich habe nicht mit solchen Dingen zu tun wie Sie. Einbrüche sind meine Hauptbeschäftigung. Autokriminalität."

„Sie müssen beide gut nachdenken. Sagen Sie uns, wenn Ihnen etwas einfällt, egal wie trivial es ist. Wir werden in engem Kontakt mit Ihnen bleiben, damit Sie wissen, was passiert. Aber in der Zwischenzeit fahren wir zurück zu Cadbury World, um dort herauszufinden, was wir können. Wir werden mit allen Zeugen sprechen."

„Ich komme mit." Alison stand auf.

„Nein, mein Schatz." Barbara ergriff ihre Hand. „Du bist nicht in der Lage."

„Ich kann hier nicht einfach sitzen."

„Sie sitzen nicht einfach nur hier", sagte Zoe. „Es ist wichtig, dass Sie zu Hause sind. Wenn Maddy und Ollie gefunden werden, wird man sie hierher bringen. Dann werden Sie hier sein, um sie zu begrüßen."

Alison ließ sich auf das Sofa fallen. Sie verlagerte ihr Gewicht auf die Hände, warf den Kopf zurück und starrte an die Decke. „Finden Sie sie."

„Das werden wir. Wenn Ihnen irgendetwas Wichtiges einfällt, irgendjemand, zu dem sie gegangen sein könnten oder der einem von Ihnen etwas antun will, sagen Sie es PC Bright. Und zwar sofort. Sie hat meine Handynummer."

Alison wischte sich mit dem Ärmel über das Gesicht. Barbara war auf das Sofa gerutscht und hatte einen Arm um ihre Tochter gelegt. Ian starrte die beiden an, sein Gesicht war leer.

KAPITEL FÜNF

„Er war nicht glücklich", sagte Mo.

Zoe lehnte sich in ihrem Autositz zurück und beobachtete den männlichen PC, der mit der alten Frau sprach. „Seine Kinder sind verschwunden."

„Sie wissen, was ich meine. Die Atmosphäre in diesem Raum war so dicht, dass man sie schneiden konnte."

„Ja. Keine glückliche Familie. Trotzdem halte ich es nicht für verdächtig." Sie startete die Zündung.

„Sie ganz bestimmt nicht. Bei ihm bin ich mir nicht so sicher."

„Er ist ein DS."

„Ja." Mo hielt sich am Türgriff fest, während Zoe um eine Verkehrsinsel herum in Richtung Stadtzentrum raste. „Hey, langsam."

„Ich will zurück sein, bevor die Zeugen sich alle aus dem Staub machen."

„Die Uniformierten werden die Daten aufgenommen haben."

„Trotzdem." Sie drückte auf das Gaspedal und ihr Mini raste an einer Ampel vorbei.

„Weißt du etwas über ihn?" fragte Mo. „Hast du jemals mit ihm gearbeitet?"

„Nein. Wir müssen so viel wie möglich darüber herausfinden, woran er arbeitet."

„Kings Norton", sagte er. „Vielleicht kann Carl Whaley helfen."

„Wir sollten Carl Whaley da raushalten."

DI Whaley war Teil ihres Teams im Fall Jackson gewesen. Sie hatte herausgefunden, dass er ein Undercover-Beamter von Professional Standards war, der ihre Chefs ausspionierte.

„Na gut", sagte Mo. „Ich werde Connie anrufen."

„Stell es auf Lautsprecher."

Zoe überholte zwei Lieferwagen, als der Anruf beantwortet wurde. Einer der Lieferwagen kam ihr in die Quere, als sie vorbeifuhr, und sie konnte ihm gerade noch ausweichen.

„Idiot", murmelte sie leise vor sich hin.

„Sergeant?" Connie klang atemlos.

„Alles in Ordnung, Connie?" fragte Zoe.

„Boss. Ja, ja. Tut mir leid, ich habe mit der Spurensicherung gesprochen."

„Was haben sie?"

„Nichts. Sie haben die Jacke des Jungen, aber nichts von dem Mädchen. An der Jacke ist bisher nichts Brauchbares, aber sie werden sie zur Analyse schicken."

„Was ist mit dem möglichen Tatort?"

„Wird noch abgesucht. Keine Anzeichen, dass etwas zurückgelassen wurde."

„Verdammt. Wir fahren jetzt hin. Mal sehen, ob wir ein paar Zeugen finden können. Es gibt sicher Überwachungsvideos, ich schicke sie dir."

KAPITEL FÜNF

„Ich hab sie schon."

„Schon?"

„Der Sicherheitschef von Cadbury World ist mehr auf Zack als die meisten anderen. Ich sage Bescheid, wenn ich etwas Hilfreiches entdecke."

„Danke, Connie. Wie viel davon gibt es?"

„Nur zwei Kameras auf dem Spielplatz".

„Okay. Du gehst das jetzt durch", sagte Mo. „Wo ist Rhodri?"

„Hier, Sarge."

Die beiden DCs waren auch auf dem Freisprecher. Vielleicht sollten sie alle Briefings auf diese Weise durchführen, dachte Zoe.

„Rhod", sagte sie. „Du hilfst Connie mit den Überwachungsvideos. Jeder nimmt eine Kamera und dann tauscht ihr. Frische Augen. Und ich möchte, dass du alles über DS Ian Osman herausfindest, was du kannst. Er arbeitet von Kings Norton aus."

„Ich habe einen Freund, der dort arbeitet", sagte Rhodri.

„Das ist gut", sagte Zoe. „Aber seid vorsichtig. Mach es nicht zu offensichtlich, dass wir ihn überprüfen. Schaut, was ihr über alle die herausfinden könnt, die Osman etwas übelnehmen könnten. Alte Fälle, ungewöhnliche Verurteilungen, kürzlich entlassene Personen. So etwas in der Art."

„Keine Sorge, Boss. Ich werde unauffällig sein."

Zoe tauschte einen Blick mit Mo. DC Rhodri Hughes war vieles, Unauffälligkeit gehörte nicht dazu. Aber sie musste ihm vertrauen. „Danke, Rhodri."

„Boss", sagte Connie mit zittriger Stimme. „Glaubst du, dass sie sich einfach verlaufen haben?"

„Das hoffe ich", sagte Zoe. „Es ist ein großes Gelände. Aber wir müssen auf das Schlimmste gefasst sein."

„Ja", kam die Antwort. „Die armen Dinger."

„Alles in Ordnung, Connie?", fragte Mo. „Ich weiß, es ist nicht leicht, so ein Fall."

„Mir geht's gut, Sarge. Ich will meinen Job machen."

„Gut. Du musst wachsam sein, für den Fall, dass auf der Überwachungskamera etwas zu sehen ist ..."

„Mach dir keine Sorgen. Du kannst dich auf mich verlassen."

„Danke."

Mo beendete das Gespräch. Sie befanden sich im Queensway-Tunnel unter dem Stadtzentrum, fast auf halber Strecke zu Cadbury World.

„Okay", sagte Zoe. „Also haben wir die Sache mit dem Groll gegen Ian Osman. Vielleicht gibt es jemanden, der es auf Alison abgesehen hat, an den sie noch nicht gedacht hat."

„Trish Bright kann ihrem Gedächtnis auf die Sprünge helfen."

„Ja. Und Ian weiß vielleicht mehr, als er uns sagt."

„Er könnte die Kinder haben, meinst du."

Ihr Magen krampfte sich zusammen. „Gott, ich hoffe nicht. Er ist Polizist. Aber er war wegen irgendetwas mächtig sauer."

„Nicht die glücklichste aller Ehen."

„Hoffen wir, dass das das Einzige war, was ihn gestört hat."

„Und dass Rhodri etwas Nützliches herausfindet."

Sie verließ den Tunnel, kurzzeitig geblendet von der tiefstehenden Sonne. „Selbst wenn wir herausfinden, dass er blitzsauber ist, noch nie jemanden verärgert hat und sich um seine Familie kümmert. Das ist doch schon mal was."

„Wie wahrscheinlich ist das?", fragte Mo.

„Hmm." Ian Osman war ein amtierender DS. Es würde eine Menge Leute geben, die sauer auf ihn waren. „Da ist auch

KAPITEL FÜNF

noch diese alte Dame. Und die Nachbarn. Wir lassen die Uniformierten an die Türen klopfen und herausfinden, was sie können."

„Sie waren meilenweit entfernt, als es passierte", sagte Mo.

„Wenn du die Kinder deines Nachbarn entführen wolltest, wäre es dann nicht sicherer, es weit weg von zu Hause zu tun?"

„Du lässt mir das Blut in den Adern gefrieren."

„Ich denke nur über Möglichkeiten nach."

Mo lehnte sich in seinem Sitz zurück, als Zoe an der Ampel am inneren Ring beschleunigte.

„Ich weiß", antwortete er. „Hoffen wir, dass es sich als nichts herausstellt."

„Dass diese Kinder weggelaufen sind und sich verirrt haben."

„Dass das Schlimmste, was ihnen passiert ist, ist, dass sie zu viel Schokolade gegessen haben."

„Ja."

Zoe drückte auf das Lenkrad. Sie brauchte Mo nicht zu sagen, dass keiner von ihnen wirklich dachte, dass das passieren würde. Es waren jetzt schon drei Stunden vergangen. Wenn diese Kinder aufgetaucht wären, hätten sie einen Anruf bekommen.

Sie fuhren die Bristol Road entlang, der Verkehr staute sich an den Ampeln in der Nähe der Universität. Die beiden starrten vor sich hin, beide in ihre Gedanken vertieft.

„Wir sind fast da", sagte Mo.

Zoe nickte, ihre Haut kribbelte. Sie rief sich die Augen von Alison Osman ins Gedächtnis, die tief eingesunken waren. Wenn die Frau wüsste, dass Zoe noch nie SIO gewesen war …

Sie schüttelte sich. „Wer ist der leitende Beamte am Tatort? Wer koordiniert die Suche?"

„Willst du das wirklich wissen?"

„Es hilft, wenn es jemand ist, mit dem wir schon gearbeitet haben."

„Oh, du kennst ihn gut."

Sie warf ihm einen Blick zu. „Dann sag schon."

„Es wird dir nicht gefallen", antwortete Mo.

KAPITEL SECHS

Zoe seufzte, als sie aus dem Auto stieg und eine vertraute Gestalt auf sich zukommen sah. „Jim."

„DI Finch. Wie geht es dir?"

„So gut, wie man es erwarten kann, Inspector McManus." Zoe schlug ihre Autotür zu und folgte dem uniformierten Beamten in Richtung des Cadbury World Gebäudes. Es war jetzt dunkel, die Lichter des Foyers leuchteten über den Parkplatz. „Mo hat mir erzählt, dass du die Suche koordinierst."

„Ich kann es dir übergeben, wenn du willst, du bist jetzt SIO."

„Alles in Ordnung. Haben deine Leute eine Liste von Zeugen zusammengestellt?"

„Natürlich haben wir das, Zoe. Das ist es, was wir Uniformierten tun."

Mo holte hinter ihnen tief Luft. Der verantwortliche Beamte am Tatort war Inspector Jim McManus, den Zoe natürlich kannte. Er war der Vater ihres Sohnes Nicholas.

Sie erreichten das Gebäude und Jim trat zurück, um Zoe passieren zu lassen.

„Danke."

Jim nickte und ließ die Tür zurückschwingen, damit Mo sie hinter sich schließen konnte. Mo gab einen stotternden Laut von sich.

„Sei nett, Jim", sagte Zoe. „Ich weiß, du arbeitest nicht gerne mit mir ..."

„Das habe ich nie gesagt."

„Gut. Dann lass uns professionell bleiben."

„Selbstredend."

Sie betrachtete den Raum am Eingang der Attraktion. Normalerweise wäre er voll von Besuchern. Sie hielten für Fotos an, mampften Gratisschokolade und standen für Eintrittskarten an. Heute standen dort ein halbes Dutzend Polizeibeamte und eine Reihe von provisorischen Tischen.

Sie ging zum ersten Tisch. Dahinter saß ein Constable mit einem pickeligen Gesicht. Sie schenkte ihm ein Lächeln.

„Constable, ist das die Liste der Zeugen?"

„Äh, ja." Er sah zu Jim auf, sein Adamsapfel wippte.

„Gut", sagte Zoe.

„Wir haben ein paar von ihnen hier behalten", sagte Jim. „Es gibt eine Frau, die mit Alison gesprochen hat, als sie nach den Kindern suchte."

„Maddy und Ollie", unterbrach Zoe. „Sie haben Namen."

Seine Augen verengten sich. „Das weiß ich. Da ist auch noch der Mann am Hotdog-Stand, mit dem sie gesprochen hat, als sie die beiden aus den Augen verlor. Und ein Wachmann, der sagt, er habe gesehen, wie sie den Spielplatz mit ihren Kindern verlassen hat."

„Ich werde zuerst mit ihm sprechen", sagte Zoe.

„Hier drüben."

Jim führte sie zu einem stämmigen Mann in einer eng anliegenden Uniform. Er war etwa 1,90 m groß und gab sein

KAPITEL SECHS

Bestes, nicht so riesig zu wirken, wie sein Körper es vermuten ließ.

Zoe wandte sich an Mo. „Kannst du den Hotdog-Typen nehmen?"

„Klar, Boss."

Sie hob die Augenbrauen. Sie und Mo waren alte Freunde und sie zog es vor, dass er sie Zo nannte. Aber das tat er nie in Gegenwart von Jim.

Der Wachmann erhob sich von seinem Platz auf einer schmalen lilafarbenen Bank, die nicht stark genug aussah, um seine Masse zu tragen. Sie hob sich leicht, als sein Gewicht sie verließ.

„Ich bin DI Finch. Sie haben meinen Kollegen erzählt, dass Sie gesehen haben, wie die Kinder den Spielplatz verlassen haben."

„Ja. Zwei Kinder und eine Frau. Die auf dem Foto."

„Wann war das?"

„Ungefähr zwölf Uhr fünfzehn. Ich hatte gerade mit Sam den Platz getauscht. Ich kam gerade von meinem Einsatz an der Vordertür." Er gestikulierte in die Richtung, aus der sie gerade gekommen waren.

„Und Sie haben gesehen, wie sie den Spielbereich betreten haben?"

„Nein. Ich habe sie gehen sehen."

„Alle drei."

„Ja."

„Es kommen viele Familien hierher. Woher wissen Sie, dass sie es waren?"

„Ihr Officer hat mir ein Foto gezeigt. Ich habe ein gutes Gedächtnis für Gesichter."

„Sind Sie sicher, dass Sie sie gehen sahen? Nicht reinkommen?"

„Ja. Ich habe sie gehen sehen."

„Wo ist die nächste Toilette? Könnten sie rausgekommen und wieder reingegangen sein?"

Er zuckte mit den Schultern. „Es gibt ein paar im Spielbereich, für die Kleinen. Ein paar größere sind hier, bei der Rezeption."

„Sehr gut." Wenn Alison mit den Kindern gegangen war, musste sie zurück in den Außenbereich gegangen sein. Es sei denn, sie hat gelogen.

„Haben Sie sie gesehen, nachdem sie verschwunden waren?"

„Nein. Tut mir leid."

„Da wäre eine Frau in Panik geraten, weil ihre Kinder verschwunden waren. Das haben Sie nicht gesehen?"

„Tut mir leid, ich habe nichts gesehen. Da waren ein paar Kinder, die die Wand an der Seite der Fabrik hochgeklettert sind, Ich glaube, da hatte ich gerade mit denen zu tun."

„Sie glauben."

„Ich werde Ihnen nicht sagen, dass ich mir sicher bin, wenn ich es nicht bin. Aber es macht Sinn, dass es genau dann passiert ist. Ich habe in die andere Richtung gesehen, über das Geländer. Ich kann es Ihnen zeigen, wenn Sie wollen."

„Nicht nötig. Haben wir Ihre Kontaktinformationen?"

„Haben wir", murmelte Jim, der sich immer noch neben ihr rumdrückte.

„Gut. Hier ist meine Karte. Rufen Sie mich an, wenn Ihnen noch etwas einfällt, oder einem Ihrer Kollegen. Tag und Nacht."

Der Wachmann steckte ihre Karte ein, nickte ihr zu und kratzte sich an der Nase. Eine Frau in einer grauen Jacke und einem lila Hemd nahm sich seiner an und sprach mit ihm, während sie weggingen.

KAPITEL SECHS

„Wer ist sie?", fragte Zoe.

„Diensthabende Managerin", sagte Jim.

„Ich möchte auch mit ihr sprechen."

„Sie ist im Moment damit beschäftigt, bei den Suchaktionen zu helfen. Aber ja, ihre Daten stehen auf der Liste."

Hinter ihnen kamen und gingen Beamte, die auf die Tische zusteuerten. Sich von der Suche zurückmeldeten.

„Wer sucht?" fragte Zoe.

„Zwölf von uns, sechs Sicherheitsleute. Sie haben Pläne des Gebäudes und durchkämmen es, damit die Teams aufeinander zugehen. Die Kinder können uns nicht entwischen, wenn sie hier drin sind."

„Wenn sie hier drin sind. Ist dieser Ort heutzutage noch in Betrieb oder nur ein Museum?"

Zoe war mit dem Geruch der Cadbury-Fabrik aufgewachsen. Wenn man die Nase aus dem Fenster steckte, konnte man erkennen, ob geröstet, gemahlen oder gepresst wurde. Aber seit sie Nicholas vor zehn Jahren das letzte Mal hierhergebracht hatte, hatte sie fast vergessen, dass es diesen Ort überhaupt gab.

„Noch in Betrieb", sagte Jim. „Sie haben die Arbeit unterbrochen. Sicherheitsvorschriften."

„Wie einfach wäre es für die Kinder, in die Fabrik zu kommen?"

„Der Manager sagt, das sei so gut wie unmöglich. Sie wollen nicht, dass Touristen dort herumspazieren, man kommt nicht rein ohne einen Passierschein."

„Wenn du klein bist, kannst du dich vielleicht an jemandem vorbeischleichen."

„Das ist wohl möglich."

„Das ist es. Danke Jim. Ich kann jetzt übernehmen."

Er warf ihr einen Blick zu, als wolle er sagen, *du wirst schon sehen, was du davon hast*, zog sich dann aber zurück und ging in

Richtung eines uniformierten Sergeant, der aus der Richtung des Cafés gekommen war. An einem Ort wie diesem gab es eine Million Verstecke. Und Kinder konnten Orte finden, die kein Erwachsener auch nur in Betracht ziehen würde. Sie musste hoffen, dass sie auf der Suche nach Leckereien weggelaufen waren und sich jetzt verängstigt irgendwo versteckten.

Die diensthabende Managerin war bei Mo und dem Hotdog-Typen. Ihr lilafarbenes Hemd hing aus dem Rock heraus und ihr Haar löste sich aus dem Pferdeschwanz.

„Hallo", sagte Zoe. „Ich bin DI Finch. Senior Investigating Officer. Sie sind der Manager hier?"

„Nisha Grange. Nur der diensthabende Manager. Der Manager ist auf dem Weg."

„Haben Sie ein Standardverfahren für so etwas? Sie müssen doch schon öfters Kinder vermisst haben."

„Das haben wir. Sie gehen in der Regel dorthin zurück, wo sie etwas geschenkt bekommen haben, oder zu den Fahrgeschäften. Wir überprüfen diese zuerst und arbeiten uns dann nach draußen vor. Diesmal haben wir mit einer Durchsuchung der Fabrikhalle begonnen."

„Glauben Sie, sie könnten dort reingekommen sein?"

Nisha errötete. „Wir machen es der Öffentlichkeit sehr schwer, Zugang zu bekommen. Aber man kann sich nicht zu sicher sein."

„Nein." Zoe drehte sich zu Mo. „Wie läuft's?"

„Mr. Jakes sagt, er habe Alison Osman bedient, aber ihre Kinder nie gesehen. Er hat nichts gesehen."

„Richtig. Hast du mit dem anderen Zeugen gesprochen?"

„Noch nicht."

„Komm schon."

Zoe nickte dem Manager dankend zu und ging auf eine

Frau zu, die an der Seite stand und einen kleinen Jungen auf dem Arm hielt. Tränenspuren liefen ihr über das Gesicht.

Zoe zeigte ihren Dienstausweis. „Hi. Danke, dass Sie geblieben sind. Ich bin DI Finch, das ist DS Uddin. Ich habe gehört, Sie haben Alison Osman gesehen, als sie nach ihren Kindern suchte?"

Die Frau gab ihrem Sohn einen leichten Kuss auf den Scheitel und nickte. „Ich habe auf ihre Sachen aufgepasst, während sie gesucht hat. Aber ich habe sie nicht gesehen."

„Sie haben weder Maddy noch Ollie gesehen?"

„Ollie." Ein weiterer Kuss auf den Kopf. „Mein Junge heißt auch Ollie." Sie wurde blass. „Es tut mir leid."

„Ist schon gut. Sind Sie sicher, dass Sie die Kinder nicht gesehen haben? Haben Sie nicht gesehen, ob sie mit jemandem gesprochen haben?"

„Tut mir leid. Ich habe erst von ihnen erfahren, als sie schon weg waren."

„Was hat Alison gemacht?"

„Sie war gegangen, um etwas zu essen zu holen. Ich sah, wie sie sich mit dem Mann am Stand unterhielt. Ich war kurz zuvor dort gewesen, er hatte mit mir geflirtet. Ich fragte mich, ob ... Entschuldigung. Ja. Sie kam zurück und ließ fast ihre Sachen fallen. Sie rannte ein paar Mal um den Spielplatz, dann kam sie auf mich zu und fragte mich, ob ich ihre Kinder gesehen hätte."

„Was dann?"

„Ich habe ihr gesagt, dass ich sie nicht gesehen habe, und dann gesagt, dass ich auf ihre Sachen aufpassen würde, während sie nach ihnen sucht. Sie sagte etwas über Ameisen. Ihr Sohn hatte sie verfolgt oder so. Wir hatten welche auf unserem Tisch, ich hatte sie alle weggewischt."

„Sie haben also auf ihre Sachen aufgepasst, und was dann?"

„Sie kam zurück. Sie war völlig aufgelöst. Nun, das wäre wohl jeder." Sie drückte ihren Sohn fester an sich. „Dann rannte sie wieder herum. Ich sagte, sie könnten in den Toiletten sein. Ein Mann bot an, im Hauptgebäude nachzusehen, während sie in den Toiletten nachschaute. Zu diesem Zeitpunkt schauten so ziemlich alle zu. Die Leute fingen an, ihre Kinder zurückzurufen, sie sahen besorgt aus."

„Ist Alison zum Hauptgebäude gegangen, um ihre Kinder zu suchen?" fragte Mo. Zoe dachte an den Wachmann, der sie in diese Richtung hatte gehen sehen.

„Nein. Sie blieb an Ort und Stelle. Das macht man doch so, oder? Man bleibt da, wo sie einen zuletzt gesehen haben. Verdammter Mist, einmal ist meine Älteste in Alton Towers weggelaufen und wenn ich nur um die Ecke gegangen wäre ..."

„Danke", sagte Zoe. „Melden Sie sich bei uns, wenn Ihnen noch etwas einfällt. Und wir brauchen Ihre Kontaktinformationen."

„Ich habe sie dem gutaussehenden Kerl dort drüben gegeben." Die Frau zeigte auf Jim. Zoe spürte Mos Überraschung.

„Danke. Vergessen Sie nicht, uns Bescheid zu sagen, wenn Ihnen noch etwas einfällt." Zoe drückte der Frau ihre Karte in die Hand.

Jim stand wieder hinter ihr. „Sergeant Taylor kann dir die Liste aller Zeugen geben. Es waren sehr viele Leute da."

„Die meisten von ihnen werden nichts gesehen haben. Aber wir brauchen eure Hilfe bei denjenigen, die weniger wichtig sind."

„Es sei denn, die Suchtrupps finden sie."

„Ja." Sie sah auf ihre Uhr. Sechs Stunden. Eine lange Zeit,

KAPITEL SECHS

um sich in einer Fabrik zu verstecken. „Ich mache mir nicht viel Hoffnung."

Ihr Telefon summte. Sie hob eine Hand, um Jim am Sprechen zu hindern, und ging ran. Lesley.

„Ma'am."

„Sie haben Ihr Team ohne Führung zurückgelassen, DI Finch."

„Mo und ich wollten die Zeugen befragen, solange die Ereignisse noch frisch in ihrem Gedächtnis sind.

„Ich hatte DC Hughes hier, der um die Erlaubnis bat, in den Fällen des Kings Norton Reviers zu graben. Was haben Sie ihm aufgetragen?"

Zoe stieß einen Atemzug aus. „Tut mir leid. Wir kommen zurück."

„Diese Kinder werden irgendwo bei Cadbury World auftauchen, da bin ich mir sicher. Sie wollen doch nicht Ian Osmans Führungsbeamte verärgern, nur weil Sie eine Vermutung haben."

„Ja, Ma'am. Deshalb sind wir auch hierhergekommen."

„Ich dachte, Sie würden Zeugen befragen."

„Das auch."

„Kommen Sie zurück. Wir können nicht zulassen, dass Ihr Team einfach so in der Gegend herumläuft, verstehen Sie. Sie müssen ihnen die Richtung vorgeben."

„Es wird nicht lange dauern."

Jims Augen funkelten, als sie den Anruf beendete. Er würde es genießen, wenn sie zurechtgewiesen und ihn daran erinnern würde, dass er ein erfahrener Inspector war.

„Sag nichts", sagte sie und ging zur Tür.

Er zuckte mit den Schultern. „Nicht der beste Start für deine DI-Karriere, oder?"

„Das geht dich nichts an."

„Ich wette, du bist mächtig sauer wegen Shand und Petersen."

„Untertreibung des Jahrhunderts".

„Wird dieser Fall dir nochmal das Leben schwer machen? Ist mein Sohn in Sicherheit?"

Sie blieb stehen.

„Nicholas ist absolut sicher. Lass es, Jim. Bitte."

„Grüß ihn von mir."

„Hmm."

KAPITEL SIEBEN

„Tut mir leid, Leute."

„Was, Boss?", fragte Rhodri.

Zoe warf ihre Tasche auf den Schreibtisch. „Dass ich euch allein gelassen habe. Ich habe gehört, dass ihr DCI Clarke um Hilfe bitten musstest."

„Uns ging es gut", sagte Connie. Rhodri rieb sich den Nacken.

„Das nächste Mal rufst du mich an, ja?" sagte Zoe. „Ich bin hier, um zu helfen."

„Du warst mit der Befragung von Zeugen beschäftigt, Boss", sagte Rhodri.

„Nicht zu beschäftigt", sagte Mo. „Nicht, wenn es dringend ist." Er warf Rhodri einen Blick zu. Rhodri zupfte an seinem Kragen. „Tut mir leid, Sergeant."

„Okay", sagte Zoe. Sie hockte sich auf ihren Schreibtisch. Das innere Büro gehörte jetzt offiziell ihr, da sie eine ständige DI war, aber sie wollte es trotzdem nicht benutzen. Im Jackson-Fall hatten sie es mit Kisten voller Papierkram vollgestopft. Es war sinnvoller, einen sicheren Lagerraum zu haben, als sich hinter einer geschlossenen Tür zu verstecken. „Was gibts Neues?"

„Ich habe meinen Kumpel in Kings Norton getroffen", sagte Rhodri.

„Mit Feingefühl, hoffe ich", sagte Mo. Er setzte sich an seinen Schreibtisch und schloss sein Telefon zum Aufladen an.

„Ja, Boss. Ein Höchstmaß an Diskretion."

„Gut. Was hast du herausgefunden?"

„Nicht viel", sagte Rhodri. „Er bleibt mehr oder weniger für sich. Er hat nicht viele Freunde, kommt rein, macht seinen Job und geht nach Hause."

„Das ist nicht der Eindruck, den ich von seiner Frau bekommen habe", sagt Zoe. „Es gab definitiv Spannungen wegen seiner Arbeitszeiten."

„Vielleicht macht er eine Menge Überstunden."

„Hmm. Ich denke, wir müssen ihn fragen. Ich zögere, in Kings Norton noch tiefer zu bohren, bis wir wissen, dass wir etwas in der Hand haben."

„Alles klar, Boss."

„Sonst noch etwas? Irgendwelche Fälle, die unangenehm waren? Alter Groll?"

„Er war früher in der organisierten Kriminalität tätig."

„Das ist schon eher was. Wann?"

„Bis vor drei Jahren, als er Alison geheiratet hat."

„Vielleicht wollte er etwas Beständigeres, mit den Kindern und so", sagte Connie.

„Er hat Alison vor drei Jahren geheiratet?", fragte Mo. „Maddy ist zwölf."

„Neun", sagte Rhodri.

„Wie bitte, Rhod?"

KAPITEL SIEBEN

„Sie wäre da neun Jahre alt gewesen. Das Mädchen."

„Maddy", sagte Zoe. „Maddy und Ollie. Diese Kinder haben Namen. Vergesst das nicht. Aber es ist nicht ungewöhnlich, dass Eltern heiraten, wenn die Kinder schon da sind."

„Trotzdem", sagte Mo. „Es lohnt sich, das zu überprüfen. Vielleicht sind sie nicht von ihm."

Connie strich sich über die Wange.

„Alles in Ordnung, Connie?", fragte Zoe.

„Ich will sie nur finden. Das ist nicht leicht für die Mutter."

„Oder den Vater", sagte Mo.

„Das werden wir dann sehen", sagte Zoe. „Wir müssen die Möglichkeit in Betracht ziehen, dass er dafür verantwortlich ist."

„Wie das?", fragte Rhodri.

Zoe wechselte die Position. Es war unangenehm, so zu hocken, aber sie war jetzt hier. Und sie hatte keine Lust, sich hinter dem Schreibtisch zu verstecken. „Er sollte sie in Cadbury World treffen. Ein Familienausflug. Er ist nicht aufgetaucht, und dann sind die Kinder verschwunden."

„Maddy und Ollie", flüsterte Connie.

„Ja. Wissen wir, ob er irgendwann aufgetaucht ist?"

„Ja", sagte Mo. „Die Uniformierten sagten mir, dass er etwa eine halbe Stunde nach ihnen dort ankam."

„Eine halbe Stunde?"

„Ja." Er runzelte die Stirn. „Er arbeitet auf dem Revier von Kings Norton, das nach meiner Rechnung höchstens zehn Minuten von Bournville entfernt ist."

„Warum hat er dann so lange gebraucht, um dorthin zu kommen?"

„Vielleicht wusste er es nicht", sagte Connie.

„Das ist möglich", sagte Zoe.

„Sie war so durcheinander, dass sie ihn nicht angerufen hat?", fragte Mo.

„Schwer zu sagen, wie sich die Leute in so einer Situation verhalten. Und wahrscheinlich war sie sowieso schon sauer auf ihn."

„Ja, aber nicht so sauer, dass sie ihn nicht anrufen würde, wenn sowas passiert."

„Nein." Zoe tippte mit einem Stift auf ihre Vorderzähne. „Wir müssen herausfinden, wann er erfahren hat, dass die Kinder verschwunden sind, und warum er so lange gebraucht hat, um dorthin zu kommen."

„Soll ich das übernehmen, Boss?", fragte Rhodri.

Zoe lächelte ihn an. „Initiative. Das gefällt mir. Nein, wir können ihn fragen, wenn wir das nächste Mal im Haus sind. Ich werde dorthin zurückgehen. Wir sollten nicht in Kings Norton herumschnüffeln, es sei denn, wir müssen es wirklich tun. Wenigstens jetzt noch nicht."

„Richtig. Soll ich seine alten Fälle weiter überprüfen?"

„Ja. Und ihre beiden Social-Media-Profile. Schauen Sie, ob es irgendetwas Ungewöhnliches gibt, jemand, der sich besonders für sie interessiert. Cyber-Mobbing."

„Was macht sie beruflich, Boss?", fragte Connie.

„Sie arbeitet an einer Schule in Erdington. Lehrassistentin."

„Wir müssen auch mit ihnen reden", sagte Mo. „Wir müssen herausfinden, ob es jemanden gibt, der vielleicht einen Groll hegt. Eltern."

„Das ist ein deprimierender Gedanke", sagte Connie.

„Deprimierend, aber realistisch", sagte Zoe.

„Ist es wirklich möglich, dass jemand so verärgert über die Lehrkraft seines Kindes ist, dass er so etwas tut?"

KAPITEL SIEBEN

„Ich weiß, es ist sehr unwahrscheinlich. Aber wir müssen jede Möglichkeit in Betracht ziehen. Aber das können wir jetzt nicht vor morgen machen. Mo, kannst du wieder rübergehen und die Dinge im Auge behalten? Ich will es wissen, sobald sie etwas Brauchbares finden. Und ruf Adi Hanson an. Ich will wissen, was mit der Spurensicherung los ist."

„Willst du, dass sie die Stelle absuchen, an der die Kinder zuletzt gesehen wurden?"

„Ich weiß nicht, ob uns das viel nützen wird. Aber wenn sie irgendetwas finden, das ihnen gehört, wird es sich lohnen, es zu untersuchen."

„Gut, Boss." Mo warf sich den Mantel über die Schultern und zog den Stecker seines Telefons heraus.

„Also gut", sagte Zoe. „Wie läuft's mit der Videoüberwachung, Connie?"

„Sackgasse. Es gibt Aufnahmen von Alison, die mit Maddy und Ollie an einem Picknicktisch sitzt. Auch davon nicht viel. Die Kamera wechselt zwischen den beiden Positionen und sie sind nur in einer zu sehen."

„Es gibt keine kontinuierliche Aufzeichnung von einem der beiden Standorte?"

„Anscheinend nicht."

„Jeden Tag kommen Tausende von Menschen dorthin. Eine Menge Kinder. Sicherlich ist ihre Videoüberwachung besser als das. Connie, kannst du dich mit dem Sicherheitsdienst von Cadbury World in Verbindung setzen. Finde heraus, ob sie uns noch etwas geben können. Vielleicht haben sie den kontinuierlichen Feed irgendwo anders gespeichert."

„Bin schon dabei." Connie griff nach ihrem Telefon.

„Okay", sagte Zoe. „Dann ist also Mo bei Cadbury World, Rhod, der die Eltern beobachtet, und Connie an der Überwachung. Jetzt kann sich Lesley sicher nicht mehr beschweren."

„Worüber kann ich mich nicht beschweren?"

Zoe drehte sich um und sah Lesley in der offenen Tür stehen.

„Sie haben mich erschreckt, Ma'am."

Lesley lächelte. „Schön, dass Sie Ihr Team im Griff haben. Wo stehen wir?"

„Mo ist zurück nach Bournville gefahren, um die Suche zu überprüfen. Connie sieht nach, was sie aus den Überwachungsviedeos herauslesen kann, und Rhodri guckt sich die Eltern an, um herauszufinden, ob es jemanden gibt, der einen Groll gegen sie hegt."

„Gut. Was ist mit den Kindern selbst?"

„Was meinen Sie?"

„Was wissen wir über sie? Gab es Probleme in der Schule? Wir können nicht ausschließen, dass sie mit einem Erwachsenen außerhalb des Hauses in Kontakt gekommen sind."

„Wir hoffen immer noch, dass sie sich in der Fabrik verstecken, Ma'am."

Lesley sah auf ihre Uhr. „Seit sieben Stunden sind sie weg. Das bezweifle ich, meinen Sie nicht auch?"

Zoe sank langsam das Herz in die Brust. „Ich habe versucht, nicht daran zu denken."

„Das kann ich mir vorstellen. Es wird schon spät."

„Wir können es uns nicht leisten, zu zögern."

„Haben Sie die Überstunden genehmigt?"

„Shit. Tut mir leid, Ma'am."

Lesley lehnte sich gegen den Türrahmen. „Vergessen Sie das nicht, nächstes Mal. Ich weiß, dass wir keine Zeit verschwenden dürfen, dass wir diese Kinder schnell finden müssen, aber Sie können es sich nicht leisten, schlampig zu sein."

„Ich erledige jetzt den Papierkram."

KAPITEL SIEBEN

„Schon geschehen."

„Wie bitte?"

„Ich habe es für Sie machen lassen."

„Danke. Ich weiß es zu ..."

„Genug. Sie brauchen mir nicht zu danken. Finden Sie einfach diese verdammten Kinder."

KAPITEL ACHT

„Tut mir leid, dass ich Sie nochmal störe." Zoe lächelte Alison an, als die Frau sie durch die Vordertür hereinließ. „Wo ist PC Bright?"

„Ich bin hier, Ma'am." Trish war in der Küche und rührte in einem Topf Suppe. „Ich dachte, sie könnten etwas zu essen gebrauchen."

„Ich habe keinen Hunger", sagte Alison.

„Sie müssen es nicht essen", sagte Trish. „Aber es ist hier, falls Sie Ihre Meinung ändern."

„Gibt es Neuigkeiten?" fragte Alison. Ihr Teint war grauer als vorher. Sie hatte sich eine Strickjacke angezogen, deren Ärmel zerkaut war.

„Im Moment nicht, tut mir leid. Ich bin zurückgekommen, um mit Ihnen zu reden, um alles herauszufinden, was relevant sein könnte. Je mehr wir über Ihre Familie wissen, desto einfacher wird es, Maddy und Ollie zu finden."

Alison nickte, ihre Augen waren gesenkt. „Kommen Sie rein."

Das Wohnzimmer im hinteren Teil des Hauses war

KAPITEL ACHT

schummrig, nur eine Tischlampe war an. Die Großmutter war gegangen und Ian war nicht da.

„Wo ist Ihr Mann?"

„Er musste weg."

„Wohin?"

„Ich glaube, er wollte zurück zu Cadbury World."

„Es wäre das Beste für Sie beide, hier zu bleiben."

„Ich weiß." Alison zuckte mit den Schultern, ein Achselzucken, das von den vielen Gesprächen zeugte, in denen Ian ihr nicht zugehört hatte.

Zoe schenkte ihr ein Lächeln. „Es ist hilfreich, wenn wir uns allein unterhalten können. Ist Ihre Mutter nach Hause gegangen?"

„Sie muss ihren Hund füttern. Sie wird bald zurück sein."

„Gut." Sie hatten nicht viel Zeit. „Was dagegen, wenn wir uns setzen?"

Alison hob eine schlaffe Hand in Richtung des Sofas und Zoe nahm Platz. Alison saß ihr gegenüber, auf dem Sessel, den Ian zuvor benutzt hatte. Sie war kaum mehr als eine Silhouette im Schein der Tischlampe.

„Sie arbeiten als Lehrassistent, ist das richtig?"

„Ja. Die Schule ist nur eine halbe Meile entfernt. Maddy ist in ihrem letzten Jahr dort, Ollie hat gerade angefangen."

„Arbeiten Sie schon lange dort?"

„Seit fünf Jahren. Fünfeinhalb. Ich mag es."

„Gab es irgendwelche Zusammenstöße mit anderen Mitarbeitern oder mit Eltern? Jemand, von dem Sie glauben, dass er einen Groll gegen Sie hegen könnte?"

„Glauben Sie, dass einer der Eltern Maddy und Ollie entführt haben könnte?"

„Im Moment hoffen wir noch, dass sie sich in Bournville verstecken. Aber ich muss jede Möglichkeit ausloten."

Alison wischte sich mit dem Ärmel ihrer Strickjacke über das Gesicht. Sie schniefte. „Mir fällt niemand ein. Es gab einen Jungen in meiner Klasse, der letzten Monat für zwei Tage suspendiert wurde. Seine Mutter hat sich ziemlich aufgeregt. Aber jetzt scheint alles okay zu sein."

„Können Sie mir ihren Namen geben?"

„Das ist vertraulich. Ich kann nicht einfach ..."

„Ich bin sicher, dass die Schule nichts dagegen hat. Ich werde gleich morgen früh mit ihnen sprechen. Es sei denn, wir finden Ihre Kinder bis dahin."

„OK. Ruth Keele."

„Ist das das Kind oder die Mutter?"

„Das Kind. Ich bin mir nicht sicher, wie die Mutter heißt. Wir nennen sie einfach alle Mum."

„Ich weiß." Zoe erinnerte sich, wie seltsam sich das angefühlt hatte, als Nicholas noch in der Grundschule war. „Ist das alles, was Ihnen einfällt? Keine Probleme mit dem Management? Kein Mitglied des Personals, mit dem Sie sich gestritten haben?"

„Nein. Tut mir leid."

„Was ist mit Ian? Wie viel wissen Sie über seine Arbeit?"

„Nicht so viel wie Sie, nehme ich an."

„Arbeitet er lange?"

Ein Nicken. „Sein Job ist hart. Stressig. Sie setzen ihn sehr unter Druck."

„Hat er in letzter Zeit viel gearbeitet?"

„Es gibt einen Fall, über den er nicht viel sagen will. Aber es hat ihn reizbar gemacht. Ich kann es kaum erwarten, bis es vorbei ist."

Zoe notierte sich, dass sie herausfinden wollte, mit welchen Fällen Ian derzeit betraut war.

„Sie und Ian sind seit drei Jahren verheiratet, stimmt das?"

KAPITEL ACHT

„Drei Jahre im letzten August." Ein Hauch von Lächeln umspielte Alisons Lippen. „Wir haben in Yorkshire geheiratet, wo Ians Familie lebt. Maddy war Brautjungfer."

„Sie muss eine wunderschöne Brautjungfer gewesen sein."

Alisons Augen füllten sich mit Tränen. „Das war sie." Sie sah Zoe zum ersten Mal in die Augen. „Ich habe Angst um sie. Sie wird denken, dass sie sich um Ollie kümmern muss. Aber was ist, wenn ihr jemand wehtut?"

„Es ist schwer, ich weiß. Und ich werde Sie nicht anlügen. Vielleicht versteckt sich Maddy nur mit Ollie, vielleicht haben sie sich verlaufen. Aber wenn sie jemand entführt hat, werden wir alles tun, was wir können, um sie zu finden. So schnell wir können."

„Danke." Es war kaum mehr als ein Flüstern. „Ich war schon einmal verheiratet."

„Vor Ian?"

„Ja. Benedikt."

„Sie haben sich scheiden lassen."

Alison schüttelte den Kopf, als wäre sie über diese Andeutung entsetzt. „Er ist gestorben."

„Es tut mir leid, das zu hören. War das, als die Kinder noch klein waren?"

„Maddy war sieben. Ollie war ... Ich war schwanger. Es war ein Kletterunfall."

„Ihr erster Ehemann war ein Kletterer?"

„Bergsteiger. Ist um die ganze Welt gereist. Ich hatte Angst, weil ich jedes Mal nicht wusste, ob er zurückkommen würde. Und dann kam er nicht mehr."

„Wie war sein vollständiger Name?"

„Benedict Tomkin".

Zoe notierte sich den Namen. „Ich danke Ihnen. Sie

müssen Ian also recht bald nach seinem Tod kennengelernt haben."

Alison versteifte sich. „Ja."

„Das muss es einfacher gemacht haben. Einen Mann zu finden, der ein Vater für Ihre Kinder sein würde."

„Ja."

„Hallo noch mal."

Zoe drehte sich um und sah Barbara hereineilen. Sie trug einen lila Anorak, und brachte kalte Luft mit sich. Trish war direkt hinter ihr und versuchte, sie zu bremsen.

„Belästigen Sie meine Tochter?"

„Nein, Mrs. Wilson. Ich versuche nur, so viel wie möglich über die Familie zu erfahren, vielleicht hilft uns das, Ollie und Maddy zu finden."

„Sie müssen da draußen sein und nach ihnen suchen. Stellen Sie einen Suchtrupp zusammen."

„Das tun wir. In der Fabrik findet gerade eine Durchsuchung statt."

„Sie können Alison jetzt allein lassen. Sie muss schlafen."

Es war neun Uhr abends. Alison würde am Boden zerstört sein. Zoe sah sie an. „Gibt es noch etwas, das Sie mir sagen können? Irgendetwas, das wichtig sein könnte?"

Alison schüttelte den Kopf. Sie blickte ihre Mutter an. Sie hatte sich in sich selbst zurückgezogen, als wolle sie verschwinden.

Zoe stand auf. „Danke, dass Sie mit mir gesprochen haben. Ich möchte, dass Sie wissen, dass mein Team in diesem Moment an der Sache arbeitet. Sie werden alles tun, was sie können, um Maddy und Ollie zu finden. Ich kenne sie – sie werden nicht aufhören, bis Sie sie zurückbekommen."

Alison nickte und verschränkte ihre Arme um sich. In den Stunden, seit Zoe sie zuletzt gesehen hatte, schien sie dünner

KAPITEL ACHT

geworden zu sein. Ihr dünnes Haar hing ihr vor das Gesicht und war an einigen Stellen zerzaust.

„Ich begleite Sie hinaus", sagte Barbara.

„Nicht nötig", antwortete Zoe. Sie wandte sich an die ältere Frau. „Ich wäre dankbar, wenn wir uns morgen früh bei Ihnen zu Hause unterhalten könnten."

„Ich wüsste nicht, warum das nötig sein sollte."

„Ich muss so viel wie möglich über die Kinder wissen, über die Menschen, mit denen sie in Kontakt sind. Vielleicht können Sie sich an etwas erinnern, was Alison nicht weiß."

„Nun gut. Ich glaube aber nicht, dass es Ihnen viel nützen wird. Wir sind nicht so eine Familie."

„Danke."

Manchmal war es so schwer, zu Leuten wie Barbara Wilson höflich zu sein. Zoe warf einen Blick zurück auf Alison, die aus dem leeren Fenster nach hinten starrte. Sie machte sich auf den Weg zur Vorderseite des Hauses, wo Trish in der Küche herumklapperte.

„Wie ist die Atmosphäre, wenn ich nicht da bin?", fragte Zoe.

„Wie man es erwartet", sagte Trish. „Angespannt."

„Wann ist Ian gegangen?"

Trish griff nach ihrem Notizbuch. „Acht Uhr fünfundzwanzig."

Bei dem Verkehr um diese Zeit wäre er schon längst bei Cadbury World.

„Sie sagen mir doch Bescheid, wenn etwas Ungewöhnliches passiert, oder?"

„Natürlich, Ma'am."

„Streitereien, einer von ihnen verhält sich seltsam, versteckt etwas. Leute, die kommen und gehen. Notieren Sie sich einfach ihre Bewegungen."

„Es gibt etwas, das ich Ihnen sagen sollte, Ma'am."

„Ja?"

„Ich kannte Ian Osman. Ich habe vor sechs Jahren mit ihm in Coventry gearbeitet."

Ian Osman hatte also die Angewohnheit, die Abteilungen zu wechseln.

„Ich hätte nicht gedacht, dass Sie vor sechs Jahren alt genug waren, um bei der Polizei zu arbeiten."

„Ich bin neunundzwanzig, Ma'am."

„Tut mir leid. Das kam falsch rüber. Ich wollte nicht ..."

„Das ist schon in Ordnung. Ich sehe jung aus. Ich weiß."

„Wollen Sie, dass ich einen anderen FLO zuweisen lasse?"

„Nein. Ich glaube nicht, dass er sich an mich erinnert. Nicht wirklich. Ich war ein PC, er war ein neuer DC. Er hat mich so gut wie ignoriert."

„Also gut. Nun, wenn Ihnen irgendetwas davon unangenehm ist, würde ich Sie lieber an einen anderen Arbeitsplatz versetzen.

„Es ist schon in Ordnung. Ich werde auf sie aufpassen."

KAPITEL NEUN

„Nun, das war nicht einfach." Connie stieß sich von ihrem Schreibtisch ab und lehnte sich müde zurück. Im Büro war es still, nur Rhodri klickte mit seiner Maus und grunzte gelegentlich. Die Gänge draußen waren leer.

„Alles in Ordnung, Con?"

„Nenn mich nicht so. Bitte."

„Tut mir leid." Rhodri schenkte ihr ein Grinsen. Er konnte nervtötend sein, aber er meinte es gut. „Was ist los?"

„Danke. Ich musste mich durch vier verschiedene Leute arbeiten, zwei davon zu Hause, um mit diesen Videoaufzeichnungen weiterzukommen."

„Aber du hast doch etwas erreicht, oder?"

„Wird morgen bei uns sein. Kann gar nicht früh genug kommen."

„Ja." Rhodri blickte wieder auf seinen Bildschirm und rieb sich die Augen.

„Dieser Fall ist mir unheimlich", sagte Connie.

„Dein erster Fall mit vermissten Kindern?"

„Ja. Furchtbar, nicht wahr?"

„Das ist es. Wir müssen nur den Kopf einziehen und tun, was die Chefin sagt."

„Du hast Recht. Wie läuft's mit den sozialen Medien? Brauchst du Hilfe?"

Er fuhr sich mit der Hand durch die Haare. „Ja, bitte. Du kannst das besser als ich."

Sie überlegte, ob sie ihm widersprechen sollte, hielt sich aber zurück. Er hatte recht. Und sie sollte sich nicht selbst runterreden. Ihre Mutter hatte ihr das seit ihrer Einschulung eingetrichtert und sie als eine Art Dummkopf hingestellt.

„Na dann los." Sie schob ihren Stuhl zu seinem Schreibtisch hinüber. Er hatte Facebook geöffnet, den Account einer Frau namens Barbara Wilson. „Wer ist das?"

„Alisons Mum. Du würdest sie hassen."

„Das ist ein bisschen unfair."

„Wenn du siehst, was sie hier so von sich gibt, nimmst das zurück. Die Frau ist ein Dinosaurier."

Connie lehnte sich vor. Rhodri hatte Recht. Barbara Wilson hatte Beiträge von rechtsextremen Seiten geteilt. Die Art von Seiten, die ihren Rassismus hinter überschwänglichem Patriotismus verbargen. Sie schnitt eine Grimasse.

„Ja", sagte sie. „Das macht sie trotzdem nicht zu einer Verdächtigen."

„Nein."

„Teilt ihre Tochter ihre Politik?"

„Nicht, soweit ich das beurteilen kann. Ihr Feed besteht nur aus Geschichten über die Kinder, lustigen Katzen-Memes, Büchern, die sie liest. Fotos von ihr und den Kindern, wie sie ihre Zimmer einrichten. Verdammt langweilig."

„Was ist mit ihm?"

„Ich habe es noch nicht geschafft, in sein System zu

KAPITEL NEUN

kommen. Er hat sich tatsächlich die Mühe gemacht, seine Sicherheitseinstellungen zu konfigurieren."

„Soll ich es mal versuchen?"

„Ja. Tu das, und ich überprüfe Instagram. Es gibt ein paar Facebook-Posts, die von dort zu stammen scheinen."

„Okay", sagte Connie. „Schau dir die Leute an, mit denen sie befreundet ist, die Leute, die ihr folgen. Sieh nach, ob einer von ihnen Irgendetwas Verdächtiges gepostet hat. Irgendetwas, das sie angreift, oder über Maddy und Ollie."

Rhodri wandte sich ihr zu. „Es macht dich zu einem besseren Polizisten, weißt du."

„Hmm?" Sie ging zurück zu ihrem Schreibtisch und rief Facebook auf. „Was denn?"

„Du sorgst dich. Ich weiß, das macht es schwieriger, aber es bedeutet, dass du härter arbeitest. Wie die Chefin."

Connie nickte. Es fühlte sich auch nicht besser an, so besorgt um die armen Kinder zu sein. Sie war selbst einmal von zu Hause weggelaufen, als sie elf war. Ihre Mutter hatte sie wegen ihrer Haare zusammengestaucht und ihr kleiner Bruder Zaf hatte sie geärgert. Sie hatte zwei Meilen geschafft und war dann wieder nach Hause gegangen. Sie erinnerte sich an die zunehmende Leere, je weiter sie sich von zu Hause entfernte, und an die Wärme, die sie empfunden hatte, als sie durch die Haustür trat und die beiden auf sie warteten. Keine erhobenen Stimmen, keine Vorwürfe. Nur eine Umarmung von ihrer Mutter, die sich anfühlte, als würde sie nie aufhören.

„Autsch", sagte sie. „Er ist nicht gerade taktvoll."

„Bist du bei Ian im Profil?"

„Ja. Er hat es auf einen seiner Kollegen abgesehen. Einem DI. Er sagt nicht seinen Namen, nur ‚der DI'. Ich frage mich, wer das ist."

„Was hat er über ihn gesagt?"

„Er ist ein Hochstapler, sagt Ian. Er gehört nicht ins Team, zeigt keinen Einsatz. Verärgert alle durch sein Verschwinden, wenn er an Fällen arbeiten sollte."

„Jemand, der neu auf der Station ist?"

„Die Bemerkung über den Hochstapler würde dich das glauben lassen."

„Ich schaue nach, ob dort jemand Neues angefangen hat."

„Auf DI-Ebene. Warum stellt er das alles auf Facebook? Er hat doch sicher Kumpels bei der Polizei, die wissen, von wem er spricht?"

„Du glaubst doch nicht, dass dieser DI es auf ihn abgesehen haben könnte?" Rhodri starrte auf seinen Bildschirm und sah sich die Polizeiakten an. „Verdammt."

„Was?"

„Ich brauche Personalakten, um mich über Versetzungen zu informieren. Ohne den Boss komme ich da nicht ran."

„Dann ruf sie an."

„Ist schon in Ordnung. Ich rufe Arjun an."

„Wer ist Arjun?"

„Mein Kumpel in Kings Norton. Er ist in Uniform, aber er wird wissen, ob es einen neuen DI gibt."

„Gut. Hier steht noch mehr. Über Alison."

„Lass hören."

„Nicht viel", sagte sie. „Abfällige Kommentare, dass sie ihn nicht versteht."

„Vielleicht tut sie das nicht."

„Er hat den Beitrag eines Freundes darüber kommentiert, dass er eine Frau hat, die versteht, wie es ist, bei der Polizei zu sein. Sich vorzustellen, wie das sein würde."

„Autsch."

„Ja. Und es gibt einen Streit mit einem Typen über Polizeibrutalität."

KAPITEL NEUN

„Ein Troll?"

„Möglicherweise. Warte mal ... der Troll ist in den USA. Dann ist er kein potenzieller Verdächtiger."

Rhodri begann in sein Telefon zu sprechen. Connie tauchte tiefer in das Online-Leben von Ian Osman ein.

„Verdammt." Rhodri warf sein Telefon auf den Schreibtisch.

„Keine Hilfe?"

„Voicemail." Er schaute auf die Uhr über der Tür zum Büro des DI. „Es ist halb elf. Kein Anruf von Cadbury World. Diese Kinder sind entführt worden, Con. Oder?"

Connie verdrängte den Kloß, der sich in ihrem Hals bildete, und blätterte weiter durch die Bildschirme, fest entschlossen, dabei zu helfen, Maddy und Ollie zu finden.

KAPITEL ZEHN

Zoe saß in ihrem Auto in einer ruhigen Straße in der Nähe des Stadtzentrums und blickte zu einem erleuchteten Fenster hinauf. Das Schlafzimmerfenster von Jory Shand.

Sie sollte nicht hier sein. Wenn er sie entdeckte, würde sie wegen Polizeischikane angezeigt werden. Aber sie konnte die Frustration über seine Freilassung nicht abschütteln. Sie wusste nicht einmal, ob er da oben war. Vielleicht war seine Frau allein. Vielleicht hatte sie ihn nach dem, was er getan hatte, rausgeschmissen. Oder aber sie glaubte den Anwälten und hielt ihren Mann für unschuldig.

Zoe musste einen anderen Weg finden, ihn und die anderen, die davongekommen waren, zu kriegen. Männer wie Trevor Hamm, dessen Schläger Mo und Connie angegriffen hatten, als sie an dem Mordfall Jackson gearbeitet hatten. Kyle Gatiss, der Shand und seine kranken Kumpels mit Kindern versorgt hatte, die sie missbrauchen konnten. Simon Adams, der gegen die Kautionsauflagen verstoßen hatte und Gott weiß wo war.

Shands Haus so zu beobachten, würde sie nicht weiterbringen. Es war Papierkram, der sie in den Canary-Fall gebracht hatte, und es würde Papierkram sein, der ihn wieder öffnen würde. Papierkram, zu dem sie im Moment keinen legalen Zugang hatte.

Sie musste entweder einen Weg finden, sich Zugang zu verschaffen, oder sie musste sich selbst davon überzeugen, es sein zu lassen. Zumindest für den Moment, während sie versuchte, Maddy und Ollie zu finden.

Ihr Telefon klingelte: Mo.

„Hey."

„Hallo, Zo."

Sie lächelte und freute sich, dass er den Spitznamen immer noch benutzte, obwohl sie jetzt sein Boss war. „Was gibt's?"

„Sie machen für die Nacht Schluss in der Fabrik. Haben auch jeden Winkel von Cadbury World durchsucht. Sie sind nicht hier."

Sie sackte in sich zusammen. „Ja." Es war keine Überraschung. „Wie geht es da jetzt weiter?"

„Inspector McManus hat alle nach Hause geschickt. Es gibt nur zwei PCs, die den Ort im Auge behalten. Nur für den Fall, dass, wer auch immer die Kinder entführt hat, zurückkommt."

„Das werden sie nicht."

„Ich weiß."

Sie starrte nach vorne und dachte über die Ereignisse der letzten Stunden nach. Mo würde in seinem Auto sitzen und das Gleiche tun. Sie saßen in geselliger Stille zusammen. Normalerweise taten sie das in ihrem Auto auf dem Parkplatz des Polizeireviers von Harborne, wo die Kripo ihren Sitz hatte. Heute Abend befanden sie sich auf entgegengesetzten Seiten der Stadt.

„Geh nach Hause", sagte sie. „Catriona wird sich fragen, wo du bist."

„Sie hat Bereitschaftsdienst. Sie musste weg. Meine Mum passt auf die Mädchen auf."

„Noch ein Grund mehr, nach Hause zu gehen und deiner Mutter eine Pause zu gönnen."

„Kann ich sonst nichts tun?"

„Nicht heute Nacht. Schlaf ein wenig. Wir fangen morgen früh wieder an, mit frischen Köpfen und so weiter."

„Sechs Uhr morgens."

„Ja."

Sie legte auf und warf einen letzten Blick auf das erleuchtete Fenster. Das Licht war erloschen. Jory Shand, oder vielleicht auch nur seine Frau, schlief. Mistkerl.

Sie drehte den Zündschlüssel und fuhr nach Hause.

KAPITEL ELF

Das Haus war still. Zoe ging zum Kühlschrank und hoffte, dass Nicholas gekocht und ihr etwas übriggelassen hatte. Von ihnen beiden war er der Einzige, der kochen konnte.

Sie durchwühlte die Pepsi-Max-Dosen, Bierflaschen und Kartons mit Essensresten. Nichts.

„Tut mir leid, Mum." Nicholas kam in die Küche. „Ich war mit Zaf unterwegs. Seine Mum hat gekocht."

„Das ist schön."

Zaf war Connies jüngerer Bruder und der neue Freund von Nicholas. Zoe hatte ihn nur einmal getroffen, aber sie hatte sein Wissen über moderne Kunst in einem früheren Fall genutzt.

„Das war es. Aber keine Spur von Connie. Hast du sie Überstunden machen lassen?"

„Scheiße." Zoe griff nach ihrem Telefon. Voicemail. „Connie, hier ist Zoe. Ich weiß nicht, ob du noch im Büro bist, aber ich sage dir jetzt, dass du nach Hause gehen sollst. Du musst dich etwas ausruhen, damit wir morgen früh weitermachen können. Ich hoffe, du hörst das."

„Ups." Nicholas öffnete den Kühlschrank und nahm eine Flasche Bier heraus. Er reichte ihr eine Dose Pepsi.

„Danke."

„Du hast sie dagelassen?"

„Vor ein paar Stunden. Ich musste zu einer Vernehmung ... egal. Hoffentlich war ihr Anrufbeantworter an, weil sie im Bus sitzt."

Ihr Telefon piepte. Eine SMS von Connie, die gerade nach Hause gekommen war. Zoe stieß einen erleichterten Pfiff aus.

„Ich bin ein beschissener Boss."

„Connie findet dich großartig."

„Wirklich?"

„Sicher. Du musst nur besser auf dich aufpassen."

„Danke, Schatz. Aber es ist mein Job, mich um dich zu kümmern. Nicht andersherum."

„Ja ja."

Er verließ die Küche und ging nach oben, zurück in sein Zimmer. Er würde auf Discord sein und mit Zaf chatten. Wenn die beiden nicht zusammen waren, waren sie online miteinander verbunden. Es war süß, wenn auch vielleicht ein bisschen zu intensiv für zwei Achtzehnjährige.

Es klopfte an der Haustür. Sie schaute auf ihre Uhr: schon elf. Wer zum Teufel ...?

Sie schleppte sich zur Tür.

„Carl?"

„Wir hatten ein Date."

„Wir hatten was? Oh, Mist. Tut mir leid, aber es war kein Date."

Er hob die Augenbrauen. „Was ist passiert? willst du kneifen?"

DI Carl Whaley war ein ehemaliger Kollege, ein Undercover-Beamter für Professional Standards. Heute Abend wollte

KAPITEL ELF

sie ihm endlich erzählen, was sie über ihren alten Chef David Randle wusste.

„Nein", sagte sie. „Ein Fall."

„Muss ein großer sein."

„Komm rein. Ich mache dir einen Kaffee. Aber ich rede nicht über Randle, nicht wenn Nicholas oben ist."

Er lächelte und folgte ihr ins Haus. „Schönes Haus."

Sie drehte sich zu ihm um. „Ja, klar."

„Doch, ist es."

„Es ist ein Dreckloch."

„Ein Dreckloch, in dem du deinen Sohn großgezogen hast."

„Versuch bitte nicht, mir zu schmeicheln, indem du so tust, als hätte ich ein Händchen für Innenarchitektur oder so. Dieser Ort ist mein Zuhause, ja. Ich lebe gerne hier. Aber das heißt nicht, dass ich den feuchten Fleck an der Decke nicht sehen kann."

„Tja, auch wieder wahr." Er schenkte ihr ein Grinsen.

Sie schlug ihm leicht auf den Arm. „Du redest nur Scheiße, weißt du das?"

„Das tue ich. Das wurde mir schon oft gesagt."

„Gut. Dann setz dich in mein wunderschön eingerichtetes Wohnzimmer, während ich den Kessel aufsetze."

Sie stapfte in die Küche. Sie hatte vor, um fünf ins Büro zu gehen und brauchte ihr Bett.

„Hast du Hunger?" rief Carl aus dem Wohnzimmer.

Am Verhungern, dachte sie. „Nein, mir geht's gut."

„Schade. Ich hätte dich in diese Frittenbude eingeladen."

Sie stand in der Tür, in jeder Hand einen Becher. „Um ehrlich zu sein, Carl, würde ich jetzt richtig gerne Fisch und Chips essen. Aber ich bin todmüde, und ich muss morgen früh raus."

„Nachricht erhalten. Ich werde das schnell trinken." Er hob die Tasse auf, die sie auf den Couchtisch gestellt hatte. Es war eine *Star Wars*-Tasse, die zweite Wahl nach der *Dr. Who*-Tasse, die sie in der Hand hielt.

„Möge die Macht mit dir sein", murmelte er, während er einen Schluck nahm. „Guter Kaffee."

„Das ist das Einzige, was ich zubereiten kann." Sie ließ sich neben ihm auf die Couch fallen.

„Ja, natürlich. Also, was ist der Fall?"

„Kindesentführung. Cadbury World".

„Ich dachte mir schon, dass sie dir das geben würden."

„Woher weißt du davon?"

„Ich bin jetzt in Kings Norton stationiert, vergiss das nicht. Ian Osman arbeitet für mich."

„Tut er das." Sie zog ihre Beine unter sich und drehte sich zu ihm um. „Erzähl mir von ihm."

Carl nahm sich Zeit, an seinem Kaffee zu nippen. Er stellte ihn auf den Tisch und kratzte sich an der Nase. „Das war's. Ich kann nicht."

„Kannst nicht oder willst nicht?"

„Ich kann dir sagen, was für ein Mann er ist. Hinterlistig, meiner Meinung nach. Einer dieser Polizisten, die den Anschein erwecken, als wären sie sehr beschäftigt, aber in Wirklichkeit lassen sie sich nur treiben. Aber mehr kann ich nicht sagen."

„Warum nicht?"

Er holte tief Luft und wandte sich ihr zu. Er betrachtete sie einen Moment lang.

„Was? Was ist los?", platzte sie heraus.

„Ich ermittle gegen ihn, Zoe. Das ist alles, was ich dir sagen kann."

KAPITEL ZWÖLF

Maddy rieb sich die Augen. Ihr war kalt, die Bettdecke musste in der Nacht vom Bett gerutscht sein.

Sie setzte sich auf und streckte die Arme über den Kopf. Das Pokémon-Poster über ihrem Bett hatte sich an einer Ecke gelöst. Sie griff nach oben und glättete es, indem sie auf den blauen Klecks Knetkleber drückte.

Sie lehnte sich ins Kissen zurück und lauschte den Geräuschen im Haus. Das tat sie jeden Morgen. Sie hörte ihrer Familie zu, überlegte, wer hier war und wer schon zur Arbeit gegangen war. Normalerweise war es ihr Vater, der schon weg war. Er war vor der Arbeit mürrisch, und sie wartete gern, bis er gegangen war.

Im Haus war es still.

Das Zimmer roch falsch. Da war ein scharfer Geruch, wie …

Sie setzte sich auf, ihr Herz raste.

In der Ecke unter dem Fenster bewegte sich eine Gestalt in der Dunkelheit. Maddy hielt den Atem an.

„Hallo?"

Die Angst durchbohrte sie, ließ ihre Augen brennen und ihren Magen schmerzen. Sie beobachtete die Bewegung und wünschte, sie hätte nichts gesagt.

Die Gestalt veränderte sich und wurde zu einem Menschen.

Es war okay. Es war nur Ollie.

„Was machst du hier?"

„Hm?" Er krabbelte zu ihrem Bett und sah zu ihr hoch.

„Mads?"

„Ist schon gut, Ols. Du musst wieder geschlafwandelt sein." Maddy hievte ihre Füße über die Bettkante. „Komm, ich bringe dich zurück in dein Zimmer."

Sie watschelte zur Tür und fragte sich, wo ihre Hausschuhe waren. *Elsa* Hausschuhe, von ihrer Oma, die dachte, sie sei noch sechs. Sie griff nach der Klinke.

„Hm?"

Sie drehte den Griff erneut und zerrte daran. Er rührte sich nicht. Das war seltsam. Es war ein silberner Griff. Ihr Zimmer hatte einen weißen Türknauf.

Sie sah sich um. Alles war gleich. Ihre rosa und lila gestreiften Vorhänge, die Manga-Poster an den Wänden. Sogar das Plüschtier, das sie am Tag zuvor bei Cadbury World gekauft hatte.

„Ich bin müde", sagte Ollie.

„Geh wieder schlafen. Leg dich auf mein Bett." Sie schob ihn auf die Matratze. Das Bett war größer als sonst. Es hatte die gleiche lila gepunktete Bettdecke, die gleichen roten Kissen. Aber es war mehr Platz auf beiden Seiten des Bettes. Die Matratze war gewachsen.

Sie ging zurück zur Tür und öffnete den Mund, um Mum zu rufen.

„Mads? Was ist hier los? Ich bin ganz nass."

KAPITEL ZWÖLF

Ollie kniete auf ihrem Bett, sein Gesicht war rot. Er war kurz davor zu weinen. Sein Schlafanzug war durchnässt, die Unterseite ruiniert.

„Ist schon gut, Ols", sagte sie. „Hier, du kannst meinen Schlafanzug haben."

Sie hätte ihre Mutter rufen sollen, aber irgendetwas in ihr sagte ihr, dass sie es nicht tun sollte. Dieser Türgriff und die größere Matratze.

Ihr Ersatzpyjama lag in der Schublade neben ihrem Bett. Sie war leer.

Sie lehnte sich an die Wand zurück und sah sich im Raum um. Die Kleidung, die sie gestern getragen hatte, ihre Lieblingsjeans und ihr lila Kapuzenpulli, hingen über die Lehne ihres gelben Schreibtischstuhls.

Das alles ergab keinen Sinn. Alles war dasselbe und doch anders.

Ollie weinte. Maddy streichelte sein Haar. „Pssst. Hier, nimm meins." Sie zog ihren Schlafanzug aus und half ihm, ihn anzuziehen. Den schmutzigen schmiss sie auf den Boden. Von dort stammte der Geruch.

Sie eilte zu ihrem Schreibtisch und zog sich an, weil sie befürchtete, dass jemand hereinkommen könnte. Sie wusste nicht, was sie auf der anderen Seite der Tür erwartete, die ihr gehörte und doch nicht ihr gehörte.

Das Bett fühlte sich sicherer an als der Boden. Sie ließ sich darauf nieder und schlang ihre Arme um Ollie. Er zitterte und versuchte, die Tränen zu unterdrücken.

„Pst. Es ist alles in Ordnung."

Er lehnte sich an sie. Maddy starrte auf die Tür, ihre Gedanken rasten.

KAPITEL DREIZEHN

Alison starrte aus dem Fenster, während der Kessel kochte. Eine Amsel hüpfte durch den Vorgarten und hielt an, um im Gras zu picken. Sie beobachtete sie, und ihre Brust wurde eng.

„Hey, Liebes." Ian stand hinter ihr und legte seinen Arm um ihre Taille. Sie schüttelte ihn ab.

„Tut mir leid", sagte er. „Bist du okay?"

Sie starrte weiter, ihr Verstand war wie benebelt. Sie hatte kaum geschlafen und war bei jedem Geräusch aufgeschreckt, falls es Maddy und Olly waren, die nach Hause kamen. Die FLO war von einem anderen Beamten, einem jungen Mann, abgelöst worden. Er hatte auf dem Sofa im Wohnzimmer geschlafen. Sie konnte sich nicht entscheiden, ob sie sich durch seine Anwesenheit besser oder schlechter fühlte.

„Ich gehe auf die Wache und sehe, was ich herausfinden kann. Was da los ist."

Alison drehte sich um, ihr Gesicht ganz nah am Gesicht ihres Mannes. „Nein."

„Vielleicht kann ich ..."

KAPITEL DREIZEHN

„Nein. Keine Arbeit heute. Ich brauche dich hier."

„Al, ich nutze hier nichts. Es ist nicht so, dass ich etwas tun kann."

„Du scherst dich einen Dreck um mich, nicht wahr?"

Er wich zurück. „Komm schon, Liebes. Du bist müde. Du bist gestresst. Bitte, lass uns nicht ..."

„Geh einfach, wenn du musst. Mach dir keine Sorgen um mich."

Er runzelte die Stirn und musterte sie. „Du hast gesagt, du willst, dass ich bleibe."

Der Teekessel klickte. Sie streckte eine Hand aus, der Dampf waberte über ihre Finger. Sie ignorierte die Hitze.

„Geh einfach. Ich weiß, dass es für dich nicht dasselbe ist."

Er legte ihr eine Hand auf die Schulter. „Komm schon, Liebes, du weißt, dass das nicht stimmt."

Sie ergriff die Hand. Sie drückte. „Nein? Wie *ist* es denn? Wie kannst du wissen, was ich fühle?"

Er zog sie an sich. „Sie werden sie finden. Ich bin sicher, das werden sie."

Sie vergrub ihr Gesicht in seinem Hemd. Er trug eine Krawatte. Er hatte die ganze Zeit vorgehabt, zur Arbeit zu gehen.

„Was, wenn sie es nicht tun, Ian? Oder was, wenn sie es doch tun, aber sie wurden verletzt ... oder schlimmer?"

„Wir müssen das Beste hoffen."

Sie hob ihr Gesicht. Wimperntusche befleckte sein Hemd.

„Ich kann nicht", schniefte sie. „Und wenn es diese Männer sind?"

„Welche Männer?"

„Die aus dem Fernsehen ... die Männer, die freigelassen wurden. Was ist, wenn sie sie haben?"

Ian hielt sie auf Armeslänge. „Das haben sie nicht. Das

würden sie nicht getan haben. Das ist unmöglich, so kurz nach der Entlassung. Und sie würden ein solches Risiko nicht eingehen."

„Hast du an dem Fall gearbeitet? Canary?"

„Nein, Liebes. Ich hatte nichts damit zu tun. Es ist also nicht so, dass sie es auf mich abgesehen hätten."

Sie stieß ihn weg. „Ich weiß nicht, was ich denken soll. Ich ..."

Sie rutschte zu Boden und schrammte mit dem Rücken an der Stirnseite des Küchenschranks entlang. Neben ihr gab es einen Aufprall.

„Scheiße." Ian schob sie beiseite. Sie hatte den Wasserkocher von der Theke gezogen, und mit ihm ihre Tasse. Ihr Arm war mit kochendem Wasser bespritzt.

„Wir müssen dich in die Notaufnahme bringen." Er packte ihren Arm.

Sie jaulte auf und riss ihn weg. „Ich werde nirgendwo hingehen. Es ist schon gut."

Er biss sich auf die Lippe. Sein Gesicht war blass und feucht. „Du hast dir das Handgelenk verbrüht. Du musst zum Arzt."

„Es tut nicht weh."

Sie hatte Recht. Es tat nicht weh. Sie spürte nichts. Zumindest nicht von außen.

Er schob den Wasserkocher zurück auf die Arbeitsplatte und zog ihr Handgelenk zum Waschbecken, um kaltes Wasser darüber laufen zu lassen. Sie sahen beide zu, wie das Wasser lief, dann zog er sie in seine Arme. Sie spürte, wie ein Schluchzen sie durchschüttelte.

„Ich weiß nicht, was ich tun soll, Ian."

„Ich weiß, Liebes. Ich weiß." Er küsste sie auf den Kopf und sie lehnte sich an ihn, ihr Körper war leer.

KAPITEL VIERZEHN

Zoe war seit fünf Uhr morgens im Büro. Sie und Connie klickten sich durch die Social-Media-Konten der Osmans und suchten nach etwas Ungewöhnlichem.

Es gab nichts. Alisons Account war so langweilig, wie kein anderer, den Zoe je gesehen hatte, und abgesehen von seinen Kommentaren über den ‚Hochstapler' war Ian in letzter Zeit nicht sehr aktiv gewesen. Alison war auf Instagram aktiv, Fotos der Kinder füllten ihren Feed. Zoe starrte sie an und versuchte, nicht daran zu denken, was diese armen Kinder wohl gerade durchmachen mussten.

„Komm", sagte sie. „Lass uns die Dienstbesprechung machen."

Mo nickte erst Rhodri und dann Connie zu und sie gingen in das leere Büro des DI. Rhodri unterdrückte ein Gähnen und Connie gab ihm einen Stoß in die Rippen. An der Wand lehnte ein dünnes, in Pappe verpacktes Paket.

„Was ist das, Boss?", fragte Rhodri.

Zoe holte ihre Autoschlüssel aus der Tasche und riss mit einem davon den Karton auf.

„Es ist eine Tafel, Rhod." Sie lehnte es an die Wand. „Deine Aufgabe ist es, sie heute noch an dieser Wand anbringen zu lassen. Sprich mit Sarita in der Verwaltung, sie wird das für dich regeln."

„Randle mochte keine Tafeln", sagte Mo. „Altmodisch. Man kann sie nicht mitnehmen."

„Du kannst HOLMES auch nicht wirklich mitnehmen", sagte Connie.

„Genau", sagte Zoe. „Und das hier ist eher visuell. Das Anstarren hilft manchmal, dass sich die Verbindungen in deinem Gehirn bilden. Connie, ich möchte, dass du das füllst. Fotos, Karten, Pläne, Notizen. Alles, was wir finden, kommt hier drauf. Und nun zum Stand der Dinge. Mo, was passiert in Cadbury World?"

„Sie haben den ganzen Ort zweimal durchsucht, Boss. Raster und Quadrant. Es gibt da niemanden, der nicht da sein sollte."

„OK. Sie sind also woanders hingegangen. Wir müssen davon ausgehen, dass sie entführt wurden, nicht dass sie weggelaufen sind. Connie, Videoüberwachung?"

„Die Aufnahme, die sie mir gegeben haben, ist keine große Hilfe. Sie zeigen Alison mit Maddy und Ollie, bevor sie losging, um das Essen zu holen. Aber ich warte auf mehr. Die Originalaufnahmen von beiden Kameras in Echtzeit.

„Das ist das Wichtigste. Wir können nur hoffen, dass der Moment, in dem sie mitgenommen wurden, auf der Kamera zu sehen ist."

Connie nickte, ihr Gesicht war angespannt. „Ich werde sofort anrufen. Soll ich rübergehen und es persönlich abholen?"

„Du hast kein Auto."

„Aber ich, Boss", sagte Rhodri.

KAPITEL VIERZEHN

Zoe hob eine Augenbraue. „Das ist neu."

Rhodri verzog die Lippen und versuchte, nicht zu lächeln. „Ich habe mir einen Motor besorgt, Boss."

„Schön für dich. Einen anständigen?"

„Saab. Fünf Jahre alt."

Zoe hätte Rhodri nicht als Saab-Fahrer eingeschätzt. „Du und Connie, ihr fahrt zusammen dorthin. Dann kommt ihr zurück und geht weiter die sozialen Medien durch. Und es wird Zeugen geben, die wir befragen müssen, von Cadbury World."

„Die Uniformierten arbeiten sich bereits durch", sagte Mo. „Wenn sie was Interessantes haben, lassen sie es mich wissen."

„Hast du das mit Jim abgesprochen?"

„Das habe ich. Kein Problem, hoffe ich?"

„Natürlich nicht." Zoe mochte es nicht, mit Jim zu arbeiten, aber sie musste sich damit abfinden. „Okay. Ich möchte heute Morgen mit der Großmutter sprechen."

Rhodri zog eine Grimasse.

„Sie haben sie über die sozialen Medien gefunden?" fragte Zoe.

„Ja. Wütende Rechtsextremistin."

„Nun, das macht sie nicht zu einer Verdächtigen."

„Das nicht", sagte Connie. Ihre Stimme war fest.

„Du glaubst doch nicht, dass das etwas damit zu tun hat, oder? Wie wütend?"

„Einige fragwürdige Facebook-Seiten", sagte Rhodri. „Sie weiß wahrscheinlich nicht einmal, wie anstößig sie sind."

„Nimmt sie aktiv teil?"

„Nein", sagte Connie. „Sie teilt gelegentliche Posts. Typisches Zeug. Ich glaube nicht, dass wir uns darüber Sorgen machen müssen."

„Also gut. Nun, sie hat gestern Abend deutlich gemacht,

was sie von mir hält. Ich freue mich nicht darauf, sie zu befragen."

„Willst du Gesellschaft?", fragte Mo.

„Nein. Wir haben genug zu tun, und wir müssen schnell handeln." Sie sah auf. „Ma'am."

Lesley lehnte im Türrahmen. „Schön, dass Sie Ihr Büro benutzen, Detective Inspector."

„Wir benutzen es als Besprechungsraum", antwortete Zoe.

„Ich bin froh, dass es nicht verschwendet wird. Es hat Vorteile, als DI einen privaten Raum zu haben, wissen Sie".

Zoe nickte.

„Mir gefällt auch die Tafel. Nichts von diesem modernen PowerPoint-Quatsch."

Zoe verbarg ein Lächeln. David Randle war ein Verfechter der Nutzung digitaler Ressourcen für Briefings gewesen, als er ihr DCI gewesen war. Lesley hatte an seinen Briefings teilgenommen, unkritisch. „Ja, Ma'am."

„Gut. Nun, ich werde Sie nicht aufhalten. Machen Sie weiter, ja?"

Ein Chor von „*Ja, Ma'am*" ertönte. Lesley zog eine Banane aus ihrer Tasche und schälte sie, während sie durchs Vorzimmer ging.

„Wird sie uns beobachten?", fragte Rhodri.

„Das könnte sein, Constable", sagte Zoe. „Wir müssen also sicherstellen, dass wir ihr keinen Anlass zur Kritik geben."

„Natürlich."

„Gut. Was noch?"

„Da ist das Spielzeug, das die Kinder bei Cadbury World gekauft haben", sagte Mo.

„Spielzeug?"

„Alison hat jedem von ihnen im Geschenkeladen ein Souvenir gekauft."

KAPITEL VIERZEHN

„Keine Schokolade?"

„Nicht nur Schokolade. Ollie bekam einen Freddo-Frosch und Maddy einen Karamellhasen. Kuscheltiere."

„Was ist mit denen passiert?"

„Beide weg. Mit den Kindern, nehme ich an."

„Das hilft uns nicht viel weiter." Zoe tippte mit einem Stift auf ihre Vorderzähne und dachte nach. „Wir haben uns die sozialen Medien der Eltern angesehen, was ist mit den Kindern?"

„Sie sind noch ein bisschen jung", sagte Mo.

„Maddy ist zwölf. Connie, irgendeine Spur von ihr online?"

„Abgesehen von Alisons Instagram-Posts, nein. Wenn sie in den sozialen Medien ist, ist sie nicht mit ihren Eltern befreundet."

„Wenn sie in den sozialen Medien unterwegs ist, hat sie es ihnen wahrscheinlich nicht gesagt. Such nach ihr. Fang mit WhatsApp an. Vielleicht gibt es eine Gruppe für ihre Klasse. Sie hat kein eigenes Handy, aber das heißt nicht, dass sie es sich nicht von ihren Eltern geliehen hat. Wir haben ihre Handys, schau mal, ob du etwas finden kannst."

„Ja." Connie holte einen Whiteboard-Marker vom Schreibtisch und schrieb an die Tafel.

„Wir müssen auch mit der Schule sprechen", sagte Mo.

„Ich werde nach der Großmutter hingehen", sagte Zoe. „Und wir müssen die Geschichte mit dem leiblichen Vater überprüfen."

„Welcher leibliche Vater?", fragte Mo.

„Alison war schon einmal verheiratet. Benedict Tomkin. Er starb bei einem Kletterunfall. Mo, kannst du das überprüfen und sehen, was du über ihn herausfinden kannst?"

„Das mache ich", sagte Rhodri.

„OK. Gibt es einen Grund?"

„Ich klettere auch gern." Rhodri wurde rot.

„OK. Wo schlägst du vor, dass wir anfangen sollen?"

„Es gibt ein paar Zentren, eines auf jeder Seite der Stadt. Die Leute dort könnten ihn gekannt haben."

„Finde zuerst heraus, was du von hier aus tun kannst. Du hast genug zu tun, und wir wissen nicht, wie wichtig Benedikt ist. Ian ist jetzt ihr Vater, er ist wichtiger für uns." Sie dachte an ihr Gespräch mit Carl zurück.

„Kein Problem." Rhodri nickte, während Connie den Namen von Benedict an die Tafel schrieb.

„Gut", sagte Zoe. „Rhodri und Connie, ihr besorgt zuerst das Videomaterial der Überwachungskameras, dann habt ihr eure Aufgaben. Mo, kommst du bitte mit?"

KAPITEL FÜNFZEHN

„Alles in Ordnung, Zo?" Mo hielt mit Zoe Schritt, als sie die Gänge entlang eilten. Ihr Verstand raste, und ihr Körper musste ihm folgen.

„Ich muss mit dir reden. Nicht hier."

„Okay."

Sie bogen um eine Ecke und sahen David Randle aus einem Büro kommen. Zoe geriet ins Schleudern und ließ Mo fast mit ihm zusammenstoßen.

Randle wandte sich ihnen zu und lächelte. „DI Finch. DS Uddin. Wie läuft's ohne mich?"

Zoe schob ihre Schultern zurück. „Wir arbeiten an der Osman-Entführung, Sir."

„Nicht unbedingt eine Entführung".

„Wir müssen vom Schlimmsten ausgehen."

„Hmm. Also, wo wollen Sie hin?"

Mo zog sich zurück und ließ Zoe näher bei Randle.

„DS Uddin hat Zeugen zu befragen, und ich spreche mit der Schule."

„Warum?"

„Die Leute von dieser Schule werden über die Bewegungen der Familie und ihre Routine Bescheid wissen. Es wird Beziehungen geben, die Jahre zurückreichen. Es könnte Groll und Feindschaften geben."

„Feindschaften? Das ist ein sehr großes Wort."

„Wir wollen herausfinden, ob jemand einen Grund hatte, dieser Familie zu schaden, Sir."

„Ja, natürlich. Das klingt, als hätten Sie alles unter Kontrolle." Er drehte sich in Richtung des Vordereingangs.

„Ich war enttäuscht, als ich von der Entlassung von Shand und Petersen hörte, Sir", sagte Zoe. Randle versteifte sich, mit dem Rücken zu ihr. Er drehte sich um und sah ihr in die Augen.

„Das war ich auch, Inspector."

Sie hielt seinem Blick stand. „Wir werden sie kriegen, Sir. Solche Männer werden nicht lange auf der richtigen Seite des Gesetzes bleiben können. Wir werden auch ihre Komplizen kriegen."

Randle kniff die Augen zusammen. Wollte sie ihm drohen wollen, oder hörte es sich nur so an? Zoe war sich nicht sicher.

„Gut für Sie, Zoe. Niemals aufgeben." Randle drehte sich um und beschleunigte das Tempo. Zoe und Mo folgten langsam. Als sie das Gebäude verließen, fuhr sein Audi vom Parkplatz.

„Was sollte das denn?", fragte Mo.

Zoe schüttelte den Kopf. Mo kannte ihren Verdacht gegen Randle nicht, und er wusste nicht, dass Carl zusammen mit ACC Jackson gegen ihn ermittelt hatte. Sie hatte es Lesley erzählt, die darauf bestanden hatte, dass sie mehr Beweise brauchte.

Lesley hatte Recht. Lesley hatte oft Recht.

„Nichts. Setz dich einen Moment zu mir."

KAPITEL FÜNFZEHN

Sie ging zu ihrem Auto und sie stiegen beide ein. Sie lehnte sich in ihrem Sitz zurück. Sie mochte es, in ihrem Mini zu sitzen, er gab ihr ein Gefühl der Sicherheit. Er verband sie mit ihrem Vater, der in der Longbridge Autofabrik Minis gebaut hatte.

„Erzähl weiter", sagte Mo. „Was soll die Geheimnistuerei?"

Sie wandte sich an ihn. „Es geht um Ian Osman."

„Was ist mit ihm?"

„Das hier ist vertraulich."

Mo mimte den Reißverschluss seiner Lippen. „Du weißt, dass du mir vertrauen kannst, Zo."

„Er wird vom PSD untersucht."

Mo blieb der Mund offen stehen. „Professional Standards? Warum?"

„Ich weiß es nicht."

„Wer hat dir das gesagt? Es nützt nichts, wenn wir nicht wissen, warum."

„Das weiß ich."

„Entschuldigung. Wer hat dir das gesagt? Du musst sie dazu bringen, dir mehr Informationen zu geben."

Sie schluckte. „Ich habe geschworen, niemandem etwas zu sagen. Es tut mir leid. Du weißt, wie es ist, wenn sie gegen jemanden ermitteln …"

„Das tue ich." Gegen einen Sergeant, den sie beide von der örtlichen Kripo kannten, war ermittelt worden, weil er einen Verdächtigen in einem Raubüberfall reingelegt hatte. Zoe und Mo hatten mit ihm zusammengearbeitet, ebenso wie der Undercover-Beamte, der sich als Teil des Teams ausgegeben hatte. Die ganze Sache hatte einen üblen Beigeschmack hinterlassen.

„Glaubst du, es hat etwas damit zu tun, was mit den Kindern passiert ist?", fragte Mo.

„Das könnte sein. Kommt darauf an, was er angestellt hat."

„Falls er etwas angestellt hat."

Mo legte eine Hand auf das Armaturenbrett. Er drückte auf das Plastik, seine Knöchel waren weiß. „Wir können da nicht einfach reinplatzen und Ian fragen. Das würde die Ermittlungen des PSD gefährden und uns jede Menge Ärger einbringen."

„Aber gleichzeitig können wir es nicht einfach ignorieren, wenn es der Grund für die Entführung von Maddy und Ollie ist", sagte Zoe.

„Nein." Er zog seine Hand zurück und schlug sich mit ihr dreimal leicht auf den Kopf. „Das ist eine Sauerei."

„Ich weiß."

„Was willst du tun?"

„Ich muss sehen, was ich noch herausfinden kann."

„Sei vorsichtig."

„Das werde ich", antwortete sie.

„Gut. Wie auch immer, ich muss rüber nach Bournville. Und du hast eine faschistische Oma zu befragen."

„Ich bin mir nicht sicher, ob sie eine Faschistin ist."

„Ich habe übertrieben. Viel Glück."

„Ich werde es brauchen."

KAPITEL SECHZEHN

Alison saß auf dem Stuhl am hinteren Fenster und sah zu, wie ihr Kaffee kalt wurde. Die FLO, die gestern hier gewesen war, war wieder da. Sie war in der Küche und räumte die Spülmaschine aus.

Alison wollte es tun. Sie wollte sich beschäftigen. Aber Trish hatte darauf bestanden.

Ian polterte die Treppe hinunter und drängte sich durch die Tür. „Es wird nicht lange dauern."

Sie holte tief Luft. Es hatte keinen Sinn, mit ihm zu streiten. Das war seine Art, sich abzulenken, sich einzureden, dass er nützlich war.

Sie fragte sich, ob die DI heute mit weiteren Fragen zurückkommen würde. Sie würde wieder über Benedikts Tod sprechen müssen.

„Al?"

Sie sah auf. „Was?"

„Hast du mich gehört? Ich sagte, ich brauche nicht lange."

„Ich weiß." Sie wandte sich ab, damit er die Ringe um ihre Augen nicht sehen konnte.

Er ließ die Tür offen – das tat er immer, er vergaß, dass das Zugluft verursachte – und machte sich auf den Weg zur Haustür.

„Oh. Hallo noch mal."

Er hatte also gesehen, dass Trish zurück war.

„Hallo."

„Hat man Sie uns absichtlich zugewiesen?"

„Nun, ich glaube nicht, dass es zufällig war", sagte Trish.

„Sie wissen, was ich meine."

Alison runzelte die Stirn und richtete sich auf. Sie schlich zur Tür.

„Sie haben mich zugewiesen, weil das mein Job ist, Sarge. Sie sagten mir, ich sei gut darin."

„Familien auszuspionieren, wenn sie am verletzlichsten sind."

„Das ist ein bisschen unter der Gürtellinie."

Alison trat näher an die offene Tür heran, wobei sie darauf achtete, nicht gesehen zu werden. Kannte diese Frau ihren Mann? Wie gut?

„Tut mir leid, Trish. Ich bin ... na ja, Sie verstehen schon. Menschen tun seltsame Dinge, wenn ihnen so etwas passiert."

„Ja."

„Sie sehen das wahrscheinlich ständig."

„Manchmal."

„Gut."

Schweigen. Was hatte Ian vor? War er jetzt weg?

„Nun, wir sehen uns später."

Er war noch nicht weg. Er sprach immer noch mit ihr. Alison sollte aufhören, sie so zu belauschen. Sie waren beide Polizeibeamte. Wahrscheinlich kannte er die meisten der Leute, die mit dem Fall betraut waren.

KAPITEL SECHZEHN

Aber trotzdem ...

Sie hielt den Atem an und wartete auf eine Antwort von Trish.

Stattdessen schlug die Tür zu.

KAPITEL SIEBZEHN

„Detective Inspector."

„Mrs. Wilson. Danke, dass Sie zugestimmt haben, mich zu treffen."

„Hatte ich eine Wahl?"

„Nicht wirklich."

„Nun, dann."

Barbara Wilson führte Zoe durch einen kargen Flur in ein Wohnzimmer, das alles andere als karg war. An den Wänden hingen Landschaftsgemälde, alle in kunstvollen Rahmen. Kleine Dekorationsgegenstände bedeckten jede Oberfläche und ein Bücherregal in der Ecke war mit Pflanzen überladen. Keine Bücher.

„Darf ich mich setzen?"

„Machen Sie, was Sie wollen."

„Danke." Zoe wählte einen schweren Sessel. Er war mit einem strukturierten, geblümten Stoff gepolstert, über dessen Rückenlehne ein Antimakassar drapiert war. Zoe hatte seit mindestens zwanzig Jahren keinen Antimakassar mehr gesehen.

KAPITEL SIEBZEHN

Sie holte ihren Block und ihren Stift hervor.

„Es wird nicht lange dauern."

„Gut." Barbara ließ sich auf den Stuhl gegenüber sinken, eine Hand auf ihrem unteren Rücken. Sie sah etwa sechzig Jahre alt aus, mit gefärbtem blondem Haar und schrillem rosa Lippenstift. Sie trug ein karmesinrotes Satinhemd über einer Jeans, die nicht passte.

„Wir versuchen, alles über Familie und Freunde herauszufinden, falls es jemanden gibt, der Maddy und Ollie etwas antun wollte. Jemand, der vielleicht ihren Eltern etwas antun wollte."

„Madison und Oliver, bitte."

„So nennt Alison sie nicht."

Barbara schnaubte. „So nenne ich sie. Die armen Kleinen."

„Können Sie mir sagen, ob es in letzter Zeit irgendwelche Probleme in der Familie gegeben hat? Haben sie sich mit jemandem zerstritten?"

„Abgesehen von mir, meinen Sie?"

„Wie bitte?"

„Ich hätte gedacht, dass das ziemlich offensichtlich ist, wenn Sie gut in Ihrem Job wären. Ian und ich sind nicht gerade einer Meinung. Er ist nicht der Richtige für meine Tochter."

„Ich verstehe. Und Sie glauben, ihr erster Mann war es."

Barbara stieß ein Lachen aus. „Großer Gott, nein! Er war eine Schande. Untätig und nutzlos, mit seiner Bergsteigerei und seiner Unfähigkeit, länger als fünf Minuten an einem Ort zu bleiben."

„Er ist viel gereist."

„Er war nie zu Hause. Er vernachlässigte die arme Madison. Alison war ohne ihn besser dran."

„Hat sie sich bald nach Benedikts Tod mit Ian getroffen?"

„Sie fragen mich, ob es eine Überschneidung gab."

„Nicht unbedingt", sagte Zoe.

„Es gibt keinen Grund, sich zu zieren. Sie sagte mir, Ian sei ein Freund. Sie hat ihn durch ihre Arbeit kennengelernt, so eine Art Schule-Polizei-Verbindungsding. Soll den Kindern helfen, sie von Ärger fernhalten. Verdammte Zeitverschwendung. Kinder, die bei klarem Verstand sind, wissen, wie sie sich aus Schwierigkeiten heraushalten können, ohne dass ein paar Polizisten in ihre Schule kommen und sie in ihrem Auto spielen lassen müssen. Zumindest, wenn die Eltern vernünftig sind, wissen sie das.

„Ian und Alison waren also ein Paar, bevor Benedict starb?"

„Das waren sie."

„Und würden Sie sagen, dass sie zusammen glücklich sind?"

„So wie es aussieht, kann ich mir das vorstellen. Glücklicher als mein verstorbener Mann und ich es waren. Glücklichsein wird weit überschätzt, wissen Sie."

„Ist Alison mit ihrer Arbeit zufrieden?"

„Natürlich ist sie das. Warum sollte sie es sonst tun?"

„Keine Probleme mit Kollegen? Keine Feinde?"

„Feinde? Menschen machen sich keine Feinde. So melodramatisch."

Zoe grub ihre Fingernägel in ihre Handfläche. „Was ist mit Ian? Gibt es außer Ihnen noch jemanden, mit dem er nicht zurechtkommt?"

„Ich habe keine verdammte Ahnung. Ich spreche mit ihm nicht über solche Dinge."

„Was ist mit Alison?"

Barbara zuckte zusammen. „Was ist mit ihr?"

„Spricht sie mit Ihnen über Ian? Ich dachte, sie könnte sich

KAPITEL SIEBZEHN

vielleicht ihrer Mutter anvertrauen, wenn ihr Mann Probleme hat."

„So eine Beziehung haben wir nicht." Barbara schaute auf ihre Uhr. „Ist das alles?"

„Nur noch eine Sache."

Barbara stand auf und strich mit ihren Händen über ihre Jeans. Sie war aus hellem Denim, geschnitten wie eine normale Hose. „Machen Sie schon."

„Alison war mit Ollie schwanger, als Benedict starb. Könnte er von Ian sein?"

„Meine Tochter ist vieles, Inspector. Aber sie ist nicht dumm. Nein, das ist er natürlich nicht. Also, ich habe zu tun. Wenn es Ihnen nichts ausmacht ..."

KAPITEL ACHTZEHN

Connie ging direkt an ihren Schreibtisch, als sie und Rhodri aus der Cadbury-Fabrik zurückkamen. Sie setzte sich auf ihren Stuhl, ohne ihren Mantel abzulegen, und steckte den USB-Stick in den Anschluss.

Sie kaute auf ihrer Lippe, während sie darauf wartete, dass die Dateien auf ihren Computer geladen wurden. Hinter ihr hängte Rhodri seinen Mantel an die Rückwand der Bürotür und klatschte in die Hände.

„Kaffee?"

„Tee, bitte." Sie blickte auf den Bildschirm.

Endlich öffnete sich die erste Datei. Es waren vier: zwei Kameras, die eine Zeitspanne von zwei Stunden abdeckten. Sie öffnete die erste Datei.

In der Ecke des Bildschirms war ein Zeit- und Datumsstempel zu sehen. Ollie und Maddy waren gegen 12:30 Uhr verschwunden. Auf dem Zeitstempel stand 12:01.

Sie spulte vor bis zehn Minuten, bevor es passiert war. Sie würde später noch einmal zurückgehen und den gesamten Feed überprüfen, aber zuerst wollte sie sehen, ob der Moment,

KAPITEL ACHTZEHN

in dem die Kinder entführt worden waren, aufgezeichnet worden war. Sie hielt den Atem an und lehnte sich nach vorne, als die Aufnahmen vor ihren Augen abliefen. Ihr war schlecht.

Um 12:20 Uhr saß Alison an einem Tisch, mit dem Rücken zur Kamera. Ollie saß neben ihr, lehnte sich über den Tisch und starrte auf dessen Oberfläche. Die Chefin hatte etwas darüber gesagt, dass er eine Reihe wandernder Ameisen beobachtet hatte.

Alison wandte sich an Ollie. Das Bild war nicht klar, aber Connie nahm an, dass sie mit ihm sprach.

„Alles klar?" Rhodri stellte ihr einen Becher auf den Schreibtisch. Sie brummte dankend, wandte aber den Blick nicht vom Bildschirm ab.

„Irgendetwas Interessantes?" Er blieb hinter ihr stehen und pustete auf seinen Kaffee. Sie verdrängte die Irritation. „Noch nicht."

Er beugte sich vor, sein Gesicht nahe an ihrer Schulter. Sie wollte ihn wegstoßen, aber auch er war neugierig. Er hatte sie gefahren, um diese Dateien zu bekommen, das Mindeste, was sie tun konnte, war, ihn zusehen zu lassen.

Auf dem Bildschirm drehte sich Alison zu ihrer Tochter um. Madison saß seitwärts in ihrem Stuhl und hatte den Kopf in die Hand gestützt. Sie starrte aus dem Bildschirm. Vielleicht in Richtung des Spielplatzes? Alison beugte sich zu ihr und sie zuckte mit den Schultern.

Connie schluckte. *Atmen.*

Alison stand auf. 12:25. Sie würde zum Hotdog-Stand gehen. Sie würde zehn, höchstens fünfzehn Minuten weg sein. Die Videos würden das bestätigen.

Nach zwei Minuten und sechsundzwanzig Sekunden kam Alison zurück. Connie runzelte die Stirn.

Maddy sah auf und sagte etwas zu ihrer Mutter. Alison

legte eine Hand auf Ollies Schulter, und er drehte sich zu ihr um. Beide Kinder schenkten ihr ihre volle Aufmerksamkeit.

Alison drehte ihren Kopf von einem zum anderen. Sie beobachteten sie, während sie sprach. Dann stand sie auf und hielt Ollies Hand. Er sah kurz zu ihr auf und stand dann ebenfalls auf. Madison sah ihren Bruder und dann ihre Mutter an. Sie stand auf. Alison stand immer noch mit dem Rücken zur Kamera.

„Das macht keinen Sinn", hauchte Connie.

„Nein", flüsterte Rhodri.

„Sie sagte uns, dass sie zum Hotdog-Stand ging und dass sie nicht da waren, als sie zurückkam."

„Vielleicht ist die Zeit auf dem Video falsch."

„Ja."

Connie wartete, während Alison und die Kinder aus dem Bild gingen. Die Kinder flankierten ihre Mutter, jedes von ihnen hielt ihre Hand. Jedes trug einen Gegenstand: die Stofftiere, die sie ihnen gekauft hatte.

Connie beschleunigte das Video auf doppelte Zeit. Wenn die Zeit falsch war, würde Alison zurückkommen. Vielleicht hatte sie die Kinder irgendwo hingebracht, bevor sie zum Essen zurückkam. Sie würden zum Tisch zurückkehren, dann würde sie aus dem Bild gehen, und die Kinder würden mitgenommen werden.

Um 12:33 Uhr erschien Alison wieder mit einer Tasse und zwei Paketen. Sie eilte auf den Tisch zu. Sie umrundet ihn zweimal und geht dann in Richtung Spielplatz. Sie kam zurück und hatte eine weitere Frau dabei: die Zeugin, die die Chefin befragt hatte.

Connie hat das Video angehalten. 12:41. Sie drehte sich zu Rhodri um. Seine Augen waren groß.

„Was zum Teufel?", sagte er.

KAPITEL NEUNZEHN

Zoe schaltete ihr Telefon auf Freisprechen und wählte, dann startete sie ihr Auto. Am liebsten hätte sie das von Angesicht zu Angesicht gemacht, aber sie hatte keine Zeit, den ganzen Weg durch die Stadt nach Kings Norton zu fahren.

Der Anruf wurde beantwortet, gerade als sie aus der von Bäumen gesäumten Straße, in der Barbara Wilson wohnte, abbog.

„Zoe."

„Morgen, Carl."

„Ich dachte mir schon, dass du dich melden würdest."

„Ja."

„Also dann, fang an."

„Womit?" Sie kam zu einem Kreisverkehr und blinzelte. Connie hatte die Schuldirektorin von Alisons Schule ausfindig gemacht, die in der Nähe wohnte.

„Du willst, dass ich dir sage, woran ich arbeite", sagte er.

„Ich weiß, es ist heikel, aber das ist ein aktueller Entführungsfall. Wenn er etwas mit den verschwundenen Kindern zu tun hat ..." Sie wählte die erste Ausfahrt und ordnete sich in den Verkehr ein.

„Du kennst die Abmachung, Zoe."

Sie warf einen Blick in den Rückspiegel und verfluchte Carl im Stillen. „Das ist zu wichtig, um Spielchen zu spielen."

„Das ist Canary auch."

Sie umklammerte das Lenkrad. „Haben deine Ermittlungen gegen Ian Osman mit Canary zu tun?"

„So wirst du mich nicht austricksen."

„Einen Versuch war es wert."

Sie bog in die Straße ein, in der die Schulleiterin wohnte. Schwere Regentropfen fielen vom schiefergrauen Himmel.

„Du hast es mir bereits versprochen, Zoe. Ich verstehe nicht, warum das so schwer ist."

Sie hielt vor dem Haus an. Plötzlich wurde der Regen stärker und schlug gegen die Windschutzscheibe, sodass die Gebäude draußen nicht mehr zu erkennen waren.

„In Ordnung", sagte sie. „Ich erzähle dir von Randle, du erzählst mir von Ian."

„Gut. Was hast du für mich?"

„Nicht jetzt."

„Scheiße Zoe, wann?"

„Ich treffe mich später mit dir. Um 17 Uhr, am selben Ort wie gestern Abend."

„Du bist gestern Abend nicht aufgetaucht."

„Diesmal werde ich es tun."

„Gut. Wir sehen uns später."

Sie legte auf und starrte in den Regen hinaus. Sie hatte keine Ahnung, ob es einen Zusammenhang zwischen den Entführungen und Carls Ermittlungen gab, aber es schien plausibel. Wenn Ian korrupt war, wollte ihn vielleicht jemand

KAPITEL NEUNZEHN

bestrafen, um ihm eine Lektion zu erteilen. Was wäre dafür besser geeignet als seine Kinder?

Stiefkinder, erinnerte sie sich. Vielleicht bedeuteten sie ihm nicht genug, um als Druckmittel benutzt zu werden.

Sie holte tief Luft und trat auf den Bürgersteig. Ein Auto fuhr vorbei und bespritzte sie von oben bis unten sie mit Wasser.

„Idiot!" rief Zoe ihm nach. Sie klopfte ihre Lederjacke ab Wasser vertrug sie gar nicht gut.

Sie schüttelte sich und ging auf das Haus zu. Es war klein, aber ordentlich, mit einer hellblau gestrichenen Tür.

Eine große blonde Frau in Stöckelschuhen öffnete die Türe. Sie lächelte, ertappte sich dann und runzelte die Stirn. „Sie müssen DI Finch sein."

„Danke, dass Sie sich Zeit für mich nehmen."

„Deborah Maskin, Schulleiterin. Aber das wissen Sie ja. Kommen Sie herein."

Zoe folgte ihr in ein helles Arbeitszimmer. Familienfotos und Kinderzeichnungen säumten die Wände. Auf einem Regal an der Seite standen Tonskulpturen, und auf dem Schreibtisch lagen Stapel von Papierkram verstreut.

Deborah suchte den Papierkram zusammen. „Entschuldigen Sie bitte, normalerweise bin ich nicht so unordentlich." Sie zeigte ein Lächeln. „Ich war gerade dabei, die goldenen Sterne für nächste Woche zu sortieren. Das ist mein Lieblingsteil der Arbeit."

„Ich will Sie nicht aufhalten. Ich nehme an, Sie wissen vom Verschwinden der Kinder von Alison Osman?"

Das Lächeln verwandelte sich in ein Stirnrunzeln. „Ja, natürlich. Die arme Alison. Wie geht es ihr?"

„Es ist nicht leicht für sie."

„Nein."

„Aber ich hoffe, dass Sie mir vielleicht helfen können."

„Natürlich." Deborah winkte mit einer Hand in Richtung eines rosa Sessels. „Setzen Sie sich."

Zoe setzte sich, während Deborah hinter ihrem Schreibtisch Platz nahm.

„Hat Alison irgendwelche Feinde?"

Ein Stirnrunzeln. „Sie ist eine Lehrassistentin, Detective. Dabei macht man sich nicht gerade Feinde."

„Nicht nur unter den Eltern. Gibt es Mitarbeiter, mit denen sie sich vielleicht zerstritten hat? Hatte sie irgendwelche Probleme, in die Sie sich einmischen mussten? Disziplinarische Probleme, Kompetenzprobleme und so weiter?"

„Sie fragen sich, ob ich etwas gegen sie habe."

„Ich frage mich, ob *irgendjemand* etwas gegen sie hat."

„Ich habe darüber nachgedacht. Ich bin froh, dass Sie gekommen sind."

„Sprechen Sie weiter."

„Vor zwei Jahren." Deborah lehnte sich über den Schreibtisch, die Hände vor sich verschränkt. „Wir hatten eine Mitarbeiterin, die entlassen werden musste."

„Was hatte das mit Alison zu tun?"

„Es war eine Frage des Schutzes. Es war Alison, die die ersten Bedenken äußerte, aber das war anonym. Es ist ausgeschlossen, dass Mr. Grainger wusste, dass sie es war.

Wenn eine Schule in etwa so wie eine Polizeistation war, würden sich solche Nachrichten schnell verbreiten. „Was ist mit diesem Mr. Grainger passiert?"

„Der Schulvorstand musste ihn entlassen. Die örtlichen Behörden wurden eingeschaltet, und wir hatten alle Hände voll zu tun, es von den Eltern fernzuhalten.

„Hat er ein Kind angegriffen?"

„Es gab keine Beweise, dass er einem der Kinder etwas

KAPITEL NEUNZEHN

angetan hat. Aber er hatte Fotos." Deborahs Hand war zu einer Akte auf ihrem Schreibtisch gewandert, die neben einem Stapel von Zeugnissen lag.

„Fotos?" fragte Zoe.

„Vom Sporttag. Von schulinternen Wettkämpfen und so weiter. Fotos von einigen der Mädchen. Aus bestimmten ... Blickwinkeln."

„Wurde dies der Polizei gemeldet?"

„Ja. Er wurde zu einer Bewährungsstrafe verurteilt, weil er obszöne Fotos aufbewahrt hatte. Das war ein wirklich schrecklicher Vorfall für die Schule."

„War Madison eines der Mädchen?"

„Nein. Sie war damals in der vierten Klasse. Er hatte es auf die Mädchen der sechsten Klasse abgesehen."

„Wo ist dieser Mr. Grainger jetzt?"

„Ich weiß es nicht. Er ist weggezogen, glaube ich."

„Sie wissen nicht, wohin?"

„Tut mir leid. Ich habe versucht, das alles hinter mir zu lassen."

„Ist das seine Akte?"

Deborahs Finger strichen über die Akte. „Das ist sie."

„Kann ich sie bitte haben?"

„Es ist eine Kopie. Sie gehört Ihnen."

KAPITEL ZWANZIG

Zoe fuhr durch die Stadt, die Akte von Mike Grainger auf dem Beifahrersitz neben sich. Sie hatte nicht angehalten, um sie zu prüfen. Sie wollte zurück ins Büro, um das Vorstrafenregister zu prüfen.

Ihr Telefon surrte und sie drückte die Taste am Lenkrad für die Freisprecheinrichtung. „DI Finch."

„Hier ist Mo."

„Ich bin auf dem Rückweg. Wo bist du?"

„Im Büro. Connie hat etwas Seltsames."

„Ich auch."

„Lass hören."

„Es gab einen Lehrer an der Schule. Er wurde entlassen, weil er Fotos von den Mädchen in ihren Sportklamotten aufbewahrt hatte. Alison war diejenige, die Alarm geschlagen hat."

„Wie ist sein Name? Wir werden ihn im System überprüfen."

„Michael Grainger. Achtunddreißig Jahre alt." Sie gab ihm die Adresse von Grainger in Birmingham.

„Warst du schon da?"

KAPITEL ZWANZIG

„Er ist weggezogen. Keiner weiß, wohin."

„Wir werden ihn finden."

„Danke."

Sie beschleunigte ihre Fahrt und wollte unbedingt bei ihrem Team sein. Sie hatten jetzt zwei Spuren. Was auch immer Ian vorhatte, und diesen Mike Grainger. Zoe sah auf die Uhr am Armaturenbrett: 14:45. Zeit, sich mit dem Team kurzzuschließen und zu ihrem Treffen mit Carl zu kommen. Falls sie zu spät kam, würde er warten.

Im Büro saßen sie alle drei über Computer gebeugt.

„Was gibt es für Neuigkeiten?" sagte Zoe. „Kommt, lass uns das Büro benutzen."

Sie klatschte die Akte von Mike Grainger auf den Schreibtisch und betrachtete die Tafel. Connie hatte Fotos von der gesamten Familie Osman sowie von Benedict Tomkin, Barbara Wilson und Mike Grainger hinzugefügt. Das letzte Foto war ein Fahndungsfoto. Er war dünn, hatte einen grauen Bart und stumpfe Augen, die in die Kamera starrten. Unter seinem rechten Auge befand sich eine dünne Narbe.

„Bewährungsstrafe", sagte Zoe. „Was muss ein Perverser tun, um in den Knast zu kommen?"

Sie zog das Foto herunter und betrachtete es. Grainger hatte einen struppigen Bart und zerzaustes Haar. Er starrte in die Kamera, seine Augen waren leer.

„Wo ist er?"

„Die letzte bekannte Adresse ist in Devon, Ma'am", sagte Rhodri. „Exeter."

„Kontaktiere die örtliche Polizei. Sie sollen an seine Tür

klopfen und herausfinden, was er in den letzten Tagen gemacht hat."

„Jawohl, Boss."

„Gibt es irgendwelche Anzeichen dafür, dass er seit seiner Entlassung Kontakt zu Alison hatte?"

„Keine, die wir finden können", sagte Mo. „Wir werden sie fragen müssen."

„Eine weitere Frage, die auf der Liste steht."

„Boss, wir haben die Überwachungsvideos", sagte Connie.

„Gut. Irgendetwas Nützliches?"

„Nicht so sehr nützlich als vielmehr merkwürdig."

„Weiter."

„Wahrscheinlich ist es das Beste, wenn du es dir ansiehst."

Connie schaltete den Computer auf dem Schreibtisch ein und drehte den Monitor zu ihnen hin. Sie standen alle auf. Zoe würde Stühle hierher bringen lassen müssen. Der Bildschirm erwachte zum Leben und Connie beugte sich darüber. Sie wich zurück, als ein undeutliches Bild von Alison auftauchte.

„Das ist bei Cadbury World", sagte Connie. „Zwanzig Minuten bevor sie sagt, dass die Kinder verschwunden sind."

Zoe hob eine Augenbraue. „Sie *sagt*, sie sind verschwunden?"

„Schau es dir einfach an, Boss."

Zoe verschränkte die Arme vor der Brust und sah zu. Sie war sich bewusst, dass die Augen des Teams zwischen ihr und dem Bildschirm hin und her flogen. Sie hatten es bereits gesehen. Sie wollten ihre Reaktion sehen.

Auf dem Bildschirm verschwand Alison und tauchte dann wieder auf. Sie nahm die Hände von Maddy und Ollie und ging weg. Dann kam sie zurück und suchte nach ihnen.

„Sie hat nie etwas davon gesagt, dass sie mit ihnen irgendwohin gegangen ist."

KAPITEL ZWANZIG

„Nein, Boss. Es ergibt keinen Sinn", sagte Mo. „Der Mann am Hotdog-Stand sagt, es gab eine Warteschlange. Sie kann nicht in den paar Minuten durch die Schlange gekommen sein und das Essen gekauft haben."

„Gibt es eine Kamera am Hotdog-Stand?"

„Nein."

„Typisch. OK, vielleicht hat sie gar nichts gekauft. Vielleicht hat sie es sich anders überlegt."

„Sie hat etwas zu essen dabei. Um 12:33 Uhr", sagte Connie. Sie fixierte den Bildschirm auf einer Aufnahme von Alison, die seitlich zur Kamera stand. In ihrer Hand hielt sie zwei Pakete und einen Kaffeebecher aus Pappe.

„Spiel es noch einmal durch", sagte Zoe. „Diesmal langsamer, wenn du kannst."

„Kein Problem."

Zoe tat einen Schritt näher an den Bildschirm. „Ist sie das wirklich?"

„Sieht aus wie sie", sagte Rhodri.

Zoe blinzelte und versuchte zu erkennen, was ihr entgangen war. Die Frau auf dem Bildschirm trug ein graues Fleece und einen grünen Schal, dieselbe Kleidung, die sie in der Nacht im Haus getragen hatte. Sie hatte dünnes dunkles Haar. Das war sie auf allen Aufnahmen.

Sie sah auf. „Warum lügt sie uns dann an?"

„Lügen?", fragte Rhodri.

„Sie sagt, die Kinder seien verschwunden, als sie Essen holen war. Aber sie nimmt sie eindeutig irgendwohin mit. Vielleicht auf die Toilette, vielleicht um die Speisekarte anzuschauen. Aber dann sind sie verschwunden. Und es ging alles so schnell."

Zoe lehnte sich gegen eine Wand.

„Was jetzt, Boss?", fragte Connie.

„Es gab einen Wachmann, der sagte, er habe sie mit ihnen weggehen sehen. Mo, ich möchte, dass du ihn findest. Holen wir ihn her, um zu sehen, was er gesehen hat. Und wir müssen noch einmal mit Alison reden. Nicht nur hierüber, sondern auch über Grainger."

„Gehst du hin?" fragte Mo.

„Ja. Später."

„Nicht jetzt?"

„Ich habe eine Besprechung. Sobald das erledigt ist, fahre ich rüber zu den Osmans. Und Rhodri, ich möchte, dass du für uns eine Basis in der Nähe ihres Hauses organisierst. Das ist lächerlich, quer durch die Stadt hin und her zu fahren. Schau mal, ob Erdington Nick ein Zimmer hat, das wir uns ausleihen können."

„Ich, Boss?"

„Du hast überall Kumpels, Rhod. Ich vertraue dir."

KAPITEL EINUNDZWANZIG

Es war dunkel geworden. Madison kauerte auf dem Bett, die Knie angezogen und die Arme um sich geschlungen. Neben ihr spielte Ollie mit den beiden Plüschtieren. Ihr Kaninchen und sein Frosch waren auf dem Weg zu einem Abenteuer. Eines, bei dem sie allein im Zimmer des Kaninchens waren und dann in einer Art Raumschiff wegflogen.

Sie war vorhin eingenickt und aufgewacht, und hatte eine Schüssel Suppe auf ihrem Schreibtisch vorgefunden. Nicht ihr Schreibtisch. Er sah genauso aus wie ihr Schreibtisch. Aber er war es nicht.

Sie hatte sich immer noch nicht getraut, an die Tür zu klopfen oder zu rufen. Ollie dachte, dass dies ein Spiel war, dass sie eine Art Versteckspiel spielten. Mum oder Dad würden jeden Moment hereinplatzen und sie überraschen. Er hatte eine halbe Stunde damit verbracht, das Zimmer nach ihnen zu durchsuchen, Schubladen herauszuziehen, unter dem Bett nachzusehen, die Schranktüren zu öffnen.

Das Licht hinter den Vorhängen war jetzt orange, vom Schein der Straßenlaternen. Ihr eigenes Zimmer lag zum

Garten und die Vorhänge leuchteten nicht so. Sie konnte den Verkehr durch das Fenster hören und gelegentlich eine Stimme. Sie wusste, dass dies nicht ihr Zimmer war, aber sie verstand nicht, wem es gehörte.

Sie hatte die Suppe Ollie gegeben, nachdem sie sie vorher getestet hatte. Sie fragte sich, ob er die Person gesehen hatte, die sie gebracht hatte, oder ob er auch geschlafen hatte. Er hatte nichts gesagt. Sie wollte ihn nicht erschrecken. Sie musste sich um ihn kümmern.

Sie war hungrig. Ihr Magen gluckerte auf eine Weise, die Ollie zum Kichern brachte. Maddy fühlte sich müde und klebrig, es klebte immer noch Schokolade auf ihrer Haut, obwohl sie sie mit dem Ärmel abgewischt hatte.

Dann erinnerte sie sich.

„Ols, gib mir deinen Pulli."

„Mummy will unseren Kapuzenpulli", sagte er zu dem Kaninchen. Sie biss die Zähne zusammen: *Ich bin nicht die Mummy*. Mummy würde bald kommen. Sie hoffte es.

„Warum?", fragte er. „Ich mag meinen Kapuzenpulli."

„Nur für eine Minute. Lass mich die Taschen überprüfen."

„Ollie macht das."

Sie schenkte ihm ein müdes Lächeln und sah zu, wie er die Taschen seines Kapuzenpullis von innen nach außen zog. Seine Augen leuchteten, als er das Curly Wurly fand. Das, über das sie sich gestritten hatten.

„Wurly!", rief er.

Sie streckte die Hand aus. „Gib es mir. Wir werden es teilen."

„Deins." Er reichte es ihr.

Sie wollte ihn umarmen. Wie konnte er von einer solchen Nervensäge zu einem so süßen Kerl werden?

„Ist schon gut, Ols. Wir teilen es uns."

KAPITEL EINUNDZWANZIG

Sie drehte es, bis es in zwei Teile brach, und gab Ollie die größere Hälfte. Er grinste und stopfte sie sich in den Mund, wobei Krümel auf die Laken fielen.

Was es bedeutete, vier Jahre alt zu sein und keine Angst zu haben.

Sie beobachtete die Tür, während sie an dem Curly Wurly knabberte, fest entschlossen, es sich einzuteilen. Die Schokolade fühlte sich gut an auf ihren trockenen Lippen, aber der Zucker machte sie krank. Sie zwang alles hinunter, denn sie wusste, dass sie essen musste.

„Will Maddy mit Bunbun spielen?"

„Wer ist Bunbun?"

Er hielt ihr Kaninchen hoch. Ein Souvenir von Cadbury World, eigentlich fühlte sie sich zu alt dafür, aber insgeheim liebte sie es. Sie hatte Mum gesagt, dass sie ihn nicht brauchte, aber Mum hatte ihr diesen Blick zugeworfen, den traurigen Blick, den sie hatte, wenn Maddy sich ihrem Alter entsprechend benahm.

„Ja, Ols. Lass uns spielen."

KAPITEL ZWEIUNDZWANZIG

Alison starrte auf den Fernseher, die Bilder tanzten vor ihren Augen und erreichten ihr Gehirn nicht.

Ian saß ihr im Sessel gegenüber, endlich zu Hause. Er war um drei Uhr von der Arbeit zurückgekommen und hatte nichts zu berichten. Warum er sich die Mühe gemacht hatte, hinzugehen, wusste sie nicht. Um ihr fern zu sein, ohne Zweifel. Um der Atmosphäre im Haus zu entkommen.

Wenn sie der Atmosphäre entkommen könnte, würde sie es tun. Aber sie trug sie in sich, und das würde sie, bis ihre Kinder zurückkehrten.

Es läutete an der Tür.

„Sieh mich nicht an", sagte Ian. „Ich weiß genauso wenig wie du, wer das ist."

Er hievte sich vom Stuhl hoch. Als er an der Küche vorbeikam, war Gemurmel zu hören. Die Verbindungsbeamte war da drin und bereitete das Essen für morgen vor. Um ihnen aus dem Weg zu gehen, wohl eher.

Weitere Stimmen, von der Haustür. Eine Frau. Die Tür

KAPITEL ZWEIUNDZWANZIG

zum Wohnzimmer öffnete sich und Ian kehrte zurück, gefolgt von DI Finch.

Alison stand auf, ihr Herz raste. „Haben Sie …"

Die DI schüttelte den Kopf. „Es tut mir so leid. Ich muss Ihnen nur noch ein paar Fragen stellen. Wir haben uns die Überwachungsvideos angesehen, und es ergibt keinen Sinn."

Alison ließ sich auf das Sofa fallen, ihr Körper war wie betäubt. Sie mussten aufhören, ihr das anzutun.

„Das verstehe ich nicht."

DI Finch saß ihr gegenüber, die Hände auf die Knie gestützt. Kalte Luft strömte von ihr aus.

„Darf ich es Ihnen zeigen?"

Alison nickte. DI Finch beugte sich zu einer Laptoptasche zu ihren Füßen und holte einen Computer heraus. Sie balancierte ihn auf ihrem Knie und drückte ein paar Tasten.

„Kann ich das irgendwo abstellen?"

Ian holte einen Esszimmerstuhl und zog ihn in den Raum zwischen dem Sofa und den Sesseln. Zoe stellte den Laptop darauf ab und drehte ihn zu Alison.

„Was ist das?" Ian rutschte neben Alison, um einen besseren Blick zu haben.

„Das ist das Überwachungsvideo von Cadbury World, von Freitagmittag."

Ein Kloß wuchs in Alisons Hals. „Ich bin mir nicht sicher, ob ich …"

„Ich weiß, dass es schwer sein wird, Ihre Kinder auf der Aufnahme zu beobachten. Aber es könnte uns helfen, sie zu finden. Wäre es Ihnen lieber, wenn ich die FLO holen würde, damit sie Ihnen zur Seite steht?"

„Ich bin hier."

Trish stand hinter Alison am Esstisch. Die DI blickte zu ihr auf.

Alison starrte auf den Bildschirm. Es war noch kein Video zu sehen, nur ein Logo der Polizei der West Midlands. „Okay", flüsterte sie.

„Danke." DI Finch griff nach vorne und startete das Video. Sie lehnte sich zurück. Alison war sich der Augen der Frau auf ihr und Ian bewusst, während sie zusahen.

Alison kämpfte gegen den Drang an, die Augen zu schließen, als sie sich selbst mit Olly an der Spitze ins Bild laufen sah, gefolgt von Maddy. Tränen traten ihr in die Augen, als Ollie sich neben sie setzte und seinen Kopf zu den Ameisen auf dem Tisch beugte. Sie hielt sich den Handrücken vor den Mund, um einen Schrei zu unterdrücken, und spürte, wie Ians Arm sich um ihre Schultern legte. Sie lehnte sich an ihn.

Auf dem Bildschirm sprach die andere, noch unversehrte Alison mit Maddy, die in Richtung des Spielplatzes starrte. Sie hatte wegen eines Schokoriegels geschmollt. Ein Curly Wurly. Alison spannte sich an. Sie würden dieses Curly Wurly immer noch haben, egal wo sie waren. Und die Stofftiere, die sie gekauft hatte. Vielleicht.

Sie verließ das Bild und ging auf den Hotdog-Stand zu. Alisons Herzschlag beschleunigte sich. Jetzt war es soweit. Sie sollte mit ansehen, wie ihre Kinder von einem Fremden entführt wurden.

Sie sah sich selbst dabei zu, wie sie in die Aufnahme zurückging und sich setzte. Ihre Schultern sackten zusammen. Das machte keinen Sinn. Wie lange hatte sie in der Warteschlange gestanden? War sie zurückgekommen?

Ja, sie war zurückgekommen. Um zu fragen, was sie essen wollten. Um mit ihnen zu streiten.

Lieber Gott, ihre letzten Worte an sie ... was waren sie gewesen? Oh, wenn sie es doch nur noch einmal tun könnte.

Sie sah zu, wie sie die Hände der Kinder nahm und mit

ihnen aus dem Bild ging. Ians Arm schlang sich um sie. Er zitterte.

Nach einer Pause erschien Alison wieder auf dem Bildschirm und trug das Essen. Auf dem Sofa schob sie sich die Faust in den Mund. Das Gefühl, als sie sie nicht finden konnte. Es war etwas, das sie noch nie gefühlt hatte.

Sie wandte sich an DI Finch.

„Ich verstehe das nicht."

Zoes Augen waren bereits auf sie gerichtet. „Ich auch nicht, Mrs Osman."

KAPITEL DREIUNDZWANZIG

Der Treffpunkt war eine anonyme Kneipe in Kingstanding, meilenweit von den Arbeitsplätzen beider entfernt, aber nicht allzu weit von den Osmans. Das Lokal war halb voll, kleine Feierabendgruppen und einsame Männer an der Theke, die ihre Bierchen in der Hand hielten. Carl saß bereits an einem Tisch für zwei Personen in einer abgelegenen Ecke. Zwei Gläser standen vor ihm: Mineralwasser und Cola Light. Und eine Tüte ihrer Lieblingschips mit Salz und Essig.

Zoe schlängelte sich durch die Tische, während er sie die ganze Zeit im Auge behielt. Er sah nachdenklich aus, als würde er überlegen, was er sagen sollte.

„Carl."

„Zoe. Danke fürs Kommen."

„Ja."

Sie setzte sich hin und riss die Chips auf. Sie hatte den ganzen Tag noch nichts gegessen.

„Langsam." Er lächelte, seine blauen Augen blitzten.

„Ich habe einen Bärenhunger. Das war mir gar nicht bewusst. Danke."

KAPITEL DREIUNDZWANZIG

„Solche Fälle wie der, an dem du arbeitest, ich weiß, wie das ist. Diese Kinder zu finden ist wichtiger als zu essen."

„Ja. Also lass uns zur Sache kommen." Sie schob sich den letzten Rest Chips in den Mund. „Was ist mit Ian Osman los?"

Er lehnte sich über den Tisch. „Ich sage es dir nur, wenn du mir sagst, was du über Randle weißt."

„Natürlich."

„Also, fang an."

„Komm schon, Carl. Die Kinder kommen nicht schneller zurück, wenn du hier Spielchen spielst."

„Ist dir in den Sinn gekommen, dass es eine Verbindung zu Canary geben könnte?"

Sie ignorierte den Kloß in ihrem Magen. „Ja", hauchte sie. „Aber ich hoffe nicht."

„Erzähl mir von Randle."

Sie schürzte ihre Lippen. „Also gut. Er hatte eine Affäre mit Margaret Jackson."

Margaret Jackson war die Witwe des Assistant Chief Constable.

„Bryn Jacksons Frau?", fragte er.

„Genau die. Es ist schon eine Weile her, aber ich glaube, er hat versucht, es wieder aufleben zu lassen, als wir den Mord an ihrem Mann untersucht haben.

„Wusste Jackson es?"

„Nicht, dass ich wüsste. Es gab Briefe, zwischen den beiden. Sie hielt sie gut versteckt."

„Du hast doch sicher noch mehr als das."

„Nicht viel, wirklich. Irina Hamm hat ausgesagt, ihr Mann hätte seine Visitenkarte gehabt. Ich glaube, Randle war Jacksons Geldeintreiber und half ihm bei seinen Geschäften mit Hamm."

Trevor Hamm war im Visier der Abteilung für organisierte

Kriminalität. Ein Mann, dem man nur schwer etwas anhängen konnte, denn er ließ andere seine schmutzige Arbeit verrichten. Einer seiner Schläger wurde wegen des Angriffs auf Mo und Connie gesucht, und Zoe war sich sicher, dass er seine Frau Irina hatte töten lassen. Sie wusste von seiner Verwicklung in den Canary-Pädophilenring, und auch von Jacksons.

„Als Jackson starb, hat Randle übernommen."

„Möglicherweise." Zoe nippte an ihrer Cola und wünschte, es wäre keine Diät-Cola. Sie brauchte den Zucker.

„Sag mir, dass du noch mehr hast", sagte Carl.

Zoe lehnte sich zurück. „Er wollte verzweifelt versuchen, Margaret den Mord an Jackson anzuhängen."

„Nette Art, die Frau zu behandeln, mit der du geschlafen hast."

„Ich habe ihm den ersten Brief gezeigt, den wir gefunden haben, den, in dem Jackson der Tod gewünscht wird. Randle dachte, es sei lächerlich. Aber dann ist er ausgeflippt."

„Wann?"

„In der Vernehmung. Von da an war es, als würde er die Beweise verdrehen, um sie auf sie zu lenken."

„Kannst du das beweisen?"

„Natürlich kann ich das nicht. Deshalb hat Lesley mich auch abblitzen lassen."

Carl rieb sich das Kinn. Er hatte eine dünne Schicht von Stoppeln. Das passte zu ihm. „Du hast mit DCI Clarke gesprochen?"

„Ich musste mit irgendjemandem reden. Es ging hauptsächlich um die Briefe und die Affäre. Sie sagte mir, ich bräuchte mehr Beweise. Und dann stellte sich heraus, dass Winona Jackson ihn sowieso getötet hatte, also waren die Briefe irrelevant."

„Hast du noch eine Kopie davon?"

KAPITEL DREIUNDZWANZIG

„Sie sind in der Asservatenkammer."

„Kannst du mir eine Kopie besorgen?"

„Ich werde dort nicht herumschnüffeln, wenn du das meinst. Für so etwas kann man gefeuert werden."

„Und Professional Standards erzählen, dass du glaubst, dein Boss ist korrupt, kann das nicht?"

Sie zuckte mit den Schultern. „Wenn du die Briefe willst, musst du sie dir selbst besorgen. Ich bin sicher, dass das PSD sie anfordern kann."

„Wir versuchen, keine Aufmerksamkeit auf uns zu lenken."

„Darauf wette ich."

Er nahm sein Handy in die Hand, warf einen Blick darauf und legte es wieder weg.

„Du bist dran", sagte Zoe. „Erzähl mir von Ian."

Carl sah sich in der Kneipe um, sein Blick war ernst. „Wir glauben, dass er mit Hamm's Netzwerk in Verbindung steht."

Zoes Herz machte einen Sprung. „Verdammt. Und deshalb wurden die Kinder entführt?"

„Wir wissen es nicht. Aber wenn er etwas getan hat, das sie verärgert hat, haben sie vielleicht die Kinder entführt, um ihn zur Vernunft zu bringen. Es könnte eine Bestrafung sein."

„Mit dieser Art von Leuten ist nicht zu spaßen."

„Nein."

Sie lehnte sich in ihrem Stuhl zurück und starrte ihn an. Wenn Ian Osman sich mit Leuten wie Trevor Hamm einließ, dann wusste nur Gott, was mit diesen Kindern geschah.

„Carl. Du musst mich das untersuchen lassen."

„Nein. Es ist Teil von etwas Größerem."

„In Kings Norton?"

„Da ja, aber auch auf ein paar anderen Revieren. Mehr kann ich dir nicht sagen."

„Was ist mit Harborne?"

„Zoe, ich habe dir gesagt, dass ich ..."

„Wenn es auf dem Revier, auf dem ich arbeite, korrupte Polizisten gibt, möchte ich das wissen."

Er starrte sie an. „Ich werde es dir nicht sagen, Zoe. Es würde unsere Ermittlungen gefährden, und das weißt du. Es war schon schwer genug, die Erlaubnis zu bekommen, mit dir über Ian Osman zu sprechen."

„Das ist offiziell?"

„Das ist es."

„Alter Schwede! Konntest du mich nicht ins Lloyd House vorladen?"

„Was meinst du, wie das aussehen würde?"

„Gutes Argument." Sie kippte ihre Cola hinunter. „Gibt es sonst noch etwas, das ich über Ian wissen sollte? Irgendetwas, das ich verwenden kann, ohne dich in Schwierigkeiten zu bringen?"

„Wir behalten ihn im Auge, Zoe. Wenn wir sehen, dass er mit jemandem Kontakt aufnimmt, von dem wir glauben, dass er die Kinder haben könnte, werde ich es dir sagen."

„Und währenddessen sitze ich auf meinem Hintern und warte? Nein danke."

Sie stand auf.

„Zoe, bitte ..."

„Danke für den Drink, Carl." Sie eilte davon.

KAPITEL VIERUNDZWANZIG

Zoe stürmte zurück ins Polizeirevier von Harborne, musterte die Gesichter und fragte sich, gegen wen hier wohl ermittelt werden würde. Sie eilte zum Büro des Teams, ihre Schritte schwer in den engen Gängen. Es war sieben Uhr dreißig. Maddy und Ollie waren seit über dreißig Stunden verschwunden.

„Ich bin wieder da", verkündete sie.

„Boss", sagte Mo.

„Was habt ihr für mich?"

Sie eilte in den Besprechungsraum und ignorierte die misstrauischen Blicke, die ihr Team ihr zuwarf. Sie warf ihre Jacke über die Stuhllehne und ignorierte sie, als sie zu Boden rutschte.

„Ich habe mit Exeter gesprochen, Boss", sagte Rhodri. Er deutete auf das Foto von Grainger an der Tafel. Eine Karte von Exeter war hinzugefügt worden. „Sie sind bei ihm zu Hause vorbeigegangen. Keiner da."

Zoe fuhr sich mit der Hand durch die Haare. „Haben sie

mit seinen Nachbarn gesprochen, Kontakte? Weiß jemand, wo er ist?"

„Er steht im Register, Boss", sagte Connie. „Er hat sich gestern Morgen bei seiner örtlichen Dienststelle gemeldet."

„Um wie viel Uhr?"

Connie griff nach ihrem Notizblock. „Acht Uhr."

„Wie lange würde es dauern, um nach Birmingham zu fahren?"

„Drei Stunden, Boss. Und das bei gutem Verkehr. Zu dieser Tageszeit ..."

„Was ist mit öffentlichen Verkehrsmitteln? Zügen?"

„Ich werde nachsehen", sagte Connie.

„Bitte."

Mo schritt auf sie zu. „Sei nachsichtig mit ihnen."

Sie sah ihn stirnrunzelnd an. „Mir geht es gut."

„Du bist gestresst. Das sind wir alle."

Zoe warf ihm einen irritierten Blick zu, dann sah sie Connie und Rhodri an. Sie starrten sie mit offenen Mündern an und warteten.

„Tut mir leid, Leute. Okay, so weit sind wir also mit Grainger. Wir müssen sicher sein, dass er in der Zeit zwischen der Meldung bei der Polizei und dem Verschwinden von Maddy und Ollie nicht nach Birmingham gekommen sein kann. Bis dahin ist er ein Verdächtiger. Wir brauchen Überwachungsvideos von den Autobahnen und Bahnhöfen."

„Willst du, dass ich das jetzt mache?", fragte Connie. „Ich könnte ...", sie zeigte auf den Computer auf dem Schreibtisch.

„Ja."

Connie huschte zum Schreibtisch und schaltete den Computer ein.

„Was noch?", fragte Zoe.

KAPITEL VIERUNDZWANZIG

„Hast du Alison nach der Videoüberwachung gefragt?", fragte Mo.

„Sie sagt, dass sie sich vielleicht falsch erinnert hat. Vielleicht hat sie sie zum Hotdog-Stand mitgenommen und sie sind weggegangen, während sie auf das Essen gewartet hat."

„Es ist verständlich, dass man Sachen vergisst, wenn man bedenkt, was passiert ist", sagte Rhodri.

„Hmm. Wir müssen immer noch die Möglichkeit in Betracht ziehen, dass die beiden die ganze Sache nur vortäuschen."

„Warum sollten sie das tun?", fragte Rhodri.

„Keine Ahnung. Aufmerksamkeit. Für Geld. Ich weiß es nicht."

„Wie sollten sie an Geld kommen, wenn ihre Kinder verschwinden?", fragte Mo.

Zoe sah ihn an, denn sie wusste, dass sie vor dem Team nicht über Carls Ermittlungen sprechen konnte. „Ich weiß es nicht. Ich spekuliere nur."

„Glaubst du wirklich, die beiden stecken da mit drin, Boss?", fragte Rhodri.

„Ich weiß es nicht." Zoe ließ sich auf den Schreibtisch fallen und hockte sich auf die Kante. „Ich weiß es einfach nicht."

„Es gibt einen Zug von Exeter St David's um 8:27 Uhr", sagte Connie. „Kommt in New Street um 10:55 Uhr an. Der Anschlusszug nach Bournville kommt um 11:36 Uhr an."

„Er könnte es also rechtzeitig hierhergeschafft haben."

„Mit Ach und Krach", sagte Mo.

„Das ist alles, was er braucht. Rhodri, ruf nochmal in Exeter an. Sag ihnen, dass wir wissen müssen, wo Grainger ist. Sie sollen so lange an seine Tür klopfen, bis er auftaucht. Sie sollen seine Nachbarn fragen und herausfinden, ob er dort Freunde oder Familie hat."

„Richtig, Boss. Was ist mit dem Ex?"

Zoe betrachtete das Foto von Benedikt an der Tafel. „Was ist mit ihm?"

„Du wolltest, dass ich seinen Tod untersuche."

„Hast du?"

„Er wurde während einer Expedition auf dem K2 vermisst. Ein paar andere Bergsteiger machten sich auf die Suche nach ihm, weil sie dachten, sie hätten mitten in der Nacht seine Stirnlampe gesehen. Aber sie konnten nicht viel tun, ohne sich selbst in Gefahr zu bringen."

„Gab es eine Leiche?"

„Es ist üblich, dass Leichen da nicht gefunden werden, Boss. George Mallory wurde erst 1999 gefunden, und er wurde seit 1924 auf dem Everest vermisst."

Sie brauchte nichts über George Mallory zu wissen. „Vielleicht hat er überlebt."

„Auf keinen Fall. Er kletterte in achttausend Metern Höhe, auf einem der gefährlichsten Berge der Welt. Du würdest vor Kälte sterben."

„Also gut. Findet seine Eltern. Findet heraus, ob sie Kontakt zu den Kindern haben, ob sie uns etwas sagen können."

„Kein Problem." Rhodri zeigte auf die Fotos. „Sie hat definitiv einen Typ."

„Wie bitte?", sagte Zoe.

„Ian und Benedict. Sie sehen sich ähnlich, nicht wahr?"

Zoe beugte sich vor. Die beiden Männer waren beide klein und dünn, mit hohlen, farblosen Gesichtern.

„Ich denke schon", sagte sie. Sie zog sich zurück. „Nicht,

KAPITEL VIERUNDZWANZIG

dass es einen Unterschied machen würde. Geh schon, Rhodri. Du hast zu tun."

Zoe sah zu, wie Rhodri zu seinem Schreibtisch im Vorzimmer ging. Sie wandte sich an Connie.

„Connie, kannst du uns eine Minute geben? Ruf die Verkehrspolizei an. Wir brauchen Überwachungsvideos von der M5 und dem Bahnhof Bournville. Und geh nochmal zu Cadbury's und bitten Sie um Aufnahmen vom Parkplatz."

„Kein Problem, Boss." Connie stand auf und eilte Rhodri hinterher. Sie sah erleichtert aus, dass man sie rausgelassen hatte.

Mo schloss die Tür. „Was ist los? Du bist verschwunden."

Zoe rutschte vom Schreibtisch und setzte sich in einen Stuhl. „Ich habe dir doch gesagt, dass gegen Ian Osman ermittelt wird."

„Ja."

„Sie glauben, dass er mit Hamm im Bunde ist."

„Trevor Hamm?"

„Genau der."

Mo wurde blass. „Oh, verdammt."

„Allerdings."

„Wenn diese Bastarde die Kinder haben ..."

Sie schloss die Augen und presste die Unterlippe zwischen die Zähne. „Ich weiß. Und wir können es nicht untersuchen. Es ist Teil von etwas Größerem."

„Das ist lächerlich."

„Wem sagst du das."

„Tut mir leid, Boss, aber du kannst ihn das nicht tun lassen."

Sie legte den Kopf schief. „Wen?"

„Carl. Ich weiß, dass du ihm nahestehst, aber wenn Hamm diese Kinder in die Hände bekommen hat, spielt es keine Rolle, wie geheim oder wichtig seine Ermittlungen sind. Wir müssen die Sache weiterverfolgen."

„Ich stehe Carl nicht nahe. Und wir können das nicht tun."

Er lehnte sich zu ihr. „Zo. Wir können. Wir tun es."

Sie begegnete seinem Blick. Er hatte Recht. Carl wäre stinksauer, und sie könnten beide ihren Job verlieren. Aber Maddy und Ollie waren wichtiger.

KAPITEL FÜNFUNDZWANZIG

Kaffee für ihr Team zu kochen war das Mindeste, was Zoe tun konnte. Es war schon nach neun, und sie saßen immer noch an ihren Schreibtischen. Rhodri und Connie verfolgten die Spur von Mike Grainger, während Mo versuchte, so viel wie möglich über Ian Osman herauszufinden, ohne Carls Tarnung auffliegen zu lassen.

Sie starrte aus dem Fenster, während der Kessel kochte. Von der Küche aus schaute sie auf eine Feuerleiter, eine rote Backsteinmauer gegenüber. Sie schaute sich das gerne an, um den Kopf frei zu bekommen, wenn sie bei einem Fall steckenblieb.

„Zoe."

Zoe sprang auf. „Ma'am."

„Reicht es für mich?" Lesley deutete auf den Teekessel.

„Ich glaube schon."

„Gut." Lesley öffnete einen Hängeschrank und holte einen Becher Instantnudeln heraus.

„Ich wusste nicht, dass Sie noch hier sind, Ma'am."

Lesley stellte die Nudeln auf die Arbeitsplatte und öffnete

den Deckel. Der Geruch von Currypulver erfüllte die kleine Küche.

„Schlaf ist was für Weicheier. Ich ertrinke in Papierkram."

„Hart".

„Wie geht es mit dem Fall Osman voran?"

Zoe dachte an ihr Treffen mit Carl in der Kneipe zurück. Offiziell, hatte er ihr gesagt. Also wussten seine Vorgesetzten von ihrem Gespräch. „Es ist plötzlich sehr kompliziert geworden, Ma'am. Kann ich mit Ihnen sprechen?"

„Sicher."

Der Wasserkocher klickte und Lesley deutete mit fragend hochgezogenen Augenbrauen darauf. Zoe schüttete Wasser in den Becher.

Lesley lehnte sich zurück und sah zu, wie die Nudeln es aufsogen. „Wie kann ich Ihnen helfen?"

„Mir wäre es lieber, wir würden in Ihrem Büro sprechen."

Zoe schenkte vier Kaffees ein, alle stark. In zwei davon goss sie etwas Milch.

„Kein Problem. Sie bringen Ihrem Team den Kaffee und melden sich in meinem Büro. Möchten Sie auch einen davon?" Sie rührte die Nudeln um, hielt sie an ihr Gesicht und schnupperte.

„Nein, danke."

„Sicher? Haben Sie heute schon gegessen?"

Zoe betrachtete den Becher. Nicholas hasste aufbereitetes Essen. Er würde die Augen verdrehen, wenn sie diese Dinger mit nach Hause bringen würde. Aber sie liebte sie. „Also gut, ja, bitte. Ich bin am Verhungern."

„Na also. Fünf Minuten, mein Büro."

KAPITEL FÜNFUNDZWANZIG

Fünf Minuten später schob sich Zoe durch die Tür zu Lesleys Büro, einen Kaffeebecher in der Hand. Auf dem Schreibtisch standen zwei Becher mit Instantnudeln, beide mit Currygeschmack. Zoe erlaubte sich ein Lächeln.

Lesley griff nach ihrem Becher und stocherte darin herum. „Also, was ist los?"

„Es ist heikel."

Lesley beäugte Zoe über ihren Topf hinweg. Sie schob sich einen Löffel voll Nudeln in den Mund. Sie atmete scharf ein, als sie die Hitze spürte, und gab Zoe ein Zeichen, weiterzusprechen.

„Ian Osman wird von Professional Standards untersucht."

Ein Spritzer Currysauce flog aus Lesleys Mund. „Wenn Sie mir das nächste Mal so etwas erzählen, warnen Sie mich vor. Die machen Flecken."

„Tut mir leid."

„Wer hat Ihnen das gesagt?"

„Das kann ich Ihnen nicht sagen, Ma'am."

„Sie können nicht, oder Sie wollen nicht?"

„Ich habe versprochen, es niemandem zu sagen."

„Hmm. Weshalb wird gegen ihn ermittelt?" Lesley hielt ihre Gabel halb an den Mund. „Muss ich warten, bevor ich das esse?"

Zoe nickte. „Er wird mit Trevor Hamm in Verbindung gebracht."

Lesley knallte den Becher auf den Schreibtisch. „Verdammt nochmal! Gut, dass Sie mich aufgehalten haben" Sie schob die Kanne weg und legte die Stirn in Falten. „Was ist Ihr Plan?"

„Ich möchte Teams zu allen Häusern schicken, die mit dem Fall Canary in Verbindung stehen. Zu den Häusern von Robert Oulman, Howard Petersen und Jory Shand."

„Oulman wird nicht da sein."

„Seine Familie aber." Oulman war im Gefängnis. „Und die anderen beiden ..."

„Ja. Diese schmierigen Mistkerle." Lesley seufzte. „Tut mir leid, Zoe, aber wir werden nie einen Beschluss dafür bekommen. Sie werden sich auf Belästigung berufen."

„Also Trevor Hamm", sagte Zoe. „Ich will seine Wohnung und seine Baustellen durchsuchen."

„Wir haben keinen Grund dafür."

Zoe zog eine Grimasse. *Verfahren.* „Wenn das so ist, würde ich gerne mit Detective Superintendent Randle sprechen."

„Warum?"

„Sie kennen meine Bedenken."

„Sie haben mir keine weiteren Beweise geliefert, die das belegen könnten."

„Nein, Ma'am. Aber zwei Kinder werden vermisst, und wenn es irgendeine Chance gibt ..."

„Ermittelt das PSD auch gegen Randle?"

Zoe spürte, wie ihr die Hitze in den Nacken stieg. „Ja."

„Verdammt. Er ist jetzt für die Kripo zuständig. Wie soll ich ihm in die Augen sehen, bei all dem, was hier los ist?"

„Ich denke, Maddys und Ollies Sicherheit ist wichtiger."

Lesley griff nach ihrer Kanne. „Sie haben noch nichts gegessen."

„Ich habe keinen Appetit."

„Nehmen Sie es mit. Und lassen Sie mich mit David reden. Ich kenne ihn besser als Sie."

„Sind Sie sicher, dass das eine gute Idee ist?"

Lesley schaufelte sich Nudeln in den Mund und warf Zoe einen warnenden Blick zu.

„In Ordnung, Ma'am."

KAPITEL SECHSUNDZWANZIG

Connie rieb sich die Augen, als ihr Computer hochgefahren wurde. Sie war noch nie als Erste im Büro gewesen. Die Flure waren leer, als sie eingetroffen war, und sie hatte auf ihrem Gang zum Büro das Licht des Bewegungsmelders ausgelöst.

Sergeant Jenner war an der Rezeption gewesen. Er hatte ihr freundlich zugenickt, als sie an ihm vorbeiging, zu schüchtern, um Smalltalk zu machen.

Sie rief ihren Webbrowser auf. Sie überwachte die E-Mails und Social Media Feeds der Eltern. Sie waren mit Nachrichten überschwemmt worden. Hauptsächlich gute Wünsche, gelegentlich auch ein Troll. Connie konnte nur hoffen, dass Alison und Ian sich diese Nachrichten nicht selbst ansahen.

Sie hatte ihre Telefone und Alisons iPad. Sie war zuversichtlich, dass sie nicht im Internet unterwegs sein würden.

Sie scrollte durch die Beiträge in Ians Facebook-Feed. Nicht viel. Einer von einem Kollegen, der ihm das Beste wünschte. Einer von einem alten Schulfreund, der sich schwer tat, die richtigen Worte zu finden. Alisons Feed war anders. Er war voll mit Nachrichten, Fragen und Ergüssen von anderen Müttern. Frauen, die Alisons Notlage als Vorwand sahen, um ihre eigenen Ängste vor dem Verlust ihrer Kinder zu äußern.

In Alisons Posteingang befanden sich drei Nachrichten. Eine von einem Schulkollegen, eine von einem Nachbarn, eine weitere von einem Freund. Alle drei hatten sich auch gestern schon gemeldet. Sie meldeten sich und boten ihre Unterstützung an. Alison hatte Glück, dass sie dieses Netzwerk hatte. Connie musste dabei an ihre eigene Mutter denken und an die Frauen, mit denen sie sich umgab: Tanten, Cousinen, Nachbarinnen. Sie alle hatten sich um Connie und Zaf gekümmert, als sie aufgewachsen waren. Alles Frauen, von denen sie wusste, dass sie ihnen ihr Leben anvertrauen konnte.

Sie ging zurück zu Ians Konto und plante, zu Twitter zu wechseln. Sie hatte Alison in einem Browserfenster und Ian in einem anderen. In seinem Posteingang war eine Nachricht eingegangen.

Als sie sie las, überkam sie ein kalter Schauer.

Sie las sie erneut.

Ihr war schlecht.

Die Tür öffnete sich. Sergeant Jenner, der ihr einen Kaffee anbot. Connie schüttelte stumm den Kopf und starrte auf den Bildschirm.

Sie nahm ihr Telefon zur Hand.

KAPITEL SIEBENUNDZWANZIG

„Anschnallen."

„Mach dir keine Sorgen, Mum. Ich weiß, wie du fährst."

„Hey."

Zoe griff über das Auto hinweg und verpasste Nicholas eine spielerische Ohrfeige. Er wich zurück und tat so, als wäre er verletzt.

„Das ist Kindesmissbrauch."

„Über so etwas macht man keine Witze."

„Tut mir leid."

Sie gab Gas und fuhr auf die Bristol Road, wobei sie einen weißen Lieferwagen überholte, als sie auf die Hauptstraße einbog. Hinter ihr blinkten Lichter auf und sie winkte.

„Trottel", murmelte sie.

„Beruhige dich, Mum. Wir haben es nicht eilig."

„Ich muss zur Arbeit."

„Lieber ein paar Minuten zu spät als gar nicht ankommen."

„Hmm." Sie zwang sich, ein wenig langsamer zu werden und sich in den Sonntagmorgenverkehr einzufügen. Es herrschte bereits reger Verkehr, Einkäufer und Eltern, die ihre Kinder zu den Wochenendaktivitäten brachten. Leute wie sie, die arbeiten mussten.

„Wo soll ich dich absetzen?"

„Unten an der Edgbaston Park Road. Ich werde den Bus in die Stadt nehmen."

„Wo triffst du Zaf?"

„Bullring. Wir setzen uns in das Café oben bei Debenhams, er sagte, er würde mir bei meiner Uni-Bewerbung helfen."

„Das kann ich doch tun."

„Es ist in Ordnung."

„OK. Debenhams? Sehr Rock 'n' Roll."

„Da hat man 'ne gute Aussicht."

Sie lächelte. Ihr gefiel die Vorstellung, dass er sich die Stadt zu eigen machte und seine eigenen Lieblingsplätze fand. Als sie in der sechsten Klasse war, war es das Café am oberen Ende von Rackhams gewesen. Sie und ihre Freundinnen konnten mit einer Kanne Tee und einem Stück Schokoladenkuchen den ganzen Vormittag dort aushalten.

„Wann kommst du nach Hause?"

„Was ist das, die spanische Inquisition?"

„Nur eine Mutter, die wissen will, dass ihr Sohn in Sicherheit sein wird."

„Lange vor dir, nehme ich an."

Sie hielt vor der Edgbaston Park Road an. „Es tut mir leid, Schatz."

„Es ist in Ordnung. Was du tust, ist wichtig. Ich bringe Zaf mit nach Hause. Wir holen uns eine Pizza."

„Du, Pizza?"

„Eine gute, vom Italiener. Nichts von deinem Pizza Hut-Mist."

KAPITEL SIEBENUNDZWANZIG

„Ich mag Pizza Hut", sagte sie.

„War mir klar."

Ein Auto hinter ihnen hupte, und Zoe streckte im Rückspiegel ihre Zunge raus. Ihr Telefon surrte in der Konsole zwischen ihnen. Nicholas nahm es in die Hand.

„Hey", sagte sie zu ihm.

„Du fährst. Egal, es ist Oma."

Zoe sackte in ihrem Sitz zusammen. Das letzte Mal hatte sie ihre Mutter gesehen, nachdem sie Bryn Jacksons Mörder gefasst hatten. Der Gedanke, dass ein Mann von seiner Tochter ermordet worden war, hatte sie dazu veranlasst, herauszufinden, ob sie Annette die jahrelange Vernachlässigung verzeihen konnte.

Es hatte nicht geklappt.

„Ich rufe sie später an", sagte sie. Nicholas wusste nichts über Annettes Vergangenheit. Sicher, er wusste, dass sie ein Alkoholproblem hatte, aber nicht das Ausmaß davon. Zoe versuchte, ihn vor ihren Exzessen zu schützen. „Einen schönen Tag noch."

„Werd' ich haben." Er schlug die Tür zu und sprintete zur Bushaltestelle, gerade als der Bus vor ihr dort einfuhr.

Sie wartete und sah ihm beim Einsteigen zu. Er kletterte auf das oberste Deck, sein Kopf war schemenhaft durch die Heckscheibe zu sehen. Achtzehn Jahre alt, und er saß immer noch auf der Rückbank des Busses. Sie lächelte.

Ihr Telefon surrte erneut. Sie schob es in die Halterung und drückte die Taste am Lenkrad.

„DI Finch." Sie bog in den Verkehr ein und zeigte an, dass sie in Richtung Harborne abbiegen wollte.

„Boss, ich bin's, Connie."

„Du bist früh dran."

„Ja. Es hat eine Entwicklung gegeben."

„Welche Art von Entwicklung?"
„Eine wirklich schlechte."

KAPITEL ACHTUNDZWANZIG

Zoe rannte halb von ihrem Auto zu den Türen des Reviers. Zwei Männer waren auf dem Weg nach draußen und versperrten ihr den Weg. Sie versuchte, sich an ihnen vorbeizudrücken.

„Entschuldigen Sie", murmelte sie.

Die Männer lachten. Sie starrte sie an. Sie gehörten nicht zur Kripo. Sie waren Zivilisten. Sie schenkte ihnen ihr schönstes falsches Lächeln. „Bitte."

Einer von ihnen trat mit einem Schwung zurück. „Nach Ihnen, Madam."

Sie ballte die Faust, grub die Fingernägel in ihre Handfläche und ging an ihnen vorbei. Sie konnte sich gerade noch beherrschen, nicht zu rennen.

„Morgen, Ma'am." Sergeant Jenner stand an der Rezeption. „Arbeiten Sie an einem Sonntag?"

„Tut mir leid, Tim. Ich habe es eilig."

„Ja, Ma'am." Er drückte einen Knopf und die Innentüren öffneten sich.

Sie eilte durch die Gänge und war froh über die relative

Ruhe. Lesley würde heute in ihrem Büro sein, aber jetzt noch nicht. Zoe fragte sich, wer es außer Connie noch aus ihrem Team hierher geschafft hatte.

„Sprich mit mir." Zoe ließ die Bürotür hinter sich zuschlagen. Connie war hier, und Rhodri.

„Wo ist Mo?"

Rhodri zuckte mit den Schultern. „Noch nicht da."

„Gut." Sie sah auf ihre Uhr. Neun Uhr dreißig. Sie war beeindruckt, dass Rhodri es so früh geschafft hatte. Entweder hatte er mit dem billigen Bier aufgehört, während sie an diesem Fall arbeiteten, oder sein Magen war aus Gusseisen.

Sie schritt zu Connies Schreibtisch. „Zeig es mir."

„Diese Nachricht auf Facebook, Boss", sagte Connie.

Rhodri starrte auf seinen eigenen Bildschirm, sein Gesicht war gezeichnet. Er öffnete den Mund, um zu sprechen, überlegte es sich dann aber anders.

Zoe beugte sich zum Bildschirm. Darauf war eine Facebook-Nachricht zu sehen.

Ich habe Ihre Kinder. Sie können eins zurückhaben. Sie haben drei Tage Zeit. Wählen Sie.

Sie fühlte sich, als hätte man ihr einen Schlag in die Rippen versetzt. „Wann hast du das gefunden?"

„Ein paar Minuten bevor ich dich angerufen habe. Es war in Ians Facebook-Account."

„Eine Nachricht?"

„Private Nachricht, Ma'am. Sie ist auch an Alison geschickt worden."

„Scheiße. Haben sie Zugang?"

„Wir haben ihre Telefone und das iPad. Ich glaube nicht."

Zoe starrte auf den Bildschirm. Beide Kinder würden nach Hause kommen. Sie würde sie beide finden. Sie wollte nicht, dass Alison oder Ian sich deswegen verrückt machten.

Was für ein Mistkerl lässt Eltern zwischen ihren Kindern wählen?

„Nun gut", sagte sie. „Wir sagen den Osmans noch nichts davon. Nicht bevor wir mehr wissen. Weißt du, von wem das ist?"

„Das ist es ja, Ma'am."

„Was?"

„Es ist von PC Trish Bright."

KAPITEL NEUNUNDZWANZIG

Alison saß in ihrem Morgenmantel auf ihrem Bett. Sie wusste, dass sie sich anziehen musste, aber sie konnte sich nicht dazu überwinden. Sie hatte das Essen, das Trish ihr gestern Abend vorgesetzt hatte, abgelehnt, weil ihr Magen voller Sorgen war.

Das Video machte keinen Sinn. Sie hatte die Kinder verlassen und war zurückgekommen, um sie zu fragen, was sie wollten. Aber sie war nicht mit ihnen weggegangen. Sie war sich dessen sicher.

Spielte ihr Verstand ihr einen Streich?

Ian war den ganzen Abend komisch gewesen. Er hatte sie angeschaut, als hätte sie etwas zu verbergen. Als hätte sie Maddy und Ollie selbst entführt.

Was für eine Mutter würde so etwas tun?

Eine mit einer Geisteskrankheit. Sie beugte sich zu ihrer Nachttischschublade hinüber und überprüfte ihren Medikamentenkasten.

Als Benedict verschwunden war, hatte sie Hilfe gebraucht. Sie war im sechsten Monat schwanger, hatte ein siebenjähriges

KAPITEL NEUNUNDZWANZIG

Kind zu versorgen und wusste nicht, ob ihr Mann noch lebte oder schon tot war. Sie war völlig aufgelöst. Nach der Geburt von Ollie hatte ihr Hausarzt Antidepressiva und eine kognitive Verhaltenstherapie verordnet.

Es ging ihr bald besser, nicht so sehr dank der Behandlung, sondern dank ihrer Beziehung zu Ian. Nachdem er sie davon überzeugt hatte, zu akzeptieren, dass Benedict nicht mehr zurückkommen würde, war sie erleichtert, dass sie ihre Gefühle nicht mehr verstecken musste. Sie hatten innerhalb eines Jahres geheiratet.

Sie hatte die Pillen aufbewahrt, oder was von ihnen übrig war. Gelegentlich, wenn sie sich schlecht fühlte, nahm sie eine. Es gab ihr einen Schubs, ließ sie sich besser fühlen, wenn sie mit Ians Vernachlässigung oder den Anforderungen von zwei kleinen Kindern nicht zurechtkam.

Sie hatte am Freitagmorgen eine genommen, nach einem Streit mit Ian. Ein Streit über seinen Plan, ins Büro zu gehen, wenn sie eigentlich als Familie einen Ausflug machen wollten.

Sie wusste, dass sie es nicht tun sollte. Sie musste sich um Maddy und Ollie kümmern, und sie war am Steuer. Aber sie hatte es schon einmal getan und kannte ihre Grenzen.

Hatte das Medikament ihr Gedächtnis beeinträchtigt?

Hatte sie den Picknickplatz mit ihren Kindern verlassen, sie dann aus den Augen verloren und war zurückgekommen, um sie zu suchen?

Und wenn ja, wo waren sie?

Sie vergrub ihr Gesicht in ihren Händen, zu schwach, um zu weinen. Sie hatte wach gelegen, stumme Tränen ins Kissen geweint. Bilder von Maddy und Ollie, die von einem gesichtslosen Fremden verletzt wurden, füllten ihre Vision jedes Mal, wenn sie ihre Augen schloss. Sie war sich nicht sicher, wann sie zuletzt geschlafen hatte.

„Alison! Bist du zu Hause?"

Alison wischte sich die Augen und stand auf. Sie fühlte sich wackelig. „Mum?"

„Bist du im Bett?"

„Nein."

Alison zog den Morgenmantel fester um sich und stapfte die Treppe hinunter. Ihre Mutter stand unten an der Eingangstür. Sie sah außer Atem aus, und ihr Haar war zerzaust.

„Alison. Warum bist du nicht angezogen?"

„Ich konnte nicht …"

„Vergiss es. Warst du heute Morgen auf Facebook?"

„Nein. Sie haben mein iPad mitgenommen. Und die Telefone. Wir können nicht …"

„Ach du lieber Gott." Barbara zog Alison zu sich und vergrub das Gesicht ihrer Tochter an ihrer Brust. Alison entzog sich ihr.

„Was ist los? Was ist passiert?"

„Ich denke, du solltest dich hinsetzen."

KAPITEL DREISSIG

Zoe eilte aus dem Gebäude, die Autoschlüssel in der Hand. Mo parkte gerade sein Auto.

„Ich habe deinen Anruf erhalten, Boss. Wohin?"

„Zu Trish Bright. Heute ist ihr freier Tag, hoffentlich ist sie zu Hause."

„Du glaubst, sie hat sie?"

„Ich weiß nicht, was ich denken soll. Aber wir müssen sie befragen, bevor sie zu den Osmans zurückgeht."

„Alles klar."

Sie sprangen in ihr Auto und rasten aus dem Bahnhofsparkplatz. Mo umklammerte das Armaturenbrett.

„Wo wohnt sie?", fragte er.

„Hall Green irgendwo. Connie wird es durchgeben."

„Gut. Aber bring uns unterwegs nicht um, okay?"

„Tut mir leid." Sie wurde langsamer und holte ein paar Mal tief Luft, um sich zu beruhigen.

„Was ist passiert?", fragte Mo.

„Lies deine SMS. Ich habe die Facebook-Nachricht an dich weitergeleitet."

Es herrschte Schweigen, als Mo sein Handy überprüfte. Die Ampel an der Harborne Road schaltete auf Grün und Zoe gab Gas. Sie fluchte, als der Wagen vor ihr plötzlich bremste.

„Zo …"

„Ja. Entschuldigung. Ich will nicht, dass sie irgendwo hingeht."

„Können wir nicht Uniformen vorbeischicken? Wo ist das nächste Revier?"

„Balsall Heath oder Kings Norton. Aber sie ist Polizistin. Ich kann nicht einfach ein Revier anrufen und sie dazu bringen, ihr Haus zu durchsuchen."

„Was ist mit Professional Standards?"

„Hoffen wir, dass es nicht so weit kommt."

Der Wagen vor ihr bog ab, und Zoe blinzelte, um ihre Sicht zu klären. Trish Bright war ein langjähriges Mitglied des Harborne-Teams. Sie war in unzähligen Fällen FLO gewesen. Wie hatte sie sich nur in diesen Fall verwickeln lassen?

„Wow", sagte Mo.

„Hast du es gelesen?"

„Ja", sagte Mo. „Haben die Osmans das bekommen?"

„Ich glaube nicht. Wir haben ihre Telefone."

„Was werden wir ihnen sagen?"

„Nichts, im Moment. Ich möchte zuerst mit Trish sprechen. Connie checkt ihr Facebook, mal sehen, ob wir noch etwas finden."

„Gut."

Als sie die Bristol Road überquerten, klingelte das Telefon von Zoe. Mo nahm den Hörer ab.

„Es ist die DCI."

„Scheiße." Zoe drückte die Antworttaste.

„DI Finch." An der Ampel beim Cricketplatz hielt sie an und trommelte mit den Fingerspitzen auf das Lenkrad.

KAPITEL DREISSIG

„Hier ist DCI Clarke."

Zoe tauschte einen Blick mit Mo. Der Tonfall von Lesleys Stimme ...

„Ma'am."

„Was zum Teufel geht hier vor?"

„Wie bitte, Ma'am?"

„Sie wissen, wovon ich spreche. Ich hatte gerade Barbara Wilson am Telefon, die wegen PC Bright mächtig Stunk gemacht hat."

Zoe griff nach dem Lenkrad. *Verdammt.* „Wie haben sie es herausgefunden?"

„Das ist nicht das Problem, DI Finch. Sie müssen sofort dahin."

„Wir sind auf dem Weg, PC Bright zu befragen."

„Ich schicke Uniformen vorbei. Wir müssen das PSD einschalten."

Zoe's Herz sank. „Ja."

„Sie müssen den Eltern versichern, dass wir ihre Kinder nach Hause bringen werden. Und zwar beide. Sorgen Sie dafür, dass sie nichts Unüberlegtes tun."

Zoe warf einen Blick in den Rückspiegel. Das Auto hinter ihr blinkte. Sie murmelte etwas vor sich hin und beschleunigte aus der Ampel heraus.

„Ich glaube nicht, dass sie es tun werden", sagte sie. „Wählen."

„Das können Sie nicht wissen. Fahren Sie sofort hin."

„Ja, Ma'am."

KAPITEL EINUNDDREISSIG

Zoe hielt vor dem Haus. Das Gerüst hatte sich ausgebreitet, und in der Einfahrt war ein Kleintransporter geparkt. Ein Mann ging darauf zu, mit düsterem Gesichtsausdruck.

„Wir sind von der Polizei. Wer sind Sie?"

„Warum wollen Sie das wissen?"

„Sagen Sie mir bitte, wer Sie sind."

„Ich heiße Rob. Ich soll hier das Dach machen."

„Das wird warten müssen."

„Ja. Das hat sie mir erzählt. Verrückte alte Schrulle."

Er packte einen Werkzeugkasten hinten in den Wagen und warf sich auf den Fahrersitz. Er fuhr los und rammte dabei fast Zoes Mini.

Zoe sah zu, wie der Lieferwagen wegfuhr. *Reynolds Contracting*. Sie runzelte die Stirn.

Sie klopfte an die Tür und strich ihre Bluse glatt. Barbara Wilson antwortete, ihr Gesicht hart.

„Sie."

KAPITEL EINUNDDREISSIG

Zoe setzte ein Lächeln auf. „Mrs. Wilson. Sind Ihre Tochter und Ihr Schwiegersohn da?"

„Sie ist da. Nur Gott weiß, wo *er* ist."

Barbara hielt die Tür auf und Zoe und Mo traten ein. In der Küche lief ein Radio, laut. Jedes andere Mal, wenn sie hier waren, war das Haus still gewesen.

Zoe stieß die Wohnzimmertür auf. „Alison?"

Alison saß am Esstisch und hielt ein iPad in den Händen. Zoe spürte, wie sich ihre Brust zusammenzog. Sie nahm gegenüber der Frau Platz und beobachtete ihr Gesicht.

Alison starrte auf den Bildschirm, ihr Gesicht war blass.

„So weit wird es nicht kommen", sagte Zoe. „Sie werden sich nicht zwischen Ihren Kindern entscheiden müssen."

Alison sah zu ihr auf. Ihre Augen waren rot und ihre Wangen tränenverschmiert. Sie starrte Zoe schweigend in die Augen.

Zoe schluckte. Mo stand hinter ihr und sprach mit der Großmutter.

„Das hilft uns", sagte sie mit leiser Stimme. „Wir werden heute PC Bright befragen. Wir werden herausfinden, was sie weiß. Mit wem sie zusammenarbeitet, falls sie es tut. Wir werden sie finden."

„Sie sagen drei Tage."

„Wir werden sie finden. Wir werden Tag und Nacht arbeiten und sie für Sie finden."

Zoe hasste es, solche Versprechungen zu machen. Sie wusste, dass sie und ihr Team alles in ihrer Macht Stehende tun würden, um diese Kinder zu finden. Aber sie hatte Angst, dass das nicht genug sein könnte.

Doch ihre Angst war nichts im Vergleich zu der von Alison. Wenn sie sie nicht beruhigte, könnte diese Frau etwas Dummes tun.

„Ich kann mich nicht entscheiden."

Zoe legte eine Hand auf Alisons Arm. „Das müssen Sie auch nicht. Wir werden Ihre beiden Kinder für Sie finden. Maddy und Ollie werden nach Hause kommen."

Alison schniefte. „Sie war hier, im Haus. Sie hat uns beobachtet."

Zoe senkte ihren Blick. „Ich weiß. Es tut mir leid. Ich kann Ihnen nichts darüber sagen, was PC Bright getan hat, aber wir werden der Sache auf den Grund gehen. Es hilft uns, es ist eine Spur."

Alison nickte. Zoe spürte, wie die Spannung ein wenig nachließ.

„Wo ist Ihr Mann?"

„Ich weiß es nicht."

„Ist er zur Arbeit gegangen?"

„Keine Ahnung."

Zoe sah wieder zu Mo, der immer noch versuchte, Barbara Wilson zu beruhigen. Wenn Ian die Nachricht gesehen hatte und zu Trish gegangen war ...

„Könnten Sie mich bitte einen Moment entschuldigen, Alison? Ich muss nur kurz mit meinem Kollegen sprechen."

Alison sackte über dem Tisch in sich zusammen, das iPad lose in der Hand. Zoe nahm es ihr behutsam ab. Sie legte es mit dem Bildschirm nach unten auf den Tisch.

Sie ging zu Mo. Barbara drängte sich an ihr vorbei und ging auf Alison zu.

„Sie macht alles noch schlimmer", flüsterte er.

„Ich weiß. Aber sie ist ihre Mutter. Wir können nicht viel tun."

„Hmm."

„Kannst du hier die Dinge im Auge behalten? Ich muss mit der DCI sprechen."

KAPITEL EINUNDDREISSIG

„Sicher." Er ging auf den Tisch zu.

Sie ging durch den Flur und in den Vorgarten, wo sie ihr Handy herausholte.

„DCI Clarke."

„Ma'am. Ich bin im Haus der Osmans. Ich habe es geschafft, Alison zu beruhigen. Aber Ian Osman ist nicht hier."

„Wo ist er?"

„Alison weiß es nicht. Wenn er die Nachricht bekommen hat, könnte er zu Trish gegangen sein. Ist schon ein Team da?"

„Ja."

„Danke, Ma'am. Es tut mir leid."

„Es ist Ordnung, Zoe. Das war nicht Ihre Schuld. Aber sagen Sie mir Bescheid, wenn so etwas nochmal passiert, ja? Der Anruf von Barbara Wilson war nicht der beste Start in den Sonntagmorgen."

„Ja, Ma'am."

Sie ging wieder hinein. Mo war in der Küche und machte Kaffee.

„Machst du jetzt den Job des FLO?"

„Mrs. Wilson hat mich rausgeworfen."

„Autsch."

„Sie ist toxisch. Wir müssen sie von Alison fernhalten."

„Wie?"

Er zuckte mit den Schultern.

Sie ging ins Wohnzimmer. Alison und ihre Mutter kauerten am Esstisch zusammen.

„Alison?"

Alison löste sich von ihrer Mutter und sah auf.

„Ich muss Ihnen ein paar Fragen über die Beziehung Ihres Mannes zu PC Bright stellen."

„Welche Beziehung?", fragte Barbara. „Hatten sie eine Affäre?"

„Das ist nicht das, was ich meine. Aber sie haben früher zusammengearbeitet. Ich muss wissen, ob sie sich nahestanden."

„Er hat nichts gesagt", sagte Alison. „Er war ... ein bisschen komisch... als er sie hier sah. Aber sie haben kaum gesprochen."

„Glauben Sie, dass Ian an der Entführung der Kinder beteiligt ist?" fragte Barbara.

Zoe sah von ihr zu Alison. *Halt die Klappe, Frau.*

„Ich bin nicht in der Lage ..."

„Ach, ihr Polizisten, ihr redet doch nur Unsinn, nicht wahr? Es steht Ihnen nicht frei, uns etwas zu sagen. Wir reden hier ja auch nur über meine Enkelkinder!"

Sie ging auf Zoe zu, die nicht zurückwich.

„So wie ich das sehe, machen Sie einen furchtbaren Job, DI Finch. Sie müssen endlich einen Zahn zulegen und diese armen Kinder finden. Bevor wir es für Sie tun müssen."

KAPITEL ZWEIUNDDREISSIG

MADDY WICH ZURÜCK, als sich die Tür öffnete. Sie drückte Ollie an sich, seinen Kopf an ihrer Brust vergraben. *Sieh nicht hin, Ols.*

Sie hielt den Atem an, nicht sicher, ob sie hinschauen sollte oder nicht. Der Raum war schummrig, graues Licht drang durch die Vorhänge. Es roch übel. Sie hatte einen Plastikeimer in der Ecke gefunden, den sie beide benutzt hatten. Von dem Gestank wurde ihr schlecht.

Eine dunkle Gestalt schob sich in den Raum. Eine Person, die einen grauen Kapuzenpulli und locker sitzende Jeans trug. Er schlurfte seitwärts in den Raum, sein Gesicht verborgen.

Sie sah ihm zu, wie er zum Schreibtisch am Fenster ging. Ollie zitterte in ihren Armen, sein Pyjama war wieder nass.

Der Mann stellte ein Tablett auf den Schreibtisch und legte die Sachen, die darauf waren, auf den Tisch. Er hatte sie nicht angeschaut. Vielleicht dachte er, sie schliefe.

Er nahm die Suppenschüssel von gestern auf und stellte sie auf das Tablett. Maddy schloss die Augen, ihre Brust wurde eng. Sie konnte hören, wie er sich wieder bewegte und zur Tür zurückging. Sie hörte ein Quietschen und ein Rascheln.

Sie wartete. Jetzt, wo sie ihre Augen geschlossen hatte, konnte sie sie nicht mehr öffnen. Ihr Körper fühlte sich taub und prickelnd zugleich an, als wolle ihr Innerstes nach außen kriechen. Sie stellte sich vor, wie der Mann neben ihr stand und auf sie und Ollie herabblickte.

Sieh nicht hin, Ols.

Ollie erschauderte. Sie spürte seine Finger auf ihrem Gesicht. Sie öffnete die Augen, nur einen Spalt, um sich zu vergewissern, dass sie ihren Bruder ansah. Er sah ihr ins Gesicht, seine Augen waren groß.

„Wer war das, Mads?"

„Pst. Nur Mum, die uns etwas zu essen gebracht hat."

„Warum hat sie nichts gesagt?"

„Es ist ein Spiel. Wie Verstecken. Sie hat nach uns gelauscht. Aber du warst leise. Gut gemacht."

„Ich mag dieses Spiel nicht mehr."

„Es wird bald vorbei sein."

Langsam lenkte sie ihren Blick zur Tür. Der Raum war wieder leer, die Tür geschlossen. Sie erlaubte sich, tief Atem zu holen.

„Ich bin hungrig."

„Ich weiß."

Sie rutschte vom Bett und schlurfte zum Schreibtisch. Der Eimer war verschwunden. Stattdessen stand dort ein neuer, sauberer Eimer. Der Geruch war immer noch da, aber er war nicht mehr so stechend.

„Was hat sie uns mitgebracht?"

„Es ist gut, Ols. Alle deine Lieblingsspeisen."

„Brötchen mit Zucker?"

„Ja." Sie starrte auf das Essen hinunter. Zwei glasierte Brötchen, zwei Marmeladenkrapfen. Ein Teller mit Hähnchenkeulen. Krabbencocktail-Chips. Dosen mit Fanta und Fruit Shoot-Flaschen.

Woher kannte diese Person alle ihre Lieblingsspeisen?

Sie wandte sich wieder an Ollie und zwang sich zu einem Lächeln. „Alles prima, Ols."

KAPITEL DREIUNDDREISSIG

„Carl."

„Zoe. Wir haben Trish Bright. Ich dachte, du würdest dir die Vernehmung vielleicht ansehen wollen."

„Ansehen? Das ist mein Fall."

„Sie ist von der Polizei. Du weißt, wie das läuft."

„Carl ..."

„Ich werde eine Videoübertragung für dich einrichten."

„Hör zu", sagte Zoe. „Lass uns das Verhör zusammen machen. Ich weiß, dass du mit ihr über den Korruptionsaspekt sprechen musst, aber ich muss wissen, wo diese Kinder festgehalten werden."

„Ich darf dich eigentlich nicht einmal zusehen lassen."

Zoe warf einen Blick auf Mo. Sie fuhren zurück zur Polizeiwache in Harborne. Wenn sie dort ankamen, würde sie Rhodri drängen, sich mit diesem Stützpunkt im Norden der Stadt zu beeilen. Connie würde Trishs Facebook-Konto untersuchen, um zu sehen, ob sie gehackt worden war. Aber sie alle wussten, dass der Zugang jederzeit vom PSD gesperrt werden konnte.

KAPITEL DREIUNDDREISSIG

„Weißt du, wo Ian Osman ist, Carl?", fragte sie. „Er ist verschwunden. War er bei Trish?"

„Keine Spur von ihm."

Wo zum Teufel war er?

„OK. Bitte, ich bitte dich um einen persönlichen Gefallen. Lass mich bei dieser Vernehmung dabei sein. Ich werde hinten sitzen und meinen Mund halten."

„Dann kannst du dir auch die Aufzeichnung ansehen."

„Ich möchte mit ihr in einem Raum sein. Ich möchte ihre Körpersprache aus der Nähe sehen. Hier geht es um mehr als um Trish Brights Karriere. Um mehr als das Protokoll. Es geht um das Leben von zwei Kindern."

Ein Seufzer. „Ich werde sehen, was ich tun kann."

„Danke. Wir sind auf dem Weg zu euch."

Sie kam aus dem St. Chad's Circus-Tunnel, bog ab und fuhr durch die Einbahnstraßen zurück in Richtung Lloyd House.

„Ist dir der Lieferwagen aufgefallen?", fragte Mo. „Vor dem Haus der Osmans."

„Der von Reynolds."

„Ja."

„Derselbe Typ, der am Jackson-Haus gearbeitet hat", sagte sie.

„Vielleicht wird Ian auf die gleiche Weise bezahlt wie Jackson."

Zoe holte tief Luft. „Sieht so aus."

Sie kamen zur Einfahrt des Lloyd House-Parkplatzes und Zoe zeigte ihren Dientausweis vor. Sie fanden problemlos einen Platz und machten sich auf den Weg zum Aufzug.

Carl wartete, als sich die Fahrstuhltüren öffneten.

„Nur du. DS Uddin wird sich die Videoübertragung ansehen müssen. Und du bleibst ruhig und sagst nichts. Sonst lässt sich mein Boss meine Eier auf dem Silbertablett servieren. Verstanden?"

„Verstanden. Danke, Carl."

Carl führte sie einen Korridor entlang und in einen fensterlosen Raum mit einer Reihe von Computern an der Wand. Nur einer von ihnen war aktiv und zeigte das Bild eines leeren Vernehmungsraums.

„Du bleibst hier drin", sagte er zu Mo. „Draußen vor der Tür steht eine Beamtin. Wenn du etwas brauchst, frag sie."

Mo nickte. Die Beamtin vor der Tür war nicht dazu da, Mo eine Tasse Tee zu machen. Ihre Aufgabe wäre es, ihn davon abzuhalten, das Gebäude zu erkunden. Keiner von ihnen hatte sich bisher in die Büros von Professional Standards gewagt, und es war eine beunruhigende Erfahrung.

„Bis später", sagte sie. Mo nickte ihr zu.

Sie folgte Carl in den Vernehmungsraum. Ein großer Mann mit gepflegtem Bart war inzwischen eingetroffen. Er hielt ihr die Hand hin.

„DI Finch. Sie verstehen die Einschränkungen, die Ihre Anwesenheit hier betreffen?"

„Ja, Sir." Sie wusste, wer der Mann war. Detective Superintendent Malcolm Rogers, Leiter der Abteilung für Professional Standards.

„Setzen Sie sich dort hin." Er zeigte auf einen Stuhl an der Wand. Sie tat, wie ihr gesagt wurde.

Rogers ging und eine Frau kam herein. Sie schüttelte Zoe die Hand und sagte nichts. Sie warf Carl einen Blick zu, der verriet, was sie davon hielt, einen Beobachter zu haben. Carl ignorierte ihn.

Zoe setzte sich, als PC Bright mit einem Mann im Anzug hereinkam: ihrem Vertreter der Gewerkschaft. Sie runzelte die

Stirn, als sie Zoe entdeckte, und öffnete den Mund, und schloss ihn dann wieder.

„Setzen Sie sich bitte, PC Bright", sagte Carl.

Sie gruppierten sich um den Tisch herum. Zoe lehnte sich zur Seite, um eine bessere Sicht zu haben.

„Für das Band, ich bin DI Carl Whaley, das ist DS Layla Kaur."

„PS Roger Lake, Vertreter der Föderation", sagte der Mann im Anzug. „Und meine Klientin, PC Trish Bright."

„Beobachterin ist DI Zoe Finch von der Kripo."

Sergeant Lake starrte Zoe einen Moment lang an und wandte sich dann wieder Carl zu.

„PC Bright", sagte Carl. „Wir haben eine Facebook-Nachricht, die Sie heute Morgen um 05:30 Uhr an Ian und Alison Osman geschickt haben. Sie haben sie auch um 9 Uhr an Barbara Wilson, die Mutter von Alison Osman, weitergeleitet. Dies ist eine Kopie davon."

„Das habe ich nicht geschickt", sagte Trish. Der Vertreter nickte und lehnte sich in seinem Stuhl zurück.

„Können Sie das beweisen?", fragte Carl.

„Ich habe um 5:30 Uhr geschlafen. Sie können meinen Freund fragen."

„Das werden wir. Aber Sie wissen schon, dass Facebook-Nachrichten geplant werden können?"

„Sie müssen mir glauben. Ich weiß nichts über diese Nachricht. Mein Konto muss gehackt worden sein."

„Konnten Sie heute Morgen schon darauf zugreifen?"

Trishs Hals errötete. „Ja."

„Haben Sie Ihre Nachrichten überprüft, nachdem Sie diese abgeschickt haben?"

„Ich habe schon gesagt, dass ich sie nicht abgeschickt habe."

„Haben Sie Ihre Nachrichten abgerufen?"

„Nein. Ich habe mich eingeloggt, als ich gefrühstückt habe. Ich habe ausgeschlafen, es ist mein freier Tag. Jake hat mir eine Tasse Tee ans Bett gebracht. Ich bewahre mein Handy unten auf, also habe ich bis etwa neun Uhr nicht drauf geschaut. Ich habe geprüft, ob ich irgendwelche Benachrichtigungen hatte, und das war alles."

„Welche Art von Beziehung besteht zwischen Ihnen und Ian Osman? fragte DS Kaur.

„Wir haben achtzehn Monate lang zusammengearbeitet, in Coventry. Vor sechs Jahren. Wir kannten uns nicht sehr gut."

„Aber Sie sind Freunde auf Facebook?"

„Er hat mir eine Freundschaftsanfrage geschickt, als ich zum ersten Mal im Team war. Er war einfach nur freundlich, schätze ich. Aber wir haben nie miteinander gesprochen. Ich hatte ganz vergessen, dass wir noch Freunde sind."

„Haben Sie sich absichtlich als FLO im Fall Osman einsetzen lassen?"

„Mein Sergeant gab mir den Auftrag. Ich wusste nicht einmal, dass es Ian war, bis ich dort ankam."

„Und als Sie dort ankamen, haben Sie angegeben, dass Sie ihn kannten? Dass Sie befreundet waren?"

„Ich habe es DI Finch gesagt."

Carl sah zu Zoe hinüber. Sie nickte.

„Was haben Sie DI Finch erzählt?"

„Was ich Ihnen gerade gesagt habe. Sie fragte, ob ich versetzt werden wolle. Ich sagte nein. Ian würde sich kaum an mich erinnern."

„Sind Sie Freunde geblieben, nachdem er Coventry verlassen hatte?"

„Wir sind keine Freunde. Das habe ich schon gesagt."
Trishs Stimme war leise, aber sie zitterte.

KAPITEL DREIUNDDREISSIG

Carl blätterte eine Seite um. „Wir haben ein Foto von Ihnen und Ian zusammen in einer Bar. Sie sehen für mich wie sehr gute Freunde aus."

Zoe wünschte, sie könnte die Beweise sehen. Sie richtete sich in ihrem Sitz auf und versuchte, einen Blick zu erhaschen.

„Das war Zahid's Abschiedsfeier. Wir waren alle ziemlich betrunken."

„Ian hat seinen Arm um Sie gelegt."

Ein weiteres Erröten. „Damals war er ein bisschen in mich verknallt. Zumindest schien es so."

„Aber er erinnert sich nicht an Sie."

„Es ist schon lange her."

Zoe lehnte sich vor. „Trish, wo ist Ian jetzt? Hat er Maddy und Ollie?"

Trish drehte sich zu ihr um, ihre Augen waren voller Panik.

„DI Finch, bitte lassen Sie uns die Fragen stellen." Carl starrte sie an.

„Habt ihr das gemeinsam geplant", fuhr sie fort, „damit Ian Maddy aus dem Weg räumen kann?"

Carl ballte seine Fäuste. „DI Finch, bitte."

Zoe verzog die Lippen und lehnte sich zurück. Trishs Gesicht war eindeutig: Sie hatte keine Ahnung, wovon Zoe sprach.

„PC Bright, wir überprüfen Ihr Telefon, Ihren Laptop und Ihr Facebook-Konto. Wenn Sie gehackt wurden, wie Sie behaupten, werden wir das herausfinden. Wenn Sie nicht gehackt worden sind, wird das sehr ernst für Sie sein."

„Ich muss gehackt worden sein", sagte Trish. „Ich habe diese Kinder nie angerührt. Ich habe seit sechs Jahren nicht mehr mit Ian gesprochen. Ich habe keine Ahnung, wo sie sind." Ihre Stimme zitterte. „Das müssen Sie mir glauben."

Als PC Bright abgeführt wurde, packte Carl Zoe am Ärmel ihrer Jacke und zog sie zurück in den Verhörraum.

„Was zum Teufel war das?"

„Ian Osman hat sich unerlaubt entfernt. Ihn zu finden, wird uns helfen, Maddy und Ollie zu finden."

„Und was war das mit dem Aus dem Weg schaffen seiner Tochter?"

„Sie ist nicht seine Tochter. Alison war schon einmal verheiratet. Sie sagt, Ollie sei von ihrem ersten Mann, aber ich glaube, Ian denkt, er sei von ihm. Er hat ein Kind, und das andere will er loswerden."

„Warum in aller Welt sollte er das tun?"

„Warum tut irgendjemand irgendwas? Es könnte mit seiner Verwicklung mit Hamm zu tun haben. Ich kann im Moment keine Verbindung erkennen, aber es muss eine geben. Wir müssen ihn finden."

„Ich weiß." Carl lockerte seinen Griff an ihrer Jacke. Sie schüttelte ihn ab. Sie waren nur noch Zentimeter voneinander entfernt. Sie konnte sein Aftershave riechen, vermischt mit Schweiß.

„Was ist mit Trish?", fragte sie. „Glaubst du, sie ist darin verwickelt?"

„Mein Bauchgefühl sagt nein. Aber dieser Facebook-Post ... Wir werden sie eine Weile hierbehalten, sie schmoren lassen. Hoffentlich wird sie uns mehr erzählen."

„Ich glaube nicht, dass sie dir irgendetwas zu sagen hat."

„Wenn du dir so sicher bist, dass es Ian war", sagte Carl, „hast du dann nicht in Betracht gezogen, dass er und Trish es gemeinsam getan haben könnten?"

KAPITEL DREIUNDDREISSIG

„Wenn das der Fall ist, warum sollte sie ihm dann eine Nachricht auf Facebook schicken?"

„Um seine Spuren zu verwischen."

„Da bin ich mir nicht so sicher. Ich muss zurück zu meinem Team."

„Gut. Erinnere mich daran, dass ich mich in Zukunft nicht mehr von dir überreden lasse. Wenn der Super herausfindet, was du da drin gemacht hast ..."

Sie strich mit ihren Fingerspitzen leicht über seinen Arm. Seine Augen blitzten auf. „Tut mir leid", sagte sie. „Ich wollte dich nicht in Schwierigkeiten bringen."

KAPITEL VIERUNDDREISSIG

Ian Osman hielt vor dem Industriegebiet an, seine Hände zitterten am Lenkrad. Er schaltete die Zündung aus und starrte auf das Gebäude, seine Gedanken rasten.

Er war nur ein einziges Mal hier gewesen, und man hatte ihm klargemacht, dass er nicht wiederkommen sollte. Aber die Telefonnummern, die man ihm gegeben hatte, funktionierten nicht mehr, und er war verzweifelt.

Sein eigenes Telefon war bei der Kripo. Aber er hatte zwei Wegwerfhandys, von denen sie nichts wussten. Beides waren einfache Modelle, die zum Telefonieren und Versenden von SMS gedacht waren. Keine E-Mail, kein Internet. Beide waren im Kofferraum seines Autos versteckt, unter dem Reserverad.

Er leckte sich über die Lippen. Seine Kehle war trocken und seine Hände waren klamm. Er umklammerte kurz das Lenkrad, schloss die Augen und stieg dann aus dem Auto.

Es gab kein Lebenszeichen in dem Gebäude. Ian ging näher heran und ließ seinen Blick über die Fenster schweifen, sein Polizeiinstinkt schaltete sich ein. Es gab keine Bewegung hinter dem Glas, keine Schatten, die sich bewegten. Er wurde nicht beobachtet.

Zumindest nicht von menschlichen Augen. An der Wand über der Tür befand sich eine Kamera. Er schaute direkt hinein, entschlossen, seine Angst nicht zu zeigen.

Er legte eine Hand an die Tür und drückte sie auf. Zu seiner Überraschung öffnete sie sich.

Er trat ein und erwartete, dass sich jemand auf ihn stürzen würde. Er befand sich in einem kleinen Empfangsbereich mit einem aufgeräumten Schreibtisch und einer Tür an der Rückseite, die in die Werkstatt führte. Ein Mann stand hinter dem Schreibtisch und wischte einen Hammer mit einem schmutzigen Tuch ab. Ian warf einen Blick darauf und sein Herz klopfte in seinen Ohren.

„Ich habe dir gesagt, du sollst nicht herkommen."

„Ich habe die Telefonnummern ausprobiert, die du mir gegeben hast", sagte Ian.

„Vielleicht habe ich sie absichtlich abgeschaltet."

„Ich muss mit dir reden."

„In deinem Haus wimmelt es nur so von Polizisten. Ich will dich nicht in meiner Nähe haben. Und meine Leute werden das Dach nicht fertig machen, bevor das Haus nicht sauber ist. Es ist mir egal, wie sehr es leckt."

Ian krümmte die Zehen in seinen Schuhen. „Dann machen wir es kurz."

Ein Lächeln flackerte auf den Lippen des Mannes. „Du denkst, ich habe deine Kinder."

„Ich hatte gehofft, du wüsstest, wo sie sind."

Der Mann gluckste. „So höflich, Sergeant Osman." Er wischte den Hammer ab und legte ihn zwischen sie auf den Schreibtisch. Ian beäugte ihn.

„Nein. Ich weiß nicht, wo deine Kinder sind. Und meine Mitarbeiter auch nicht. Du bist auf der falschen Fährte."

„Bist du sicher?"

„Oh, lass mich nachdenken ...", er legte eine Hand an sein Kinn und hob den Blick an die Decke. „Nee. Hinten sind definitiv keine Kinder. Willst du nachsehen?"

„Okay."

„Das kannst du nicht."

Ian schaute auf die Tür nach hinten.

„Denkst du, ich würde sie hierbehalten, wenn ich sie hätte? So dumm bin ich nicht."

Ian sah ihn an und sagte nichts.

„Gut. Und jetzt verzieh dich wie ein braves Schweinchen und geh zurück zu deiner Frau. Ich bin sicher, sie braucht dich mehr als ich."

„Wenn du meine Kinder hast ..."

Der Mann trat einen Schritt vor. „Was dann, Ian? Was wirst du tun?"

„Ich bin Polizeibeamter."

„Ein korrupter."

Ian starrte ihn an. Er hätte nicht herkommen sollen. „Tu ihnen nicht weh."

„Ich kann ihnen nicht wehtun, wenn ich sie nicht habe. Und jetzt verpiss dich."

Ian warf noch einmal einen Blick auf den Hammer und trat dann aus der Tür zurück. Seine Brust fühlte sich an wie Blei und seine Ohren klingelten. Wenn Maddy und Ollie irgendwo in diesem Gebäude waren ...

Er schaute wieder zu den Fenstern hinauf. In einem von ihnen bewegte sich etwas. Er blinzelte und hob die Hand über seine Augen. Nichts.

KAPITEL VIERUNDDREISSIG

Er kehrte zu seinem Auto zurück und ging an dem Lieferwagen von *Reynolds Contracting* vorbei. Im Vorbeigehen strich er mit den Fingerspitzen darüber und sehnte sich danach, seinen Autoschlüssel daran entlang zu ziehen.

KAPITEL FÜNFUNDDREISSIG

„Wie weit sind wir mit dem Facebook-Konto?"

Zoes Team befand sich im Besprechungsraum. Das Foto von Trish Bright war zusammen mit einem Ausdruck der Facebook-Nachricht an die Tafel geheftet worden. Zoe war froh, dass die Tafel hier verborgen war und nicht im Außenbüro.

„Ihr Konto wurde gehackt, Boss." Connie legte ein Blatt Papier auf den Schreibtisch zwischen sie. „Ich habe es bis jetzt über sieben IP-Adressen zurückverfolgt. Wer immer das getan hat, kennt sich aus."

„Bist du dir da sicher?"

„Ja. Sie muss es abschalten."

„In Ordnung."

Zoe glitt auf den Stuhl. Sie rieb sich den Nacken. „Es könnte jemand sein, der sie kennt. Jemand, der mit ihr auf Facebook befreundet ist."

„Es war nicht diese Art von Hack, Boss. Ich schätze, diese Person wusste, dass sie eine Vergangenheit mit Ian hatte. Sie könnte gewusst haben, dass sie die FLO ist. Aber es gibt keinen Grund anzunehmen, dass es jemand ist, der mit ihr online in

KAPITEL FÜNFUNDDREISSIG

Verbindung steht, genauso wenig wie es ein zufälliger Fremder sein könnte."

„Es ist kein zufälliger Fremder."

„Nein", sagte Connie.

„Also wer dann? Ist Mike Grainger schon aufgetaucht? Was ist mit Ian Osman?"

„Der neue FLO hat sich gemeldet", sagte Rhodri. „Ian hat Alison vor zwanzig Minuten angerufen. Er war bei Cadbury World und sie gesucht."

„Warum?"

„Vielleicht wollte er sich nützlich fühlen", sagte Mo.

„Sind noch Beamte da?"

„Nein", sagte Mo.

„Wir haben bei Cadbury's nachgefragt, und es stimmt", sagte Rhodri. „Er war dort."

„Er war stundenlang weg", sagte Zoe.

„Meinst du, wir sollten die Verkehrskameras überprüfen?", fragte Mo.

„Ich denke, wir sollten ihn zuerst fragen."

Zoe überlegte. „Er wird bereits beobachtet."

„Von wem?", fragte Connie.

Zoe sah zu Mo und dann wieder zu Connie. „Das darf nirgendwo sonst hingehen." Sie wandte sich an Rhodri. „Ihr beide."

„Pfadfinderehrenwort, Boss", sagte Rhodri. Connie nickte mit ernster Miene.

„Gegen ihn wird ermittelt", sagte Zoe. „Er wird verdächtigt, etwas mit Trevor Hamm zu tun zu haben. Ihr wisst alle, was das bedeutet."

Rhodri stieß einen Pfiff aus. Connie murmelte etwas Unverständliches.

„So habe ich auch reagiert. Die Professional Standards

beobachten ihn, oder sie werden es tun, wenn er wieder auftaucht. Wir müssen mit ihnen in Verbindung bleiben."

„Aber es ist unser Fall", sagte Rhodri. „Sie können sich nicht einfach einmischen."

„Doch, das können sie", sagte Zoe. „Ich muss die Politik mitspielen. Was ist mit Mike Grainger? Gibt es etwas Neues?"

„Nichts", sagte Connie. „Er ist immer noch nicht zu Hause."

„Das ist an sich schon verdächtig."

„Vielleicht ist er nur in Urlaub gefahren", sagte Mo.

„Was für ein Zufall. Nein, wir müssen ihn finden. Rhod, sieh zu, dass du an seine Telefonaufzeichnungen kommst."

„Wird gemacht."

Zoe starrte auf die Tafel. Sie fühlte sich festgefahren.

„Irgendwelche Vorschläge? Ist sonst noch etwas reingekommen?"

„Tut mir leid, Boss", sagte Rhodri. Connie schürzte ihre Lippen und schüttelte den Kopf.

„Also. Connie, bleib an diesem Facebook-Hack dran. Sag mir Bescheid, sobald du ihn zurückverfolgen kannst."

„Ich mache mir nicht viel Hoffnung."

„Sprich mit der digitalen Spurensicherung. Mal sehen, ob sie helfen können."

„Ja, Boss."

„Mo, kannst du Ian abfangen, bevor er nach Hause kommt? Ich will, dass er zuerst mit uns spricht, bevor er mit Alison redet. Er weiß noch nichts von der Nachricht."

„Nur ich?"

„Nur du. Ich muss nachdenken."

„Richtig, Boss."

Sie hatten so viele Spuren, aber keine brachte sie weiter.

KAPITEL FÜNFUNDDREISSIG

Sie brauchte zwanzig Minuten Ruhe, um den Kopf freizubekommen und alle Fäden zu entwirren.

„Haben wir irgendwelche Unterlagen über die Osmans? Familienunterlagen, Finanzen und so weiter?"

„Da drüben." Mo zeigte auf eine Kiste in der Ecke, die mit einem Blumenmuster verziert war.

„Was ist das?"

„Alison's Ablagesystem",

„Das ist alles, was sie haben?"

„Das hat sie uns gesagt."

„Also los. Kommt schon, ihr habt alle etwas zu tun."

Sie zog die Schachtel auf den Schreibtisch. Selbst wenn hier nichts zu finden war, würde das Durchsuchen der Papiere ihr beim Nachdenken helfen.

KAPITEL SECHSUNDDREISSIG

Im Büro war es still. Connie beugte sich über ihren Computer, während Rhodri am Telefon vor sich hin murmelte. Mo war gegangen, um Ian Osman zu finden.

Zoe nahm die Akten aus der Schachtel, ohne zu wissen, was sie damit erreichen würde. Dokumente waren ihr Ding. Sie hatten ihr den Weg in den Canary-Fall und in den Mord an Bryn Jackson geebnet. Vielleicht würde es wieder helfen.

Zumindest würde es ihren Verstand beruhigen. Es gab hier Zusammenhänge, und sie konnte sie nicht sehen. Sie musste es besser machen.

Es war nicht viel. Krankenakten, ein paar Garantien für Haushaltsgeräte, Gehaltsabrechnungen von Alisons Schule. Zoe wühlte sich durch die Unterlagen, überflog sie nach und nach und versuchte, ihr Unterbewusstsein dazu zu bringen die Punkte zusammenzufügen.

Im hinteren Teil der Schachtel befand sich ein Ordner mit Familiendokumenten. Große Dokumente, sorgfältig gefaltet. Sie breitete sie auf dem Schreibtisch aus.

Die Geburtsurkunde von Alison. Sie war sechsunddreißig

KAPITEL SECHSUNDDREISSIG

Jahre alt, geboren in Manchester. Maddys und Ollies. In beiden Fällen war Benedict als Vater angegeben.

Hinter ihnen lagen zwei Adoptionsurkunden. Ian hatte Maddy im Jahr 2017 und Ollie im Jahr 2018 adoptiert. Sie überprüfte sie erneut und war über die Daten verwundert. Wenn er beide Kinder adoptieren wollte, warum dann nicht zur gleichen Zeit?

Auf der Rückseite befanden sich zwei Heiratsurkunden und eine Sterbeurkunde. Die erste Heiratsurkunde, datiert 2005, stammt aus London. Alison und Benedict. Die zweite war für Alison und Ian, aus Birmingham. Die Sterbeurkunde war auf 2016 datiert. Benedict Tomkin, Todesursache unbekannt. Ein Jahr nach seinem Verschwinden.

Sie sah sich die zweite Heiratsurkunde an. Sie war vor der Sterbeurkunde datiert. Alison war also noch verheiratet gewesen. Was bedeutete das rechtlich gesehen?

Sie lehnte sich im Stuhl zurück und schlug sich mit einem Lineal auf den Oberschenkel. *Denk nach.*

Warum hatte Ian Ollie nicht zur gleichen Zeit wie Maddy adoptiert? Glaubte er etwa, dass Ollie sein Kind war? Sicherlich würde er den Jungen trotzdem adoptieren.

Sie ließ ihren Blick über die Tafel schweifen. Maddy und Olly standen an der Spitze, Ian und Alison direkt darunter. Auf der einen Seite standen Benedict, Grainger, Trish und Barbara.

Ihr Blick blieb stehen. Es gab noch eine letzte Sache zu überprüfen. Sie griff nach ihrer Jacke und öffnete die Tür zum Hauptbüro.

„Rhod", sagte sie. „Komm mit."

KAPITEL SIEBENUNDDREISSIG

Im Kletterzentrum herrschte um diese Zeit an einem Sonntagnachmittag Hochbetrieb. Zoe quetschte sich an der Warteschlange vorbei zur Rezeption, Rhodri direkt hinter ihr.

Sie lächelte den Mann hinter dem Schreibtisch an. Er trug ein T-Shirt mit der Silhouette einer Bergkette und eine Wollmütze. Er war schlank mit Armmuskeln, für die er hart gearbeitet haben musste.

„Kann ich bitte mit dem Manager sprechen?"

„Rick macht gerade Pause."

Sie verbreitete ihr Lächeln. Sie brauchte ihren Dienstausweis nicht zu zücken, noch nicht.

Rhodri schaltete sich ein. „Wir wollen eine Kletterparty buchen. Für unsere Tochter."

Der Mann sah zwischen Zoe und Rhodri hin und her. Zoe presste ihre Lippen zwischen die Zähne und versuchte, sich sie und Rhodri nicht als Eltern vorzustellen.

„Also gut. Eine Minute."

Eine Frau in der Warteschlange hinter ihnen murmelte

KAPITEL SIEBENUNDDREISSIG

etwas vor sich hin. Rhodri drehte sich zu ihr um. „Ist das gut hier?"

„Normalerweise."

„Was meinen Sie mit normalerweise?"

„Es herrscht eine gute Stimmung. Freundlich. Normalerweise drängen sich keine Leute in Anzügen vor."

„Tut mir leid. War nicht meine Idee." Er warf einen Blick auf Zoe, die der Frau ein zögerliches Lächeln zuwarf.

Der Mann mit der Mütze kam mit einem älteren Mann zurück, der mehr Haare am Kinn als auf dem Kopf hatte. „Sie wollen eine Party buchen?"

„Ja, bitte."

„Können wir den Partyraum sehen?", fragte Rhodri.

„Sicher. Kommen Sie mit mir."

Sie folgten dem Mann eine Treppe hinauf. Zoe lehnte sich zu Rhodri hinüber. „Woher weißt du das alles?"

„Als ich noch in Uniform war, war ich oft hier. Habe viele Kinderpartys gesehen. Das bringt ihnen viel Geld ein."

„Nicht schlecht."

Am oberen Ende der Treppe hielt der Mann ihnen eine Tür auf. Er betrachtete Zoe von oben bis unten, als sie vorbeiging.

Sie folgten ihm durch einen Korridor in einen schmuddeligen Raum mit einem langen Tisch in der Mitte und einem Wandgemälde mit Bergen an der Wand.

„Das ist es", sagte er. „An wie viele Kinder denken Sie? Möchten Sie Catering?"

Zoe zeigte ihm ihren Dienstausweis. „Tut mir leid. Wir wollen keine Party buchen."

„Scheiße." Der Mann kratzte sich am Kopf. „Wozu die ganze Geheimnistuerei?"

„Ich glaube nicht, dass Ihre Kunden so scharf darauf sind, dass die Kripo auftaucht."

„Da könnten Sie recht haben. Wenn es um die Party im Dunkeln letzte Woche geht, ich habe eine Genehmigung ..."

„Darum geht's nicht." Zoe setzte sich auf einen der niedrigen Stühle, die den Tisch umgaben. Der Mann setzte sich ebenfaslls, gefolgt von Rhodri.

„Wie heißen Sie?"

„Rick Kent. Wie kann ich Ihnen helfen?"

„Hatten Sie hier vor vier Jahren einen Stammgast hier namens Benedict Tomkin?"

Rick biss die Zähne zusammen. „Das hatten wir. Verdammte Schande."

„Kannten Sie ihn gut?"

„Nein. Er hat hier klettern gelernt, aber ich war damals stellvertretender Leiter in unserem anderen Zentrum. In Stafford."

„Ich weiß, das mag wie eine seltsame Frage klingen, aber hätte er überleben können?"

„Er hat den K2 bestiegen. Wissen Sie etwas über den K2?"

„Nichts."

Rhodri wollte etwas sagen, aber Zoe hob eine Hand, um ihn zum Schweigen zu bringen.

„Der Everest ist der berühmte Berg", sagte Rick. „Der, von dem sie immer reden. Aber obwohl er der höchste ist, ist er nicht der schwierigste."

„Und der K2 ist es."

„Verstehen Sie mich nicht falsch, der Everest ist kein Spaziergang. Dieser ganze Schwachsinn über Leute, die hochgeschleppt werden ... Nun, es ist Schwachsinn. Aber der K2 ... der K2 ist anders."

„Sie glauben also nicht, dass er überlebt haben könnte."

KAPITEL SIEBENUNDDREISSIG

„Zehn Prozent der Leute, die den K2 besteigen, kommen nicht mehr zurück.

„Neunzig Prozent tun es aber."

„Auf dem K2 ist noch nie jemand verschwunden und lebend zurückgekommen. Everest, ja. Hast du von Beck Weathers gehört?"

„Nein."

Rhodri bewegte sich in seinem Stuhl. „Glückspilz. Er hätte tot sein sollen."

„Er hat den K2 bestiegen?" fragte Zoe.

„Nein, Boss. Everest. '96. Das Jahr der Katastrophe. War dreimal vermeintlich tot zurückgelassen worden, kam aber lebend herunter. Hat allerdings die Hälfte seines Gesichts verloren." Er schauderte.

„So etwas würde auf dem K2 nicht passieren", sagte Rick. „Es ist eine technisch anspruchsvollere Kletterei, viel riskanter. Wenn man abstürzt, ist man tot."

Zoe nickte. „Hatte Benedict hier Freunde?"

„Er könnte einen Kletterpartner gehabt haben, er könnte in einem unserer Clubs gewesen sein. Wie gesagt, ich habe damals noch nicht hier gearbeitet. Ich kann mich für Sie umhören."

„Danke."

„Darf ich fragen, warum?"

Sie hatten nicht mit der Presse gesprochen. Zoe fragte sich allmählich, ob sich das ändern sollte, aber sie hatte nicht vor, die Geschichte hier, bei diesem Mann, zu veröffentlichen. „Ich kann es Ihnen nicht sagen, fürchte ich."

„Sie glauben, er wurde ermordet."

„Nichts dergleichen. Wie ich schon sagte..."

„Er wurde nicht ermordet. Bergsteiger passen aufeinander auf. Ich versichere Ihnen, sein Tod wäre ein Unfall gewesen."

KAPITEL ACHTUNDDREISSIG

Die beiden Detectives folgten Rick die Treppe hinunter und machten sich auf den Weg zur Tür. Brian sah ihnen nach, und seine Brust wurde eng.

Rick trat an den Schreibtisch heran. „Du hast die Jugendgruppe eingetragen?"

„Alle hier, außer Paul."

„Paul taucht nie auf."

„Stimmt. Sie haben gerade ihre Sicherheitsbesprechung. Die Hauptwand füllt sich."

„Gut. Ich könnte jetzt auch zurückkommen und meine Pause beenden."

Brian schlurfte hinter dem Schreibtisch hervor und überließ seinem Chef den Vortritt.

„Was wollten die?"

Rick öffnete eine Schublade unter der Kasse und suchte nach Sicherheitsformularen. „Wer?"

„Diese beiden Polizisten."

Rick stand auf. „Wer sagt denn, dass das Bullen sind?"

KAPITEL ACHTUNDDREISSIG

„Es stand ihnen ins Gesicht geschrieben, Kumpel. Alles in Ordnung?"

„Warum, hast du etwas getan, wovon ich wissen sollte?" Rick lächelte.

Brian spürte, wie er Gänsehaut bekam. „Natürlich nicht. Aber nicht gut fürs Geschäft."

„Nun, sie waren ziemlich diskret. Es würde mich nicht wundern, wenn der Kerl zurückkäme. Halt die Augen auf, ja?"

„Willst du, dass ich den roten Teppich ausrolle?"

„Ich will nur wissen, ob er zurückkommt."

Brian schaute in Richtung der Kletterwand. Es gab Polizisten, die hier kletterten. Sie gewährten den Rettungsdiensten einen zehnprozentigen Rabatt. Er hatte mit den meisten von ihnen gesprochen, und sie waren alle PCs. Keine Kripo.

„Alles klar, Boss."

Brian ging zur Boulderhalle und prägte sich das Gesicht des männlichen Detectives ein.

KAPITEL NEUNUNDDREISSIG

Maddy wartete darauf, dass die Tür wieder geöffnet wurde. Olly hatte das meiste von dem Essen gegessen, das man ihnen vorhin hingestellt hatte, und spielte mit den Plüschtieren. Die meiste Zeit war er zufrieden und in sein Spiel vertieft. Aber ab und zu versteifte er sich, starrte sie an und begann zu weinen.

Maddy tat ihr Bestes, um ihn zu trösten, aber sie war nicht seine Mutter. Sie hatte keine Ahnung, wie sie das anstellen sollte. Zu Hause verbrachten sie die meiste Zeit damit, sich zu streiten. Es war ein seltsames Gefühl, sich um ihn kümmern zu wollen.

Endlich öffnete sich die Tür. Sie senkte ihr Gesicht und zog Ollie zu sich. Sie schaute durch ihre Wimpern nach oben, entschlossen, zu sehen.

Die Gestalt schlich sich herein, sah sie und Ollie an und ging dann auf den Schreibtisch zu. Die Tür war offen.

Maddy holte schnell Luft und packte Ollie. Sie hob ihn aus dem Bett. Er schrie auf, aber sie ignorierte ihn.

Die Gestalt drehte sich zu ihnen um. „Halt!"

KAPITEL NEUNUNDDREISSIG

Maddy ignorierte ihn und sprang vom Bett. Sie rannte zur Tür, Ollie im Arm. Er war schwerer, als sie erwartet hatte. Mama trug ihn die ganze Zeit herum, bei ihr sah es leicht aus.

Sie riss die Tür auf und warf sich nach draußen. Sie sah einen schmalen Flur, nicht vergleichbar mit dem Treppenabsatz vor ihrer Tür zu Hause. Sie zögerte, die Ungewohntheit erschreckte sie.

Am anderen Ende befand sich etwas, das wie eine Eingangstür aussah. Sie rannte darauf zu und hievte Ollie über ihre Schulter.

„Hör auf!" Ollie schrie. „Das tut weh."

„Pst, Ols. Ist ja gut. Das ist ein Teil des Spiels. Wir müssen Mum in einem Rennen schlagen."

„Wo ist Mum? Das ist nicht Mum."

Er verlagerte sein Gewicht und blickte hinter sie, zu ihrem Entführer.

„Sieh nicht hin, Ols."

„Das ist nicht Mum!"

Maddy prallte gegen die Tür und biss die Zähne zusammen. Sie griff nach dem Riegel und zog.

Er rührte sich nicht.

Sie drehte ihn. Nichts passierte.

Sie sah nach unten. Dort war ein weiteres Schloss, eines ohne Schlüssel.

Sie spürte, wie sich ihr Körper aushöhlte.

Sie lehnte sich gegen die Tür und hämmerte. „Hilfe! Jemand muss uns helfen!"

Schritte näherten sich von hinten. Ollie weinte. „Hör auf damit. Ich habe Angst."

Maddy zog ihn über ihre Schulter, sodass er in ihren Armen lag. Sie wiegte ihn. Sie beugte sich über ihn und ließ sich auf den Boden fallen. Ihre Tränen vermischten sich mit seinen.

Hör auf damit, sagte sie sich. *Sei tapfer.*

Aber sie konnte es nicht.

Die Hand des Mannes landete auf ihrer Schulter. Jeder Muskel in ihrem Körper spannte sich an.

„Komm schon, Maddy. Ollie."

Rede nicht so mit uns. Maddy musste würgen.

Ollie klammerte sich an Maddy, die sich übergab. Sein Weinen waren jetzt mehr ein Schreien.

„Ollie, mein Schatz, sei jetzt ruhig", sagte ihr Entführer. „Es wird alles gut werden. Wir werden uns gut um dich kümmern."

KAPITEL VIERZIG

In den Tunneln unter dem Stadtzentrum herrschte reger Verkehr.

„Wie weit bist du damit, uns ein Büro in der Nähe der Osmans zu besorgen?" fragte Zoe Rhodri.

„Erdington stellt sich an, Boss."

„Ach ja? Warum?"

„Das sagen sie nicht. Aber sie befinden sich auf dem Gebiet von Birmingham North."

„Oh, um Himmels willen."

In Birmingham gab es zwei Zweigstellen der Kriminalpolizei. Ihre eigene in Harborne und Birmingham North in Aston. Die zwischen ihnen und den Osmans lag.

„Was wollen sie, einen Einblick in den Fall?"

„Wie gesagt, es ist nur eine Vermutung, Boss."

„OK. Ich werde mit Lesley sprechen. Ihr Gegenüber wird uns helfen."

„Das wollen wir hoffen."

Zoes Telefon klingelte und sie drückte die Freisprech-Taste.

„DI Finch".

„Boss, ich bin's, Mo. Wo bist du?"

„Ich stecke im Stadtzentrum im Stau. Rhod ist hier bei mir."

„Wie ist es im Zentrum gelaufen?"

„Sackgasse. Benedict wäre niemals lebend zurückgekommen. Was ist mit Ian Osman?"

„Ich warte immer noch auf ihn."

„Er ist noch nicht aufgetaucht?"

„Leider nein."

„Vielleicht ist er auf dem Weg zur Arbeit."

„Ich habe die Rezeption von Kings Norton gebeten, mir Bescheid zu sagen, falls er auftaucht."

„Nun, irgendwann muss er ja nach Hause kommen. Warte einfach."

„Wird gemacht. Ich habe etwas, das dich aufmuntern wird."

„Schieß los." Zoe warf einen Blick auf Rhodri. Er schenkte ihr ein verlegenes Grinsen.

„Connie hat Mike Grainger ausfindig gemacht. Er ist bei seiner Mutter. Raten Sie mal, wo?"

„Ich weiß nicht, Timbuktu?"

„Castle Bromwich".

Castle Bromwich lag im Norden Birminghams, nicht weit von der Jaguar-Fabrik in Castle Vale. Nicht weit von den Osmans. Viel näher als Exeter.

„Tolle Neuigkeiten. Wir werden hinfahren."

„Willst du, dass ich mitkomme?"

Sie blickte zu Rhodri. „Du bleibst, wo du bist. Rhodri kann übernehmen."

„Gut."

„Wie kommt Connie mit der Facebook-Sache voran?"

KAPITEL VIERZIG

„Sie arbeitet noch daran."

„Sag mir Bescheid, wenn sich etwas ändert."

„Wird gemacht."

„Okay." Sie wechselte auf die äußere Spur und machte an der nächsten Ampel einen U-Turn.

„Boss, da durfte man nur nach links."

„Ich werde nicht den ganzen Tag hier drinsitzen. Wenn Mike Grainger diese Kinder entführt hat, müssen wir schnell da sein."

KAPITEL EINUNDVIERZIG

Ein Auto fuhr an Mo vorbei und bog in die Einfahrt der Osmans ein. Mo sah in den Spiegel, als Ian ausstieg. Er trug eine Laptoptasche und sah verzweifelt aus.

Mo schlüpfte aus dem Auto und ging auf ihn zu.

„Sergeant Osman, ich bin DS Uddin. Ich arbeite mit DI Finch zusammen. Ich muss mit Ihnen sprechen, wenn es Ihnen nichts ausmacht."

„Ich glaube nicht, dass ich eine andere Wahl habe."

„Danke. Können wir uns in mein Auto setzen?"

Ian gestikulierte in Richtung seiner Haustür. „Ich würde lieber reingehen."

„Ich glaube nicht, dass wir Ihre Frau in dieses Gespräch einbeziehen wollen."

Ian wurde blass. „Brauche ich einen Anwalt?"

„Nicht, was mich betrifft."

„Richtig. Also gut. Lassen Sie uns schnell machen. Sie wird auf mich warten."

Sie stiegen in Mos Auto ein. Mo drehte sich in seinem Sitz, um Ian anzusehen.

KAPITEL EINUNDVIERZIG

„Hat sich Ihre Frau heute bei Ihnen gemeldet?"

„Ich bin rausgegangen, bevor sie wach war. Sie brauchte ihren Schlaf."

„Das kann ich mir vorstellen."

„Sind Sie bei der Suche nach meinen Kindern schon weitergekommen?"

„Wir haben eine Reihe von Hinweisen, denen wir nachgehen. Eine davon ist eine Facebook-Nachricht, die Sie heute Morgen erhalten haben."

„Wie bitte?" Ian tätschelte seine Jackentasche und seufzte, als ihm einfiel, dass er sein Handy nicht hatte.

„Sie kam von PC Trish Bright. Haben Sie eine Beziehung mit ihr?"

„Eine was?" Ian wich zurück. „Nein. Ich habe mal mit ihr gearbeitet, das ist alles."

„Wir glauben, dass jemand ihr Facebook-Konto gehackt hat, um Sie zu kontaktieren."

„Was ist das für eine Nachricht? Was verschweigen Sie mir?"

Mo holte tief Luft. „Bevor ich Ihnen das sage, müssen Sie wissen, dass es für unsere Ermittlungen keinen Unterschied macht. Wir tun alles, was wir können, um Ihre Kinder zu finden und sie nach Hause zu bringen. Alle beide."

„Was meinen Sie mit „Alle beide"? Was verschweigen Sie mir?"

„Die Nachricht war eine Anweisung an Sie und Ihre Frau." Mo zog einen Ausdruck aus seiner Tasche. „Am besten, Sie lesen selbst."

Ian überflog das Blatt, seine Finger zitterten. Er starrte Mo an. „Was zum Teufel ist das? Warum haben Sie mir das nicht heute Morgen gesagt?" Seine Augen blitzten.

„Wir haben den ganzen Tag nach Ihnen gesucht. Wo sind Sie gewesen?"

„Herumgefahren. Ich war bei Cadbury World, nur für den Fall."

„Wie gesagt, das ändert nichts an unseren Ermittlungen. Wir erwarten nicht, dass Sie in dieser Sache etwas unternehmen."

„Was könnte ich denn tun? Ich werde Trish ja wohl kaum sagen, welches meiner Kinder sie töten soll, oder?"

„Das gibt uns eine weitere Spur. Wir prüfen, woher es kommt, und verfolgen den Hack zurück."

„Lassen Sie die digitale Spurnsicherung daran arbeiten."

„Und ein Mitglied unseres Teams."

„Ich erwarte, dass Sie das den Experten überlassen."

„Wir wissen, was wir tun, Mr. Osman."

„Warum konnten Sie mir das nicht drinnen sagen? Sagen Sie es ihr nicht?

Mo warf einen Blick in den Spiegel. Das Haus war still, ebenso wie der Rest der Straße.

„Ich wollte fragen, ob Sie vielleicht jemanden kennen, der Ihnen etwas antun will."

„Mir etwas antun? Ich bin es nicht, der entführt worden ist."

Mo zerrte an seiner Krawatte. „Jemand könnte Ihnen etwas antun wollen, durch deine Kinder."

„Das verstehe ich. Wer?"

„Das ist es, wonach ich Sie frage."

Ian drehte sich auf seinem Sitz nach vorne und vermied Blickkontakt. „Mir fällt niemand ein."

„Sie sind seit zehn Jahren DS. Es würde mich wundern, wenn es nicht jemanden gäbe, der einen Groll gegen Sie hegt."

„Nicht, dass ich wüsste."

KAPITEL EINUNDVIERZIG

Mo musterte Ian. Er saß steif auf dem Beifahrersitz, den Blick auf die Straße vor ihnen gerichtet.

„Denken Sie darüber nach, Sergeant Osman. Jemand, den Sie verhaftet haben und der wieder freigelassen wurde. Jemand, der im Gefängnis ist, aber draußen Freunde hat. Jeder Kriminelle, mit dem Sie Geschäfte machen mussten."

Ians Kopf schoss herum. „Was meinen Sie mit „Geschäfte machen"?"

„Informanten. Alles Mögliche. Organisiertes Verbrechen."

„Ich habe keine Ahnung, wovon Sie reden." Ians Augen waren jetzt auf Mo gerichtet, sein Gesicht war hart.

„Ich wäre Ihnen dankbar, wenn Sie darüber nachdenken könnten. Wenn Ihnen jemand einfällt, der Ihre Kinder entführt haben könnte, werden Sie es uns sicher sagen wollen."

„Natürlich."

„Danke."

„Jetzt ist es wohl an der Zeit, dass ich zu meiner Frau gehe."

Mo nickte. Ian stieg aus dem Auto aus und eilte zu seinem Haus, seine Schritte hallten in der leeren Straße wider. Mo beobachtete ihn und fragte sich, ob ein einziges wahres Wort über seine Lippen gekommen war.

KAPITEL ZWEIUNDVIERZIG

Mike Graingers Mutter lebte in einem niedrigen Block von Sozialwohnungen in Castle Bromwich. Die Straße war verwahrlost, der Müll türmte sich am Bordstein und in der Einfahrt gegenüber stand ein Auto aufgebockt auf Ziegeln.

„Soll ich hintenrum gehen, Boss?" fragte Rhodri.

Zoe sah zu dem Gebäude hinauf. „Ich weiß nicht, ob es eine Hintertür gibt. Aber ja. Nur für den Fall."

Sie machten sich auf den Weg zum Gebäude. Zwei Teenager standen ein paar hundert Meter weiter an einer Bushaltestelle. Sie warfen Zoe einen feindseligen Blick zu.

Sie nahm den vorderen Weg zum Haus, während Rhodri um die Seite herum verschwand. Der Asphalt hatte Risse, Unkraut sprießte aus Schlaglöchern. Sie fragte sich, wie alt Mike Graingers Mutter war, wie mobil.

Sie schaute zu den Fenstern hinauf. Graingers Mutter wohnte im zweiten Stock. Die Vorhänge waren zugezogen, kein Zeichen von Bewegung.

Rhodri tauchte wieder auf. „Die ganze Rückseite ist eingezäunt, Boss. Aber keine Spur von einer Tür."

KAPITEL ZWEIUNDVIERZIG

Sie nickte. Neben der Eingangstür befand sich eine Reihe von Klingeln. Sie drückte die für Lieferanten und Handwerker und legte eine Hand an die Tür. Sie rührte sich nicht.

„Sie arbeiten nur morgens", sagte Rhodri.

„Hm?"

„Meine Tante wohnt in so einem Block. Der Knopf funktioniert mittags nicht mehr."

„Richtig." Zoe betrachtete die Klingeln und überlegte. Sie wollte Grainger keine Vorwarnung geben. Sie drückte die beiden für das oberste Stockwerk.

Eine Stimme kam aus dem Lautsprecher. „Was?"

„Hallo, ich bin gerade in Wohnung eins eingezogen und habe meine Schlüssel verloren. Könnten Sie uns bitte reinlassen?"

„Na gut."

Die Tür summte und sie stieß sie auf. Rhodri trat vor ihr ein.

Der Korridor war dunkel und schmuddelig. Es roch nach gekochtem Gemüse.

Die Treppe befand sich an der einen Seite. Rhodri ging voraus, um sich zu vergewissern, dass es keine Hintertür gab, und Zoe begann hinaufzusteigen. Im zweiten Stock holte Rhodri sie ein.

„Was nun, Boss? Denkst du, er hat sie?" flüsterte Rhodri.

„Ich denke, wir müssen mit ihm reden."

Sie hatte nicht genug Beweise, um Mike Grainger ernsthaft zu verdächtigen, Maddy und Ollie entführt zu haben. Aber er könnte es rechtzeitig hierher geschafft haben. Er war einschlägig vorbestraft und hatte einen Grund, Alison zu hassen. Und es gab etwas an diesem Gebäude, das bei ihr eine Gänsehaut hervorrief.

„Seien wir vorsichtig, okay?", sagte sie.

„Soll ich Meldung machen?"

„Sag Connie, wo wir sind."

Er griff nach seinem Telefon. „Con, hör zu. Wir sind in dem Haus, wo Graingers Mutter wohnt. Wenn du in zwanzig Minuten nichts von uns gehört hast, schlag Alarm. Danke."

Sie hielten sich von Mrs. Graingers Tür fern, außer Sichtweite eines möglichen Gucklochs. Zoe ging mit einer schnellen Bewegung darauf zu und schlug hart gegen das Holz.

Sie warteten. Keine Antwort.

Zoe versuchte es erneut. Sie lehnte sich gegen die Tür. „Mike Grainger, sind Sie da drin?"

Nichts.

Rhodri ging in die Hocke und schaute durch den Briefkastenschlitz. „Kein Zeichen von Leben. Vielleicht sollten wir die Uniformierten anrufen, damit sie sie gewaltsam öffnen."

„Dafür bräuchten wir einen Durchsuchungsbefehl."

„Was wollen Sie?"

Zoe wirbelte herum und sah eine junge Frau mit dünnem, lockigem Haar in der Tür gegenüber stehen. Sie hob ihren Dienstausweis.

„Wir suchen nach Mike Grainger. Seine Mutter wohnt hier."

„Was wollen Sie von ihm?"

„Kommt er oft zu Besuch?"

Die Frau zuckte mit den Schultern. „Fragen Sie mich nicht. Sie ist aber sehr nett. Ich helfe ihr beim Einkaufen, sie backt meiner Kleinen Kuchen."

Zoe erlaubte sich ein Lächeln. Sie drückte der Frau ihre Karte in die Hand. „Wenn er hierherkommt, rufen Sie mich bitte an. Wir müssen dringend mit ihm sprechen."

„Er könnte im Krankenhaus sein."

„Wie bitte?"

KAPITEL ZWEIUNDVIERZIG

„Vorhin war ein Krankenwagen hier. Sie ist zusammengebrochen, gestürzt oder so. Wenn er hier war, wird er wohl mitgefahren sein."

Zoe und Rhodri tauschten Blicke aus.

„Wann war das?", fragte sie die Frau.

„Gegen elf? Da müssen Sie die Sanitäter fragen."

„In welches Krankenhaus haben sie sie gebracht?"

„Fragen Sie mich nicht."

„Danke für Ihre Hilfe."

„Kein Problem." Die Frau blies sich ein verirrtes Haar aus den Augen und schloss die Tür.

Zoe wandte sich an Rhodri.

„Glaubst du, er hat sie begleitet?", fragte er.

„Es gibt zwei Möglichkeiten. Entweder ist er mitgefahren, oder er nutzt die Tatsache aus, dass ihre Wohnung leer ist."

Er betrachtete die Tür. „Richtig. Scheiße."

Sie bückte sich, um den Briefkasten aufzuklappen. Es gab keine Bewegung, kein Geräusch. Sie blinzelte und hielt Rhodri eine Hand hin, damit er still war, während sie sich konzentrierte. Irgendwo tickte eine Uhr, eine von den lauten, die alte Leute hatten.

Wenn zwei Kinder in dieser Wohnung wären, würde sie sie doch sicher hören?

Nicht, wenn sie Angst hatten. Nicht, wenn sie leise waren.

„Gut", sagte sie. „Rhodri, du bleibst hier. Pass auf, dass niemand rein oder raus kommt. Ich schicke einen Streifenwagen, der dich unterstützt. Ich mache mich auf den Weg ins Krankenhaus."

KAPITEL DREIUNDVIERZIG

„Connie, kannst du die Einlieferungen in die Notaufnahme heute Morgen überprüfen? Castle Bromwich, abgeholt gegen elf Uhr."

„Die Kinder?"

„Nein. Die Mutter von Mike Grainger. Finde heraus, wo sie ist. Ich fahre jetzt nach Heartlands, das ist am nächsten."

„Überlass es mir."

Zoe hielt an einer Verkehrsinsel an und tippte mit dem Fuß auf das Gaspedal, während sie darauf wartete, dass die Autos vor ihr weiterfuhren. Die M6 befand sich auf der rechten Seite, dahinter lag Spitfire Island. Dort war sie als Detective auf ihre erste Leiche gestoßen. Im Frühjahr 2003. Bevor Nicholas geboren wurde, bevor sie Mo richtig kennengelernt hatte. Es schien eine Ewigkeit her zu sein.

Ihr Telefon klingelte. „Connie?"

„Sie ist im Heartlands. Sie hatte vor einer Woche einen Mini-Schlaganfall, der anscheinend wieder aufgetreten ist. Und ihr voller Name ist Emma Grainger."

„Danke. Finde heraus, auf welche Station ich gehen muss."

KAPITEL DREIUNDVIERZIG

„Okay."

Zehn Minuten später parkte Zoe auf dem Parkplatz des Heartlands-Krankenhauses. Sie rannte zum Haupteingang und verfluchte das Layout dieser Einrichtungen. Es war, als wären Krankenhäuser so angelegt, um einen davon abzuhalten, dort hinzukommen, wo man hinwollte.

Ihr Telefon surrte. „Sie ist auf der Schlaganfallstation, Boss. Station 23."

„Danke, Connie." Zoe ging zum Empfangsschalter. „Wo finde ich Station 23?"

Die Frau kräuselte ihre Lippen. „Ich habe hier eine Warteschlange."

„Ich wäre Ihnen dankbar, wenn Sie es mir jetzt sagen könnten, bitte." Sie zeigte ihren Dienstausweis. „Es handelt sich um einen Notfall."

„Oh. Entschuldigung. Erster Stock. Da lang. Nehmen Sie den ersten Gang rechts und folgen Sie den Schildern."

„Danke."

Zoe eilte durch die Gänge und schlängelte sich zwischen den Menschen hindurch. Dieser Ort war riesig und weitläufig, mit Gängen, die Gebäude miteinander verbanden, und Rampen, die es schwer machten, zu wissen, auf welcher Ebene man sich befand. Irgendwann erreichte sie endlich Station 23.

Eine Krankenschwester war an der Rezeption.

„DI Finch. Ich muss wissen, ob Sie eine Emma Grainger aufgenommen haben."

„Sie hatte einen Schlaganfall, Inspector. Ich weiß nicht, warum Sie ..."

„Ich suche ihren Sohn. Ich muss dringend mit ihm sprechen, im Zusammenhang mit einer laufenden Untersuchung."

„Ihr Sohn?"

„Michael Grainger. Ist er mit ihr hereingekommen? Ist er bei ihr gewesen?"

„Wir führen über solche Dinge keine Aufzeichnungen. Es reicht, wenn wir die Patienten im Griff haben, nicht auch noch die Angehörigen ..."

„Okay. Könnte er jetzt bei ihr sein?"

„Die Besuchszeit ist seit über einer Stunde vorbei."

Natürlich tat sie das. „Darf ich sie mir wenigstens mal ansehen?"

„Ich lasse Sie da nicht rein, wenn Sie das meinen. Mrs. Grainger hat eine Menge durchgemacht ..."

„Durch das Fenster. Ich will sehen, ob es ein Anzeichen dafür gibt, dass er mit ihr hier war."

Die Krankenschwester schürzte ihre Lippen. „Na gut."

„Danke."

Die Krankenschwester murmelte etwas zu einem Kollegen hinter ihr, bevor sie Zoe einen breiten Korridor entlang zu einer Doppeltür führte. Sie ging hindurch und Zoe folgte ihr. Sie befanden sich jetzt in einem schmaleren Korridor, mit Fenstern und Türen, die zu beiden Seiten in die Patientenzimmer führten. Zoe suchte sie nach jemandem ab, der Emma Grainger sein könnte.

„Sie ist da drin", flüsterte die Schwester. Sie zeigte durch ein Fenster auf der linken Seite. Dahinter lagen sechs Frauen in sechs Betten.

„Welche?"

„Die uns am nächsten".

Eine grauhaarige Frau saß in dem Bett, das Zoe am nächsten stand. Ihre Hautfarbe war fast genauso grau wie ihr Haar, und ihr Gesicht war faltig. Sie starrte vor sich hin und konzentrierte sich auf nichts.

„Kann ich mit ihr sprechen?"

KAPITEL DREIUNDVIERZIG

„Ich habe doch bereits nein gesagt."

„Wann ist morgen Besuchszeit?"

„Zwei Uhr nachmittags."

„Ich schicke jemanden vorbei, der dann mit ihrem Sohn spricht. Wenn er kommt."

„Bitte, seien Sie nicht zu auffällig. Die Patienten auf dieser Station brauchen keinen Stress durch herumlungernde Polizisten."

„Wir werden nicht herumlungern. Und ja, wir werden diskret sein."

Die Krankenschwester nickte, ihr Blick war kalt. Sie führte Zoe zurück zur Rezeption. Zoe warf einen letzten Blick zurück auf die Flügeltüren und wandte sich ab. Sie musste geduldig sein. Sie musste hoffen, dass Grainger zurück in die Wohnung seiner Mutter gehen würde, dass Rhodri ihn aufhalten würde.

Sie hatte keine Zeit mehr. Drei Tage, hatte es in der Nachricht geheißen. Jetzt war es kurz vor dem Ende des ersten Tages.

Sie schaute noch einmal auf die Karte. All diese Rampen, sie war verwirrt. Sie stand vor dem Aufzug, ihre Glieder waren schwer. Es fühlte sich an, als würde sie Schatten jagen, ohne etwas Konkretes zu sehen.

Die Fahrstuhltür öffnete sich und ein Mann stieg mit einer Tasse Kaffee in der Hand aus. Er war groß und schlank, trug einen grauen Bart und eine Narbe unter seinem rechten Auge.

Sie trat einen Schritt vor und legte eine Hand auf seinen Arm. Er zuckte zurück.

„Mike Grainger", sagte sie.

Die Fahrstuhltür schloss sich hinter ihm. „Was? Ist es meine Mum? Wo haben Sie sie hingebracht?"

„Es geht nicht um Ihre Mutter."

„Wo ist sie? Wie geht es ihr? Sind Sie ihre Ärztin? Es tut mir leid, dass ich nicht früher gekommen bin. Ich ..."

Die Fahrstuhltür öffnete sich wieder und zwei Krankenschwestern kamen heraus. Zoe trat beiseite.

„Ich bin keine Ärztin. Mein Name ist Detective Inspector Finch. West Midlands Police."

Graingers Augen weiteten sich. Er trat einen Schritt zurück.

„Ich muss mit Ihnen reden über ..."

„Nein."

Eine Frau kam aus dem Aufzug und hielt ein Kleinkind an der Hand. Grainger schob sich hinter sie und machte es Zoe unmöglich, ihn zu erreichen. Seine Hand ging zu den Fahrstuhlkontrollen, als Zoe versuchte, sich vorbeizudrängeln. Grainger starrte sie an und drückte auf die Knöpfe, als sich die Fahrstuhltüren zwischen ihnen schlossen.

KAPITEL VIERUNDVIERZIG

Zoe starrte auf die Aufzugstüren vor ihr. *Verdammt.* Sie schaute auf das Display. Das Licht für das Erdgeschoss ging an.

Daneben gab es noch einen weiteren Aufzug, aber der fuhr nach oben.

Ein Mann im Kittel ging an ihr vorbei.

„Wo ist die Treppe?", bellte sie ihn an.

„Was? Da drüben. Diese Tür."

„Danke."

Sie rannte zur Tür und eilte nach unten. Nur eine Treppe, aber er hatte einen Vorsprung.

Unten angekommen, war Grainger nicht mehr zu sehen. Ein paar Meter weiter glitt eine automatische Tür zu. Zoe rannte durch sie hindurch.

Es war jetzt dunkel und kalte Luft blies ihr ins Gesicht. Vor ihr befanden sich eine Reihe breiter Stufen und eine Rampe. Sie lief die Stufen hinunter und ließ ihren Blick über den Platz vor ihr schweifen. Es gab eine Rasenfläche, ein paar Bänke, eine Straße und dann einen Parkplatz. Dunkle

Gestalten bewegten sich zwischen den Autos. Einer von ihnen könnte Grainger sein. Oder vielleicht auch nicht.

Sie lief in die Mitte des Rasens, in der Hoffnung, einen besseren Blick zu bekommen. Sie sah eine Bewegung zu ihrer Linken, an der Seite des Gebäudes. Jemand, der rannte?

Sie rannte hinterher. Sie bog um die Ecke des Gebäudes und stieß fast mit zwei Sanitätern zusammen, die aus der anderen Richtung kamen.

„Hey, passen Sie auf." Einer von ihnen hielt die Hände vor sich hoch.

'Entschuldigung. Haben Sie einen Mann in diese Richtung kommen sehen? Groß, mit einem grauen Bart und einer Narbe genau hier?" Sie zeigte auf die Stelle in ihrem eigenen Gesicht.

„Tut mir leid."

Sie lief an ihnen vorbei. Der Parkplatz war jetzt fast leer, die Besuchszeit vorbei und keine ambulanten Patienten an einem Sonntagabend.

Sie lief in die Mitte, blieb stehen und drehte sich im Kreis. Sah sich um.

Er könnte in die andere Richtung gegangen sein. Er könnte auf der anderen Seite des Gebäudes sein und sich verstecken.

Oder er könnte Richtung Straße gelaufen sein.

Sie rannte zur Einfahrt des Parkplatzes und hielt Ausschau nach Spuren von ihm. Ein Mann rannte aus der Fahrzeugausfahrt. Groß, schlank, bärtig. Unmittelbar davor befand sich eine Bushaltestelle. Ein Bus hielt an und der Mann stieg ein.

Zoe sprintete dorthin und prallte gegen die Seite der Überdachung, als der Bus wegfuhr.

„Vorsichtig", murmelte ein älterer Mann, der auf einem der Plastiksitze an der Bushaltestelle saß.

Sie rannte hinter dem Bus her und winkte dem Fahrer zu,

KAPITEL VIERUNDVIERZIG

aber er beachtete sie nicht. Sie kehrte zur Bushaltestelle zurück.

„Alles in Ordnung, Baby? Ich glaube, du hast ihn verpasst."

„Ja." Sie keuchte. „Haben Sie jemanden in den Bus einsteigen sehen?"

„Ein paar Leute. Hast du deinen Freund verpasst?"

„So ähnlich. War einer von ihnen ein Mann, groß, mit einem Bart?"

„Bin nicht sicher, Baby. Könnte sein. Da waren ein paar Kerle, aber ich bin mir nicht sicher."

Sie griff nach ihrem Handy. Irgendwo darauf befand sich ein Foto von Grainger. Sie zeigte es dem Mann. „Haben Sie diesen Mann gesehen?"

Der Mann blinzelte. „Meine Sehkraft ist in letzter Zeit nicht so gut. Ich habe heute Morgen meine Brille nicht aufgesetzt. Zu eitel!" Er lachte.

„Okay. Danke."

Sie fuhr zurück ins Krankenhaus. Wenigstens hatten sie jetzt einen Grund, Emma Graingers Wohnung zu durchsuchen. Und sie würde einen Uniformierten im Krankenhaus postieren, falls er zurückkäme.

Sie lehnte sich an die Seite ihres Autos und rief Lesleys Nummer an.

KAPITEL FÜNFUNDVIERZIG

Zoe hielt vor dem Gebäude von Emma Grainger an. Rhodri stieg vor ihr aus einem Streifenwagen aus.

„Alles klar, Boss?"

„Ich habe ihn gesehen."

„Grainger?"

„Im Heartlands. Als ich ihm sagte, ich sei von der Polizei, rannte er weg."

Rhodris Augen weiteten sich. „Scheiße."

„Genau. Jedenfalls ist eine Einheit auf dem Weg hierher. Wir haben die Genehmigung, diese Wohnung aufzubrechen."

Rhodri rieb seine Hände aneinander. „Gut."

„Das ist nichts, worüber man sich freuen sollte, weißt du."

„Tut mir leid, Boss." Er ließ die Hände seitlich fallen.

Eine Menschenmenge hatte sich auf der Straße versammelt, Kinder und Erwachsene beobachteten sie. Zwei PC hielten sie zurück und weigerten sich, Fragen zu beantworten.

Ein weiterer Streifenwagen fuhr vor und ein Mann stieg aus. „Sergeant Ford, Einsatzgruppe. Wer hat hier das Sagen?"

„Ich. DI Zoe Finch."

KAPITEL FÜNFUNDVIERZIG

„Um welches Gebäude handelt es sich?"

Zoe zeigte darauf. „Wohnung im zweiten Stock, linke Seite. Wir haben durch den Briefkasten geschaut und können keine Bewegung sehen, aber es könnten zwei verängstigte oder verletzte Kinder drin sein."

„Dann gehen wir vorsichtig vor."

Er wandte sich an sein Team und informierte sie. Zoe wechselte von einem Fuß auf den anderen und wollte, dass er sich beeilte. Schließlich wandte er sich ihr zu und nickte. „Sie bleiben hier, Ma'am."

„Ich möchte mitkommen. Diese Kinder ..."

„In Ordnung. Aber bleiben Sie hinter uns."

Die Außentür des Gebäudes stand offen, da einer der Nachbarn einen Ziegelstein dazwischen gelegt hatte, als sie nach draußen kamen, um zuzusehen. Das Team eilte hinein und gab sich gegenseitig Zeichen. Sergeant Ford wies mit hochgezogenen Augenbrauen auf Zoe und dann auf die Treppe. Sie nickte.

Sie folgte ihm nach oben. Er ging langsam, ohne einen Laut von sich zu geben. Jeder in der Wohnung hätte sie vom Fenster aus sehen können. Aber die Vorhänge waren die ganze Zeit über geschlossen geblieben.

Sie erreichten die Tür.

„Polizei!" rief Sergeant Ford. Er wartete einen Moment und trat dann zurück, um zwei seiner Leute mit der Rammbock durchzulassen. Zoe blieb zurück.

Die Tür zersplitterte und Fords Team ging hinein. Zoe folgte ihnen und beobachtete, wie sie sich auf die einzelnen Zimmer der Wohnung aufteilten.

Die Wohnung war heller, als sie erwartet hatte. Gerahmte Fotos säumten die Wände des Flurs, und eine Schale mit Potpourri stand auf einem schmalen Tisch.

„Raum gesichert!"

Zoe drängte sich an den uniformierten Beamten vorbei ins Wohnzimmer. Auf der einen Seite stand ein schwerer Sessel vor einem klobigen Fernsehgerät. Ornamente und Dekorationen bedeckten die Oberflächen. Sie dachte an das Haus von Barbara Wilson.

Sie ging zurück in den Flur. Es gab nur drei weitere Türen: Küche, Bad und Schlafzimmer. Die Küche war winzig, vollgestopft mit Essenspaketen und angeschlagenen Teetassen. Sie stieß die Tür zum Schlafzimmer auf. Dort stand ein uniformierter Constable.

„Die Luft ist rein, Ma'am."

Zoe nickte, ihr Magen war schwer. Das Zimmer war leer. Das Bett dominierte, um es herum war kaum genug Platz zum Gehen. Der Raum war ordentlich und aufgeräumt, die rosa Tagesdecke glattgezogen.

Sie ging die Treppe hinunter. Rhodri lehnte an ihrem Auto. Er sprang weg, als hätte man beim Zerkratzen des Lacks erwischt.

„Und, Boss?"

„Nichts", seufzte sie. „Sie sind nicht hier."

KAPITEL SECHSUNDVIERZIG

„Connie. Tut mir leid, dass wir dich den ganzen Tag allein gelassen haben."

„Alles in Ordnung, Boss. Ich arbeite an dem Facebook-Hack."

„Gut." Wenigstens einer von ihnen tat etwas Nützliches. Zoe ließ sich in ihren Stuhl sinken, ihre Glieder schmerzten. Sie rieb sich die Wade.

„Alles in Ordnung, Boss?"

„Grainger ist irgendwo da draußen. So wegzurennen ... das macht ihn verdächtig."

„Soll ich die Tafel neu sortieren?"

„Mach weiter mit dem, was du gerade tust. Hast du schon eine Quelle?"

„Nein. Aber es ist nicht nur Trishs Facebook, das gehackt wurde. Auch ihr Twitter."

„Weiter."

„Ich habe es geschafft, sie zu schließen. Aber es gibt ein Foto."

Zoe spürte, wie ein Gewicht in sie eindrang. „Zeig es mir."

Connie rief ein Bild auf ihrem Bildschirm auf. Zwei Kinder: ein Junge und ein Mädchen. Maddy und Ollie. Sie schliefen, zusammengekauert auf einem Bett mit einem blauen Laken.

„Können wir das zurückverfolgen?"

„Bis jetzt nicht. Ich habe Adi Hanson von der Spurensicherung angerufen, ich hoffe, das ist in Ordnung. Yala aus seinem Team hilft mir."

„Gut. Sie kennt sich aus."

„Das ist zu viel für mich, Boss."

„Rede dich nicht runter. Du hast den Twitter-Account geschlossen?"

„Und den Tweet gelöscht. Zum Glück hat Trish nicht viele Follower. Ich schätze, jeder, der es gesehen hat, hätte gedacht, dass es ihre eigenen Kinder sind."

„Ich weiß nicht mal, ob sie welche hat."

„Sie sind ein bisschen jünger, Boss. Aber sie hat einen Jungen und ein Mädchen. Wie die Osmans."

Zoe lehnte sich in ihrem Stuhl zurück und erinnerte sich an den ängstlichen Blick von Trish Bright in der Vernehmung. War das erst heute Morgen gewesen?

Die Tür zum Büro öffnete sich. Rhodri ließ sich schwer seufzend in seinen Stuhl fallen.

„Danke für deine Hilfe vorhin, Rhodri."

„Kein Problem, Boss. Was nun?"

„Wir müssen ihn aufspüren. Gott weiß wie."

„Ich werde mich mit Exeter in Verbindung setzen. Mal sehen, ob sie helfen können."

„Besorg uns sein Nummernschild. Wir können die Überwachungskameras überprüfen."

„Es ist kein Auto auf ihn zugelassen."

„Dann hat er definitiv den Zug hierher genommen. Okay."

KAPITEL SECHSUNDVIERZIG

Sie verschränkte die Hände im Nacken und lehnte sich zurück. „Am Krankenhaus ist er in einen Bus gestiegen."

„Welcher, Boss?", fragte Rhodri.

„Ich habe es nicht gesehen. Finde heraus, welche Buslinien vom Heartlands abfahren. Wohin sie fahren. Es ist weit hergeholt, aber es ist etwas."

„Richtig."

Connie lehnte sich zurück und starrte auf ihren Bildschirm. Das Bild der beiden Kinder füllte es aus. Sie sahen friedlich aus. Zoe spürte einen Stich in ihrem Bauch.

Mo kam herein und hängte seine Anzugsjacke über seinen Stuhl. „Was ist los? Wo kommt das denn her?"

„Das sind Maddy und Ollie", sagte Zoe. „Das wurde von ihrem Kidnapper gemacht. Wir glauben, es ist Mike Grainger."

„Wie das?"

Sie informierte ihn über die Ereignisse des Abends.

„Das können wir nutzen, um sie zu finden", sagte Mo.

„Ein blaues Laken gibt uns nicht viel Anhaltspunkte."

„Nein."

„Die Nummer 28, Boss", sagte Rhodri. „Der letzte war um 19.45 Uhr und geht nach Small Heath." Er ging um den Schreibtisch herum und sah auf Connies Bildschirm. Er machte ein leises Geräusch, wie ein Quieken.

„Was ist?" fragte Zoe.

„Sie schlafen doch, oder?", sagte er. „Nicht ... tot?"

Das Foto war unscharf und ungesättigt, aber die Gesichter der Kinder hatten Farbe. „Nicht tot, Rhodri", sagte Zoe. *Noch nicht*, dachte sie, aber sie sagte es nicht.

„Sie schlafen nur", sagte Mo.

„Wann wurde der Tweet gesendet?" fragte Zoe Connie.

„Vor einer Stunde. Tut mir leid, ich hätte ..."

„Du warst damit beschäftigt, es zu löschen. Das ist schon in Ordnung."

„Danke. Es tut mir leid."

Sie wandte sich an Mo. „Irgendwelche Neuigkeiten von Ian?"

„Er sagt nichts. Ihm scheint es mehr darum zu gehen, seine eigene Haut zu schützen, als seine Kinder zurückzubekommen."

„Vielleicht liegt es daran, dass es nicht seine Kinder sind", sagte Rhodri.

„Er hat sie adoptiert", sagte Zoe. „Und er hat sie großgezogen. Es besteht immer noch die Möglichkeit, dass Ollie von ihm ist."

„Sollen wir das überprüfen?", fragte Mo. „Einen DNA-Test machen?"

„Ich wüsste nicht, wozu das gut sein sollte."

„Ian könnte es selbst getan haben."

Zoe dachte an die Adoptionsurkunden zurück. „Wenn er es getan hat, dann hat er wohl herausgefunden, dass Ollie nicht von ihm ist."

„Wie das?"

„Er hat Maddy 2017 adoptiert, Olly aber erst 2018. Ich vermute, die Lücke diente ihm dazu, etwas über Ollies Herkunft herauszufinden.

„Es hätte keinen Unterschied gemacht", sagte Mo.

„Nein?"

„Wenn er nicht auf der Geburtsurkunde steht, ist er nicht sein Vater. Nicht rechtlich. Es spielt keine Rolle, ob sie die gleiche DNA haben. Die Urkunde ist das, was zählt."

Auf beiden Geburtsurkunden stand Benedikts Name. Zoe fragte sich, wie es wohl wäre, nicht zu wissen, ob das eigene

KAPITEL SECHSUNDVIERZIG

Kind wirklich das eigene war. Ob man es genauso lieben würde.

„Gut", sagte sie. „Ich möchte, dass ihr alle nach Hause geht. Es ist schon nach neun, und morgen gibt es viel zu tun. Yala Cook arbeitet an dem Hack, und wir werden Mike Grainger heute Nacht nicht mehr finden. Geht nach Hause, ihr alle. Seid morgen früh zurück."

KAPITEL SIEBENUNDVIERZIG

Zoe lehnte sich gegen den Badezimmerspiegel. Ihre Augen waren blutunterlaufen und ihre Haut war fahl. Es war fünf Uhr morgens. Sie war seit vier Uhr wach, starrte an die Decke und ließ sich den Fall durch den Kopf gehen.

Mike Grainger war vor ihr weggerannt. Er hatte Zeit gehabt, nach Birmingham zu kommen, nachdem er sich auf seinem Heimatrevier in Exeter gemeldet hatte. Und wahrscheinlich hegte er einen Groll gegen Alison.

Ian – es gab vieles, was Ian ihnen nicht erzählte. Wo war er gestern den ganzen Tag gewesen? Die Fahrt zur Cadbury World hatte nicht so lange gedauert, wie er Mo erzählt hatte. Wusste er, wer Maddy und Ollie entführt hatte und versuchte, sie selbst zurückzubekommen?

Dann war da noch PC Bright und ihr Social-Media-Hack. Zoe konnte Trishs Beteiligung nicht ausschließen. Wenn ihre Beziehung zu Ian enger war, als die beiden behaupteten ... Könnten sie beide mit Hamm zusammenarbeiten?

Sie erschauderte. Trish Bright war während des gesamten Jackson-Falls anwesend gewesen. Sie hatte Zugang zu ACC

KAPITEL SIEBENUNDVIERZIG

Jacksons Haus, zu seinen privaten Gegenständen ... Wenn sie korrupt war, wer weiß, was sie dann gefunden hatte. Oder versteckt.

Zoe spuckte ihre Zahnpasta aus und spülte das Waschbecken aus. Trish hatte während der Vernehmung erschrocken ausgesehen. Sie hatte nichts Verdächtiges getan, als sie als FLO im Haus der Osmans war. Und ihre Konten waren gehackt worden. Wahrscheinlich war sie bei all dem nur ein unschuldiges Opfer, genauso wie Alison.

Zoe wischte sich das Gesicht mit einem Waschlappen ab in dem Versuch, die Durchblutung ihrer Wangen wieder anzukurbeln. Das alles würde sich nicht von selbst lösen. Sie musste zurück ins Büro. Oberste Priorität war es, Mike Grainger zu finden.

Ihr Telefon surrte auf dem Nachttisch.

„DI Finch".

„Boss, ich bin's, Mo."

„Bist du schon im Büro?"

„Nein, ich muss die Mädchen für die Schule fertig machen. Cat hat Frühdienst. Aber ich habe einen Anruf von Connie erhalten."

„Sprich weiter."

„Sie hat die Quelle des Hacks gefunden."

Zoe griff nach dem Telefon. „Und?"

„Es ist vor Ort."

Zoes Brust zog sich zusammen. Sie wusste es. „Wo?" Sie hatte halb erwartet, dass es das Polizeirevier von Kings Norton sein würde. Wenn nicht dort, dann in einem von Hamm's Büros.

„Es ist eine Wirtschaftsprüfungsgesellschaft im Stadtzentrum."

„Ich bin gleich da."

Connie saß an ihrem Computer und durchsuchte die Website von Companies House.

„Wie lange bist du schon hier, Connie?"

„Noch nicht so lange."

„Lange genug, um diesen Hack zu knacken."

„Oh, das war ich nicht, Boss."

„Nein?"

„Yala. Sie hat über Nacht eine Spur verfolgt und mich auf meinem Handy angerufen."

„Trotzdem gut gemacht."

Connie zuckte mit den Schultern.

„Also", sagte Zoe. „Was haben wir?" Sie zog einen Stuhl an Connies Schreibtisch heran.

„Er pingt über insgesamt zehn IP-Adressen. Sie sind über die ganze Welt verstreut. Aber die Ursprungsadresse ist genau hier in Brum."

„Wo?"

„Hatton und Bannerjee. Buchhaltungsfirma, in Colmore Row."

„Wer sind die Partner?"

Connie rief die Website der Firma auf ihrem Bildschirm auf. Sie klickte sich zur Seite ‚Team' durch. „Zwei Seniorpartner. Sheila Hatton und Ashok Banerjee."

„Nie von ihnen gehört." Zoe notierte sich, dass sie die Namen in den Canary-Akten nachschlagen wollte. „Kannst du herausfinden, wer ihre Kunden sind?"

„Nicht ohne Durchsuchungsbefehl."

„OK. Wir fahren da vorbei. Ich nehme an, sie haben noch nicht geöffnet?"

„Sie öffnen um sechs."

KAPITEL SIEBENUNDVIERZIG

„Gut."

Rhodri trat ein. Er sah mürrisch aus.

„Wir werden ihn finden, Rhod", sagte Zoe. „Das ist deine Hauptaufgabe für heute. Vorrangig müssen wir die Wohnung seiner Mutter überwachen und sehen, ob wir seine Bewegungen in den letzten Tagen in der Stadt nachvollziehen können. Er könnte auch zurück ins Krankenhaus gehen. Die Uniformierten haben an beiden Orten jemanden postiert."

„Glaubst du wirklich, dass er zurückgehen wird, Boss?"

Sie lehnte sich auf den Schreibtisch. „Es ist einen Versuch wert. Bist du bereit, mit den Uniformen zusammenzuarbeiten?"

„Ja. Ich werde auch sehen, was ich an Überwachungsmaterial bekommen kann. Dieser Bus."

„Gute Idee."

Connie lehnte sich zurück, konzentriert auf ihren Bildschirm. Zoe schaute ihr über die Schulter. Die Fotos der Partner der Wirtschaftsprüfungsgesellschaft starrten auf sie zurück: die beiden Seniorpartner und eine Schar von Juniorpartnern. Sie versuchten ihr Bestes, um geschäftsmäßig, aber sympathisch zu wirken.

„Okay", sagte sie. „Lass uns gehen."

„Kann ich helfen?" Mo hängte seine Anzugsjacke an die Rückseite der Tür.

„Mo. Ich möchte, dass du Ian im Auge behältst. Beobachte ihn, schau nach, ob er irgendwo unerwartet hingeht. Ich habe das Gefühl, dass er versucht, diesen Fall selbst zu bearbeiten."

KAPITEL ACHTUNDVIERZIG

Hatton und Bannerjee befand sich in einem viktorianischen Gebäude, das bis auf den letzten Zentimeter renoviert worden war. Zoe und Connie warteten an der Rezeption und betrachteten die Ledersofas, die kühnen Kunstwerke und die Plüschteppiche.

„Netter Job, wenn man ihn kriegen kann", sagte Connie.

„Stimmt."

Ein Mann, an den Zoe sich von der Website des Unternehmens nicht erinnerte, kam mit ausgestreckter Hand auf sie zu. „Eldon Coots, Leiter Öffentlichkeitsarbeit", sagte er.

„Wir baten darum, mit den Seniorpartnern zu sprechen."

„Sie sind gerade in einer Besprechung. Sie müssen mit mir vorlieb nehmen."

Zoe schaute an ihm vorbei in Richtung des Eingangs zu den Büros. Die Partner könnten in einer Besprechung sein, oder sie könnten sich verstecken.

Sie folgten dem Mann in ein großes Büro mit Blick auf Pigeon Park. Connie hielt inne, um die Aussicht auf die Kathedrale zu genießen und warf Zoe einen Blick aus aufgerissenen

KAPITEL ACHTUNDVIERZIG

Augen zu. Zoe zuckte mit den Schultern und nahm gegenüber von Coots Platz.

„Wie kann ich Ihnen helfen?" Er faltete seine Hände zusammen und legte sie auf den Tisch. Er hatte sein Gesicht zu einem Bild der Ruhe geformt. Ein sanftes Lächeln und ein ruhiger Blick. Doch auf seiner Stirn standen Schweißperlen.

„Wir glauben, dass die Social-Media-Konten eines Polizeibeamten von jemandem in diesem Gebäude am Samstagabend gehackt wurden", sagte Zoe.

Coots verzog sein Gesicht zu einem ernsten Ausdruck. „Das ist eine sehr ernste Anschuldigung."

„Deshalb wollte ich mit einem der Partner sprechen."

Coots lehnte sich zurück. „Das verstehe ich, Inspector. Aber wie ich schon sagte, sind die Partner unabkömmlich. Sie befinden sich in einer Telefonkonferenz mit unserem Büro in Boston."

„Auf Ihrer Website steht nichts über internationale Tätigkeiten.

„Es ist brandneu." Er lächelte. „Ich schätze, IT muss das noch nachholen."

„Vielleicht sind das die Leute, mit denen ich sprechen sollte. Wer ist Ihr IT-Leiter?"

„Ich kann Ihnen versichern, dass diese Firma die neuesten digitalen Sicherheitsprotokolle verwendet. Ein Hack kann nicht von diesem Gebäude aus erfolgen."

„Unsere Untersuchung hat ergeben, dass genau das der Fall ist."

Coots seufzte. Er zog ein Telefon aus seiner Tasche. „Shaun, kannst du herkommen? Besprechungsraum zehn." Eine Pause. „Ja, ich weiß. Tut mir leid, Kumpel."

„Ist Shaun Ihr IT-Leiter?

„Shaun Rice. Er wird es Ihnen bestätigen."

Zoe lehnte sich zurück, während die drei schweigend auf die Ankunft des IT-Leiters warteten. Als er eintraf, war sie überrascht, dass er genauso schick gekleidet war wie sein Kollege. Eine bunt gemusterte Krawatte war das einzige Zugeständnis des Mannes an die Tatsache, dass er kein Buchhalter oder PR-Fachmann war.

„Mr. Rice, mein Name ist Detective Inspector Finch. Das ist DC Williams."

Coots wandte sich an seinen Kollegen. „Sie vermuten, dass sich jemand in unsere Systeme gehackt hat."

Rice schüttelte den Kopf. „Es ist unmöglich, dass die Cybersicherheit dieses Gebäudes durchbrochen werden kann."

Connie lehnte sich vor. Sie hatte ihren Notizblock auf dem glatten Tisch geöffnet. „Verwendet Ihr System Imprion?"

„Das kann ich Ihnen nicht sagen."

Zoe verdrehte die Augen. „Sie sprechen mit der Polizei, Mr. Rice, nicht mit der Konkurrenz."

Er biss die Zähne zusammen und wich Zoes Blick aus. „Das tun wir."

„Wussten Sie, dass das System von seinen Entwicklern wegen eines bekannten Fehlers aktualisiert wird?", fragte Connie.

Rice spottete. „Sie haben überreagiert. Der Minivik-Bug macht keinen Unterschied. Imprion ist das robusteste System, das es gibt."

„Mr. Rice, Sie arbeiten für eine mittelgroße Wirtschaftsprüfungsgesellschaft, ist das richtig?", fragte Zoe.

„Mittelgroß würde ich nicht sagen", unterbrach Coots. „Wir expandieren in die Staaten, wir ..."

Zoe hob eine Hand. „Sie gehören nicht zu den großen Vier."

KAPITEL ACHTUNDVIERZIG

Coots sah aus, als hätte sie ihm eine Ohrfeige verpasst. „Nein. Das tun wir nicht."

„Richtig. Warum haben Sie dann das Bedürfnis, die robustesten Cybersicherheitssysteme auf dem Markt einzusetzen? Die sind nicht billig, nehme ich an."

„Der Startpreis für eine maßgeschneiderte Installation liegt bei fünfzigtausend", sagt Connie.

Zoe pfiff. „Das muss eine Menge Audits bedeuten."

„Die Daten unserer Kunden sind für uns sehr wichtig", sagte Coots. „Wir wissen, dass wir unsere Glaubwürdigkeit als Unternehmen verlieren würden, wenn sie gefährdet wären.

„Gibt es jemanden, von dem Sie nicht wollen, dass er auf Ihre Daten zugreift?"

Rice grunzte. „Hören Sie, Inspector, ich weiß nicht, worauf Sie hinauswollen, aber es gibt kein Gesetz, das es verbietet, sein Geschäft zu sichern."

„Nein." Zoe wandte sich an Coots. „Gibt es jemanden, von dem Sie nicht wollen, dass er auf die Daten Ihrer Kunden zugreift? Das organisierte Verbrechen zum Beispiel oder die Polizei?"

„Ich habe keine Ahnung, wovon Sie reden."

Zoe lehnte sich zurück und beobachtete die Reaktionen der beiden Männer. Es gab keine Verlegenheit, keine Anzeichen, dass sie lügen könnten. Coots' Aufgabe war es, den öffentlichen Ruf seines Unternehmens zu schützen, und Rice' Aufgabe war es, die Daten zu schützen. Um mehr zu erfahren, würde sie mit den Partnern sprechen müssen.

„Okay", sagte sie. „Dieser Hack. Connie. Um wie viel Uhr wurde diese Facebook-Nachricht verschickt?"

„Fünf Uhr am Sonntagmorgen, Boss."

Zoe nickte. „Sind zu dieser Zeit viele Leute in diesem Büro? Ich weiß, dass Firmen wie die Ihre sehr anstrengende

Arbeitszeiten haben, und wenn Sie mehrere Zeitzonen abdecken müssen ..."

„Die Ostküste der USA liegt fünf Stunden hinter uns. Das wäre Mitternacht ihrer Zeit", sagte Coots.

„Wie ich schon sagte, lange Arbeitszeiten."

„Sie glauben also, dass jemand in diesem Gebäude unsere Systeme benutzt hat, um das Facebook-Konto eines Ihrer Beamten zu hacken. Warum?"

„Und auch Twitter", sagte Connie.

Coots warf ihr einen verärgerten Blick zu. „Aber warum?"

„Darum geht es nicht", sagte Zoe. „Wir müssen herausfinden, wer es getan hat." Sie lehnte sich vor. „Es hängen Leben davon ab."

Coots hielt ihrem Blick stand, ohne mit der Wimper zu zucken. Er gehörte zu den Männern, die glaubten, ihr gutes Aussehen gäbe ihnen die Erlaubnis, durch und durch unsympathisch zu sein, dachte sie. „Terrorismus?"

„Nein. Das ist alles, was ich Ihnen sagen kann."

„Es werden diese Kinder sein", sagte Rice. „Die von Cadbury World."

Connie stieß einen unwillkürlichen Laut aus. Zoe ballte die Faust in ihrem Schoß. Sie hatten die Zeugen gebeten, niemandem zu sagen, dass sie befragt worden waren. Bis jetzt schienen sie sich daran zu halten.

„Sagen Sie mir einfach, woher der Hack kam", bat Zoe. „Das ist alles, was ich wissen will."

„Nun gut", sagte Rice. „Ich habe selbst Kinder." Er sah Connie an. „Haben Sie eine IP-Adresse, eine Datenspur?"

„Ja." Sie holte einen Laptop hervor und legte ihn auf den Schreibtisch. Rice kam um den Tisch herum, um sich neben sie zu setzen, und sie beugten sich gemeinsam über den Bildschirm.

KAPITEL ACHTUNDVIERZIG

„Irgendein Zeichen von den Partnern?" fragte Zoe Coots, während sie arbeiteten.

„Noch nicht." Er starrte sie wieder an. Sie brauchten ihn hier nicht, nicht jetzt, wo die Technikfreaks ihre Arbeit zu erledigen hatten. Aber sie hatte den Eindruck, dass seine Aufgabe weniger darin bestand, ihr zu helfen, als sie zu bewachen.

„Moment mal." Rice verließ den Raum und kam mit seinem eigenen Laptop zurück. Er war schlanker als Connies Polizeigerät. Er klappte ihn auf und kehrte zu seinem Platz neben Connie zurück.

Nach einigen weiteren Augenblicken sah Connie auf. „Schlechte Nachrichten, Boss."

„Was?" Zoe stellte sich hinter ihren Stuhl und schaute auf den Bildschirm.

„Wir haben es zu einem Arbeitsplatz zurückverfolgt. Die Frau, die ihn benutzt, ist in den Flitterwochen auf den Malediven. Und die Eingangssysteme zeigen, dass am Sonntag um 5 Uhr morgens niemand hier war."

„Bist du sicher?" fragte Zoe.

Rice drehte sich in seinem Stuhl um. „Tut mir leid. An einem Wochentag, ja. Da wären Leute hier. Aber auch wir haben ein Leben."

„Irgendwoher musste es ja kommen."

„Das Gebäude war leer."

„Sicherheitspersonal?"

„Ich habe die Auftragsprotokolle überprüft. Sie waren unten, im Keller. Im Sicherheitsbüro."

„Könnte es ein Laptop gewesen sein, der mit nach Hause genommen wurde?"

„Die IP-Adresse wäre eine andere, Boss", sagte Connie. „Tut mir leid."

KAPITEL NEUNUNDVIERZIG

Zoe bog aus dem Five Ways Kreisverkehr ab und wünschte sich, sie könnte ein bisschen Gas geben und die Anspannung abbauen.

„Tut mir leid, Boss", sagte Connie.

„Nicht deine Schuld. Ich möchte aber trotzdem mit den Partnern sprechen."

„Die Wohnadressen werden bei Companies House registriert".

„Gut. Hast du den beiden geglaubt?"

„Rice wusste, was er tat. Coots ... nun, Coots war ein PR-Typ. Wer weiß, ob man denen glauben kann?"

Zoe erlaubte sich ein Lächeln. Sie krümmte ihre Zehen in ihren Schuhen und hoffte, dass der Verkehr sich auflösen würde. Endlich erreichten sie das Revier.

Rhodri stand draußen und zitterte vor Kälte. Der Himmel war bleigrau, und Zoe war dankbar, dass sie ein dickes Hemd unter ihrer Lederjacke trug.

„Keine Kippenpause, hoffe ich, Rhodri?"

KAPITEL NEUNUNDVIERZIG

Er errötete. Rhodri hatte seit achtzehn Monaten nicht mehr geraucht, und es war ein Kampf für ihn gewesen.

„Nein, Boss. Die Uniformierten haben Mike Grainger hergebracht."

Sie tauschte einen Blick mit Connie aus. „Ausgezeichnet. Von wo?"

„Dem Krankenhaus. Er hat versucht, durch einen anderen Eingang reinzukommen."

„Sehr gut." Zoe betrat das Revier und fühlte sich zum ersten Mal seit über vierundzwanzig Stunden wieder optimistisch. „Lass uns ihn befragen."

Die beiden DCs standen hinter ihr. Sie spürte eine Spannung zwischen ihnen. Wer würde ausgewählt werden, sie zu begleiten?

Sie wandte sich an die beiden. „Ist Mo da?"

Rhodri ließ die Schultern hängen. „Nein, Boss. Er ist nach Erdington gefahren."

„Mach dir keine Sorgen, Rhod. Ich wollte dich nur aufziehen. Komm mit. Connie, du überprüfst Hatton und Banerjee, ja? Ich will alles über sie wissen. Wenn sie auch nur eine Quittung für einen Milchkaffee falsch abgelegt haben, will ich das wissen."

„Schon dabei."

Sie lächelte Rhodri an. „Hast du Grainger gesehen, seit sie ihn hergebracht haben? Warst du dabei?"

„Ich war in der Wohnung. Aber das ist nur zehn Minuten entfernt. Fünfzehn, an einem Montagmorgen. Ich kam gerade an, als der Transporter mit ihm drin abfuhr."

„Und er ist gerade erst angekommen."

„Ja."

„Gut. Wir sollten ihm keine Gelegenheit geben, sich zu beruhigen. Ist ein Anwalt da?"

„Pflichtverteidiger".

Sie fragte sich, welcher der beiden üblichen es war. Hoffentlich Frank Goad, der von den beiden Anwälten der geringere Fan einer *kein Kommentar* Vernehmung war.

Grainger wartete zusammen mit Goad im Verhörraum drei, dem Raum, der nach Feuchtigkeit roch, egal wie oft sie ihn reinigten oder einen tragbaren Heizlüfter hineinstellten. Zoe rieb sich die Arme, um sich aufzuwärmen, und setzte sich hin.

„Michael Grainger, ich bin DI Finch. Wir haben uns gestern im Krankenhaus getroffen. Das ist DC Hughes."

„Sie müssen mich zu meiner Mutter lassen. Sie ist krank."

„Das weiß ich, Mike, aber ich weiß auch, dass Sie gestern vor mir weggelaufen sind, als ich Sie im Krankenhaus angesprochen habe."

Er rutschte auf seinem Sitz hin und her.

„Warum haben Sie das getan?", fragte sie.

Er tauschte einen Blick mit seinem Anwalt, der nickte.

„Kein Kommentar".

Zoe seufzte. *Bitte nicht.*

„Mike, es sieht wirklich nicht gut für Sie aus. Die meisten Leute rennen nicht weg, wenn sie von einem Polizisten angesprochen werden."

Er zuckte mit den Schultern.

„Kennen Sie Alison Osman?"

Grainger sah auf. Er blinzelte ein paar Mal und sah dann auf seine Hände hinunter, die er in seinem Schoß gefaltet hatte.

„Sie haben mit ihr zusammengearbeitet, bevor Sie nach Exeter gezogen sind."

Ein weiteres Achselzucken.

„Mike, wir müssen das wirklich klären. Sagen Sie mir

KAPITEL NEUNUNDVIERZIG

einfach, ob Sie sie kannten. Sie sollten wissen, dass wir bereits mit der Schule gesprochen haben.

„Ja. Ich kannte sie."

„Und was für eine Art von Beziehung hatten Sie?"

„Wir hatten keine Beziehung. Was hat das zu bedeuten? Ich dachte, es ginge nur darum, dass ich Exeter verlassen hatte."

„Wie bitte?"

„Ich darf die Stadt nicht verlassen. Das wissen Sie doch sicher. Deshalb sind Sie doch hinter mir her." Er legte seine Finger an die Stirn und kratzte sich. „Es tut mir leid. Aber Mum könnte sterben. Ich fühle mich schon schlecht genug, dass ich nicht da war, als sie den ersten kleinen Schlaganfall hatte. Wenn sie ..."

Zoe warf einen Blick auf Rhodri und wandte sich dann wieder Grainger zu. „Warten Sie mal. Sie glauben, ich hätte Sie im Krankenhaus aufgehalten, weil Sie gegen die Auflagen Ihres Gerichtsbeschlusses verstoßen haben?"

„Nun, ja. Warum sonst?"

„Sie haben uns immer noch nichts über Ihre Beziehung zu Alison erzählt", sagte Rhodri.

Grainger sah ihn stirnrunzelnd an. „Ich kannte sie kaum. Sie war Assistentin bei den Kleinkindern, ich unterrichtete die sechste Klasse. Ich wüsste nicht, was sie damit zu tun haben sollte."

Zoe schürzte ihre Lippen. Der Schulleiter hatte gesagt, es sei alles anonym gewesen. Es schien, als hätte Grainger nicht herausgefunden, wer ihn gemeldet hatte.

„Mr. Grainger, hätten Sie einen Grund, Alison Osman etwas anzutun? Hatten Sie irgendwelche Missverständnisse während Ihrer Zeit an der Schule? Haben Sie sich gestritten?"

„Ich habe kaum mit der Frau gesprochen. Worum geht es

hier? Ich fahre zurück nach Exeter, ich verspreche es. Es tut mir leid, ich musste nur Mum sehen."

Er lehnte sich in seinem Stuhl zurück, sein Mund weitete sich. „Moment mal. Das war sie, nicht wahr? Diejenige, die mich angezeigt hat?"

Zoe zeigte auf die Akte, die vor Rhodri lag. Er räusperte sich. „Wann sind Sie in Birmingham angekommen?"

Grainger starrte zur Seite. „*Miststück.*" Er sah sich die Akte an. „Keine Ahnung. Freitagmittag. Ich habe den Zug genommen."

„Welchen Zug?" fragte Rhodri.

„Es war nur ein verdammter Zug." Er kratzte sich an der Wange. „Ich bin gekommen, um meine Mum zu besuchen. Sie hatte einen Schlaganfall."

„Welcher Zug, Mike?" fragte Zoe.

Er pustete mit zusammengepressten Lippen. „Ähm. Um 12:30 Uhr. Von Exeter St. David's. Jedenfalls ungefähr um diese Zeit."

„Den zwölf achtundzwanzig?", fragte Rhodri.

„Hört sich gut an. Ich bin gegen halb zwei in der New Street angekommen."

„Sind Sie direkt zu Ihrer Mutter gegangen?", fragte Zoe.

„Ja. Natürlich bin ich das."

„Können Sie das beweisen?"

„Sie können meine Mutter fragen." Er verzog das Gesicht.

„Nur, dass Sie das nicht können." Er sah auf. „Bitte, lassen Sie mich zu ihr. Sie ist ganz allein."

„Wo waren Sie gestern Nachmittag?", fragte Zoe.

Grainger errötete. „Bei Villa. Es kommt nicht oft vor, dass ich mir ein Spiel ansehe. Ich wünschte, ich wäre nicht gegangen."

KAPITEL NEUNUNDVIERZIG

„Ihre Mutter war also schwer krank. Sie haben sie besucht, obwohl Sie sich nicht frei bewegen konnten. Und dann gehen Sie zu einem Fußballspiel?"

„Ich weiß, das lässt mich wie ein richtiger Bastard aussehen. Aber es schien ihr gut zu gehen. Sie hatten sie am Dienstag entlassen. Ich wusste ja nicht, dass sie noch einen haben würde, oder?"

Rhodri blätterte in der Akte. „Können Sie beweisen, dass Sie mit dem Zug 1228 gefahren sind?"

„Nein. Es war ein E-Ticket. Unbefristet." Er tätschelte seine Taschen. „Warten Sie mal. Doch, kann ich. Ich habe einen Kaffee gekauft, im Zug. Ich habe die Quittung noch. Ihr Haftbeamter hat sie, zusammen mit meinen anderen Sachen."

„DC Hughes", sagte Zoe.

„Ja, Boss."

Rhodri verließ den Vernehmungraum. Zoe sah Grainger über den Tisch hinweg an. Er erwiderte ihren Blick, wobei seine Augen von ihr zu der Kamera hinter ihr wanderten. Er war nervös.

Er hatte gegen den Gerichtsbeschluss verstoßen. Er hatte allen Grund, nervös zu sein.

„Ich muss der Polizei in Exeter sagen, dass Sie hier sind."

„Ich weiß. Ich musste sie sehen."

Sie reagierte nicht darauf. Ihre eigene Mutter war nur wenige Monate zuvor mit einem Schlaganfall ins Krankenhaus eingeliefert worden. Bei ihr war er durch zu viel Alkohol verursacht worden. Zoe hatte sie besucht, als sie schlief, aber sie hatte sie nicht bei Tageslicht besucht. Diese Art von Beziehung hatten sie nicht.

Rhodri kam mit einem braunen Umschlag zurück und trug forensische Handschuhe. Er kippte den Inhalt des Umschlags heraus. Hausschlüssel, ein Taschenbuch, etwas Bargeld, ein Stapel Quittungen. Er blätterte sie durch.

„Hier ist es. Espresso und ein Muffin. Zwölf Uhr fünfundvierzig aus dem Bordshop." Er sah Zoe an. „Er war im Zug, Boss."

KAPITEL FÜNFZIG

„Ma'am."

Lesley winkte Zoe in ihr Büro. „Wie läuft's?"

„Nicht gut."

„Wie das?"

„Wir hatten eine Spur, einen Mann, den Alison vor ein paar Jahren im Rahmen des Kinderschutzes gemeldet hat. Er hat ein Alibi. Wir verfolgen den Social-Media-Hack von Trish Bright weiter, aber es war niemand in dem Gebäude, aus dem er kam. Und wir beobachten Ian Osman. Aber es gibt nichts Konkretes."

„Wie kann ich helfen?"

Zoe zeigte auf den Stuhl. „Darf ich?"

„Sie müssen nicht fragen."

Sie ließ sich auf den Stuhl sinken, ihr Atem ging unregelmäßig.

„Ich denke, wir werden einen Aufruf machen müssen, Ma'am."

Lesley klappte ihren Laptop zu. „Sie haben sich vorher dagegen gewehrt."

„Wir hatten jede Menge Spuren. Eine davon hätte irgendwohin führen sollen. Aber wir haben nur noch zwei Tage Zeit. Wir brauchen alles, was wir kriegen können."

„Es wird mehr als zwei Tage dauern, den Mist durchzugehen, den ein Aufruf hervorbringen wird."

„Wir arbeiten rund um die Uhr."

„Sie haben Besseres zu tun, als sich mit den Ergebnissen eingehender Anrufe zu beschäftigen."

„Bei allem Respekt, Ma'am. Jemand könnte etwas gesehen haben, vielleicht ein Auto, das Cadbury World verlässt."

„Wir haben alle befragt, die da waren."

„Ja, und das spricht sich langsam herum."

„Verdammt. Das musste früher oder später passieren. Wer?"

„Jemand in der Firma, von der der Hack ausging, wusste davon."

Lesley nippte an ihrem Kaffee. „Ich weiß, dass Sie verzweifelt sind, aber ich glaube nicht, dass das der richtige Weg ist."

„Wir müssen …"

„Wer auch immer die Kinder hat, will gefunden werden. Sonst hätten sie diese Nachricht nicht geschickt."

„Das sehe ich nicht so. Sie wollen die Osmans verunsichern. Das ist nicht dasselbe wie der Wunsch, gefunden zu werden."

„Ich denke, es wird eine weitere Nachricht geben."

„Was macht Sie so sicher?" fragte Zoe.

„Ich spüre es in meinen Knochen", antwortete Lesley. „Wenn man in mein Alter kommt, bekommt man ein Gespür für solche Dinge."

Sah Lesley sich selbst als alt an? Sie sah nicht mehr als fünf Jahre älter aus als Zoe. Vielleicht war sie gut gealtert.

KAPITEL FÜNFZIG

„Haben Sie schon einmal solche Fälle bearbeitet?" fragte Zoe.

Lesley nickte, ihr Gesicht war ernst. „Zweimal."

„Und?"

„Beim ersten Fall war ich DS. Das Opfer war ein Mädchen, sieben Jahre alt. Sie kam unverletzt zurück, es stellte sich heraus, dass es ihr biologischer Vater war. Wir hatten den Stiefvater die ganze Zeit beobachtet, die SIO wurde ordentlich zusammengestaucht. Aber es ging ihr gut, das war das Wichtigste."

„Und der zweite?"

„Über den zweiten möchte ich lieber nicht sprechen."

„Tut mir leid."

„Das muss es nicht. Sie versuchen nur, einen Ansatzpunkt zu finden. Ich habe Vertrauen in Sie. Und in Ihr Team. Sie werden etwas finden. Aber wenn wir jetzt einen Aufruf machen, bleibt alles andere liegen. Wir werden uns in der Scheiße verheddern und sie nie finden."

Zoe musterte ihren Chef. Sie hatte recht. Zoe klammerte sich an einen Strohhalm und gab zu schnell auf.

„Also", sagte Lesley. „Sie haben drei Richtungen, in die Sie ermitteln können. Ich schlage vor, Sie verfolgen sie."

KAPITEL EINUNDFÜNFZIG

Es wurde bereits dunkel, als Mo eine Bewegung im Haus bemerkte. Die Haustür öffnete sich, und zwei Gestalten standen darin. Eine von ihnen war Ian. Die andere war nicht Alison. Vielleicht der neue FLO.

Er fragte sich, welchen Überprüfungsprozess sie durchlaufen hatten, um Trish zu ersetzen, und wo sie jetzt war. Wenn deine sozialen Medien gehackt werden, ist das eine schlechte Nachricht für einen Polizisten. Mo war verdammt froh, dass er mit so etwas noch nie zu tun hatte.

Ian schaute die Straße rauf und runter, als er zu seinem Auto ging. Mo schrumpfte in seinem Sitz zusammen. Er hatte sich Rhodris Auto geliehen, einen Saab, der schon bessere Tage gesehen hatte. Aber Ian würde ihn nicht wiedererkennen.

Ian fuhr an ihm vorbei und Mo drehte den Zündschlüssel. Er brauchte ein paar Versuche, aber dann sprang er an. Er kicherte, als er sich vorstellte, wie Rhodri sich dieses Ding ausgesucht hatte.

Er folgte Ian in einigem Abstand und erreichte einen Kreisverkehr, wo Ian nach links in Richtung Stadtzentrum

KAPITEL EINUNDFÜNFZIG

abbog. Der Verkehr war weder dicht, noch war er leicht. Perfekte Bedingungen für eine Beschattung.

Er wollte Zoe anrufen und sie wissen lassen, was er vorhatte. Aber Rhodris Auto hatte keine Freisprecheinrichtung. Er fragte sich, ob es etwas Besseres als ein Radio hatte.

Ian hielt an einer Ampel an. Mo wartete, bis sich ein Auto zwischen sie setzte, und hielt dann an.

Der Saab wurde still.

Verdammt!

Mo drehte den Schlüssel im Zündschloss und murmelte vor sich hin. Er stotterte ein paar Mal, dann nichts mehr.

Die Ampel schaltete um und Ian fuhr los. Mo drehte den Schlüssel wieder um und drückte auf das Gaspedal, doch er wusste, dass er damit nur den Motor zum Absaufen brachte.

Er beobachtete, wie Ians Rücklichter in der Ferne verschwanden.

KAPITEL ZWEIUNDFÜNFZIG

Connie blätterte gerade durch Webseiten, als Zoe schwer atmend ins Büro zurückkam.

„Alles in Ordnung, Connie?"

Die DC drehte sich um, ihre Augen leuchteten. „Ich hatte eine Idee."

„Ja?"

„Fünf Uhr morgens an einem Sonntag. Keiner von der Firma war im Gebäude. Keiner mit einem Ausweis."

„Zumindest hat uns das Shaun Rice erzählt."

„Ja. Aber was ist mit den Reinigungskräften? Vielleicht waren sie ja da. Vielleicht haben sie etwas gesehen."

„Oder es könnte einer von ihnen gewesen sein, der es getan hat."

„Das bezweifle ich, Boss. Die Sicherheitsvorkehrungen an diesen Arbeitsplätzen sind ziemlich streng."

„OK. Aber was ist, wenn die Putzfrauen jemanden reinlassen? Durch eine Hintertür?"

Connie nickte. „Das ist möglich, Boss."

KAPITEL ZWEIUNDFÜNFZIG

„Wonach suchst du?" Zoe nickte in Richtung von Connies Bildschirm.

„Ich versuche herauszufinden, welche Reinigungsfirma sie benutzen."

„Es gibt einen einfacheren Weg, das zu tun."

Zoe wählte die Hauptnummer der Wirtschaftsprüfungsgesellschaft. Sie wurde nach dem dritten Klingeln angenommen.

„Hatton und Banerjee, wie kann ich Ihnen helfen?"

„Oh, hallo. Wer ist das?"

„Hier ist Shona, vom Empfang. Kann ich Sie mit jemandem verbinden?"

„Das ist Mandy, von der Reinigungsfirma", sagte Zoe. Connies Augen weiteten sich. Sie hörte auf, durch die Bildschirme ihres Computers zu scrollen und sah Zoe an.

„Wir haben ein Problem mit unserem Wagen", fuhr Zoe fort. „Wir werden heute Abend etwas später kommen."

„Äh, okay. Ich werde es der Verwaltung sagen."

„Danke. Und sagen Sie ihnen, dass wir einen anderen Wagen fahren werden. Ich weiß, wie Ihre Chefs es mit der Sicherheit halten."

„Kein Problem. Wird es immer noch ein Cleanways-Van sein?"

„Cleanways. Anderes Nummernschild."

„Alles klar. Danke, dass Sie uns Bescheid gesagt haben."

Zoe hat aufgelegt. „Cleanways. Finde sie."

Connie wandte sich ihrem Bildschirm zu. Sie rief die Website der Reinigungsfirma auf. „Sie sind in Hockley, Boss. Industriegebiet."

„Gut. Ich werde hinfahren. Finde heraus, wen sie in diese Büros schicken."

„Äh, Boss?"

Connie hatte einen Bildschirm mit Informationen über die Mitarbeiter der Reinigungsfirma geöffnet. Ganz oben war die Mitarbeiterin des Monats abgebildet. Die Frau hatte blasse Haut und lange dunkle Haare.

Zoe starrte das Foto an. „Seit wann arbeitet Alison Osman als Reinigungskraft?"

KAPITEL DREIUNDFÜNFZIG

Brian sah den Focus wegfahren, gefolgt von dem Saab. Der Saab hatte seit seiner Ankunft am Bordstein gestanden. Er fragte sich, warum Ian beobachtet und verfolgt wurde.

Das Haus lag im Dunkeln. Von Zeit zu Zeit ging vorne ein Licht an, aber am Fenster waren Jalousien, sodass er nicht sehen konnte, ob sie da war. Oder ob sie allein war.

Er musste sicher sein, dass sie allein war.

Er wechselte die Position neben dem Baum, unter dem er Schutz gesucht hatte. Sein Rücken schmerzte, und die Feuchtigkeit sickerte durch seine Hose. Diese Dinger sollten eigentlich wasserdicht sein, aber er hatte sie im Ausverkauf im Kletterzentrum gekauft, und sie waren wahrscheinlich nicht mehr das Beste.

Die Tür öffnete sich erneut. Zwei Personen standen drinnen. Er richtete sich auf, um einen besseren Blick zu haben. Einer von ihnen war in Uniform. Ein Polizeiauto hatte er nicht kommen sehen. War der Saab von der Polizei? War der heilige Ian Osman in Schwierigkeiten?

Sein Telefon surrte in seiner Gesäßtasche. Er ging ran und

beobachtete die beiden Frauen in Alisons Haustür. Es war ein ordentliches Haus, langweilig, aber er konnte verstehen, warum sie es mochte. Es war weit entfernt von den Häusern, in denen sie früher gelebt hatte.

„Brian, wo bist du?"

Er drückte auf den Lautstärkeregler und war überzeugt, dass die Stimme seiner Freundin zu hören war, obwohl er das Telefon so fest an sein Ohr gedrückt hatte, dass es wehtat.

„Ich bin gerade auf dem Rückweg von der Arbeit", flüsterte er. „Im Bus."

„Ich habe Essen zum Mitnehmen besorgt. Ich muss heute Abend zurück zu mir, ich habe noch einiges zu tun und muss morgen früh raus. Soll ich warten?"

Brian sah auf seine Uhr. Acht Uhr abends. Auf der anderen Straßenseite verließ die Polizistin das Haus und ging davon. Er beobachtete sie und fragte sich, ob ein Auto kommen würde, um sie abzuholen.

„Tut mir leid, Schatz", sagte er. „Lass es nicht kalt werden. Sehe ich dich morgen?"

„Natürlich."

„Gut. Ich liebe dich." Er hauchte einen Kuss in das Telefon.

Alison schloss die Tür und ging wieder hinein. Er stand auf und beobachtete das Haus. Ian konnte jederzeit zurück sein, mit oder ohne seine Verfolger. Er musste handeln.

KAPITEL VIERUNDFÜNFZIG

Zoe stand vor dem Büro der Reinigungsfirma. Sie war versucht gewesen, direkt zu den Osmans zu fahren um herauszufinden, warum Alison ihr nicht gesagt hatte, dass sie einen zweiten Job hatte. Aber sie wollte zuerst mit der Reinigungsfirma sprechen.

Es war dunkel und nirgends war Licht angeschaltet. Sie lehnte sich an die Glastür und versuchte, ins Innere zu sehen. Es gab eine kleine Eingangshalle und eine Tür dahinter. Kein Anzeichen von Leben.

Sie hämmerte erneut gegen die Tür und trat zurück, um das Gebäude zu betrachten. Hinter ihr waren zwei Autos geparkt. Sie könnten zu diesem Gebäude oder zu einem der Nachbarn gehören.

Sie würde morgen früh wiederkommen müssen.

Am Sonntagmorgen waren mehr als vierundzwanzig Stunden seit dem Verschwinden von Maddy und Ollie vergangen. Alison war verzweifelt gewesen. Zoe hatte ihre Reaktion gesehen. Niemand würde unter diesen Umständen zur Arbeit gehen.

Oder war ihre Trauer nur gespielt, und sie hatte die Nachricht über Trishs Konto verschickt? Aber warum?

Andererseits ...

Es gab das Videomaterial der Überwachungskameras. Alison geht mit ihren Kindern weg und kehrt dann zurück. Hatte sie die ganze Sache nur vorgetäuscht?

Machten sie gemeinsame Sache? Wusste Alison, dass Ian mit Hamm und Reynolds in Verbindung stand? Hatten sie die ganze Sache geplant, bis hin zu Ians Nichterscheinen bei Cadbury World?

Verdammt. Das letzte Mal, als sie dort war, hatte dieser Lieferwagen von Reynolds Contracting vor dem Haus gestanden. Sie hatte das nicht weiterverfolgt.

Ihr Telefon klingelte.

„Mo. Alles in Ordnung?"

„Nicht ganz."

„Was ist los?" Sie ging zu ihrem Auto. „Was hat Ian gemacht?"

„Er hat das Haus vor etwa einer Stunde verlassen. Ich war dabei, ihm zu folgen, aber dann hatte das Auto eine Panne."

„Sein Auto?"

„Nein, Rhodris."

„Ist Rhodri bei dir?"

„Ich habe mir sein Auto geliehen. Ich dachte, Ian würde meins erkennen. Das Problem ist nur, dass ich Rhodri nicht erreichen kann, also musste ich die AA anrufen."

„Wo bist du? Ich komme und hole dich."

„Nicht nötig. Sie sind fast fertig. Rhodri braucht ein besseres Auto."

„Das kann ich mir vorstellen. Hast du eine Ahnung, wo Ian hinwollte?"

„Tut mir leid, Zo. Er war auf dem Weg ins Stadtzentrum,

KAPITEL VIERUNDFÜNFZIG

aber wir sind nur bis Gravelly Hill gekommen. Er könnte überall hingefahren sein, sogar zur M6."

„Mist."

„Bist du noch auf dem Revier?"

„Nein", sagte sie. „Es hat eine Entwicklung gegeben."

„Ach ja?"

„Es hat sich herausgestellt, dass Alison Osman einen zweiten Job hat", sagte sie ihm. „Sie arbeitet für die Firma, die die Büros reinigt, aus denen Trish Brights Hack kam."

„Sag das noch mal."

„Connie hat den Hacker aufgespürt. Es ist ein Büro in der Colmore Row. Alison arbeitet für deren Reinigungsfirma. Da die Nachricht um 5 Uhr morgens gesendet wurde, besteht die Möglichkeit, dass sie es war."

„Oder jemand anderes aus der Firma."

„Denkst du, einer ihrer Kollegen könnte die Kinder haben?" fragte Zoe.

„Wer weiß?"

„Richtig. Ich muss mit Alison sprechen." Wenn jemand von der Reinigungsfirma einen Groll gegen Alison hegte, und Maddy und Ollie hat …

„Ich bin näher dran", sagte Mo.

„Ich hole dich auf dem Weg ab. Was ist mit Rhodris Auto passiert?"

„Warte mal." Es gab eine Pause und gedämpftes Sprechen. „Sie sind fertig", sagte Mo. „Ich fahre hin und warte auf dich. Ich werde nach Ian Ausschau halten."

„Sei vorsichtig."

„Wird gemacht."

KAPITEL FÜNFUNDFÜNFZIG

Mo wartete im Auto von Rhodri, als Zoe ankam.

„Schönes Auto", sagte sie mit einem falschen amerikanischen Akzent.

Mo brummte. „Verdammtes Ding. Immer noch kein Zeichen von Ian."

„Vielleicht ist es so am besten. So haben wir sie alleine."

Als sie sich dem Haus näherten, überquerte ein Mann die Straße. Auch er schien sich dem Haus zu nähern. Als er sie sah, zögerte er und wich ihnen aus.

„Hast du ihn schon mal gesehen?" fragte Zoe.

„Noch nie."

„Hmm. Sind wir so offensichtlich die Polizei?"

„Ich nicht. Du vielleicht ..."

Zoe schlug auf Mo's Arm. „Hey."

Er lächelte sie an. „Du machst das besser, als du denkst, weißt du."

„Wir sind keinen Schritt weiter, diese Kinder zu finden. Und wir haben weniger als zwei Tage."

KAPITEL FÜNFUNDFÜNFZIG

„Hoffentlich ist das alles in wenigen Augenblicken geklärt."

„Hoffentlich."

Sie klingelte an der Tür, das übliche Klopfen der Polizei vermeidend, und wartete.

„Oh." Alison hatte geweint. Ihre Augen hellten sich auf. „Gibt es etwas Neues?"

„Tut mir leid, nein", sagte Zoe. „Wir müssen Ihnen noch ein paar Fragen stellen, wenn Sie nichts dagegen haben."

Alisons Gesichtsausdruck kehrte in Niedergeschlagenheit um. „Natürlich." Sie trat zurück, um sie durchzulassen.

„Das Haus war still. „Hat man Ihnen einen neuen Verbindungsbeamten zugeteilt?", fragte Zoe.

„PC Lark. Ja." Alison sah nicht glücklich aus. „Sie ist oben und lässt mir etwas Freiraum."

„Ist Ihr Mann da?", fragte Mo.

„Er ist vor ein paar Stunden gegangen, er musste auf die Wache."

Zoe tauschte einen Blick mit Mo.

Sie folgten Alison ins Wohnzimmer, wo sie das Oberlicht einschaltete. Ihr Spiegelbild wurde von den hohen Fenstern zurückgeworfen.

„Tut mir leid", sagte Alison. Sie zog die Vorhänge zu. „Möchten Sie etwas trinken?"

Zoe lächelte sie an. „Machen Sie sich keine Umstände. Es wird nicht lange dauern."

„Oh, also gut." Alison stand vor den beiden und zupfte an den Ärmeln ihrer Strickjacke. Die Säume waren fadenscheinig.

„Es wäre vielleicht das Beste, wenn wir uns setzen", sagte Mo.

„Natürlich." Alison gestikulierte in Richtung des Sofas.

Zoe und Mo setzten sich nebeneinander, während Alison den Sessel nahm. „Wie kann ich helfen?"

„Sie arbeiten als Lehrassistentin an der Pennfield-Schule, stimmt das?", fragte Zoe.

„Sie waren dort. Deborah hat es mir erzählt. Ist alles in Ordnung?"

„Haben Sie noch einen anderen Job, einen Zweitjob?"

Alison runzelte die Stirn.

„Ich verstehe, dass Sie es vielleicht nicht gemeldet haben. Darüber machen wir uns keine Sorgen, Sie werden keinen Ärger bekommen. Aber arbeiten Sie auch für Cleanways als Reinigungskraft?"

Alison starrte sie an. „Nein."

„Sind Sie sicher?", fragte Mo. „Zwei Jobs können helfen, über die Runden zu kommen."

„Ian verdient gutes Geld als Sergeant. Und mein TA-Gehalt ist in Ordnung. Ich brauche keinen zweiten Job."

„Es ist nur so, dass wir ein Foto von Ihnen auf der Website dieser Firma gesehen haben", sagte Zoe.

„Das ist unmöglich." Alison zupfte fester an ihrem Ärmel. „Welche Firma?"

„Cleanways", sagte Zoe. Sie nahm ihr Handy heraus und fand die Website. Sie hielt die Seite mit Alisons Foto hoch.

„Das bin ich nicht."

„Sind Sie sicher? Zoe schaute es an. Das Foto war klein auf ihrem Bildschirm. „Es sieht aus wie Sie."

Alison sah zu Zoe auf. Ihre Pupillen waren geweitet, ihr Blick hart. „Ich bin es nicht."

KAPITEL SECHSUNDFÜNFZIG

Ollie lag schlafend auf dem Bett. Maddy hatte den Mut aufgebracht, die Vorhänge leicht zu öffnen, nur ein wenig, und stand am Fenster.

Das Zimmer blickte auf eine Gasse, dann auf einen Zaun und auf einen Parkplatz. Nicht wie ihr eigenes Zimmer mit Blick auf den Garten. Eine große Straßenlaterne leuchtete direkt vor der Tür und färbte die Gasse orange. Ein Mann ging sie entlang und trug eine schwere Tasche. Sie fragte sich, ob er aus dieser Wohnung stammte, oder ob er einfach nur vorbeiging.

Sie schaute am Parkplatz vorbei und versuchte herauszufinden, wo dieser Ort lag. Es kam ihr nicht bekannt vor. Es gab keine Geschäfte, die sie wiedererkannte, keine Straßenschilder. Sie könnte überall sein.

Sie hörte ein Geräusch hinter sich und drehte sich um, um zu sehen, dass die Schlafzimmertür geöffnet wurde. Ihr Entführer war zurück, das Gesicht von der Kapuze verdeckt.

Maddy zog sich ans Fenster zurück, ihr Blick wanderte zu Ollie auf dem Bett.

„Tun Sie ihm nicht weh."

Der Mann senkte seine Kapuze. Der Raum war dunkel und Maddy konnte seine Gesichtszüge nicht erkennen.

„Ich werde ihm nicht wehtun, solange du dort bleibst."

Maddy verkrampfte sich. Es war die Stimme einer Frau. Sie starrte Ollie an, plötzlich kalt. Einerseits könnte die Frau Ollie verletzen, wenn sie sich bewegte. Auf der anderen Seite musste sie ihn beschützen.

Sie machte einen Schritt nach vorne.

„Ich sagte doch, du sollst dich nicht bewegen."

Die Stimme der Frau war ruhig. Nicht wütend, aber bestimmt. Maddy wollte sie nicht wütend machen.

„Machen Sie es mit mir", sagte sie.

„Was mit dir machen?"

„Was auch immer Sie mit Ollie vorhaben. Machen Sie es stattdessen mit mir."

Die Frau seufzte. „Ich werde ihm nichts antun. Oder dir. Ihr seid zu wertvoll."

Maddy runzelte die Stirn.

Die Frau ging zum Bett und beobachtete Ollie beim Schlafen. Maddy folgte ihrem Blick, ihr Herz klopfte in ihren Ohren. Sie hörte sich selbst einen kleinen Laut von sich geben, einen Schrei.

Die Frau drehte sich um. „Pssst."

Maddy schluckte den Kloß in ihrem Hals hinunter. „Tun Sie ihm nicht weh."

Die Frau beugte sich vor und hob Ollie auf. Maddy schnappte nach Luft. Sie rannte vorwärts. Die Frau streckte eine Hand aus, die sie aufhielt.

„Wenn du dort bleibst, wird er nicht verletzt."

Maddy kämpfte mit den Tränen. Sie musste stark sein.

„Gutes Mädchen. Er wird beeindruckt sein."

KAPITEL SECHSUNDFÜNFZIG

„Ollie?"

„Du wirst schon sehen."

Ollie bewegte sich in den Armen der Frau. Maddy hielt den Atem an und wartete darauf, dass er schreien würde. Die Frau schob sich zur Tür und ließ sich selbst hinaus. Ollie öffnete seine Augen und sah zu ihr auf.

„Ols", sagte Maddy. Die Frau hob erneut einen Finger an ihre Lippen und schloss die Tür hinter sich.

Maddy rannte zur Tür und riss an der Klinke. Sie war verschlossen. Auf der anderen Seite schrie Ollie.

Ollies Schreie wurden leiser, als die Frau ihn wegbrachte.

KAPITEL SIEBENUNDFÜNFZIG

Zoe kam nicht zur Ruhe. Sie war von den Osmans nach Hause gefahren und hatte versucht, fernzusehen, aber ihr Kopf war zu sehr mit dem Fall beschäftigt. Nicholas war wieder unterwegs, um sich mit Zaf einen Film anzuschauen.

Schließlich gab sie auf und fuhr zu Mos Haus.

Sie klopfte an die Tür und kratzte sich an ihrer Handfläche.

Die Tür öffnete sich und eine große blonde Frau stand im warmen Licht.

„Zoe."

„Hi, Catriona. Ist Mo da?"

„Er ist oben und bringt die Mädchen ins Bett. Ist etwas passiert?"

„Ich habe euch zu einem schlechten Zeitpunkt erwischt."

„Nein. Es ist schon in Ordnung. Komm rein."

Catriona ließ Zoe passieren und schloss die Tür hinter ihr. Sie fröstelte. „Es ist eiskalt da draußen."

„Ja", antwortete Zoe. Sie hatte es nicht bemerkt.

„Komm mit in die Küche."

KAPITEL SIEBENUNDFÜNFZIG

Zoe folgte Mos Frau in eine moderne Küche. In der Ecke rumpelte ein Geschirrspüler. Die Arbeitsflächen waren sauber und aufgeräumt, die Türfronten blitzten. So ganz anders als ihre eigene Küche.

„Kaffee?" Catriona griff in einen Schrank und holte eine Tüte heraus.

„Bitte. Störe ich euch wirklich nicht?"

Catriona schüttete Kaffee in die Filtermaschine und wandte sich an Zoe. „Ihr zwei steckt in den letzten fünfzehn Jahren wie Pech und Schwefel zusammen. Ich bin daran gewöhnt."

Zoe lächelte. „Danke. Wie geht es den Mädchen?"

„Gut. Fiona hat in der Schule ein paar Probleme mit Mobbing, aber wir arbeiten daran."

„Darauf wette ich." Zoe wäre nur ungern die Lehrerin, die sich mit Dr. Catriona Denney auseinandersetzen müsste. Sie war seit zwölf Jahren Hausärztin und die effizienteste Frau, die Zoe kannte.

„Zo." Mo stand an der Tür und krempelte seine Hemdsärmel herunter. „Ich habe die Tür nicht gehört."

„Ich lasse euch beide allein." Catriona verließ den Raum.

„Was ist passiert?", fragte Mo. „Ist es Alison?"

Zoe schüttelte den Kopf. „Ich musste nur nachdenken."

„Und das kannst du am besten in meiner Küche."

„Ich denke am besten, wenn ich dich habe, an dem ich meine Gedanken abprallen lassen kann."

„OK. lass es prallen."

„Der Kaffee wird meinem Gehirn auf die Sprünge helfen."

„Oh. Natürlich." Er ging zur Maschine und schenkte zwei Becher ein. Zoe hob eine Augenbraue. Normalerweise rührte er abends kein Koffein an. Er warf ihr einen abschätzigen Blick zu und stellte ihren Becher vor ihr ab.

„Grainger ist also eine Sackgasse", sagte sie. „Sein Alibi ist so engmaschig wie Rhodris Hose."

„Wir haben ja noch die Reinigungsfirma."

„Alison schwört, dass sie nicht für sie arbeitet."

„Sie könnte lügen."

„Das könnte sie. Aber ich habe die ganze Zeit auf ihr Gesicht geschaut, als wir das durchgegangen sind. Sie sah geschockt aus."

„Sie könnte gut darin sein, sich zu verstellen."

Zoe lehnte sich über die Arbeitsplatte und pustete auf ihre Tasse. „Das könnte sie. Aber ich glaube nicht, dass sie es ist. Ich kann es in meinen Fingerspitzen spüren, sie ist ein Nervenbündel."

„Jemand, der die Polizei anlügt, dass seine Kinder entführt wurden, wäre ein Nervenbündel."

Zoe beäugte ihren Freund. „Du bist manchmal wirklich sehr zynisch."

Er zuckte die Achseln. „Ich bin Bulle. Das bringt der Job mit sich."

Sie nahm ihren Kaffee in die Hand und nippte daran. „Der ist gut."

„Cat hat immer welchen da, speziell für den Fall, dass du vorbeikommst."

„Wirklich?"

Er nickte.

„Du trinkst ihn auch", sagte sie.

„Ich leiste dir Gesellschaft."

„Bin ich jetzt jemand, den du verhätscheln musst?"

Er richtete sich auf. „Ich will dich nicht verhätscheln, Boss."

„Nenn mich nicht so. Du weißt, dass ich das nicht mag."

KAPITEL SIEBENUNDFÜNFZIG

„Entschuldigung. Zo. Du bist wütend. Du bist frustriert. Lass es nicht an mir aus."

„Ja. Tut mir leid." Sie nahm einen langen Schluck von dem Kaffee. Er war wirklich sehr gut.

„Wenn es also nicht Grainger war", sagte sie, „und die Sache mit der Reinigungsfirma ein Fehlschlag ist, was dann?"

„Kein kompletter Fehlschlag."

„Nicht ganz, nein. Wir fahren morgen früh dort vorbei. Ich nehme Connie mit."

Mo stellte seinen Becher sehr vorsichtig auf den Tresen. „Wir müssen die Alternative in Betracht ziehen."

„Welches wäre das?"

Er zögerte. „Canary. Shand und Petersen."

Sie spürte, wie ihr Herz einen Schlag aussetzte. „Darüber habe ich nachgedacht." Sie schloss ihre Hand fester um den Becher. „Aber Ollie ist zu jung. Die Altersspanne, auf die sie abgezielt haben, war von vorpubertär bis sechzehn."

„Maddy ist zwölf."

„Glaubst du, sie würden beide mitnehmen, um an sie heranzukommen?"

Er zuckte mit den Schultern.

„Wir haben keine Beweise, dass einer von ihnen beteiligt war. Weder Petersen, noch Shand."

„Oder Hamm", sagte Mo mit leiser Stimme.

„Nein."

„Nein", wiederholte er.

„Also, was machen wir jetzt?"

Mo sah auf. „Du bist der SIO."

„Alle Kinder, die sie sich gegriffen haben, waren Pflegekinder. Die Art von Kindern, die niemand vermissen würde, oder von denen man annehmen würde, dass sie weggelaufen sind.

Ollie und Maddy kommen aus einer liebevollen Familie. Einer Familie, in der ein Polizist lebt, zum Donnerwetter."

„Ein Polizeibeamter, gegen den ermittelt wird." Mo stellte seinen Becher ab und zog eine Grimasse. „Ich weiß nicht, wie du das Zeug trinken kannst."

Sie griff nach seinem Becher und kippte den Inhalt in ihren eigenen. „Danke."

„Vielleicht bilden wir uns das nur ein, Boss."

Sie hob eine Augenbraue. Er verzog das Gesicht.

„Das hoffe ich doch sehr", sagte sie. „Es gibt keinen stichhaltigen Grund zu glauben, dass die Canary-Bande etwas damit zu tun hat. Es ist nur das Timing, das ist alles."

„Und Reynolds."

Sie zitterte. Der Lieferwagen von Reynolds Contracting. War Ian auf die gleiche Weise bezahlt worden wie ACC Jackson, hatte Hamm Stuart Reynolds mit der Arbeit an seinem Haus beauftragt?

„Ja. Aber die Reinigungsfirma ist im Moment unsere stärkste Spur."

„Hoffen wir es", sagte Mo.

Zoe nickte, ihr Kaffee war plötzlich nicht mehr genießbar.

KAPITEL ACHTUNDFÜNFZIG

Connie schlich ins Büro. Mo war schon da, sonst niemand.

„Morgen, Connie."

„Morgen, Sergeant."

„Ich glaube, die Chefin möchte, dass du heute Morgen mit ihr zur Reinigungsfirma gehst. Sie wird bald da sein."

„Kein Problem. Ich muss nur die Social Media Feeds überprüfen."

„Natürlich."

Er ging in das innere Büro und schloss die Tür. Durch die Glastür sah sie, wie er sich an den Schreibtisch setzte und den Hörer abnahm.

Connie musste alle Social-Media-Konten und E-Mails der Osmans durchgehen, bevor die Chefin eintraf. Sie ließ sich auf ihrem Stuhl nieder und schaltete ihren PC ein.

Sie scrollte durch die Feeds der sozialen Medien. Weitere Nachrichten von besorgten Freunden, eine Reihe von Werbeanzeigen. Nachrichten waren keine eingegangen.

Sie wechselte zu den E-Mails. Die von Ian war unauffällig,

irgendetwas über eine neue Kreditkarte, die Bestätigung einer Amazon-Bestellung und eine ganze Menge Spam. Sie fragte sich immer wieder, warum die Leute ihre Spam-Filter nicht verstärkten.

Sie wechselte zu Alisons E-Mails und öffnete die erste. Sie kam von einer Adresse, die sie nicht kannte. Sie enthielt einen Anhang. Connie überprüfte den Dateityp und klickte ihn an.

Es war ein Foto.

Connie stand auf. Ihr Blick blieb auf dem Bildschirm haften.

„Boss!"

Mo war in sein Gespräch vertieft.

Sie stieß die Tür zum Büro auf. „Boss!"

Er blickte auf und hielt die Hand über das Telefon. „Was?"

Sie winkte ihn heraus, ihre Bewegungen waren wild.

„Das musst du sehen."

Er eilte zu ihrem Schreibtisch. Sie beobachtete sein Gesicht, als er auf das, was auf dem Bildschirm zu sehen war, reagierte.

„Oh mein Gott", hauchte er.

KAPITEL NEUNUNDFÜNFZIG

Zoe verließ das Haus früh. Sie hatte Zeit für einen Umweg, und Reynolds' Unternehmen war nicht weit entfernt.

Sie wendete ihr Auto in Richtung des kleinen Industriegebiets, von dem aus er arbeitete, und versuchte sich einzureden, dass es nur ein Zufall war, dass sein Lieferwagen vor dem Haus der Osmans gestanden hatte. Sicherlich ging der Mann auch legaler Arbeit nach.

Aber Ian war Polizist und es wurde gegen ihn ermittelt. Das war kein Zufall.

Sie hielt am Ende der Straße, die in das Gebiet führte, an und betrachtete Reynolds' Gebäude. Draußen war ein Lieferwagen geparkt, der identisch mit dem war, den sie bei den Osmans gesehen hatte.

Als sie aus ihrem Auto ausstieg, klingelte ihr Telefon.

„Boss, ich bin's, Mo."

„Mo, ich bin noch einmal durchgegangen, worüber wir gestern Abend gesprochen haben. Ich stehe vor Reynolds' Laden. Ich will herausfinden, warum er für die Osmans arbeitet. Du wartest doch nicht im Café auf mich, oder?"

„Ich bin im Büro. Lass alles stehen und liegen und komm sofort hierher."

Mo fühlte sich immer wohler mit ihrer Beförderung, aber er war noch nie so weit gegangen, Befehle zu erteilen.

Sie schlüpfte zurück in ihr Auto und drehte den Schlüssel im Zündschloss. „Warum?"

„Es ist Ollie Osman, Boss. Wir glauben, er wurde freigelassen."

KAPITEL SECHZIG

„Zeigt es mir", bellte Zoe, als sie ins Büro rannte. Alle drei Mitglieder ihres Teams hatten das gleiche Foto auf ihren Monitoren.

Es zeigte einen kleinen Jungen, der in einer Telefonzelle auf dem Boden kauerte.

„Ist er das wirklich?"

„Blondes Haar, ungefähr die richtige Größe", sagte Connie.

Das Gesicht des Jungen war nicht zu erkennen.

„Wann wurde es geschickt?"

„Vor einer Stunde."

Es war jetzt sieben Uhr zwanzig. Auf Birminghams Straßen herrschte Hochbetrieb. Ollie könnte sich von der Telefonzelle wegbewegt haben. Oder der Kidnapper hatte ihn woanders hingebracht.

„Wir müssen diese Telefonzelle identifizieren", sagte Zoe.

„Wir arbeiten bereits daran", sagte Connie.

Zoe lehnte sich an Mos Bildschirm und zoomte an das Foto heran. Es war eine gläserne Telefonzelle, die an einer Straßenecke stand. Dahinter war die Straße ruhig, nur ein Auto parkte auf der anderen Seite.

„Dieses Auto", sagte sie. „Wir müssen es identifizieren."

„Vielleicht ist es nur dort geparkt", sagte Mo.

„Vielleicht aber auch nicht." Zoe sah auf. „Rhodri, besorg die Nummernschilder des Wagens und finden Sie heraus, auf wen er zugelassen ist."

Hinter dem Auto befand sich eine Reihe von Geschäften. Ein Postamt, ein SPAR und ein weiteres mit einem undeutlichen roten Schild.

„Weiß jemand, wo das ist?", fragte Zoe.

„Tut mir leid, Boss", sagte Mo.

Sie biss sich auf den Daumen und starrte das Bild an. „Wo sollen wir anfangen?"

„Ich bin bei Google Streetview", sagte Connie. „Und auf der Webseite der Post."

„Gut. Lasst in der Zwischenzeit alle hierherkommen und sehen, ob jemand es identifiziert."

„Es könnte überall in der Stadt sein", sagte Mo. „Ich schlage vor, wir schicken es an alle örtlichen Kripo-Behörden, mal sehen, ob es jemand kennt."

Zoe gefiel der Gedanke nicht, ein Foto dieses schutzbedürftigen Kindes an alle Polizeistationen der Stadt zu schicken, vor allem in Anbetracht von Ian Osmans Situation. Sie presste ihren Daumen zwischen die Zähne.

„Tu es", sagte sie. „Aber Kings Norton ..."

„Mach dir keine Sorgen", sagte Mo. „Wir werden das mit Fingerspitzengefühl handhaben."

Zoe nickte, ihr Kopf war leicht. Ihre Gedanken überschlugen sich. *War* das Ollie? Warum hatte der Kidnapper ihn gehen lassen? War es eine Falle?

Und wenn Ollie entlassen worden war, was bedeutete das für Maddy?

Sie sah hilflos zu, wie ihr Team Anrufe tätigte und Webseiten durchsuchte. Sie schaute mit zusammengekniffenen Augen auf den Bildschirm.

Das rote Schild am dritten Geschäft kam ihr bekannt vor.

„Warte", sagte sie. Sie zeigte auf den Bildschirm. „Das ist ein Buchmacher. Google das. Binghams."

„Verstanden, Boss", sagte Connie. Sie lehnte sich in ihrem Stuhl nach vorne und konzentrierte sich auf ihren Monitor.

Zoe umrundete den Schreibtisch und stellte sich neben sie, als die Suchergebnisse angezeigt wurden. Connie stieß einen triumphierenden Schrei aus.

„Ich hab's!" Sie sah auf und bemerkte Zoe neben sich. „Entschuldigung. Binghams Buchmacher, gleich bei der Ladypool Road."

Zoe rannte zur Tür. „Mo, ruf die Uniformierten. Wir werden Verstärkung brauchen. Rhodri, wie schnell kannst du laufen?"

KAPITEL EINUNDSECHZIG

Alison öffnete erwartungsvoll die Tür.

„Oh."

„Tut mir leid. Ist Ihr Mann da?"

„Er ist im Bett."

„Holen Sie ihn bitte, ja? Ich will mit ihm reden."

„Geht es um das Dach?"

„Ja. Irgendwie schon."

Sie nickte. „Kommen Sie herein."

„Schon in Ordnung. Ich warte hier."

„Ich weiß, dass die Polizei gesagt hat, wir sollen die Arbeit einstellen. Es tut mir leid, wenn Ihnen das Probleme bereitet hat. Aber ..."

Er blinzelte sie an. „Holen Sie bitte Ihren Mann."

„OK. Tut mir leid."

Sie legte die Kette vor die Tür. Stuart Reynolds war schon oft in ihrem Haus gewesen. Einer seiner Jungs hatte die Klempnerarbeiten im neuen Badezimmer gemacht, und er hatte mit ihr und Ian am Esstisch gesessen, als sie den Preis für die Dacharbeiten durchgegangen waren. Aber so hatte er noch

KAPITEL EINUNDSECHZIG

nie mit ihr gesprochen.

Sie rüttelte Ian wach.

„Ian, Schatz, da ist jemand, der dich sehen will."

Ian grunzte. „Wa?"

„Tut mir leid. Er will nicht mit mir reden."

„Scheiße. Ich bin todmüde."

Das bin ich auch, dachte sie. In den letzten drei Tagen hatte sie nicht mehr als drei Stunden geschlafen. Aber hier war sie, stand als Erste auf, wurde von der Verbindungsbeamtin beobachtet, musste sich mit Besuch von der Kripo herumschlagen, während er Gott weiß wohin verschwand.

„Rede einfach mit ihm. Er will wahrscheinlich nur klären, wie es mit dem Dach weitergeht."

Ian setzte sich im Bett auf. „Was?"

„Sie haben uns gezwungen, die Arbeit seines Teams zu stoppen."

„Ist es Reynolds?"

„Ja."

„Scheiße." Er sprang aus dem Bett und zog sich eine Jeans an. Er donnerte die Treppe hinunter und wäre in seiner Eile fast gestürzt.

„Vorsichtig", sagte sie. Er hob eine Hand, um sie zum Schweigen zu bringen.

Am Fuß der Treppe hielt Ian inne. Er nahm sich einen Moment Zeit, um sich im Spiegel zu betrachten, dann zog er an der Kette und öffnete die Tür.

„Was wollen Sie?"

Sie konnte nicht verstehen, was Reynolds sagte.

„In Ordnung", sagte Ian.

Ian schob sich durch die Eingangstür und schloss sie hinter sich.

Alison ließ sich auf die unterste Stufe sinken und starrte auf die Tür. Was ging hier vor?

KAPITEL ZWEIUNDSECHZIG

Zwei Streifenwagen kamen zur gleichen Zeit an wie Zoe und Rhodri. Sie parkten in einem Winkel auf der Straße und stiegen aus.

Zoe sah die Straße auf und ab. „Was? Hier gibt es keine Telefonzelle."

Vier Beamte stiegen aus den Streifenwagen. Ein Sergeant kam auf sie zu.

„Ma'am. Wonach suchen wir?"

„Ein kleiner Junge, in einer Telefonzelle. Gegenüber von dem Buchmacher."

Sie lief hinüber zum Buchmacher. Es war zwar derselbe, Binghams. Aber es gab keinen SPAR daneben, kein Postamt.

Sie wandte sich wieder an Rhodri. „Ruf im Büro an. Finde heraus, ob es zwei davon gibt."

Er hielt das Telefon an sein Ohr.

Zoe wandte sich an den Sergeant. „Kennen Sie diese Gegend?"

„Ich arbeite seit fünf Jahren hier, Ma'am."

„Gibt es noch einen Buchmacher wie diesen? Neben einem SPAR und einem Postamt."

Er runzelte die Stirn und blickte die Straße entlang. „Das war einmal."

„War einmal?"

„Er ist umgezogen. Wir haben es letztes Jahr geschlossen, weil nach hinten raus verkauft Drogen wurden. Es war eine Zeit lang geschlossen, dann hat es hier wieder eröffnet. Bis jetzt ist es sauber. Ist es das, worum es hier geht?"

„Nein. Wo ist der alte Standort?"

„Etwa eine Viertelmeile in diese Richtung."

Zoe packte Rhodri am Arm. „Er ist umgezogen. Wir müssen uns beeilen."

Sie nickte dem Sergeant zu, der zurück in sein Auto sprang.

„Wieder Ihr Auto, Boss?" fragte Rhodri.

„Spring rein."

Sie fuhren hinter den beiden Streifenwagen her. Rhodri war immer noch am Telefon und erklärte Connie, was passiert war.

„Hol Mo dran", sagte Zoe.

Mos Stimme kam durch den Lautsprecher. „Hast du ihn schon gefunden?"

„Noch nicht. Bleib in der Leitung. Wir müssen seine Eltern benachrichtigen, sobald wir ihn haben."

„Ich bleibe genau hier."

Sie trat auf die Bremse und fuhr fast auf den Streifenwagen auf, der plötzlich vor ihr angehalten hatte. Das war die Straße auf dem Foto. Sie war unverwechselbar.

Der SPAR, der Buchmacher, die Post ... die Telefonzelle.

Sie rannte dorthin. Zwei Polizisten liefen mit ihr, einer rief ihr zu, sie solle wegbleiben.

KAPITEL ZWEIUNDSECHZIG

Sie war leer.

Sie fühlte sich, als bliebe ihr die Luft weg.

Sie schaute die Straße rauf und runter, auf der Suche nach einem Zeichen von ihm.

„Er könnte weggelaufen sein", sagte sie. „Er könnte sich irgendwo verstecken."

Der Sergeant nickte und gab Anweisungen an sein Team. Sie schwärmten aus, klopften an Türen und durchsuchten Lücken zwischen Gebäuden. Einer von ihnen zog die Deckel von den Mülleimern.

Rhodri trat neben sie. Er starrte die uniformierten Beamten an. „Ich werde mich ihnen anschließen, Boss."

Zoe nickte. Tränen stachen ihr in die Augen. Wenn er hier zurückgelassen worden wäre und sich dann verlaufen hätte, oder schlimmer ...

Der Sergeant kam mit angespannter Miene auf sie zu. „Keine Spur, Ma'am."

Sie ging zu ihrem Auto zurück und wollte schreien.

KAPITEL DREIUNDSECHZIG

„Worum ging es da?" fragte Alison Ian, als er wieder hereinkam. Die Verbindungsbeamtin kam aus dem Wohnzimmer, wo sie auf dem Sofa geschlafen hatte.

Er zuckte zurück. „Nur um das Dach. Er will wissen, wann er wieder anfangen kann zu arbeiten."

„Meinst du nicht, dass wir uns um wichtigere Dinge kümmern müssen?"

„Das habe ich ihm auch gesagt." Er zog sie in die Küche. „Mach mich bitte nicht so fertig, Al. Es ist nicht meine Schuld."

Sie ließ sich gegen den Türrahmen sinken. Er hatte recht. Sie brauchte einen Fokus für ihre Gefühle, die sich von Moment zu Moment änderten. Ian war das nächstgelegene Ziel.

„Tut mir leid."

Er nahm sie in die Arme. Sie ließ den Kopf sinken und lehnte sich an seine Brust. „Sie tun alles, was sie können, Liebes", sagte er.

„Es ist drei Tage her."

„Ich weiß."

Sie löste sich von ihm und versuchte, die weniger als drei Meter entfernte PC Lark zu ignorieren. „Müssen wir es wirklich tun?"

Seine Augen verengten sich. „Was tun?"

„Was sie gesagt haben. In dieser Nachricht."

Er packte ihre Handgelenke. „Nein, Alison. Nein, Wir werden uns nicht zwischen ihnen entscheiden."

Sie nickte und ihre Kehle wurde eng. „Was, wenn beide sterben, weil wir nicht stark genug waren?"

Er hob ihre Hände hoch und legte sie auf sein Gesicht. „Du *bist* stark. Sie werden nicht sterben."

„Wie kannst du das sagen?"

„Ich weiß, wie die Kripo arbeitet. Die sind gut. Glaubst du, ich hätte diese DI nicht überprüft?"

„Was hast du über sie herausgefunden?"

„Sie hat an dem Canary-Fall gearbeitet. Hat geholfen, ihn aufzuklären. Der Mord an dem ACC. Sie ist gut."

„Canary. Du glaubst doch nicht, dass ...?"

Er schloss die Augen. „Das dürfen wir nicht einmal denken, Al."

„Ich kann nicht aufhören. Ich liege nachts wach. Und alles, woran ich denken kann, ist, was mit ihnen geschehen könnte."

Er öffnete die Augen. „Ich weiß. Es geht mir genauso."

Es klopfte an der Eingangstür. Ian errötete. „Verdammter Reynolds. Wenn er zurück ist, um ..." Er schritt zur Haustür, schob PC Lark zur Seite und riss sie auf. Er schnappte nach Luft.

„Was ist es?" fragte Alison. „Reynolds?"

„Nein, Liebes. Oh mein Gott!"

„Was?" Sie spürte, wie sich ihr Inneres nach außen wandte. Sie war verängstigt.

Er wandte sich ihr zu. Er weinte. Und lächelte. Sie runzelte die Stirn.

„Es ist Ollie", sagte er.

KAPITEL VIERUNDSECHZIG

Zoe warf sich auf den Vordersitz des Wagens. Rhodri rutschte auf den Beifahrersitz.

„Was nun, Boss?"

„Ich weiß es nicht."

„Es muss doch etwas geben."

„Du hast recht, Rhodri. Es muss etwas geben. Aber ich habe keinen blassen Schimmer, was."

Die beiden Streifenwagen waren immer noch da, und zwei weitere waren hinzugekommen. Uniformierte Beamte hatten die Straße abgesperrt und waren dabei, die Gegend systematisch zu durchsuchen. Sie musste dort hingehen und helfen, das Ganze zu leiten.

Sie starrte die Beamten an. „Entweder ist er von der Telefonzelle weggelaufen, oder sie haben ihn woanders hingebracht. Wir müssen ihn finden."

„Jemand anderes könnte ihn haben, Boss."

„Was meinst du?"

„Er wurde mitten auf der Straße allein gelassen. Vielleicht kümmert sich jemand um ihn."

Sie ballte und löste ihre Fäuste und grub ihre Fingernägel in ihre Handflächen.

„Oder schlimmer", sagte Rhodri. Zoe warf ihm einen Blick zu.

„Gott hilf mir, es kann nicht sein, dass hier zwei Leute kleine Jungs entführen", sagte Zoe. „Wir müssen davon ausgehen, dass er sich entweder irgendwo versteckt, oder dass es eine Falle war."

„Wenn er hier in der Nähe ist, werden sie ihn finden."

„Hoffen wir es."

Ihr Telefon klingelte.

„DI Finch." Sie schloss ihre Augen.

„Zoe, ich bin's, DCI Clarke. Wo sind Sie?"

„Außerhalb einer Telefonzelle in Sparkbrook, Ma'am. Wir dachten, Ollie Osman sei hier zurückgelassen worden."

„Er ist nicht da."

„Nein. Haben die Uniformierten es Ihnen gesagt?"

„Er ist zu Hause."

Zoe setzte sich aufrecht hin. „Was?"

„Wir haben einen Anruf von PC Lark erhalten. Ollie ist wieder zu Hause aufgetaucht."

KAPITEL FÜNFUNDSECHZIG

Ian Osman ließ Zoe mit einem gezwungenen Lächeln im Gesicht herein. Zoe nickte ihm zu. Ihr erster Instinkt war, ihm zu Ollies Rückkehr zu gratulieren. Aber Maddy war immer noch verschwunden.

„Was ist passiert?", fragte sie, als sie das Wohnzimmer erreichten. Ollie lag in eine Decke eingewickelt auf dem Sofa, Alison hatte die Arme um ihn geschlungen. PC Lark saß am Esstisch. Sie nickte Zoe und Rhodri kurz zu.

„Lassen Sie uns in die Küche gehen", sagte Ian.

„Natürlich." Zoe senkte ihre Stimme. „Ist er verletzt worden? Braucht er medizinische Hilfe?"

„Körperlich hat er keinen einzigen Kratzer." Ian schloss die Tür zum Wohnzimmer und führte sie in die Küche. „Geistig, wer weiß ..."

Zoe nickte. „Ihr Hausarzt wird Ihnen dabei helfen können. Wir werden eine Fallmanagementgruppe einrichten und dafür sorgen, dass er die Unterstützung bekommt, die er braucht."

Ian starrte sie an. „Was ist mit Maddy?"

Auf diese Frage hatte Zoe gewartet. „Wir suchen immer

noch nach ihr. Meinen Sie, Ollie ist bereit, mit uns zu reden? Das ist die beste Chance, die wir haben."

„Er hat noch kein Wort gesprochen, seit er zurück ist."

Das war kaum eine Überraschung. Der Junge war vier Jahre alt und hatte eine Tortur hinter sich, die niemand einem Erwachsenen wünschen würde, geschweige denn einem kleinen Kind.

„Wo haben Sie ihn gefunden?", fragte sie.

Ian schaute aus dem Fenster. „Er saß auf dem Bürgersteig und lehnte an der Hauswand. Er weinte."

„Alleine?"

Ein Nicken.

„Haben Sie irgendwelche Autos kommen oder wegfahren sehen?"

Ein Flackern ging über Ians Gesicht. Er schüttelte den Kopf und starrte aus dem Fenster.

„Ist jemand zum Haus gekommen?"

Er wandte sich an sie. „Es hat an der Tür geklopft. Nur einmal, und es klang nicht wie ein normales Klopfen. Eher so, als wäre etwas dagegen geworfen worden."

Zoe nickte Rhodri zu, der den Raum verließ. Sie hörte, wie er die Eingangstür öffnete und wieder schloss.

„Sind Sie sicher, dass Sie nichts gesehen haben?", fragte sie.

Ian starrte sie an, sein Gesicht war blass. Sie wartete. Schließlich ließ er sich gegen die Arbeitsplatte sinken und rieb sich die Stirn.

„Stuart Reynolds kam etwas früher vorbei."

„Er ist Ihr Bauunternehmer."

„Ja." Ian sah ihr nicht in die Augen.

„Wie haben Sie ihn gefunden?"

KAPITEL FÜNFUNDSECHZIG

Er zuckte mit den Schultern. „Ich weiß nicht. Die Gelben Seiten vielleicht."

Niemand fand mehr einen Handwerker über die Gelben Seiten. „Sind Sie sicher?"

„Ich kann mich nicht erinnern. Er hat letztes Jahr unser Bad gemacht."

„Wurde er Ihnen von einem anderen Beamten empfohlen?"

Ian errötete im Nacken. „Nein. Wie kommen Sie denn darauf?"

„Die meisten Leute finden Dachdecker und sowas durch Mundpropaganda."

Er zuckte mit den Schultern. „Ich nicht."

„OK. Wann war er hier, und wie viel Zeit lag dazwischen, bis Ollie auftauchte?"

„Es war kurz vor acht, als er hier ankam. Ich weiß das, weil Alison mich wecken musste. Und ich habe auf den Wecker geschaut." Er schniefte und schaute auf den Boden.

Rhodri tauchte wieder auf und hielt einen halben Ziegelstein in einer Tüte mit Beweismitteln in der Hand. „Ich schätze, das war es, Boss. Sie müssen ihn an die Tür geworfen haben. Und er war mit einem Zettel umwickelt."

Zoe nahm sie ihm ab. Sie entfaltete den Zettel, der sich in einer zweiten Tüte befand.

Ich habe für Sie gewählt.

Zoe spürte, wie sich ihr Magen zusammenzog.

Warum? Kidnapper verlangen normalerweise Geld. Entweder das, oder man hörte nie wieder etwas von ihnen. Warum wollte der Kidnapper nur ein Kind?

Sie wandte sich an Ian. „Wo waren Sie, als das an der Tür einschlug?"

„Was ist das?"

Sie seufzte und reichte Ian die Tüte mit den Beweismitteln. Er wurde grau.

„Maddy."

Zoe stieß einen Atemzug aus. „Wo waren Sie, Ian?" Sie streckte die Hand aus und nahm sie ihm wieder ab.

Er starrte auf den Zettel in ihren Händen. „Hier drin. Ich sprach mit Alison."

„Haben Sie etwas aus dem Fenster gesehen? Jemanden, der vorbeiging, den Weg hochkam?"

„Wir haben nicht aus dem Fenster geschaut."

„Und als Sie die Tür aufmachten, war da jemand?"

„Keiner."

„Stuart Reynolds war weg?"

„Da war keine Spur von seinem Wagen."

Sie seufzte. Stuart Reynolds würde auf jeden Fall Besuch bekommen.

„Ich weiß, dass es schwer ist, aber wenn Ollie mit uns reden könnte … Ich kann jemanden von der Kinderfürsorge holen, wir werden es hier mit Ihnen und seiner Mutter tun. Wir werden keinen Druck auf ihn ausüben."

„Ich sagte doch, er redet nicht."

„Sagen Sie mir bitte Bescheid, wenn sich das ändert."

„Was ist mit Maddy?"

„Wir suchen weiter nach ihr", sagte sie. „Wir haben die Telefonzelle abgesperrt, sie wird gerade untersucht. Und das Gleiche machen wir vor Ihrem Haus."

„Welche Telefonzelle?"

Zoe wurde klar, dass die Osmans keine Ahnung hatten. „Entschuldigung. Wir dachten, er sei heute Morgen an einer Telefonzelle abgesetzt worden. Als wir dort ankamen, war er verschwunden."

„Wovon reden Sie? Was haben Sie uns nicht gesagt?"

„Mein DCI rief mich an, um mir zu sagen, dass er zu Hause ist, während wir noch dort waren.

Ian warf einen Blick in Richtung des Wohnzimmers. „Sie haben ihn also in einer Telefonzelle entsorgt, ihn dann wieder gepackt und nach Hause gebracht. Warum sollten sie das tun?"

„Ich weiß es nicht."

„Na, dann finden Sie es doch heraus."

„Das werden wir, Sergeant Osman. Das werden wir."

KAPITEL SECHSUNDSECHZIG

Brian hörte die Eingangstür zu seiner Wohnung zuschlagen.
„Vic?"
„Ich bin's nur!", rief sie.
Aus der Küche ertönte ein Klappern, das Geräusch, wie sie den Kessel aufsetzte. Sie erschien an seiner Schlafzimmertür.
„Ich dachte, du musstest früh raus?", sagte er.
„Das musste ich. Deshalb bin ich hier und liege nicht wie du im Bett herum."
„Ich dachte, du meinst zur Arbeit."
„Nein. Was ist das hier, zwanzig Fragen?"
Er lächelte, setzte sich auf und griff nach ihr. Er zog sie auf das Bett hinunter. Sie roch gut.
„Wo warst du gestern Abend?", fragte sie. „Dein Curry ist im Kühlschrank."
„Ich weiß. Ich war nicht hungrig, als ich zurückkam."
„Wo warst du?"
„Ich war klettern."
„Ich dachte, du hättest die Nase voll von dem Laden."

KAPITEL SECHSUNDSECHZIG

„Ich bin es leid, Kurse für Anfänger zu geben. Selbst ein bisschen klettern, ist eine ganz andere Sache."

Sie nickte und lehnte sich an ihn. „Hast du dir schon überlegt, was du an deinem Geburtstag machen willst?"

Er zog ihr langes Haar zur Seite und küsste ihr Ohr. Ihre Haut war blass und glatt, mit einem einzigen Muttermal direkt an der Spitze ihres Ohrs. Er strich mit den Fingern über die Spitze seines eigenen Ohrs, über die Stelle, wo Erfrierungen Spuren hinterlassen hatten.

„Das ist noch zwei Tage hin."

Sie drehte sich abrupt um. „Ich weiß." Ihre Augen funkelten.

„Vic ..."

„Was?"

„Was du neulich gesagt hast, ob wir Kinder haben wollen."

Sie lehnte sich zurück, ihre Augen waren gesenkt. Sie sagte nichts.

„Vielleicht können wir adoptieren", sagte er.

Sie zuckte mit den Schultern und wich seinem Blick aus.

„Nur weil die Behandlung nicht funktioniert hat, heißt das nicht, dass wir keine Kinder haben können."

„Vielleicht", antwortete sie.

„Wir würden kein Baby bekommen", sagte er. „Aber wir sind vernünftig genug, um uns um ein älteres Kind zu kümmern, nicht wahr?"

Sie sah ihm in die Augen. „Meinst du?"

„Ja."

„Selbst ein Kind mit Problemen?", fragte sie.

Er seufzte. Alle Kinder, die zur Adoption freigegeben wurden, wären Kinder mit Problemen. „Ich habe selbst viele Probleme gehabt. Ich kenne das, ich wäre dafür gerüstet."

Sie streichelte die Spitze seines Ohres. Er versteifte sich, aber er stieß sie nicht weg wie im ersten Jahr ihrer Beziehung. Er trug bei der Arbeit immer eine Mütze, aber er gewöhnte sich langsam daran, dass sie seine Verletzungen ansah und sie sogar berührte.

„Hört sich an, als ob du perfekt wärst", sagte sie.

Er lächelte. „Gut. Ich bin froh, dass wir derselben Meinung sind."

KAPITEL SIEBENUNDSECHZIG

Alison ging hinter Ian, als er ihren Jungen die Treppe hinauftrug. Ollie lag schlaff in Ians Armen, wie eine Puppe.

Sie konnte ihre Augen nicht von ihm abwenden. Er war wie ein Festmahl, ein Festmahl, von dem sie dachte, sie würde es nie wieder genießen können. Ab und zu verspürte sie einen Stich der Freude, gefolgt von einem Stich des Schmerzes bei dem Gedanken, dass Maddy noch da draußen war.

Sie ging an Ian vorbei, der Ollie immer noch im Arm hielt, und ging ins Badezimmer. Sie ließ den Wasserhahn laufen und schüttete eine halbe Flasche von Ollies Lieblingsschaumbad ins Bad. Sie lächelte ihn an, schwenkte ihre Hand im Wasser und sang mit leiser Stimme.

Als das Bad voll war, küsste sie Ollies Kopf und nahm ihn ihrem Mann ab. Sie zog dem Jungen die Kleider aus, beobachtete sein Gesicht auf Anzeichen von Kummer und sang dabei. Er trug einen sauberen Pyjama. Die Polizei hatte um die Kleidung gebeten, die er getragen hatte, als er zurückkam. Sie sah zu, wie sie die Kleidung in Säcke packten und wegbrachten, und hatte einen Kloß im Hals.

Sie strich Ollie das Haar aus den Augen. Es musste geschnitten werden. Sie lächelte ihn an.

„Jetzt ist es Zeit für ein schönes Bad, mein Schatz. Mit viel Schaum." Seine Lippen zuckten, aber er lächelte nicht.

Sie tauchte ihre Hand ins Wasser, holte sie heraus und streichelte seine Schultern. Er wich zurück. Sie biss sich auf die Lippe und kämpfte gegen die Tränen an.

Sie musste ihn zum Reden bringen, hatte aber keine Ahnung, wie. Das Letzte, was sie tun wollte, war, ihn zu fragen, was er durchgemacht hatte, aber es zu verdrängen könnte genauso gefährlich sein. Es könnte sein ganzes Leben beeinflussen.

„Fertig?" Sie warf ihm einen aufmunternden Blick zu und hob ihn in die Badewanne. Normalerweise würde er entweder eintauchen oder sich versteifen, weil er nicht in Stimmung war. Heute war er schlaff und ließ sich ohne ein Wort von ihr hineinsetzen.

In der Wanne lehnte er sich an sie, ohne sich aufzusetzen oder mit den Beinen zu strampeln, wie er es normalerweise tat. Sie schnappte sich einen Schwamm und wusch ihn sanft ab, wobei ihre Augen seinen Körper nach Anzeichen von Missbrauch absuchten. Seine Haut war unversehrt, wenn auch schmutzig. Er zuckte nicht, als sie ihn berührte.

Ian stand in der Tür und sah zu. Leise Tränen liefen über seine Wangen. Alison sah zu ihm auf, unfähig zu lächeln.

Sie musste es versuchen. Sie musste ihrem Sohn zeigen, wie glücklich sie war, dass er wieder da war. Aber mit dem Schrecken über das, was er durchgemacht hatte, und der Angst, dass seine Schwester vielleicht nie zurückkommen würde, hatte sie das Gefühl, in ein schwarzes Loch zu fallen.

Ian trat vor. Er schnappte sich ein Badespielzeug, eine

Reihe von Bechern mit Löchern im Boden. Er begann ein lautes Spiel zu spielen, füllte sie und kippte sie wieder aus, als ob alles in Ordnung wäre.

Ollie sah zu, seine Augen waren stumpf. Er blinzelte zu Alison hinauf. Sie schaffte es kaum, nicht zu weinen.

KAPITEL ACHTUNDSECHZIG

Zoe setzte Rhodri im Büro ab und sagte ihm, er solle mit Mo an der Spurensicherung aus der Telefonzelle und dem Vorgarten der Osmans arbeiten. Connie stand bereits vor dem Haupteingang und wartete.

„Wie war er?", fragte sie, als sie einstieg und sich anschnallte.

„Redet nicht", sagte Zoe.

„Armer Kleiner. Er muss traumatisiert sein."

Zoe nickte und fuhr vom Parkplatz. Sie fuhren schweigend zu den Büros der Reinigungsfirma, jede in ihre eigenen Gedanken vertieft.

Drinnen war der Empfangsbereich nicht so sauber, wie Zoe es sich von einer Reinigungsfirma erhofft hätte. Es gab einen leeren Schreibtisch und einen Buzzer. Zoe drückte ihn.

Ein Mann kam aus einer Tür und wischte sich die Hände an einem Papierhandtuch ab. „Oh. Kann ich Ihnen helfen? Wir haben nicht viel Laufkundschaft."

„Ich bin Detective Inspector Finch, das ist Detective Constable Williams. Wir würden gerne mit dem Manager sprechen."

Der Mann versteifte sich. Er brauchte einen Moment, um sich die Hände abzuwischen, dann warf er das Handtuch in Richtung eines Mülleimers und verfehlte ihn.

„Er ist nicht hier."

Connie holte ihr Handy hervor. „Sind Sie Colin Clayton?"

„Wie kommen Sie darauf?"

„Weil das hier Ihr Foto auf der Webseite Ihres Unternehmens ist."

„Oh. Ja. Ja, ich bin es."

„In diesem Fall", sagte Zoe, „sind Sie der Manager."

Clayton wurde rot. „Ich dachte, Sie meinen den Dienstleiter. Wir haben eine ganze Reihe von Mädchen, die an der Rezeption arbeiten. Ich bin ausschließlich im Hintergrund tätig."

Connie räusperte sich, als sie ihr Telefon wieder in die Tasche steckte. Zoe lächelte Clayton an. „Möchten Sie hier oder drinnen reden?"

„Drinnen. Bitte." Er führte sie durch die Tür, durch die er gekommen war, sein Atem ging schwer. Sie gingen einen schmalen Korridor entlang und kamen zu einer mit kleinen Löchern gesprenkelten blauen Tür. Er fischte die Schlüssel aus seiner Tasche und schloss auf.

„Kommen Sie herein. Bitte entschuldigen Sie die Unordnung."

„Sieht so aus, als sollten Sie die Dienste Ihrer eigenen Firma in Anspruch nehmen", sagte Zoe.

„Wie gesagt, entschuldigen Sie die Unordnung. Das ist normalerweise nicht so."

Unordnung war eine Untertreibung. Der Raum war mit

Papierkram vollgestopft. Tassen bedeckten die Oberflächen, auf einigen wuchs Schimmel, und es roch nach saurer Milch. Zoe beschloss, sich nicht zu setzen.

„Putzen Sie für Hatton und Banerjee in der Colmore Row?", fragte Zoe.

„Ich fürchte, das ist vertraulich."

Zoe biss die Zähne zusammen. „Wir arbeiten an einer wichtigen Untersuchung, Sir. Bitte beantworten Sie meine Fragen."

„Ich habe diese Informationen nicht zur Hand. Tut mir leid."

„Dann finden Sie sie."

„Hmm." Er begann, den Papierkram auf seinem Schreibtisch zu durchforsten und warf dabei Akten auf den Boden. Als er sich ihnen wieder zuwandte, war das Büro noch unordentlicher.

„Tut mir leid", sagte er. „Ich kann den Papierkram nicht finden."

„Was ist mit dem Laptop?", fragte Connie. Sie deutete auf ein baufälliges Gerät, das auf einem Aktenschrank stand.

„Oh. Das. Das ist nicht meins." Er warf einen Blick darauf, dann drehte er sich wieder zu ihnen um und sah unbehaglich aus.

„Okay", sagte Zoe. „Lassen Sie mich Ihnen die Wahrheit sagen. Wir haben Grund zu der Annahme, dass einer Ihrer Mitarbeiter in ein schweres Verbrechen verwickelt sein könnte. Wenn Sie bei unseren Ermittlungen nicht kooperieren, könnten Sie verhaftet werden."

„Das glaube ich nicht."

„Wie bitte?"

„Ich kenne meine Rechte, DI ... Finch, nicht wahr? Sie bräuchten einen Durchsuchungsbefehl."

KAPITEL ACHTUNDSECHZIG

„Also gut."

Sein Gesicht hellte sich auf, ein Ausdruck des Triumphs erschien. Zoe fragte sich, wie es sich

auf seine Rechte auswirken würde, wenn sie ihn schlagen würde.

„Nun gut", sagte sie. „Wir kommen wieder."

KAPITEL NEUNUNDSECHZIG

David Randle verließ sein Büro im Lloyd House und machte sich auf den Weg in die Tiefgarage. Er vermisste Harborne, den Trubel bei der Leitung von Ermittlungen. Die Leitung der Kripo war zwar ein Aufstieg, aber die Politik begann ihn zu zermürben. Vor allem, wenn er sie mit seinen anderen Verpflichtungen in Einklang bringen musste.

Sein Telefon klingelte.

„Detective Superintendent Randle."

„Ich bin's."

„Woher haben Sie diese Nummer?"

Trevor Hamm spuckte ein Lachen aus. „Seien Sie kein Idiot, Randle. Nur weil Sie Ihre Nummer ändern, sind Sie noch lange nicht aus dem Schneider."

„Warten Sie einen Moment."

Randle eilte die Treppe hinunter, erwiderte die Grüße der Kollegen mit einem kurzen Nicken und sprang in seinen Audi.

„Weiter", sagte er.

„Ihr DI, diese Finch."

Randle umklammerte das Telefon. „Was ist mit ihr?"

KAPITEL NEUNUNDSECHZIG

„Pfeifen Sie sie zurück, hören Sie? Sie schnüffelt schon wieder herum."

„Ich bin nicht mehr ihr Boss."

„Doch, das sind Sie, verdammt noch mal. Sie sind an der Spitze. Sie sagen ihnen, sie sollen springen, und sie springen."

„Hat sie Sie besucht?"

„Mich nicht. Einer meiner Mitarbeiter."

„Wen?"

„Es geht um den Fall Osman, sie ist auf dem Holzweg. Sag ihr, sie soll sich woanders umgucken."

„Das ist ein bisschen vage."

„Sie sind jetzt plötzlich aalglatt, wo Sie Superintendent sind?"

Zwei Männer gingen an dem Auto vorbei und warfen einen Blick hinein. Randle beobachtete sie und fragte sich, ob sie von Professional Standards waren. „Seien Sie einfach etwas genauer", sagte er. „Dann kann ich vielleicht helfen."

„Sagen Sie ihr, dass sie sich von Industrieanlagen fernhalten soll. Da gibt es nichts zu sehen. Und wenn Sie schon dabei sind, reden Sie mit demjenigen, der Ian Osman beschattet."

„Ich habe keine Ahnung, ob jemand Ian Osman beschattet."

„Dann machen Sie es sich zur Aufgabe, das zu wissen, und kümmern Sie sich darum. Verstanden?"

Hamm legte auf, bevor Randle antworten konnte. Randle warf sein Telefon in das Handschuhfach, sein Kopf hämmerte.

KAPITEL SIEBZIG

„Ma'am."

Lesley saß im inneren Büro und schielte auf Zoes Tafel. Mo und der Rest des Teams waren draußen und versuchten, es nicht zu offensichtlich zu machen, dass sie hereinschauten.

Lesley sah sich um. „Ich mag Ihre Tafel."

„Danke."

„Ich habe früher stundenlang auf diese Dinger gestarrt, als ich noch ein DS war. Das ist immer noch nützlich. Das Unterbewusstsein hält sich daran fest. Es stellt Verbindungen her, ohne dass man es überhaupt merkt." Sie hob ihre Füße vom Schreibtisch und drehte sich im Stuhl. „Wie geht es den Osmans?"

„Wie zu erwarten war. Sie wollen sich freuen, dass Ollie wieder da ist, aber sie können es nicht zulassen, weil sie Angst haben, dass Maddy nicht nach Hause kommt.

„Warum, glauben Sie, hat er den Jungen früher freigelassen? Wir sollten doch noch einen weiteren Tag haben."

„Ich hoffe, das bedeutet nicht, dass es keine Hoffnung für Maddy gibt. Wir haben noch einen Tag Zeit."

KAPITEL SIEBZIG

„Wie wollen Sie sie finden?"

„Wir verfolgen einen Hinweis zu der Facebook-Nachricht. Das Reinigungsunternehmen der Buchhaltungsfirma. Wir dachten, dass Alison dort arbeitet, aber sie leugnet es."

„Sie hat einen anderen Job?"

„Sie sagte, dass es nicht so ist. Sie sagte, die Frau auf dem Foto sei nicht sie."

Lesley kramte in ihrer Tasche und holte eine Tüte Minzbonbons heraus. Sie hielt sie Zoe hin, die sich eines nahm.

„Welches Foto?"

„Die Webseite der Reinigungsfirma." Zoe knabberte an ihrem Minzbonbon. „Mitarbeiterin des Monats. Ich bin sicher, es ist Alison. Sie lügt uns an."

„Sie glauben also, dass das Ganze eine Art Falle ist."

Zoe lehnte sich gegen die Wand. Wenn Alison die ganze Sache nur vorgetäuscht hatte, wenn sie diese Nachricht selbst geschickt hatte, würde sich alles zusammenfügen.

Aber warum?

Sie starrte auf die Tafel.

„Ich habe eine Idee."

„Fahren Sie fort."

„Die Vaterschaft von Ollie."

„Die ist fraglich?"

„Alison hat uns gesagt, dass er von Benedict ist. Der Ex, der bei einem Kletterunfall ums Leben kam. Aber was, wenn er es nicht ist? Was, wenn er in Wirklichkeit von Ian ist?"

„Glauben Sie, sie sind Maddy losgeworden, damit sie eine glückliche kleine Familie ohne das Stiefkind sein können?"

Zoes Schultern sackten in sich zusammen. Sie hatten sicherlich nicht wie eine glückliche Familie ausgesehen, als sie sie verlassen hatte.

„Wir brauchen zwei Dinge", sagte sie.

„Dann hängen Sie nicht hier herum", sagte Lesley. „Schnappt sie euch."

KAPITEL EINUNDSIEBZIG

„Connie, komm mit." Zoe schnappte sich ihre Jacke und ging zur Tür.

„Alles in Ordnung, Boss?" fragte Mo.

„Wir haben einen Durchsuchungsbefehl für Cleanways. Ich möchte dort ankommen, bevor sie die Gelegenheit haben, Unterlagen zu vernichten."

„Glaubst du, dass er das tun wird?", fragte Connie.

„Er hatte etwas zu verbergen, soviel steht fest. Wir sollten nicht riskieren, es zu verlieren."

Connie folgte ihr zur Tür. Zoe drehte sich wieder zu Mo um.

„Ich möchte, dass du die Spurensicherung überprüfst."

„Etwas Bestimmtes?"

„Ja." Sie erklärte ihm, was sie brauchte: das zweite ihrer beiden Dinge.

„Gut." Mo nahm den Hörer ab.

„Komm." Zoe führte Connie aus dem Revier.

Diesmal waren sie weniger höflich. Anstatt im Empfangsbereich zu klingeln, hämmerte Zoe an die Tür, aus der Colin Clayton gekommen war.

„Hier ist DI Finch, Mr. Clayton. Wir sind zurück mit dem Durchsuchungsbefehl."

Keine Antwort.

Sie wandte sich an Connie. „Der Mistkerl hat sich verpisst. Tritt zurück."

Zoe wartete, bis Connie sich hinter die Rezeption zurückzog, dann betrachtete sie die Tür. Sie schürzte die Lippen und konzentrierte sich auf die schwächste Stelle. Hohe Tritte fielen ihr leicht, da sie Karate trainiert hatte. Und die Tür sah nicht besonders schwer aus.

Sie zielte und sie öffnete sich mit dem ersten Tritt.

Connies Gesicht erstrahlte. „Beeindruckend."

„Ich habe den zweiten Dan", sagte Zoe ihr.

„Was soll das heißen?"

„Karate. Schwarzer Gürtel. Möchte den dritten Dan machen, muss aber die Prüfung immer wieder verschieben."

„Cool."

Zoe bahnte sich ihren Weg durch die Tür. Sie eilten den Korridor entlang, durch den Clayton sie beim letzten Mal geführt hatte. Ein Mann kam aus einer Tür.

„Was ist hier los? Ich rufe die Polizei."

„Wir sind die Polizei. Ich schlage vor, Sie gehen zurück in Ihr Büro", schnauzte Zoe.

Der Mann zog sich zurück.

Die Tür zu Claytons Büro war ebenfalls verschlossen. Zwei gezielte Tritte brachten sie hinein.

„Dürfen wir das tun?", fragte Connie.

„Wir haben einen Durchsuchungsbefehl. Das geht schneller, als die Uniformen rauszurufen."

KAPITEL EINUNDSIEBZIG

Connie zuckte mit den Schultern.

Das Büro war genauso chaotisch wie zuvor. Zoe erlaubte sich einen Moment der Erleichterung. Sie hatte erwartet, dass es leer sein würde.

„Gut", sagte sie. „Finde etwas, in das wir das alles hineinpacken können. Ich würde es lieber auf dem Revier durcharbeiten."

„Boss." Connie schob einen metallenen Aktenschrank auf „Ich glaube, das ist es, was wir suchen."

Die oberste Schublade des Schranks trug ein Etikett mit der Aufschrift *Personal*. In der zweiten Schublade stand *Buchhaltung*.

Beide waren leer.

„Scheiße." Zoe fuhr sich mit der Faust durch die Haare. „Ich hätte es wissen müssen."

„Er hat genau das genommen, was wir brauchen."

„Ja, das hat er, verdammt." Zoe drehte sich um und musterte den Raum. „Das macht nichts. Es könnte etwas geben, das er in diesem Chaos übersehen hat. Nimm die Kiste da drüben und fang an, die Sachen zusammenzupacken."

KAPITEL ZWEIUNDSIEBZIG

Alison stand in der Küche, ihr Kopf war leer. Sie war hergekommen, um Ollie etwas zu essen zu bringen, aber sie konnte sich nicht erinnern, was er gerne aß.

„Geht es dir gut, Liebes? Du siehst müde aus." Ian stand in der Tür.

„Er ist hungrig. Ich weiß nicht, was ich ihm bringen soll."

Ian lächelte. „Hier. Lass mich."

Sie nickte und ging zurück ins Wohnzimmer, wo Ollie lustlos vor dem Fernseher lag. Er weigerte sich immer noch, zu sprechen, reagierte kaum auf sie. Sie ballte die Fäuste, als sie sich dem Sofa näherte, über dessen Lehne sein braunes Haar zu sehen war.

Er war eingeschlafen. Sie beobachtete ihn einen Moment lang, erleichtert, dass er für eine Weile Ruhe gefunden hatte, und zog sich dann in die Küche zurück.

„Gekochtes Ei und Toaststreifen", sagte Ian. „Sein Lieblingsessen." Er stand am Herd und beobachtete einen Topf mit kochendem Wasser.

„Er ist eingeschlafen."

KAPITEL ZWEIUNDSIEBZIG

„Oh." Ian wandte sich ihr zu. „Das ist schon in Ordnung. Besser für ihn." Er kam mit ausgestreckten Armen auf sie zu.

Sie wies ihn ab. „Wie kannst du nur so sein?"

„Was meinst du?"

„Glücklich. Fröhlich."

„Ich bin einfach froh, dass unser Junge zurück ist."

„Was ist mit unserem Mädchen?"

Er versteifte sich. „Daran arbeitet die Polizei."

„Ich dachte, du traust ihnen nicht."

„Das müssen wir."

„Ich dachte, du würdest das in Ordnung bringen. Ich dachte, du wüsstest besser als sie, wie wir unsere Kinder zurückbekommen."

„Ich habe mich geirrt."

„Du hast also aufgegeben." Sie wich von ihm zurück und stieß mit den Hüften gegen die Arbeitsplatte. Sie zuckte zusammen.

„So ist es nicht, Liebes."

Sie starrte ihn an. „Du bist froh, dass wir Ollie wieder haben, aber Maddy ist dir egal."

„Wie kannst du ..."

„Du denkst, er ist von dir, nicht wahr?"

Ian hob die Schultern und sagte nichts.

„Ich habe es dir gesagt, Ian. Benedict ist sein biologischer Vater. Aber du bist sein Dad. Du bist der Dad von beiden."

Ian leckte sich über die Lippen. „Bist du dir hundertprozentig sicher? Ich meine ..."

„Sieh ihn dir an!", rief sie. „Er hat die Nase von Benedikt. Siehst du das nicht?"

„Seine Augen. Sie sind blau, wie meine."

„Und wie die von Benedicts Mutter."

„Alison. Kannst du nicht verstehen, wie es sich für mich die ganze Zeit angefühlt hat, nichts zu wissen?"

„Du weißt es. Du weißt es von beiden, und es hat dich noch nie gestört."

„Nun, jetzt tut es das aber."

Sie klammerte sich an die Arbeitsplatte hinter ihr. „Ich will, dass du gehst."

Er trat einen Schritt vor. Sie lehnte sich zurück.

„Das ist lächerlich", sagte er.

„Ich kann es nicht ertragen, dass du jetzt hier bist. Nicht so, wie du für Maddy empfindest."

„Ich liebe sie, Al. Du weißt das ..."

„Nicht so wie Ollie!" Sie spuckte. „Du hast sie nie so geliebt."

„Das ist nicht wahr."

„Lüg mich nicht an. Nicht jetzt, bei allem was vorgeht. Tu das nicht."

„Alison", er hob seine Hände zu ihrem Gesicht, aber sie schlug sie weg. Ihr Körper fühlte sich heiß an, ihr Kopf drohte zu platzen.

„Geh, Ian. Ich sage nicht für immer. Aber ich ertrage es im Moment nicht, in deiner Nähe zu sein. Ich möchte, dass du gehst."

KAPITEL DREIUNDSIEBZIG

„DNS-Labor".

„Hallo, mein Name ist DS Mo Uddin. Ich brauche einen Test an einigen forensischen Beweisen, die wir eingereicht haben."

„Welcher Fall?"

Mo prüfte den Bildschirm. „Aktenzeichen FC8578".

„Oh, da klingelt was. Lassen Sie mich nachsehen."

Mo trommelte mit den Fingern auf den Schreibtisch, als die Warteschleifenmusik einsetzte. Ihm gegenüber starrte Rhodri auf seinen Bildschirm, seinen Augen war anzusehen, dass er zuhörte.

Die Musik stoppte. „Sie haben Glück. Wir haben die Sachen bearbeitet und sie sind alle im Lager. Wir sind aber erst heute Morgen damit fertig geworden."

„Gut."

„Um was für einen Test geht es?"

„Sie sollten Materialien mit der DNA von zwei Personen haben. Ollie Osman und Ian Osman."

„Hm ..." Eine Pause. „Ja, haben wir."

„Gut. Ich möchte, dass Sie einen Vergleichstest mit ihnen durchführen."

„Sie meinen, Sie wollen, dass wir einen Vaterschaftstest machen?"

„Ja."

„OK. Ich kann allerdings nicht für die Qualität der Proben des Kindes garantieren. Hier ist ein Vermerk, dass sie von Haarfollikeln stammen, die auf seiner Kleidung gefunden wurden."

„Seine Mutter wollte uns nicht erlauben, einen Wangenabstrich zu machen."

„Hier steht, dass er erst vier Jahre alt ist. Eigentlich nicht überraschend."

„Nein. Wie lange wird der Test dauern?"

„Das hängt vom Budget Ihrer Abteilung ab und davon, wie viel davon in diesem Quartal bereits eingeteilt ist."

Mo seufzte. Darauf lief es letzten Endes hinaus. Er vermisste die Zeiten, in denen diese Art von Arbeit intern erledigt wurde. Aber jetzt wurde sie ausgelagert, und es war nur eine bestimmte Menge an Geld vorhanden, das man verteilen konnte.

„Ich habe die Genehmigung für ein beschleunigtes Verfahren."

„Gut. Wir können es in vierundzwanzig Stunden fertig haben."

Mo nickte. Er konnte nur hoffen, dass vierundzwanzig Stunden Zeit genug für Maddy waren und dass diese Informationen Zoe das geben würden, was sie brauchte, um den Fall zu lösen. Sie hatte es so eilig gehabt, zur Reinigungsfirma zu kommen, dass sie nichts richtig erklärt hatte.

„Moment mal."

Oh-oh. „Gibt es ein Problem?"

KAPITEL DREIUNDSIEBZIG

„Das haben Sie bereits beantragt. Gestern Nachmittag."

Mo runzelte die Stirn. „Nein, haben wir nicht."

„Nun, jemand hat es getan."

„Wer?"

„Warten Sie."

Die Musik setzte wieder ein. Mo spürte, wie sich die Spannung in seinem Bauch aufbaute, während er darauf wartete, dass sie zu Ende ging.

„Lokale Kripo. Kings Norton. Sie können genauso gut mit denen reden und die Ergebnisse anfragen. Und sich das Geld sparen."

„Können wir auf diese Ergebnisse zugreifen, ohne sie zu involvieren?"

„Tut mir leid, Kumpel. Das kann ich nicht tun."

„Wenn Sie die Analyse in den Akten haben, kann ich darauf zugreifen, ohne auf einen weiteren Test warten zu müssen?"

„Sie stellen mir dieselbe Frage auf zwei Arten. Die Antwort ist dieselbe, tut mir leid. Ich schlage vor, Sie sprechen mit Kings Norton."

„OK. Haben Sie einen Namen?"

Er wusste, wie die Antwort lauten würde.

„DS Amanda Holt."

„Oh." Er hatte erwartet, dass es Ian sein würde. Aber er war nicht so dumm, eine Analyse seiner eigenen DNA in Auftrag zu geben.

„Ich schlage vor, Sie sprechen mit ihr, Sergeant."

„Das werde ich. Das werde ich ganz sicher."

KAPITEL VIERUNDSIEBZIG

Maddy fühlte sich, als hätte sie sich die Seele aus dem Leib geweint. Nachdem sie Ollie geholt hatten, hatte sie gefühlt Stunden an die Tür gehämmert und geschrien, bis sie heiser war. Als sie nicht mehr stehen konnte, war sie zurück zum Bett gestolpert und darauf zusammengebrochen.

Es war jetzt hell. Sie wusste nicht, wie lange sie geschlafen hatte. Ihr Magen tat weh, und ihr Kopf fühlte sich an, als wäre er voller Wespen.

Sie ging zur Tür und hämmerte dagegen.

„Wo ist Ollie!"

Stille. Sie taumelte zurück und ließ sich wieder auf das Bett fallen.

Auf dem Schreibtisch unter dem Fenster hatte jemand Essen für sie hinterlassen. Weetabix, längst matschig geworden. Und ein Glas Orangensaft. Es sah furchtbar aus, aber sie war am Verhungern. Sie aß es gierig, Tränen kullerten über ihr Gesicht.

Als sie alles aufgegessen hatte, ging sie zurück zur Tür. Sie legte ihr Ohr an die Tür. Jemand war hier hereingekommen,

KAPITEL VIERUNDSIEBZIG

während sie geschlafen hatte. Sie hatten das Essen zurückgelassen.

Sie musste sich zwingen, wach zu bleiben, damit sie beim nächsten Mal entkommen konnte.

Sie stützte sich an der Wand ab, und ein Schluchzen schüttelte ihren Körper. Ihre Brust fühlte sich hohl an, ihre Glieder waren schwach.

Schmerzen packte ihren Magen. Sie rannte zum Eimer in der Ecke und erbrach das Weetabix. Sie würgte, bis ihr der Magen weh tat und nur noch Galle herauskam.

Als sie sich nicht mehr übergeben konnte, setzte sie sich auf den Boden und wischte sich das Gesicht mit ihrem schmutzigen T-Shirt ab. Sie schaute zum Fenster hinauf.

Sie riss einen Vorhang auf und starrte hinaus. Ein Mann überquerte den Parkplatz. Sie schlug gegen das Fenster und rief. Er ging weiter.

Sie ballte die Fäuste gegen das Glas. Was, wenn sie entkam und sie Ollie zurück in das Zimmer brachten? Sie musste hierbleiben, damit sie sich um ihn kümmern konnte.

Oder wenn sie ihn in ein anderes Zimmer gebracht hätten …

Sie lief zur Wand hinter dem Bett und hielt ihr Ohr daran. Nichts.

Sie hämmerte darauf herum und rief den Namen ihres Bruders. Nichts.

Sie lehnte sich keuchend zurück. Ihre Hände hatten Prellungen.

Sie ging zurück zum Fenster. Auf dem Schreibtisch lag eine Puppe neben der leeren Weetabix-Schale. Als sie die Schüssel sah, musste sie erneut würgen.

Sie nahm die Puppe in die Hand. Sie war ihr vertraut. Eine Frozen-Puppe. Elsa.

Sie hatte so ein Ding, als sie klein war. Sie war jetzt zu groß dafür, ihre Mutter hatte sie weggegeben.

Nein. Das war falsch. Sie war nicht darüber hinausgewachsen. Sie hatte sie ihrem Vater gegeben, ihrem ersten Vater, dem, über den sie nicht sprachen. Sie hatte eine verschwommene Erinnerung daran, wie er es geküsst hatte, als sie am letzten Abend, an dem sie ihn gesehen hatte, auf ihrem Bett saß.

Sie konnte sich kaum an ihn erinnern. Ihr zweiter Vater, Ian, hatte sie adoptiert. Mum sagte, das bedeute, dass er jetzt ihr richtiger Vater sei. Aber manchmal fühlte sie ein Loch in sich, wo sie dachte, dass ihr erster Vater sein sollte.

War dies die Elsa, die sie ihm geschenkt hatte, oder war es nur die Frau, die versuchte, diesen Raum wie Zuhause erscheinen zu lassen?

Sie drehte sich um. Hier gab es kein anderes Spielzeug. Ihre Poster hingen an der Wand, oder zumindest Kopien davon. Ihre Bücher standen auf dem Regal neben dem Bett, aber nicht die, die sie letzte Woche aus der Bücherei geholt hatte. Doch es gab keine Puppen.

Sie hatte schon seit einer Weile keine Puppen mehr in ihrem Zimmer. Nicht mehr, seit sie das Zimmer ausgeräumt hatten, um es zu streichen.

Warum also war diese hier?

Hatte ihr erster Vater sie hierhergelegt? Nein. Er war gestorben. Es hatte eine Beerdigung gegeben, ihre Oma war schwarz gekleidet gewesen und hatte geweint, ihre Mutter war blass und schweigsam gewesen.

Sie legte die Puppe zurück, wo sie sie gefunden hatte. Sie war ihr unheimlich. Sie ging zurück zum Bett, fest entschlossen, das nächste Mal zu entkommen, wenn sie die Tür öffneten.

KAPITEL FÜNFUNDSIEBZIG

Alison starrte aus dem hinteren Fenster. Ian war innerhalb von zehn Minuten mit angespannter Miene verschwunden. Sie hasste sich selbst und wünschte, sie könnte einen Weg finden, ihn zu erreichen. Aber jedes Mal, wenn sie daran dachte, ihn bleiben zu lassen, wollte sie schreien.

Ollie lag noch immer schlafend auf dem Sofa. Sie musste ihn wecken, sonst würde er heute Nacht nicht schlafen. Sie könnte ihn genauso gut in ihr eigenes Bett bringen. Das würde sie beruhigen, wenn auch vielleicht nicht ihn. Sie konnte den Gedanken nicht ertragen, von ihm getrennt zu sein.

Sie wurde durch das Klingeln des Telefons aus ihrer Trance gerissen. Die Verbindungsbeamte erschien in der Tür. Sie hatte sich in der Küche herumgedrückt und Alison hatte sich dabei unwohl gefühlt.

„Soll ich rangehen?"

„Ich gehe schon."

Sie durchquerte den Raum und griff nach dem Telefon.

„Hallo?", keuchte sie.

Alison nickte der FLO zu, um sie zum Gehen aufzufordern. Ollie regte sich auf dem Sofa. Sie ließ sich neben ihm nieder, streichelte sein Handgelenk und sah in sein friedliches Gesicht.

„Hallo?", wiederholte sie.

Ollie regte sich wieder. Er strich sich mit der Hand über das Gesicht und gähnte. Sie lächelte ihn an.

„Wer ist da?"

Ein Scherzanrufer, kein Zweifel. Sie hatten keinen Aufruf gestartet, aber sie hatten die Entführung nicht geheim gehalten. Unmöglich, wenn es so öffentlich geschah.

„Lassen Sie mich in Ruhe", schnauzte sie. Sie rutschte das Sofa entlang, um näher bei Ollie zu sein. Er grunzte. *Sag etwas*, dachte sie. *Sag mir, was mit dir passiert ist.*

„Alison?", meldete sich eine Stimme am anderen Ende der Leitung.

„Ian?"

Atmen. Schwer.

„Ian, ich will jetzt nicht reden."

„Ich bin nicht Ian."

Ollie richtete sich auf und lehnte sich an sie. Sein Körper war warm und weich. Sie entspannte sich, dann versteifte sie sich.

Sie hielt das Telefon näher an ihr Ohr.

„Wer ist da?"

„Al, es tut mir leid."

„Benedikt?"

Die Leitung war tot.

KAPITEL SECHSUNDSIEBZIG

„Komm schon, Mo. Eine letzte Nachbesprechung und dann kannst du nach Hause gehen."

Zoe öffnete die Tür zum inneren Büro. Rhodri und Connie waren bereits drin und sichteten den Papierkram, den sie von Cleanways mitgenommen hatten. Rhodri hatte seine Krawatte abgenommen und die beiden obersten Knöpfe seines Hemdes geöffnet. Sein Haar war zerzaust und sein Gesicht verkniffen. Diese Art von Arbeit passte nicht zu ihm.

„Wie läuft's?"

Connie sah auf. „Wir haben alles kategorisiert und arbeiten jetzt alles durch, was wir zum Thema Personal finden können."

„Ist es viel?"

„Tut mir leid, nein."

Die Tür öffnete sich hinter Zoe.

„Carl", sagte sie. „Was führt dich hierher?"

„Können wir reden?"

„Natürlich."

„Unter vier Augen."

Zoe deutete mit dem Daumen in Richtung Tür, ein Zeichen für den Rest des Teams zu gehen. „Es wird nicht lange dauern", sagte sie. Sie wandte sich an Carl. „Oder?" Er zuckte mit den Schultern.

Mo ging als Letzter und schloss die Tür hinter sich. Er warf ihr einen vielsagenden Blick zu, den sie ignorierte.

„Was ist los?" Sie setzte sich auf den Stuhl. Sie musste sich entscheiden, ob dieser Raum ein Büro oder ein Besprechungsraum sein sollte, und ihn entsprechend einrichten.

Carl hockte auf dem Schreibtisch neben ihr. Er trug ein hellgraues Hemd, das an den Handgelenken aufgekrempelt war.

„Ich bin von Ian Osman abgezogen worden", sagte er.

„Warum?"

„Da bin ich überfragt. Mein DCI hat den Befehl erst vor einer Stunde gegeben. Ich habe mich gefragt, ob es etwas mit deinem Fall zu tun hat."

„Nicht, soweit ich weiß. Aber ich kann Lesley fragen."

„Wenn es dir nichts ausmacht."

„Natürlich. Hat dein DCI einen Grund genannt?"

„Nicht genug Beweise, anscheinend. Was Blödsinn ist und er weiß es."

Sie lehnte sich in ihrem Stuhl zurück. Carls Gesicht war hart und seine Augen dunkel.

„Du glaubst, dass etwas Verdächtiges vor sich geht."

Er sah auf. „Ich habe eine Theorie."

„Ich höre."

„Ich glaube, Randle steckt dahinter."

„Warum?"

„Er ist jetzt Superintendent."

„Das heißt aber nicht, dass er dem PSD vorschreiben kann, was es zu tun hat."

KAPITEL SECHSUNDSIEBZIG

„Ich bin sicher, er kann ein oder zwei Fäden ziehen."
Sie seufzte. „Ich kann dir nicht helfen, weißt du. Ich arbeite nicht mehr mit ihm zusammen."
„Er vertraut dir."
Sie grunzte. „Da bin ich mir nicht so sicher."
„Er hat dich als seine rechte Hand im Fall Jackson hinzugezogen."
„Ja, weil er dachte, er könnte mich herumschubsen."
„Aber dann hat er herausgefunden, dass er das nicht kann."
„Da war es zu spät. Er hatte mich schon mit hineingezogen."
„Bitte, Zoe. Wenn du ein bisschen für mich graben könntest ..."
Die Tür ging auf: Connie. „Entschuldigung, Boss. Ich hatte gerade einen Gedanken."
Zoe stand auf. „Sag schon."
„Wir kommen mit dem Papierkram nicht weiter. Clayton hat alles mitgenommen, was auf diesen Hack hinweisen könnte. Aber es gibt eine Möglichkeit, herauszufinden, ob Alison für sie gearbeitet hat."
„Wie?"
„Es ist jetzt halb sieben. Sie werden bei der Arbeit sein. Vielleicht sind einige ihrer Putzfrauen bei Hatton und Banerjee. Ich werde sehen, ob ich mit ihnen reden kann."
„Wie kommst du rein?"
„Ich werde einen Weg finden."
„Sei vorsichtig. Und nimm Rhodri mit."
„Bei allem Respekt für Rhodri, es ist einfacher, wenn ich es allein mache." Sie verzog die Lippen. „Unauffälliger."
Zoe überlegte. „OK. Aber Rhodri soll dich fahren, und ich will, dass du mir eine SMS schickst, wenn du ankommst. Und

danach alle halbe Stunde. Wenn ich nichts von dir höre, schicke ich Rhodri hinter dir her."

„Das wird nicht nötig sein."

„Connie, nach dem, was passiert ist, als du nach Winona Jackson gesucht hast, möchte ich kein Risiko eingehen."

„Rhodris Auto wird eine Panne haben."

„Er wurde von den Jungs aus der Verkehrsabteilung repariert."

„Wann?"

„Rhod ist gut darin, sich Freunde zu machen, er fordert gerne Gefallen ein."

„Ja." Eine Pause. „Okay."

„Gut. Lass mich wissen, wie du vorankommst."

Connie nickte und schloss die Tür.

„Sie ist scharfsinning", sagte Carl.

„Sie ist gut. Hat viel Potenzial."

„Du willst mir also nicht helfen."

„Ich werde für dich ein Auge auf Ian haben", antwortete sie. „Das tun wir ja schon. Aber ich werde nicht bei Randle herumschnüffeln."

„Na gut. Wenn dieser Fall erledigt ist, sollten wir etwas trinken gehen."

„Wir haben uns bereits im Kings Arms getroffen."

Er lachte. „Das zählt wohl kaum. Ich möchte dich zu einem Date einladen, Zoe Finch."

Sie erlaubte sich ein Lächeln. „Vielleicht. Frag mich, wenn Maddy Osman in Sicherheit ist."

KAPITEL SIEBENUNDSIEBZIG

Connie näherte sich der Hintertür von Hatton & Banerjee und versuchte, so selbstbewusst wie möglich aufzutreten. Dann erinnerte sie sich daran, dass sie vorgab, eine Putzfrau zu sein, und wurde langsamer. Als Zaf noch ein Baby war, hatte ihre Mutter eine Zeit lang als Putzfrau gearbeitet. Annabelle Williams war keine Frau, die ihr Licht unter den Scheffel stellte, doch das war damals nah dran.

Rhodri wartete um die Ecke in seinem Saab, der sie ohne Probleme hergebracht hatte. Rhodri hatte Die Kollegen der Verkehrsabteilung überredet, den Wagen aufzumotzen. Jedes Mal, wenn sie anhielten, strich er über das Lenkrad und betrachtete sein Fahrzeug mit Stolz.

Sie stieß die schmale Tür auf. Ein Wachmann saß an einem Schreibtisch und aß einen Becher Nudeln.

„Hallo", sagte sie.

„Falscher Eingang, Schätzchen. Der Haupteingang ist in der Colmore Row."

„Ich bin von Cleanways. Ich soll Alison ersetzen."

„Wen?"

„Alison Osman".

Der Wachmann stellten seinen Nudelbecher weg. „Warten Sie." Er nahm ein Telefon ab. „Hey, Ross. Weißt du etwas über eine neue Putzfrau, die eines der Mädchen ersetzen soll?"

Er starrte sie an, während er auf die Antwort wartete, und schniefte. Sie lächelte zurück, ihr Herz raste.

„Alison Osman?", fragte er.

„Ja", sagte sie. Sie versuchte, ihre Stimme ruhig zu halten.

„Wir haben keine Alison Osman."

Verdammt!

„Sie sind von Cleanways?", fragte er.

„Sie haben mich geschickt, weil sie sagten, Sie wären knapp an Leuten."

„Ja, ich glaube, heute Abend waren weniger von euch da. Lassen Sie mich nochmal nachfragen."

Er hatte sein Telefon immer noch am Ohr. „Ross, brauchen wir heute Abend ein zusätzliches Mädchen zum Putzen?"

Er gab ihr den Daumen hoch, als die Antwort kam. Sie antwortete mit einem zögerlichen Lächeln.

Er legte den Hörer auf und nahm seine Nudeln wieder in die Hand. „Alles klar."

„Danke."

„Warten Sie einen Moment, ich muss Ihnen einen Ausweis besorgen. Wie ist Ihr Name?"

„Tracey Sharp".

Er musterte sie. Sie sah nicht wie eine Tracey aus. Er nickte und schniefte erneut.

„Sie sind im dritten Stock, Mary wird auf dich warten."

„Klasse." Sie versuchte, so zu tun, als wüsste sie, wer Mary war.

Er drehte ihr den Rücken zu und fummelte an einer

Maschine herum. Schließlich hielt er ihr einen Besucherausweis an einem Umhängeband hin. Sie nahm ihn.

Er wusste zwar nichts von Alison, aber vielleicht eine der Reinigungskräfte.

Sie wich zurück, als er einen Knopf drückte, um die Tür hinter ihm zu öffnen. „Rein mit Ihnen, Schätzchen. Viel Spaß."

„Danke."

Sein Telefon klingelte und sie zögerte, während er abnahm. Er hob einen Finger und bedeutete ihr, sitzen zu bleiben.

Mist. Sie war aufgeflogen.

Nach ein paar Augenblicken legte er auf. Sie starrte ihn an, ihre Brust war angespannt.

„Alles in Ordnung?", fragte sie.

„Ja. Nur wieder Ross. Er hat überprüft, wen du ersetzen sollst."

„Oh." Sie wartete. „Hat er dir einen Namen genannt?"

„Es gibt keine Alison Osman. Aber es gibt eine Alison Tomkin. Ich schätze, das ist die, für die du hier bist."

KAPITEL ACHTUNDSIEBZIG

Zoe fuhr vom Parkplatz und ging in Gedanken noch einmal durch, was Carl gesagt hatte. Sie hatte schon einen Verdacht gegen Ian Osman, aber dass Randle Carl von den Ermittlungen gegen ihn abzog, machte ihn nur noch konkreter.

Inzwischen hatte sie seit über dreißig Minuten nichts mehr von Connie gehört. Sie rief Rhodri an.

„Boss."

„Ist Connie bei dir?"

„Nein, Boss. Sie ist noch im Gebäude."

„Sie sollte sich bei mir melden."

„Vielleicht kann sie es nicht. Aber sie ist definitiv da drin. Ich kann die Tür sehen."

„Kannst du mal nachsehen, an wem sie vorbei musste?"

„Du willst, dass ich das jetzt mache?"

„Bitte."

Zoe legte auf und fuhr weiter Richtung Stadtzentrum. Ihr Telefon klingelte erneut.

„Rhodri."

„Wer ist Rhodri? Dein Liebhaber?"

KAPITEL ACHTUNDSIEBZIG

Sie biss die Zähne zusammen. „Mum."

„Hallo, mein Schatz. Ich habe lange nichts mehr von dir gehört. Ich dachte, ich rufe dich mal an."

Zoe prüfte die Uhrzeit auf dem Armaturenbrett. Acht Uhr dreißig. Als sie ein Teenager gewesen war, hatte Annette um diese Zeit noch geschlafen. Zoe hatte sich daran gewöhnt, auf sich selbst aufzupassen.

„Warum kommst du uns nicht besuchen?", fragte ihre Mutter.

„Ich bin beschäftigt. Arbeit."

„Keiner ist zu beschäftigt, um seine Mutter zu besuchen. Vor allem, wenn sie krank ist."

„Der Arzt hat dich für gesund erklärt."

„Was wissen die schon? Ich hatte einen Schlaganfall."

„Mini-Schlaganfall".

„Hah! Was macht das für einen Unterschied."

Zoe fuhr von der Ampel an der Harborne Road weg. Ihr Telefon piepte. Rhodri versuchte, sie zu erreichen.

„Ich muss auflegen, Mum. Ein anderes Mal, ja?"

„Du hast dich nie für mich interessiert."

Gib mir Kraft. „Hast du getrunken?"

„Kümmere dich um deinen eigenen verdammten Kram."

Zoe starrte auf das Telefon in seiner Halterung. Sie war hin- und hergerissen zwischen der Sorge um ihre Mutter und der Verärgerung darüber, wie sie als Kind behandelt worden war. Annette Finch hatte sich nicht das Recht verdient, von ihrer erwachsenen Tochter umsorgt zu werden. Weit gefehlt.

Das Telefon brummte wieder. „Ich muss los, Mum. Trink nicht noch mehr."

„Das geht dich einen Sch..."

Sie schaltete zu Rhodri um. „Was ist los?"

Er atmete schwer. „Sie ist hier, und sie hat Neuigkeiten."

Das Geräusch des Telefons, das zwischen den beiden Polizisten hin- und hergereicht wurde, war gedämpft.

„Boss, ich bin's, Connie."

„Connie, ich habe mir Sorgen um dich gemacht. Du hast dich nicht gemeldet."

„Entschuldigung. Sie haben mich reingelassen, und es hat eine Weile gedauert, bis ich wieder herauskam, ohne dass die Aufsicht mich bemerkt hat. Sie hätten gewusst, dass ich ihnen was vorgegaukelt habe."

„Rhodri sagt, du hast Neuigkeiten."

„Ja. Es gibt keine Alison Osman, die für Cleanways arbeitet."

„Bist du sicher?"

„Ja. Aber warte. Es gibt eine Alison Tomkin."

Zoe atmete heftig ein. „Das ist Benedikts Nachname."

„Es wäre auch ihrer gewesen, als sie verheiratet waren."

„Sie arbeitet also unter dem Namen, den sie in ihrer ersten Ehe hatte, als Putzfrau."

„Und sie war da, als der Hack abgeschickt wurde. Ich habe es geschafft, eines der anderen Mädchen dazu zu bringen, mir zu sagen, wer welche Stunden arbeitet, und ihr gesagt, dass ich versuche, herauszufinden, mit wem ich die Schichten tauschen kann."

„Gut gemacht, Connie. Ihr zwei geht zurück zum Revier und erzählt Mo, was passiert ist. Ich gehe rüber zu den Osmans."

„Was wirst du tun, Boss?"

„Ich werde sie verhaften."

KAPITEL NEUNUNDSIEBZIG

Alison starrte auf den Fernseher und ließ sich berieseln. Ollie lag schlafend in ihrem Bett und sie hatte keine Ahnung, wo Ian war. Ehrlich gesagt, war es ihr auch egal.

Sie hievte sich vom Sofa hoch. Sie war müde. Jedes Mal, wenn sie Ollie ansah, huschte Maddys Gesicht vor ihren Augen vorbei. Wo war ihre Tochter? Wurde ihr wehgetan ... oder Schlimmeres?

Und dieser Anruf ... war es Benedikt gewesen? Er war tot. Er war auf dem K2 in eine Gletscherspalte gestürzt. Seine Freunde hatten nach ihm gesucht und so lange wie möglich gewartet, falls er einen Weg zurück finden sollte.

Er war tot. Ihr Verstand spielte ihr einen Streich.

Aber was wäre, wenn er am Leben wäre und Maddy hätte?

Ihr Verstand fühlte sich an, als könnte er explodieren. Wenn sie nach oben zu Ollie ging, konnte sie ihn mit seinem süßen Gesicht füllen und die Angst verdrängen.

Sie wusste, dass sie sich selbst etwas vormachte.

Sie würde sich eine Tasse Tee kochen. Das würde ihre Hände beschäftigen, wenn auch nicht ihren Verstand. Sie hatte angefangen, an ihren Fingernägeln zu kauen. Ihr rechter Daumen blutete jedes Mal, wenn sie sich die Hände wusch.

Es klingelte an der Tür, als sie in die Küche ging. Sie blieb stehen und legte ihre Hand auf den Wasserkocher. Die Stelle, wo sie sich verbrannt hatte, war schmerzhaft.

Es klingelte erneut. Alison drehte sich um und sah, wie die Verbindungsbeamte zur Eingangstür ging und zurücktrat, um jemanden hereinzulassen.

„Ian?"

„Nein, Liebes, ich bin's."

Alison taumelte zurück, Erleichterung überflutete sie. „Mum."

„Wo ist er? Hat er sich wieder verpisst?"

Alison schüttelte den Kopf, die Tränen liefen in Strömen. Barbara trat in die Küche und verzog den Mund zu einem schmalen Strich. „Wo ist er?"

„Pst. Ollie schläft."

Barbara packte Alison am Arm und lenkte sie ins Wohnzimmer, wobei sie PC Lark zur Seite schob. Auf halbem Weg dorthin wurde ihr klar, was sie tat, und sie lockerte ihren Griff.

„Er führt nichts Gutes im Schilde." Barbara ließ Alison los und stellte sich mit verschränkten Armen vor sie.

Alison drückte ihre Augen zu. „Ich war es, Mum. Ich habe ihn gebeten, zu gehen."

„Und er ist gegangen? Einfach so, mit einem vermissten Kind und einem, das seine Eltern braucht?"

„Mum."

Barbara grunzte. „Verdammter nutzloser Mann. Wo ist er hin?" Sie griff in ihre riesige Handtasche und holte ihr Telefon heraus.

„Ich weiß es nicht. Bitte, Mum, lass es. Lass mich meine eigenen Kämpfe austragen."

KAPITEL NEUNUNDSIEBZIG

„Nun, ich bin jetzt hier. Willst du, dass ich im Gästezimmer bleibe?"

Alisons Brust zog sich zusammen, als sie daran dachte, dass ihre Mutter vierundzwanzig Stunden am Tag hier war, sich aufdrängte und ihr das Gefühl gab, nutzlos zu sein. Doch dann überlegte sie es sich anders.

„Danke. Das wird Ollie helfen."

Barbaras Gesicht erweichte sich zum ersten Mal. „Wie geht es dem kleinen Schatz?"

„Er ist eingeschlafen." Alisons Stimme riss ab. „Er redet immer noch nicht."

„Er kommt schon wieder zu sich." Barbara legte eine Hand auf Alisons Arm, diesmal sanft. „Mach dir keine Sorgen."

„Was ist mit Maddy, Mum? Was ist, wenn sie nie zurückkommt?"

„So darfst du nicht denken. Das hilft nicht." Barbara zog Alison zu sich und drückte sie fest an sich.

Es läutete erneut an der Tür, gefolgt von lautem Klopfen. Alison sprang von ihrer Mutter zurück.

„Wenn er das ist ..." sagte Barbara. Sie ging auf den Flur zu.

„Mum, bitte ..."

„Es ist in Ordnung, Liebes. Überlass das mir."

Alison folgte ihrer Mutter in die Halle. Ihre Mutter stand mit PC Lark vor der Tür. DI Finch stand draußen. Alisons Herz schlug höher.

„Maddy?"

DI Finch runzelte die Stirn. „Tut mir leid, nein. Ich muss reinkommen."

„Natürlich."

Barbara ließ Zoe mit einem verächtlichen Blick durch. Alison trat vor.

„Was ist los? Wissen Sie, wo sie ist?"

„Tut mir leid, nein."

„Was dann?"

Die DI schaute von Alison zu ihrer Mutter und dann wieder zurück.

„Was?"

„Alison Osman, ich verhafte Sie wegen Kindesentführung und Rechtsbeugung."

KAPITEL ACHTZIG

Alison schrie auf. Zoe trat auf sie zu und holte Handschellen aus ihrer Tasche. Sie hoffte nur, dass sie richtig lag.

„Sie haben das Recht zu schweigen", fuhr sie fort. „Alles, was Sie sagen, kann und wird vor Gericht gegen Sie verwendet werden."

Sie legte Alison die Handschellen an.

„Was ist hier los?", fragte Barbara. „Das ist doch lächerlich."

Zoe konzentrierte sich auf Alison. „Haben Sie jemanden, der sich um Ihren Sohn kümmern kann?"

Alison sah ihre Mutter an, und ihre Augen füllten sich mit Tränen. Barbara nickte.

„Meine Mutter", flüsterte sie.

„Gut. Kommen Sie mit."

Zoe führte Alison zur Eingangstür. Sie wehrte sich nicht. Ihr Gesicht war grau geworden und sie atmete in kurzen Stößen. Zoe beobachtete sie und befürchtete, dass sie ohnmächtig werden könnte.

„Sie müssen sich setzen", sagte sie.

Alison nickte. Sie wich zurück und ließ sich auf die Treppe fallen. Sie starrte vor sich hin, blinzelte, ihre Hände zitterten.

„Warum?", fragte sie.

Hinter Zoe gab es eine Bewegung. Mo war angekommen.

„Boss."

„Wir müssen das Haus durchsuchen."

„Adi Hanson ist auf dem Weg."

„Gut." Adi war der beste forensische Tatortmanager der Truppe. Wenn es hier Beweise gab, würde er sie finden.

Alison kam wieder zu Atem und saß immer noch auf der Treppe. Zoe musste sie von hier wegbringen. Sie wandte sich an Barbara Wilson.

„Sie müssen Ollie für die Nacht zu Ihrem Haus bringen. Wir brauchen Zugang zu diesem Haus."

„Ja." Barbaras Stimme war fest, ihr Blick scharf. Sie legte eine Hand auf Alisons Schulter und wandt sich zur Treppe.

„Nein", sagte Zoe. „Wir bringen Ollie runter."

„Er ist mein Enkel. Er hat genug durchgemacht."

Zwei uniformierte Beamte standen vor der Eingangstür. Zoe wandte sich ihnen zu. Eine von ihnen war die neue FLO.

„PC Lark, bitte begleiten Sie Mrs. Wilson zu Ollies Schlafzimmer. Dann möchte ich, dass Sie mit den beiden zum Haus von Mrs. Wilson gehen."

„Ich schaffe es allein", sagte Barbara.

„Nein", sagte Zoe. „PC Lark wird Sie begleiten."

PC Lark ging die Treppe hinauf.

„Er ist in meinem Bett", murmelte Alison.

Zoe zuckte mit den Schultern. „Bringen Sie sie in Alisons Zimmer und lassen Sie sie Ollie holen. Sonst nichts, nur den Jungen."

„Ja, Ma'am."

KAPITEL ACHTZIG

„Was ist mit seiner Kleidung? Wenigstens ein paar Spielsachen?", fragte Alison.

Zoe hasste es, die Situation für Ollie noch schlimmer zu machen. Aber sie musste die Szene bewahren.

„Tut mir leid. Ich bin sicher, Ihre Mutter hat ein paar Spielsachen für ihn bei sich zu Hause." Sie wusste, dass normale Großmütter, die nicht tranken, so etwas taten. „Für heute Abend müssen Sie mit der Kleidung improvisieren. Sobald wir die Durchsuchung beendet haben, können Sie ein paar Sachen holen."

Barbara schniefte und folgte PC Lark die Treppe hinauf.

„Kann ich ihn sehen, bevor Sie mich mitnehmen?", fragte Alison.

„Ich glaube nicht, dass es Ihrem Sohn guttun würde, Sie in Handschellen zu sehen."

„Nein." Alison machte einen Schritt auf Zoe zu. „Dann lassen Sie uns gehen."

Zoe starrte ihr in die Augen. Dies war das erste Mal, dass die Frau einen Funken Leben zeigte.

„Bringen Sie mich aufs Revier. Verhören Sie mich. Je eher Sie das tun, desto eher werden Sie wissen, dass ich nichts damit zu tun hatte."

Zoe sagte nichts, sondern führte Alison zu einem der beiden Streifenwagen, die auf der Straße geparkt waren. Sie führte Alison zum Rücksitz und drehte sich dann um, um zum Haus zurückzublicken.

Barbara Wilson kam mit Ollie auf dem Arm heraus. Er hatte sich an sie gekuschelt und war kaum wach. Zoe hoffte, dass er nicht mitbekam, was geschah, dass er sich nicht daran erinnern würde.

„Ich kann Ian immer noch nicht finden." Mo stand neben

ihr und hatte mit dem Fahrer des Wagens gesprochen, in den sie Alison gesetzt hatten.

„Wir müssen ihn schnell herbringen, bevor er davon erfährt", sagte sie.

„Wir haben sein Auto zur Fahndung ausgeschrieben, und ich kümmere mich um die Kreditkartenzahlungen. Wenn er in einem Hotel wohnt, sollten wir ihn finden."

„Wo ist er? Und was hat er vor?"

„Die beiden stecken wohl unter einer Decke", sagte Mo. „Er arbeitet im Inneren, sie platziert die Botschaft."

„Und täuscht die ganze Sache bei Cadbury World vor."

„Sie ist eine verdammt gute Schauspielerin."

Zoe nickte. „Gut. Wir lassen sie ein paar Stunden in einer Zelle schmoren und befragen sie dann morgen früh als Erstes. Sag mir Bescheid, wenn es etwas Neues von Ian gibt."

KAPITEL EINUNDACHTZIG

Brian betrat die Wohnung und achtete darauf, kein Geräusch zu machen. Hinter der Eingangstür befand sich ein loses Brett, und er wusste, dass er es umgehen musste.

Er hatte beobachtet, wie die Polizeiautos vor Alisons Haus auftauchten. Es hatte eine Weile gedauert, bis Alison selbst herausgekommen war, aber schließlich hatte er sie gesehen, in Begleitung der Polizistin, die im Kletterzentrum aufgetaucht war.

Er stand hinter einem Geländewagen auf der anderen Straßenseite und hatte zugeschaut, und sein Herz klopfte. Sie so zu sehen, mit tränenüberströmtem Gesicht und zerzaustem Haar, hatte Erinnerungen daran geweckt, wie sie nach Maddys Geburt ausgesehen hatte. Es war eine schwierige Geburt gewesen, und Alison hatte viel Blut verloren. Er hatte Angst um sie beide gehabt. Und dann war Maddy ein lebensfrohes Baby geworden, voller Energie und mit Lungen, die einem das Trommelfell zum Bersten bringen konnten.

Er hatte gewartet, um zu sehen, ob Ian auch herauskam, aber es gab kein Zeichen von ihm. Hatten sie ihn schon verhaftet? Stattdessen war Barbara da gewesen, die schreckliche Barbara, die Ollie hinausgetragen hatte. Brian hatte sich beim Anblick des Jungen die Faust in den Mund gestopft und versucht, nicht zu weinen.

Er war im Regen nach Hause gelaufen, seine Schritte waren schwer. Er konnte das Bett nicht ertragen, das Herumschleichen und das leise unter die Bettdecke schlüpfen. Er und Vic taten das in letzter Zeit oft. Wenn er es nicht war, war sie es, die spät von der Arbeit nach Hause kam. Wenn sie Kinder haben wollten, mussten sie mehr Zeit miteinander verbringen.

Er schlich in die Küche und öffnete den Kühlschrank. Ein Bier würde ihm den Stachel des Abends nehmen. Als er die Tür schloss, hörte er eine Bewegung hinter sich.

„Oh. Du bist noch wach."

Vic stand in dem schmalen Flur, ihren Schlüssel in der Hand.

„Ja." Er hob sein Bier an. „Willst du eins?"

„OK."

„Spätschicht?"

Sie nickte, ohne ihm in die Augen zu sehen. „Hatton & Banerjee."

„Das wird langsam zu einem Stammplatz für dich."

„Es ist einfacher als die Müllhalden, wo sie uns früher zum Putzen hingeschickt haben. Die Cleanways scheint in der Welt aufzusteigen."

„Sie müssen dir mehr zahlen." Ihr Lohn war in den letzten Wochen gesunken, während ihre Arbeitszeit gestiegen war. „Ich verstehe sowieso nicht, warum du diesen Job machst. Was ist so schlimm an der IT-Arbeit, die du früher gemacht hast?"

Sie runzelte die Stirn. „Lass uns nicht darüber reden, ja?" Sie beugte sich zu einem keuschen Kuss vor. Er packte sie an der Taille und zog sie zu sich heran. Sie roch nach kalter Luft und Pfefferminzbonbons.

„Brian." Sie stieß ihn weg.

„Brian was?"

„Ich bin müde."

„Du bist diejenige, die Kinder will."

„Ich dachte, wir wären uns einig, dass wir adoptieren."

„Das heißt aber nicht, dass wir keinen Sex haben können", sagte er.

„Wie ich schon sagte, ich bin todmüde. Ich muss morgen früh raus."

„Mehr Arbeit?"

„Ja." Sie wandte sich von ihm ab und ging ins Wohnzimmer. Sie schaltete den Fernseher ein und legte ihre Füße auf den Couchtisch.

Er gähnte. „Ich gehe dann mal ins Bett." Es war schon nach Mitternacht.

„Es wird nicht lange dauern."

„Das hoffe ich."

Sie verkrampfte sich. Er schlurfte ins Schlafzimmer, er wusste, dass sie nicht zu ihm kommen würde, bevor er eingeschlafen war.

KAPITEL ZWEIUNDACHTZIG

Das Telefon klingelte fünfmal, bevor Mo das Klicken hörte, als sein Boss den Hörer abnahm.

„DI Finch." Ihre Stimme war gedämpft. Er hatte sie geweckt.

„Hier ist Mo."

Sie gähnte. „Ach, Mist. Habe ich verschlafen?"

„Wir haben Ian gefunden."

Ihre Stimme hellte sich auf. „Wo?"

„Er wohnt in einer Travelodge in Walsall. Ich stehe jetzt davor."

„Wie spät ist es?"

„Gerade fünf."

„OK. Wartet nicht auf mich. Bist du auf dich allein gestellt?"

„Ich habe genug Uniformierte. Und Rhodri." Er musterte den DC, der sich an Mo's Auto anlehnte.

„Das wird ihm gefallen."

„Ein bisschen Verantwortung für ihn", sagte Mo.

„Gut. Tu es."

KAPITEL ZWEIUNDACHTZIG

„Kein Problem."

Mo nickte Sergeant Grice neben ihm zu. Die Travelodge hatte dreißig Fenster zum Parkplatz hin und noch einmal so viele zur Straße hin. Nebenan war ein McDonalds, ein paar Autos parkten dort, sicher für ein frühes Frühstück. Er knackte mit den Fingerknöcheln und ging zur Hoteltür und klopfte leise.

Eine Frau mittleren Alters saß am Schreibtisch und las in einem Buch. Sie schaute erschrocken auf. Er hielt seinen Dienstausweis ans Fenster.

Sie beruhigte sich und ging gähnend zur Tür.

„Was ist los?", fragte sie.

„Bei Ihnen wohnt jemand, mit dem wir sprechen müssen."

Sie öffnete die Tür. „Um fünf Uhr morgens?"

„Was ist es Ihnen lieber, wir tun es jetzt oder wir warten, bis Ihre Gäste auf den Beinen sind, um zuzusehen?"

Sie blinzelte ihn an. „Ich muss meinen Manager anrufen."

„Ich habe einen Haftbefehl, falls Sie sich deswegen Sorgen machen."

„Äh, nein. Ich weiß nicht. Kann ich meinen Manager anrufen?"

„Tun Sie, was Sie nicht lassen können. Aber wir haben keine Zeit zu warten. Sagen Sie mir bitte, in welchem Zimmer Ian Osman wohnt."

Ian hatte das Zimmer mit seiner Kreditkarte bezahlt, das heißt er hatte unter seinem eigenen Namen gebucht. Er war nicht paranoid genug, um einen falschen Ausweis zu benutzen, oder einfach nicht in der Lage, auf andere Weise zu bezahlen.

„Ähm ..." Sie ging hinter den Schreibtisch und blinzelte auf einen Computerbildschirm. Rhodri stand bereits an der Tür, die zu den Räumen führte, und spähte hindurch.

„Zimmer 209. Zweiter Stock."

„Danke", sagte Mo. „Ist das der einzige Eingang, abgesehen von den beiden Brandschutztüren?"

„Ja." Die Empfangsdame schaute auf die Tür zum Inneren des Hotels, als würde gleich jemand hindurchbrechen.

„Gut." Uniformierte Beamte bewachten bereits die Brandschutztüren auf der Rückseite des Gebäudes. Ian ging nirgendwo hin.

Rhodri stieß gegen die Tür.

„Ich muss Sie reinlassen", sagte die Empfangsdame.

„Bitte", sagte Mo und versuchte, seine Ungeduld zu verbergen. Er hatte drei Stunden geschlafen und musste später für die Vernehmungen in Bestform sein.

Die Tür summte und er stieß sie auf. Sergeant Grice hinter ihm, gefolgt von Rhodri.

Sie befanden sich in einer kleinen Lobby mit zwei Aufzugstüren und einer Treppe auf der Rückseite des Gebäudes. Mo zeigte auf die Treppe und Grice ging voraus. Mo und Rhodri folgten. Ein PC blieb zurück und beobachtete die Aufzugstüren.

Im zweiten Stock trennte sie eine weitere Tür vom Hauptkorridor. Sergeant Grice schaute hindurch, seine Bewegungen waren lautlos. Er nickte und sie folgten ihm. Ein weiterer PC war hinter ihnen.

Schilder an der Wand zeigten die Richtung der Zimmer an. 209 befand sich auf der linken Seite. Der PC blieb zurück, als sie den Korridor entlang gingen.

Vor der Tür zu Zimmer 209 blieben sie stehen. Grice schaute den Korridor auf und ab und nickte dann. Mo sah Rhodri an, der schwitzte. *Beruhige dich, Junge.*

Mo trat vor und klopfte.

Er wartete. Keine Antwort. Er tauschte einen Blick mit Grice aus und klopfte dann erneut.

KAPITEL ZWEIUNDACHTZIG

„Polizei. Lassen Sie uns rein, Ian."

Die Tür öffnete sich und Ian Osman stand in einer Jogginghose vor ihnen. Sein Haar war zerzaust und sein Gesicht vom Schlaf gezeichnet.

„Ian Osman, ich verhafte Sie wegen ..."

Ian stieß Mo hart in die Brust. Mo hielt stand, er lehnte sich nach hinten, verlor aber nicht den Halt.

„Ich verhafte Sie wegen Kindesentführung und Rechtsbeugung. Sie haben das Recht ..."

Ian warf ihm einen hasserfüllten Blick zu, dann hob er einen Ellbogen und rammte ihn gegen sein Kinn. Mo zuckte zusammen und spürte, wie sein Kopf zur Seite kippte.

„Halt!" Sergeant Grice packte Ian am Arm, drehte ihn nach hinten und legte ihm Handschellen an.

Mo packte sein Kinn und beugte sich zu Ian vor. Er wollte nicht zulassen, dass der Schmerz ihn davon abhielt, seine Arbeit zu tun. „Und wegen Angriffs auf einen Polizeibeamten. Soll ich zu Ende reden?"

„Nein", knurrte Ian.

„Gut." Mo wandte sich an Rhodri. „Bleib hier. Bewach den Raum und pass auf, dass niemand reinkommt, bis die Spurensicherung eintrifft."

„Sicher, Sergeant."

Mo gab Grice ein Zeichen, ihm zu folgen, und sie machten sich auf den Weg zur Haupttreppe. Die Leute kamen aus ihren Zimmern, aufgeschreckt durch den Aufruhr. Mo hob eine Hand, um sie zu beruhigen, als er an ihnen vorbeiging, und zuckte zusammen, als der Schmerz sich an seinem Hals ausbreitete.

„Gehen Sie wieder ins Bett, bitte. Halten Sie sich von den Gängen fern."

Er hörte, wie Rhodri den PCs Anweisungen gab und

weitere Leute beruhigte, die aus ihren Zimmern gekommen waren, um zu gaffen. Für Rhodri war es das erste Mal, dass er einen Tatort sicherte. Er würde schon klarkommen.

Sie führten Ian die Treppe hinunter, mit leichten Schritten. Die Uniformierten waren gut darin: leise, wenn es nötig war, und verdammt laut, wenn es gerechtfertigt war. Unten angekommen, wurden sie von der Rezeptionistin durchgelassen.

„Danke", sagte Mo zu ihr. Sie starrte Ian an.

Sie traten auf den Parkplatz. Es war noch dunkel, die Lichter aus den Schlafzimmern fielen auf den Parkplatz. Sie hatten das halbe Haus geweckt, trotz ihrer Bemühungen.

Carl Whaley stand neben dem Auto von Mo. Mo spürte, wie sich sein Magen zusammenzog.

„Sir."

„Warum haben Sie uns nicht gesagt, dass Sie PS Osman verhaften wollen?"

„Es steht im Zusammenhang mit einem Strafverfahren, nicht mit einer internen Untersuchung.

„Er ist Polizeibeamter, Sergeant Uddin. Sie hätten es uns sagen müssen."

Mo verzog die Lippen. Wenn Whaley ihnen Ian jetzt wegnahm, würde Zoe durchdrehen.

„Ich habe den Befehl von DI Finch, ihn nach Harborne zu bringen. Das hat Vorrang vor den Ermittlungen des PSD."

„Woher wissen Sie, dass die beiden nicht miteinander verbunden sind?"

„Weil Sie es uns gesagt hätten, wenn es so wäre."

„Punkt für Sie." Carl musterte ihn. Es war das erste Mal, dass sich die beiden so gegenüberstanden. Mo wusste, dass Zoe diesem Mann näherstand, als sie zugeben mochte. Aber dies

KAPITEL ZWEIUNDACHTZIG

war ein Entführungsfall. Das Leben eines Mädchens war in Gefahr.

„Hören Sie", sagte er. „Ich kann mit ihr reden. Ich bin sicher, sie hat nichts dagegen, dass Sie ihn befragen, wenn wir fertig sind."

Carl warf ihm einen belustigten Blick zu. „Sind Sie das?"

„Es wird ein Mädchen vermisst. Wir haben keine Zeit zu verlieren."

„Denken Sie nicht, ich wüsste das nicht. Ich war derjenige, der PC Bright zu dieser Nachricht befragt hat."

Ja, natürlich. „Sir."

Carl nickte. „Na dann los. Tun Sie, was Sie tun müssen. Ich werde mit Zoe reden."

KAPITEL DREIUNDACHTZIG

Maddy hatte Durst.

Sie war aufgewacht und der schmutzige Teller und das Glas von gestern standen immer noch auf dem Schreibtisch. Ein Sandwich und ein Glas Milch waren aufgetaucht, nachdem sie wieder eingeschlafen war, irgendwann am Nachmittag. Sie versuchte, sich nachts wach zu halten, entschlossen, die Frau zu erwischen, wenn sie hereinkam. Aber sie war zu müde.

Sie nahm das Glas in die Hand, in der Hoffnung, etwas Bodensatz darin zu finden. Es roch sauer und ließ sie würgen. Sie stellte es wieder hin und kämpfte gegen die Übelkeit in ihrem Magen an.

Der Eimer roch übel. Er war seit zwei Tagen nicht mehr geleert worden. Sie versuchte, ihn nicht anzuschauen, aber sie konnte dem Geruch nicht entkommen.

Sie ging zum Fenster und schaute hinaus. Sie hatte die Vorhänge geöffnet, in der Hoffnung, das orangefarbene Leuchten würde ihr helfen, wach zu bleiben. Das Leuchten

KAPITEL DREIUNDACHTZIG

war immer noch da, der Himmel begann sich aufzuhellen. Das Parkhaus war leer und die Straße dahinter ruhig.

Sie zuckte zusammen, als die Straßenlaterne draußen erlosch und den Himmel heller erscheinen ließ. Wie spät war es? Wie lange war Ollie schon verschwunden? Sie hatte gehofft, dass er in einem anderen Zimmer war, dass sie ihn zurückbringen würden. Aber sie musste sich wohl damit abfinden, allein zu sein.

Sie ging zurück zum Bett. Sie musste stillhalten und durfte ihre Energie nicht verbrauchen. Sie konnte ihre Rippen durch die Haut spüren und hatte ständig Kopfschmerzen. Wie lange wollten sie sie hier festhalten? Wo war Ollie? Sie hasste den Gedanken, dass er irgendwo allein war und sich niemand um ihn kümmerte.

Die Tür öffnete sich und sie sprang erschrocken auf. In der Düsternis konnte sie gerade noch die vertraute Gestalt in der Tür ausmachen. Sie hielt etwas. Einen Karton.

Die Frau stellte den Karton auf dem Boden ab und schloss die Tür wieder. Sie blickte nicht auf und sah nicht, dass Maddy sie beobachtete.

Maddy lief zur Tür. Sie zerrte an der Klinke. Sie bewegte sich ein kleines bisschen, dann hielt sie stand.

„Lasst mich raus! Wo ist Ollie? Was haben Sie mit ihm gemacht?"

„Es geht ihm gut", kam eine Stimme. Maddy versteifte sich. „Er ist in Sicherheit."

Sie warf sich gegen die Tür. „Ich will ihn sehen."

„Pssst. Mach den Karton auf." Schritte entfernten sich.

Maddy sah auf den Karton hinunter. Essen?

Irgendetwas daran machte ihr Angst. Sie ging in die Hocke und betrachtete sie misstrauisch. Sie nahm eine der Klappen zwischen Finger und Daumen, schnippte dagegen und zog ihre Hand zurück, als sie sich öffnete.

Sie runzelte die Stirn. Hatte die Kiste ein Geräusch gemacht?

Sie lehnte sich zurück und beobachtete sie. Sie hatte einen Zeichentrickfilm gesehen, in dem jemand eine Schlange in eine Schachtel gesteckt und sie im Schlafzimmer einer Prinzessin abgelegt hatte.

Sie hielt den Atem an. Die Kiste bewegte sich, nur ein wenig.

Maddys Handflächen waren klebrig. Sie schluckte die Galle hinunter, die in ihrer Kehle aufstieg. Sie könnte zurück zum Bett gehen, aus dem Fenster schauen und den Karton ignorieren.

Aber sie musste es wissen.

Sie klappte die andere Klappe auf und lehnte sich zurück. Sie hielt den Atem an und erwartete, dass sich etwas auf sie stürzen würde.

Ein anderes Geräusch. Kratzen. Sie spähte hinein, ihr Herz raste.

In der Kiste befand sich ein Käfig, ein Tiertransporter. Ein Gesicht schaute sie aus dem Inneren an. Zwei gelbe Augen, spitze Ohren.

Maddy hakte den Deckel des Käfigs ab und steckte ihre Hand hinein. Sie holte es heraus. Sie starrte es an. Es starrte direkt zurück.

Ein Kätzchen. Warum hatte die Frau ihr ein Kätzchen hiergelassen?

Sie stecke es zurück in den Karton und ging zur Tür.

„Ich will kein Kätzchen! Ich will meinen Bruder zurück!"

KAPITEL VIERUNDACHTZIG

Zoe betrat den Vernehmungsraum, ihren Blick fest auf Alison gerichtet. Neben ihr saß eine Anwältin, eine Frau, die Zoe noch nie gesehen hatte.

Mo schloss die Tür hinter ihnen und sie setzten sich. Alison legte ihre Hände auf den Stuhl unter sich, ihr Gesicht war angespannt.

„Anwesend sind DI Finch und DS Uddin. Bitte identifizieren Sie sich für das Band."

„Alison Osman".

„Hannah Wilson, Alisons Anwältin."

Zoe nickte und schlug die Akte auf, die vor ihr auf dem Tisch lag. Mo setzte sich wieder neben sie und betrachtete Alison. Sie hatte die Hände in ihrem Schoß verschränkt und starrte Zoe an.

„Alison."

„Detective Finch."

Zoe schloss ihre Akte und musterte Alison. „Haben Sie uns die ganze Zeit angelogen?"

„Nein." Alisons Blick war ruhig, aber ihre Hände verschränkten sich fester ineinander.

„Hmm." Zoe schlug ihre Akte auf. „Das Überwachungsvideo von der Zeit, als Sie behaupten, dass Ihre Kinder aus Cadbury World entführt wurden. Sie haben es sich angesehen."

„Das habe ich. Sie waren dabei."

„Es zeigt Sie, wie Sie mit Ihren Kindern vom Tisch weggehen. Sie halten ihre Hände."

„Das bin ich nicht." Alisons Stimme war dünn.

Zoe nahm ein Foto aus ihrer Akte. Es war ein Standbild aus der Überwachungskamera. Alison, die von hinten nach Maddys Hand greift.

„Sie müssen zugeben, dass sie Ihnen sehr ähnlich sieht."

„Ja. Aber ich bin es nicht."

Zoe nahm ein weiteres Foto mit. Dieses war von dem Moment, als Alison zurückkam. Sie stand mit offenem Mund vor dem Tisch.

„Sind Sie das?"

„Ja." Alison tauschte einen Blick mit ihrer Anwältin aus. „Das bin ich."

Zoe legte die beiden Fotos nebeneinander, Alison zugewandt. „Auf beiden tragen Sie ein graues Fleece und einen grünen Schal. Ihr Haar ist das gleiche. Ich verstehe nicht, wie wir glauben sollen, dass Sie das nicht sind."

„Jemand muss sich für mich ausgegeben haben."

„Wer könnte das wohl tun?", fragte Mo.

Alison wandte sich ihm zu. „Wenn ich das wüsste, hätte ich meine Kinder zurückbekommen. Und zwar beide."

Sie hatte also nicht vor, klein beizugeben.

„Also gut", sagte Zoe. „Sie behaupten also, dass eine andere

Person, die genauso aussieht wie Sie, Ihre Kinder entführt hat, während Sie Mittagessen gekauft haben."

„Ja."

„Können Sie erklären, warum Ihre Kinder mit dieser Person weggehen? Sie scheinen deswegen überhaupt nicht besorgt zu sein."

Alison legte ihre Hände auf den Tisch. „Das habe ich mich auch schon gefragt."

Zoe zog eine Augenbraue hoch. „Irgendwelche Theorien?"

„Nein."

„Nein."

Mo beugte sich vor. „Wir haben eine Aussage von Larry Pierce, der als Sicherheitsbeamter bei Cadbury World tätig war, als Maddy und Ollie entführt wurden. Er sagt, er habe Sie mit ihnen weggehen sehen."

„Er irrt sich."

„Die Videoüberwachung zeigt, wie Sie mit ihnen weggehen", sagte Zoe. „Und dann haben wir Larrys Aussage. Aber Sie sagen, die Beweise sind falsch."

„Das müssen sie sein."

„OK, machen wir weiter. Dies ist ein Ausdruck der Nachricht, die Sie am Sonntagmorgen an sich selbst geschickt haben, dass Sie sich zwischen Ihren Kindern entscheiden sollen."

„Warum hätte ich diese Nachricht senden sollen?"

„Um uns glauben zu machen, dass jemand anderes sie hat. Ich weiß es nicht. Sagen Sie es mir."

„Ich habe die Nachricht nicht geschickt."

Zoe lehnte sich vor. „Die Nachricht wurde von den Büros von Hatton & Bannerjee in der Colmore Row gesendet. Die einzigen Leute im Gebäude waren zu diesem Zeitpunkt die Reinigungskräfte."

Alison zuckte mit den Schultern. „Dann fragen Sie sie."

„Einer unserer Beamten hat mit den Mitarbeitern der Reinigungsfirma gesprochen, die uns gesagt haben, dass Sie dort arbeiten."

„Ich habe Ihnen bereits gesagt, dass ich nur in der Schule arbeite. Es gibt keine Möglichkeit, einen anderen Job zu machen."

„Alison, warum arbeiten Sie in einem zweiten Job und benutzen dabei Ihren Namen aus erster Ehe?"

„Was?"

„Die Reinigungsfirma hat eine Alison Tomkin, die für sie arbeitet."

Alison erstarrte. Sie starrte Zoe an, drehte sich dann zu ihrer Anwältin um und murmelte ihr ins Ohr.

„Ich brauche eine Pause, um mich mit meiner Mandantin zu beraten."

„Wir sind noch nicht fertig", sagte Zoe.

„Fünf Minuten", sagte der Anwalt.

„Nun gut." Zoe stoppte das Band und tauschte einen Blick mit Mo, als sie den Vernehmungsraum verließen.

Im Korridor wechselte sie von einem Fuß auf den anderen. „Warum hält sie uns hin?"

„Warum macht sie irgendwas davon?"

„Sprich mit Connie. Sie soll herausfinden, ob sie mit der Sache Geld verdienen. Ob sie einen Deal mit den Zeitungen gemacht haben oder so etwas."

„Du denkst, das ist das Motiv."

„Ich weiß es nicht. Es wird dadurch kompliziert, dass Ian glaubt, Ollie sei sein Kind. Vielleicht wollen sie Maddy loswerden."

„Ich warte immer noch auf eine Antwort von Kings Norton wegen des DNS-Tests, den er angeordnet hat. Aber er

KAPITEL VIERUNDACHTZIG

hat auch Maddy adoptiert. Würde er ihr etwas antun wollen? Sie loswerden?"

Zoe strich sich mit den Fingernägeln über den Arm. „Wir müssen mit ihm reden. Das könnte mit dem zusammenhängen, was Carl gegen ihn in der Hand hat."

Mo nickte. „Ich rufe Connie an." Er sprach in sein Handy. Zoe sah zu, ihre Gedanken rasten.

„Wir haben nicht genug Zeit", sagte sie.

„Du denkst an Maddy."

„Wenn Hamm in die Sache verwickelt ist, wenn seine Bastarde sie haben ..."

Mos Gesicht war angespannt. „Petersen und Shand."

Zoe spürte, wie sich ihr der Magen umdrehte. Trevor Hamm hatte Kinder an das pädophile Netzwerk von Canary geliefert. Sie hatten es zwar noch nicht beweisen können, aber sie wusste es. Und Shand und Petersen waren immer noch da draußen.

Sie mussten Maddy finden. Schnell.

Mo starrte sie an. Er würde das Gleiche denken. „Du befragst sie weiter. Ich werde Hamm aufspüren."

„Ich kann sie nicht allein befragen. Ich möchte, dass du mit mir da reingehst."

„Was ist mit Rhodri?"

„Er ist noch nicht von der Travelodge zurück, oder?"

„Nein. Deine Entscheidung, Boss. Wir können die Vernehmung unterbrechen, während wir versuchen, Maddy ausfindig zu machen."

„Du glaubst nicht, dass Alison uns irgendetwas Nützliches geben wird."

„Sie streitet alles ab, Zo. Du wirst sie nicht knacken."

Zoe hob eine Augenbraue. „Du unterschätzt mich."

„Ich glaube nur nicht, dass dies der schnellste Weg ist, Maddy zu finden, das ist alles."

„Okay. Du hast Recht. Du gehst und suchst nach Maddy. Ich werde Ian zusammen mit Carl befragen."

„Carl?"

„Ja, Carl. Er besteht darauf. Und um ehrlich zu sein, denke ich, dass alles, was er weiß, hilfreich sein könnte. Meine Theorie ist, dass Hamm etwas gegen Ian in der Hand hat und Maddy ins Kreuzfeuer geraten ist. Er hat ihnen seine Tochter gegeben, um sich aus der Verantwortung zu ziehen. Oder sie haben sie entführt, um ihm eine Lektion zu erteilen."

„*Ihre* Tochter."

„In der Tat."

„Vielleicht ist sie nicht eingeweiht. Vielleicht ist es nur Ian", sagte Mo.

„Das erklärt aber nicht die Videoüberwachung und die Reinigungsfirma."

„Nein."

„Richtig."

Sie stieß die Tür zum Befragungsraum auf. „Das war's für heute. Sie werden zurück in Ihre Zelle gebracht."

Alison blieb der Mund offenstehen.

„Sie können sie nicht länger als vierundzwanzig Stunden festhalten, ohne sie anzuklagen", sagte der Anwalt.

„Oh, wie dumm von mir, das habe ich vergessen." Zoe sah sie an. „Machen Sie sich keine Sorgen. Wir kommen wieder." Sie richtete ihren Blick auf Alison und unterdrückte ihre Wut auf die Frau. „Aber wir haben im Moment dringendere Dinge zu tun, da werden Sie mir sicher zustimmen."

KAPITEL FÜNFUNDACHTZIG

David Randle betrat den Zellenblock mit einem leichten Lächeln auf den Lippen.

„Sir", sagte der Sergeant.

„Sergeant Khan. Wie geht es Ihnen?"

„Sehr wohl, Sir. Ich bin ein wenig überrascht, Sie hier zu sehen."

„Ich behalte die Dinge gerne im Auge. Ich kann nicht zu weit weg sein."

„Nein, Sir."

Randle blickte in Richtung der Zellen. „Ich habe gehört, die Osmans sind in Gewahrsam."

„Ja, Sir."

„Wurden sie schon befragt?"

Khan richtete sich auf. „Alison Osman ist im Moment bei DI Finch. Ian Osman ist in seiner Zelle."

Randle wandte sich wieder an den Sergeant. „Er ist noch nicht befragt worden?"

„Nein, Sir."

„Hmmm." Er betrachtete die Tür zu den Zellen und zupfte leicht an seiner Krawatte.

„Kann ich Ihnen bei irgendetwas helfen, Sir?"

Randle wusste, dass, wenn er in die Zelle ging, dies aufgezeichnet werden würde. Wenn er hier stand und sich mit dem Haftbeamten unterhielt, konnte er das als Routinebesuch abtun. Gerade so. Aber wenn er mit Ian sprach ...

Wenn er andererseits aber nicht mit Ian sprach ...

„Sehr gut", sagte er. „Danke für das Gespräch."

„Sir." Khan sah verwirrt aus. Randle schenkte ihm ein knappes Lächeln, dann schob er sich aus dem Gewahrsamsraum und scannte den Korridor. Hier gab es überall Kameras, die die Gefangenen ständig bei allen Bewegungen im Block überwachten.

Er ging zu den Befragungsräumen, wobei er darauf achtete, so auszusehen, als würde er nur einen Rundgang durch seine alte Basis machen. Er lächelte jedem zu, an dem er vorbeikam, und tauschte kurze Grüße aus. Das Schwergewicht war aus Lloyd House zurück, um sich zu informieren, wie die Dinge vor Ort liefen. Vielleicht war das die Art von Superintendent, die er sein würde. Es könnte nützlich sein.

Er bog um eine Ecke und sah einen schlanken Mann in den späten Sechzigern auf sich zukommen. Edward Startshaw: Trevor Hamms Anwalt, und auch der von Bryn Jackson. Er vertrat doch sicher nicht Ian Osman?

„Detective Chief Inspector Randle." Startshaw kniff die Augen zusammen. Das war der Mann, der Randle bedroht hatte, als sie in Jacksons Mordfall ermittelt hatten, der versucht hatte, ihn dazu zu bringen, seine Hunde zurückzurufen. Hamm's Fußsoldat.

„Detective Superintendent".

„Natürlich. Glückwunsch." Startshaws Stimme war kalt.

KAPITEL FÜNFUNDACHTZIG

„Sie sind hier, um jemanden zu vertreten?" fragte Randle.

„Ich glaube nicht, dass Sie mich das fragen müssen."

„Nein."

„Nun, dann", sagte Startshaw. „Es war ... interessant, Sie zu treffen."

Randle packte Startshaw am Ellbogen. Der Anwalt befreite sich mit einem Ruck aus seinem Griff. „Das würde ich an Ihrer Stelle nicht tun."

Randle lehnte sich vor. „Was sagt er?"

„Er ist noch nicht befragt worden."

Startshaw blickte zielstrebig zu der Kamera in der Ecke hinauf. Randle wich zurück und straffte die Schultern.

„Es ist alles unter Kontrolle", sagte Startshaw.

Randle nickte. Hamm hatte ihm gesagt, er solle zu DS Osman gehen und sich einen Platz bei der Vernehmung verschaffen, wenn er könnte. Aber da Startshaw dem Kerl ins Ohr flüsterte, war das kaum nötig.

„Er wird einen Vertreter der Gewerkschaft brauchen", sagte Randle. „Professional Standards schnüffeln herum."

„Machen Sie sich darüber keine Sorgen."

„Das werde ich nicht."

Randle warf einen Blick auf die Kamera, machte dann auf dem Absatz kehrt und ging zurück zu Lesleys Büro. Das würde der offizielle Grund für seine Anwesenheit sein. Ihm musste nur noch etwas einfallen, worüber er mit ihr reden wollte.

KAPITEL SECHSUNDACHTZIG

Mo HIELT vor dem Wohnhaus von Trevor Hamm an. Er war seit dem Tod seiner Frau Irina umgezogen. Ein Ertrinkungstod, der als Unfalltod registriert worden war, aber höchstwahrscheinlich Mord war.

Diese Wohnung lag weiter südlich, in der Nähe des Cricketplatzes. Sie war Teil eines modernen Wohnblocks, der sich neben dem Cannon Hill Park erhob. Hamm wohnte im obersten Stockwerk. Natürlich.

Am Empfang saß eine zierliche blonde Frau mit einem künstlichen Lächeln. Mo zeigte ihr seinen Dienstausweis.

„Ich muss mit einem Ihrer Bewohner sprechen."

„Dies ist ein exklusives Gebäude, Sergeant. Ich bin sicher, dass es keinen Ärger gab."

„Er wohnt in Apartment einundsechzig."

„Oh." Ihr Gesicht verfinsterte sich.

„Sie sehen überrascht aus."

„Es ist nichts."

„Es sieht nicht nach nichts aus."

KAPITEL SECHSUNDACHTZIG

Unbehagen machte sich in ihrem Gesicht breit. Wie viel wusste sie über Hamm? „Er ist ausgezogen."

Verdammt noch mal. „Er ist erst seit einem Monat hier."

Sie zuckte mit den Schultern. „Kurzzeitmiete."

„Die Wohnung gehört jetzt also wieder Ihrer Firma?"

„Ja. Wir müssen sie reinigen lassen, aber ..."

„Können Sie mich reinlassen?"

„Ich bin mir nicht sicher, ob ich ..."

Er holte tief Luft und betrachtete ihren Ausweis. Er lächelte. „Pam. Stört es Sie, wenn ich Sie Pam nenne?"

„Nein, natürlich nicht. Das ist mein Name."

„Haben Sie den Fall Osman verfolgt?"

Sie keuchte. „Maddy und Ollie. Twitter ist voll von ..."

„Deshalb bin ich hier."

Ihr Blick wanderte nach oben, ihr Mund blieb offenstehen. „Sie glauben, sie sind da oben?"

„Ich kann Ihnen keine Einzelheiten nennen. Aber wenn Sie mich reinlassen können ..."

„Natürlich." Sie öffnete eine Schublade und drückte ihm eine Schlüsselkarte in die Hand. „Sechster Stock, linke Tür."

„Danke, Pam."

Sie biss sich auf die Lippe. „Diese armen Kinder."

Mo eilte zum Aufzug und tippte mit dem Fuß, als er hochfuhr. Oben befand sich ein großer, mit Teppich ausgelegter Flur, der durch ein deckenhohes Fenster einen Blick auf den Park bot. Jede der beiden Seitenwände hatte nur eine Tür.

Er steckte die Schlüsselkarte in den Schlitz und hielt sie in Position. Er klopfte an die Tür. Einmal, kräftig.

„Polizei!"

Ohne eine Antwort abzuwarten, lehnte er sich gegen die Tür und stieß sie auf.

Dahinter lag ein breiter Flur, das einzige Möbelstück ein Einbauschrank mit einer Vase mit verwelkenden Blumen.

„Ist hier jemand?"

Seine Stimme hallte in dem leeren Raum wider.

Er ging weiter hinein. Zu beiden Seiten des schmalen Flurs führten Türen ab, aber vor ihm öffnete sich ein weiträumiger Wohnraum. Die Wände waren verglast und gaben den Blick auf den Park auf der einen Seite und den Cricketplatz auf der anderen frei.

Der Raum war leer. Der polierte Eichenboden breitete sich vor ihm aus, ohne auch nur ein einziges Möbelstück.

Er rannte zurück durch den Flur und riss eine Tür nach der anderen auf.

„Maddy!" rief er. Es war einen Versuch wert.

Er rannte durch die Schlafzimmer, riss Schranktüren auf und stürzte in die Bäder. Wohin er sich auch wandte, alles war leer.

Er stapfte zurück zur Tür. Während er auf den Aufzug wartete, rief er Zoe an.

Anrufbeantworter. Sie würde mit Carl dabei sein Ian zu vernehmen.

„Hamm hat sich aus dem Staub gemacht, Boss. Keiner in seiner Wohnung. Keine Spur von Maddy."

Er stieg in den Aufzug, sein Verstand war leer. Wo war Hamm? Hatte er Maddy irgendwo hingebracht?

Er dachte zurück an das Osman-Haus, an das Gerüst. Er wusste, wohin er als nächstes gehen würde.

KAPITEL SIEBENUNDACHTZIG

Das Kätzchen kratzte an den Wänden und jagte etwas, das Maddy nicht sehen konnte. Sie lehnte sich gegen die Wand und beobachtete es. Es war ein süßes kleines Ding, grau mit dunklen Streifen unter den Augen. Wenn Mum ihr das mitgebracht hätte, um es mit Ollie zu teilen, hätte sie es geliebt.

Wenn sie ehrlich zu sich selbst war, hätte sie sich mit Ollie darüber gestritten. Er wäre grob zu ihm gewesen, hätte es am Schwanz gepackt und an den Schnurrhaaren gezogen. Sie hätte ihn angeschrien. Aber trotzdem wäre es besser, wenn er hier wäre.

Das Kätzchen näherte sich ihr und schnupperte an ihrem Fuß. Maddy wich zurück, um nicht in den Bann des Tieres zu geraten. Es sah zu ihr auf und gab ein leises Miauen von sich. Sie lächelte.

„Warum bist du hier?", fragte sie es. Es miaute als Antwort.

Sie streckte eine Hand aus, und es wich misstrauisch zurück. Sie wackelte mit den Fingern, und es streckte den Kopf aus, brachte die Nase näher, aber nicht den Körper. Vernünftige Katze. Maddy wünschte, sie wäre bei Cadbury World vorsichtiger gewesen. Aber die Frau hatte gesagt, sie sei ihre Tante, und dass es eine Überraschung sei. Maddy wusste, dass ihre Mutter eine Schwester hatte, die in Australien lebte. Die Frau sah ihrer Mutter so ähnlich, dass es leicht gewesen war, ihr zu glauben.

Das Kätzchen ging weg. Es gab eine Ecke unter dem Fenster, weg von ihrem Eimer, wo es hinpinkelte. Der Geruch war scharf, anders als der Geruch ihres eigenen Urins im Eimer. Sie hatte ihn seit gestern nicht mehr benutzt. Und beim letzten Mal hatte es wehgetan, ihr Urin war zu dunkel. Mama wurde böse mit ihr, wenn ihr Pipi zu dunkel war, und sagte ihr, sie solle mehr Wasser trinken.

Sie würde im Moment alles für ein Glas Wasser geben. Sie würde nie wieder meckern und sagen, dass sie lieber Pepsi wollte.

Die Tür klapperte, und das Kätzchen sprang vor Schreck hoch. Es rannte unter das Bett, ein Blitz aus Grau und Silber. Maddy wünschte sich, sie würde mit ihm darunter passen.

Sie zog sich auf das Bett hoch und kauerte sich an die Wand, den Blick auf die Tür gerichtet. Sie öffnete sich langsam.

„Hallo." Die Frau war wieder da und trug den Kapuzenpulli. Bei Cadbury World hatte sie ein Fleece getragen, Maddy hatte es lustig gefunden, dass die beiden scheinbaren Schwestern dasselbe anhatten.

Sie schob die Kapuze herunter und Maddy keuchte. Sie sah jetzt überhaupt nicht mehr wie ihre Mutter aus. Ihre Augen waren schmal und gefühllos. In Cadbury World hatte sie anders ausgesehen. Netter.

„Ich habe Neuigkeiten." Die Stimme der Frau war sanft, aber ihre Augen waren hart. Sie suchte den Raum ab und hielt Ausschau nach dem Kätzchen.

KAPITEL SIEBENUNDACHTZIG

Maddy sagte nichts.

„Wo ist es?", fragte die Frau. Maddys Blick senkte sich.

Die Frau ließ sich auf den Boden fallen und spähte unter das Bett. Maddy beäugte die Tür. Hatte sie noch Zeit? Sie erinnerte sich daran, was beim letzten Mal passiert war, wie die Frau sie gejagt hatte. Sie hatte immer noch einen blauen Fleck auf ihrem Arm, wo sie gepackt worden war.

„Wo ist Ollie?", fragte sie und versuchte, sich Mut einzureden.

Die Frau stand auf. „Er ist in Sicherheit."

„Wo ist er?"

„Du lässt nicht locker, was? Er wird es nicht mögen, wenn du mürrisch bist."

„Wer?"

„Du wirst es herausfinden. Komm."

„Was?"

„Komm schon. Wir ziehen um."

Maddy starrte die Frau an. Umziehen? Wohin? Würde sie wieder mit Ollie zusammen sein?

„Wo bringen Sie mich hin?"

„Du wirst es herausfinden." Die Augen der Frau funkelten. „Es wird dir gefallen. Versprochen. Ich habe eine Überraschung für dich."

Das Kätzchen war die letzte Überraschung gewesen. Davor der Verlust von Ollie.

„Ich mag keine Überraschungen."

„Das hier ist etwas Besonderes. Besser als ein Kätzchen. Komm mit."

Maddy schritt auf sie zu. Wenn die Möglichkeit bestand, dass sie zu Ollie gebracht wurde, musste sie sich darauf einlassen. Sie atmete tief durch, ihr Herz raste.

„Kommt das Kätzchen mit?"

„Noch nicht. Aber keine Sorge, du wirst es nicht verlieren." Die Frau klang gereizt, wie Mum, wenn Ollie sie um Süßigkeiten anbettelte. „Komm."

Maddy folgte der Frau nach draußen und betete, dass sie ihr nicht wehtun würde.

KAPITEL ACHTUNDACHTZIG

„DI Whaley".

„DI Finch." Carl trat zurück, um Zoe in den Vernehmungsraum zu lassen. Sie reagierte etwas widerwillig und achtete darauf, ihn nicht zu berühren, als sie an ihm vorbeiging.

Ian war bereits drinnen. Zoe war erstaunt, Edward Startshaw neben ihm sitzen zu sehen. Sie tauschte einen Blick mit Carl aus.

„Anwesend sind DI Whaley und DI Finch", sagte Carl.

„Edward Startshaw und mein Klient Ian Osman", sagte Startshaw. Sein Anzug sah neu aus, und sein graues Haar war ordentlich geschnitten worden. Er war kaum als der Mann zu erkennen, der neben Margaret Jackson gesessen hatte, als Zoe sie mit David Randle verhört hatte.

Zoe war entschlossen, Carl nicht die Oberhand gewinnen zu lassen. „Ian", sagte sie, „wir müssen mit Ihnen über Maddy sprechen."

Ian warf Carl einen verächtlichen Blick zu. „Was macht er denn hier?"

Carl räusperte sich. „Ich bin von Professional Standards, Ian. Wenn Sie mit der Entführung zu tun haben, haben wir ein Interesse daran."

„Sie Mistkerl."

Carl hob eine Augenbraue. „Reden Sie so mit allen Ihren DIs?"

„Nicht mit denen, die mit offenen Karten spielen."

Zoe beugte sich vor. „DI Whaley ist hier, weil Professional Standards ein Interesse an Ihrer Rolle, als aktiver Polizeibeamter, in diesem Fall hat". Sie ließ ihren Blick von Ian zu Startshaw schweifen. Die Wahl des Anwalts konnte niemals als Beweis gelten …

„Sie müssen sich mehr anstrengen, DI Finch", sagte Startshaw. „Meinem Klienten wurde gesagt, dass es nur um das Verschwinden seiner Kinder geht."

„Das ist richtig", sagte sie. „Für den Moment."

Sie begegnete Ians Blicken. „Sie haben die Nachricht bekommen. Sie wissen, dass heute die Frist abläuft. Ich bin sicher, dass Sie uns gerne helfen möchten."

Ian sah seinen Anwalt an, der nickte. „Natürlich", sagte er, den Blick fest auf Zoe gerichtet.

„Gut. Wissen Sie, wo Maddy ist?"

„Natürlich nicht."

„Wir haben Grund zu der Annahme, dass die Facebook-Nachricht, die Sie über Ihre Kinder erhalten haben, von Ihrer Frau stammt. Wir glauben, dass Sie beide zusammenarbeiten."

„Keine Ahnung, wovon Sie reden."

Startshaw beugte sich vor. „Mein Mandant verdient es, die Art der Anschuldigungen gegen seine Frau zu erfahren, wenn es sich um eine Verschwörung handeln soll."

„Dazu kommen wir, wenn wir soweit sind", sagte Carl. Zoe ballte eine Faust unter dem Tisch.

KAPITEL ACHTUNDACHTZIG

„Sie hat diese Nachricht nicht geschickt", sagte Ian. Er ignorierte Startshaws zurückhaltende Hand. „Ich weiß, was Sie denken. Aber wir würden unseren Kindern nie etwas antun. Das würden wir nie tun."

„Sie bezeichnen sie als ‚unsere' Kinder, Ian", sagte Zoe.

„Ich habe sie beide adoptiert, nachdem ihr leiblicher Vater gestorben war."

„Benedikt war der leibliche Vater der beiden?"

Ian errötete. „Ja."

„Sind Sie sich da sicher?"

„Das hat mir Alison gesagt."

„Obwohl Sie und Alison schon vor Benedicts Tod eine Beziehung hatten. Bevor Ollie gezeugt wurde."

„Meinen Sie, sie könnte Sie angelogen haben?", fragte Carl.

Ians Augen weiteten sich. „Was sagen Sie da?"

„Ian, haben Sie vor zwei Tagen eine DNA-Analyse von Ihrem und Ollies biologischem Material in Auftrag gegeben?" Fragte Zoe.

„Ich weiß nicht, was das mit den Anschuldigungen zu tun hat", sagte Startshaw. Er flüsterte in Ians Ohr.

„Kein Kommentar", sagte Ian.

„Nutzung von Polizeiressourcen zu persönlichen Zwecken", sagte Carl. „Sie könnten Ihren Job und Ihre Pension verlieren. Ganz zu schweigen von möglichen Strafanzeigen." Er lehnte sich zurück und verschränkte die Arme.

„Kein Kommentar", wiederholte Ian.

„Okay", sagte Zoe. „Was ist mit den Dacharbeiten, die Sie an Ihrem Haus machen lassen? Das Bad, das Sie vor einem Jahr haben einbauen lassen."

„Was ist damit?"

„Das ist ein sehr teures Bad, wie ich höre."

„Wir haben gespart."

„Haben Sie das?"

„Ja."

Carl zog ein Blatt aus einer Akte. Es zeigte eine Zusammenfassung der Bankunterlagen von Ian und Alison für die letzten zwei Jahre. Ein gemeinsames Konto, zwei persönliche Konten mit Gehaltseingängen und ein kleiner Topf mit Ersparnissen.

„Sehen Sie, auf Ihren Kontoauszügen ist nichts davon vermerkt", sagte er. Er schob das Blatt über den Tisch und Startshaw schnappte es sich.

„Wir haben mit Karte bezahlt."

„Auch hier keine Aufzeichnungen." Carl zog ein zweites Blatt hervor.

Ian bewegte sich in seinem Stuhl. Er leckte sich über die Lippen. „Kein Kommentar."

Zoe starrte ihn an. „Ian, wenn es stimmt, was Sie sagen, und Sie Maddy nicht irgendwo verstecken, bedeutet das, dass sie in Gefahr ist."

Er blinzelte ihr zu. „Ja", krächzte er. Er sah Carl an, seine Augen waren dunkel.

„Das bedeutet, dass Sie alles tun werden, um uns dabei zu helfen, sie zu finden." Sie beobachtete seine Reaktion. „Was wir heute tun müssen."

Ian richtete sich schwerfällig auf und sank dann wieder in sich zusammen. Tränen traten ihm in die Augen. „Ja."

„Also, noch einmal. Sagen Sie uns, warum Ihre Frau unter dem Namen ihres ersten Mannes für eine Reinigungsfirma gearbeitet hat."

„Sie hat *was*?"

Er wusste es also nicht, dachte sie. „Cleanways Reinigungsfirma. Ihre Frau hat unter dem Namen Alison Tomkin

KAPITEL ACHTUNDACHTZIG

für sie gearbeitet. Sie hat bei Hatton & Bannerjee in der Colmore Row geputzt."

Ian runzelte die Stirn. Seine Nasenflügel blähten sich. „Was hat das damit zu tun?"

„Hatton & Bannerjee war die Quelle dieser Facebook-Nachricht. Sie stammte nicht von PC Bright, aber das wussten Sie ja schon."

„Ich dachte, das wäre nicht etwas, das Trish tun würde, aber dann..."

„Was dann?", fragte Carl. „Mach weiter."

Ian warf einen Blick auf Startshaw, der verwirrt aussah.

„Trish und ich haben uns zerstritten. Damals, als wir zusammen in Coventry gearbeitet haben. Ich dachte, sie könnte es geschickt haben, um sich an mir zu rächen."

„Sie müssen etwas sehr Schlimmes getan haben, dass sie sich auf diese Weise rächt", sagte Carl.

„Ja."

„Was haben Sie Trish Bright getan, Ian?", fragte Zoe.

„Ich habe sie angemacht. Bei DC Zahid Shah Abschiedsfeier. Wir waren alle ziemlich besoffen. Alison hatte nur Zeit für Ollie, wollte nichts von mir wissen. Ich war ein bisschen auf Trish fixiert."

„Warum haben Sie uns nichts davon erzählt, als Trish Ihrer Familie als FLO zugeteilt wurde?" fragte Zoe.

„Ich wollte nicht, dass jemand erfährt, was passiert ist."

„Ian, was hast du Trish getan? War diese ‚Anmache' in Wirklichkeit ein Übergriff?"

Er zerrte an seinem Kragen. „Gott, nein. Nichts dergleichen. Nein, ganz und gar nicht. Es war nur ... peinlich. Sie hat meinen Kuss erwidert, nur für einen Moment. Dann stieß sie mich weg, als hätte ich die Krätze. Wir haben nie wieder darüber gesprochen, und einen Monat später wurde ich versetzt."

„Sie sind in Ihrer Polizeikarriere viel herumgekommen, nicht wahr?", sagte Zoe.

„Ich bin den Möglichkeiten gefolgt."

„Oder Sie sind wegen solcher Verfehlungen weggelaufen", sagte Carl.

Ian sah ihn an. „Es war nur das eine Mal, nie wieder. Ich bin kein Idiot."

Carl schüttelte den Kopf. „Woher kennen Sie Stuart Reynolds?"

Ian wurde blass und drehte sich zu seinem Anwalt und dann wieder zu Carl um.

„Wer ist das?"

Zoe verdrehte die Augen. „Er ist der Mann, der Ihr Dach repariert."

„Oh. Ja. Ja, natürlich. So etwas vergisst man leicht. Alison ist diejenige, die sich ..."

„Wie bezahlen Sie ihn, wenn nicht über Ihr Bankkonto oder Ihre Kreditkarte?", fragte Carl.

Zoe legte eine Hand auf Carls Arm.

„Ian, kennen Sie einen Mann namens Trevor Hamm?"

Startshaw räusperte sich. „Ich verstehe nicht, was das alles mit der Entführung der Kinder zu tun hat."

„Oh, das hat sehr viel damit zu tun, Mr. Startshaw", sagte Zoe. „Ich denke, das wissen Sie."

„Sie können nicht einfach ..."

Zoe wurde langsam ungeduldig. Wenn er so unschuldig war, wie er behauptete, warum half er ihnen dann nicht? „Hat Trevor Hamm Maddy, Ian? Haben Sie ihn verärgert, und er hat Ihre Tochter entführt, um Sie zu bestrafen?"

KAPITEL ACHTUNDACHTZIG

„Nein", flüsterte Ian. „Ich verspreche es Ihnen. Ich habe keine Ahnung, wo sie ist."

„Und Alison?"

Ians Adamsapfel wippte. „Ich verstehe nicht, warum sie so etwas tun sollte."

„Warum hat Ihre Frau die Entführung von Ollie und Maddy vorgetäuscht, Ian?", fragte Zoe. „Was haben Sie beide davon?"

„Nichts." Er richtete sich auf. „Wenn wir das getan hätten, warum hätten wir dann Ollie zurückbringen sollen?"

„Ich glaube, Sie wissen warum", sagte Carl. „Sie glauben, dass Ollie biologisch Ihr Sohn ist. Sie haben einen DNA-Test machen lassen, um es zu beweisen. Maddy, andererseits ..."

„Das ist ungeheuerlich. Maddy ist meine Tochter. Was soll's, dass sie nicht meine DNA teilt? Ich liebe sie."

„Wo ist sie, Ian?"

„Ich weiß es nicht." Er wischte sich das Gesicht ab. „Ich schwöre Ihnen, ich weiß es nicht."

KAPITEL NEUNUNDACHTZIG

Bei Reynolds Contracting war alles still. Mo lehnte sich an die Tür, spähte durch das Glas und rüttelte an der Klinke.

Er klopfte erneut an die Tür. „Polizei! Wir müssen mit Ihnen sprechen."

Nichts. Er hörte auf an der Tür zu rütteln und lauschte, in der Hoffnung, hinten im Inneren Leute arbeiten zu hören. Vorne stand ein Lieferwagen mit dem bekannten Logo auf der Seite.

Es war ein gedrungenes Gebäude mit zwei Stockwerken. Jalousien verdeckten die Fenster im Obergeschoss.

Er ging seitlich herum. Ein hoher Zaun versperrte ihm den Weg, gesäumt von Brennnesseln. *Verdammt.*

„Hallo?"

Mo drehte sich um und sah eine Frau, die ihn anstarrte. Sie trug eine Latzhose, die mit Farbspritzern übersät war. Er stapfte durch das Gestrüpp zu ihr zurück.

„Arbeiten Sie hier?"

„Ich bin im Gebäude nebenan. Brushworks Decorating. Kann ich Ihnen helfen?"

KAPITEL NEUNUNDACHTZIG

„Ich suche Stuart Reynolds." Er zeigte ihr seine Karte.

„Dieser Mistkerl."

„Oh?"

„Verwandelt diesen Ort in einen Müllplatz. Haben Sie mal hinten nachgesehen?"

„Ich komme nicht hin."

„Ich zeige es Ihnen." Sie winkte ihm, ihr zu folgen.

Dass Reynolds ein rücksichtsloser Nachbar war, spielte für den Fall keine Rolle. Aber wenn es ihm Zugang zur Hintertür verschaffte ...

„Wir müssen uns beeilen", sagte er ihr. „Ich habe nicht viel Zeit."

„OK, immer mit der Ruhe." Sie schloss eine schmale Tür zur nächsten Einheit auf und führte ihn hindurch. „Da hinten." Sie zeigte auf eine Hintertür. An der einen Wand stapelten sich Farbtöpfe. Der Raum war erstaunlich sauber, wenn man bedenkt, in welchem Zustand sich der Overall der Frau befand.

Mo stieß die Hintertür auf. Dahinter befand sich ein kahler Betonhof, der von demselben blauen Zaun umgeben war, den er bei Reynolds' Einheit gesehen hatte. Ein Tor auf der Rückseite führte auf eine schmale Straße.

Er ging zu dem Zaun, der an Reynolds' Einheit grenzte. Wie alles hier, war er sauber und ordentlich. In einer Ecke stand ein Holzschuppen, und ein Tor auf der Rückseite war mit einer Kette gesichert.

Er wandte sich wieder dem Gebäude zu. „Ich glaube, Sie haben sich geirrt", begann er und ging zurück zu der Frau.

Die Tür, durch die er gekommen war, war verschlossen. Mo hämmerte gegen das Holz. „Hallo? Sie haben mich ausgesperrt."

Auf der anderen Seite des Gebäudes wurde ein Motor gestartet. Aus dem Inneren war kein Geräusch zu hören.

Man hatte ihn ausgetrickst.

Er zerrte noch einmal an der Tür, aber sie rührte sich nicht. Er hämmerte, dieses Mal lauter. Keine Antwort.

Er griff nach seinem Telefon. Stuart Reynolds verheimlichte etwas, und Zoe musste davon erfahren.

KAPITEL NEUNZIG

„Wir müssen das schnell erledigen. Uns läuft die Zeit davon."

Zoe war mit Rhodri und Connie im inneren Büro. Lesley stand an der Tür, nippte an einem Kaffee und sah zu. Carl stand hinter Zoe und zappelte nervös herum.

„Ja, Boss", sagte Rhodri.

„Ian schwört blind, dass er Maddy und Ollie nicht entführt hat", sagte Zoe. „Alison auch. Ich weiß nicht, ob sie die Wahrheit sagen, aber Carl wird weiter Druck auf sie ausüben. In der Zwischenzeit denken wir, dass Trevor Hamm darin verwickelt sein könnte."

Connies Gesicht verzog sich. „Du denkst, diese Bastarde haben …" Ihre Hand fuhr zu ihrem Mund. „Deshalb haben sie auch Maddy noch. Sie ist zwölf."

Zoe versuchte, den Gedanken zu verdrängen. „Wir müssen hoffen, dass wir falsch liegen. Dass ihre Eltern nur versuchen, schnelles Geld zu machen, und dass sie sie an einem sicheren Ort untergebracht haben. Aber wir können kein Risiko eingehen."

„Wir sollten gleich zu Hamm fahren, Boss", sagte Rhodri. „Die Uniformen dazuholen."

„So einfach ist das nicht. Er ist vor einem Monat umgezogen, in eine Wohnung mit Blick auf Cannon Hill. Mo war da, und er ist weg."

„Scheiße", murmelte Rhodri. Connie stützte sich mit einer Hand an der Wand ab, um sich zu beruhigen.

„Mo ist auch zu Stuart Reynolds' Geschäftsadresse gefahren. Er hat für die Osmans gearbeitet, wir glauben, es ist die gleiche Vereinbarung wie bei ACC Jackson. Es wird kein Geld ausgetauscht, Hamm gibt es als Bezahlung für geleistete Dienste in Auftrag."

„Welche Art von Dienstleistungen?", fragte Connie.

„Er arbeitet bei der Kripo", sagte Carl. „Er könnte Beweise manipuliert haben, falsche Spuren gelegt haben, Informationen an Hamm und seine Mitarbeiter weitergegeben haben. Alles Mögliche."

„Beweise im Fall Canary?", fragte Connie.

„Vielleicht", sagte Zoe.

„Dafür haben wir jetzt keine Zeit", sagte Lesley. „Heben Sie sich die Schwarzmalerei für später auf, wenn wir das Mädchen zurückhaben."

„Ma'am."

Lesley legte eine Hand an ihre Tasse, als sich die Tür hinter ihr öffnete.

„Mo", sagte Zoe. „Bist du okay?"

Mo warf einen Blick auf die DCI und nickte. Er wandte sich an Zoe. „Es ist mir nur verdammt peinlich, das ist alles. Ich kann nicht glauben, dass diese Dekorateurin mich so ausgetrickst hat."

„Haben Sie ihren Namen?"

KAPITEL NEUNZIG

„Nun, ich weiß, wo ihr Geschäft ist. Sonst nichts. Und es ist wahrscheinlich nur eine Fassade."

„Keine Anzeichen dafür, dass die Kinder in diesen beiden Einheiten waren?"

Mo schüttelte den Kopf. „Adis Team ist noch da, aber bis jetzt gibt es nichts."

„Was ist mit der Wohnung von Hamm?"

„Ich habe das Haus durchsucht." Lesley hob eine Augenbraue. Mo bemerkte sie, errötete und konzentrierte sich dann auf Zoe. „Aber du hast recht, vielleicht findet die Spurensicherung etwas, was ich nicht finden kann."

„Dafür brauchen wir die Erlaubnis des Vermieters", sagte Lesley. „Man kann da nicht einfach so reinplatzen, ohne das richtige Verfahren einzuhalten."

Zoe biss die Zähne zusammen. „Bei allem Respekt, Ma'am ..."

Lesley hielt eine Hand hoch. „Machen Sie sich keine Sorgen. Ich kümmere mich darum. Sie kümmern sich um Maddy."

„Danke." Zoe wandte sich wieder an ihr Team. „Also. Carl wird Alison befragen. Wir setzen sie unter Druck und lassen sie glauben, dass Ian sie verraten hat. Dann bleibt uns nur noch die Sache mit dem organisierten Verbrechen. Wir müssen Shand und Petersen einen Besuch abstatten."

Lesley stieß einen Atemzug aus. „Verdammt, ich hoffe, dass Sie sich in dieser Hinsicht irren."

Zoe nickte. „Ich auch, Ma'am." Hitze stieg in ihrer Brust auf. „Wir müssen mehr darüber herausfinden, was Alison und Ian getrieben haben. Mo, finde heraus, ob sie in letzter Zeit etwas Ungewöhnliches getan haben. Geh zurück zu den Nachbarn. Alisons Schulleiter, Kollegen. Die Großmutter."

„Eine unangenehme Person", sagte Rhodri.

„Das macht sie nicht zu einer Kriminellen", sagte Zoe. Sie rief sich ins Gedächtnis, wie Barbara Wilson sie angeschaut hatte. „Nicht unbedingt."

„Nein, Boss."

„Wie auch immer. Du und Connie, ihr besorgt mehr Informationen über die beiden. Wo sie hingehen, wenn sie nicht bei der Arbeit sind, wer ihre Freunde sind. Irgendwo, wo sie Maddy festhalten könnten. Carl wird sehen, was er bei der Befragung herausbekommt, aber wir sind nicht sehr hoffnungsvoll. Geht ihre Social-Media-Aufzeichnungen durch, E-Mails, alles. Wenn euch irgendetwas auffällt, sagt es mir."

„Alles klar, Boss." Connie sah entschlossen aus.

„Was ist mit dir?", fragte Mo.

„Ich werde bei unseren beiden Lieblings-Pädophilen an die Tür klopfen."

KAPITEL EINUNDNEUNZIG

Brian musste heute nicht arbeiten. Die Wahrheit war, dass er sich Sorgen machte, dass Rick darüber nachdachte, ihn zu entlassen. Er war ein verdammt brillanter Kletterer, besser als jeder an dieser blöden Wand je wissen würde. Aber das Unterrichten war nicht sein Ding. Er wurde ungeduldig mit den Schülern, mit ihrer Angst vor einer klitzekleinen Kletterwand und ihrer Unfähigkeit, etwas zu erklimmen, das für ihn noch vor ein paar Jahren ein gemütlicher Spaziergang gewesen wäre.

Ein gemütlicher Spaziergang war für ihn nicht mehr möglich. Dafür sorgte der Bruch, den er sich im rechten Bein zugezogen hatte. Hätte er ihn schnell behandeln lassen können, wäre alles in Ordnung gewesen. Aber drei Tage, in denen er sich unter Qualen vom Berg heruntergeschleppt hatte, und zwei Wochen, in denen er zusehen musste, wie die Infektion ausbrach, hatten ihren Tribut gefordert. Der Knochen war teilweise weggefault und er würde immer humpeln.

Er konnte klettern, aber nur die niedrigsten Schwierigkeitsgrade. Peinlich, wirklich.

Er stand aus dem Bett auf und zuckte vor Schmerzen, als er seinen rechten Fuß auf den Boden setzte. Bis er seine Schmerztabletten genommen hatte, war jeder Tag ein Kampf. Er hatte sich online eine teure Karbonfaserschiene gekauft, die aus den USA geliefert wurde. Wenn er sie trug, konnte er als normal durchgehen. Unverletzt, wenn auch nicht besonders beweglich.

Solange er seine Mütze nicht abnahm und den Zustand seiner Ohren preisgab.

Er schleppte sich in die Küche und öffnete die Schublade mit seinen Tabletten. Die erste halbe Stunde, nachdem er sie angelegt hatte, fühlte sich die Schiene eng an, und er war froh, dass er heute Morgen nicht raus musste. Der Schock, als er sah, wie Alison von der Polizei abgeführt wurde, hatte ihn sehr mitgenommen. Er hatte die Nachrichtenberichte gesehen, den Aufschrei in den sozialen Medien. Er wusste von Maddy und Ollie. Was er nicht glauben konnte, war, dass Alison ihnen jemals etwas antun würde. Es musste dieser Bastard Ian sein.

Er füllte den Wasserkocher für eine Tasse Kräutertee – Koffein vertrug sich nicht gut mit den Drogen – und setzte sich an den Küchentisch, um darauf zu warten, dass er kochte. Plötzlich überkam ihn eine Erinnerung und er stand auf, wobei er die Schmerzen ignorierte.

In seinem Schlafzimmer öffnete er die unterste Schublade des Kleiderschranks. Es war hier, versteckt unter seinen Maler-Klamotten. Wo Vic nicht nachsehen würde. Sie bewahrte die meisten ihrer Kleidungsstücke ohnehin in ihrer eigenen Wohnung auf und sagte ihm immer wieder, dass er mehr Stauraum brauche. Wenn sie zusammen Kinder bekämen, müssten

KAPITEL EINUNDNEUNZIG

sie sich entscheiden, welche Wohnung sie aufgeben wollten. Vielleicht ein Haus kaufen.

Er kramte hinten in der Schublade herum. Er erinnerte sich daran, wie Maddy sie ihm gegeben hatte, bevor er in die Berge fuhr, mit feuchten Augen. Etwas, das ihn an sie erinnern sollte. Er hatte sie in seinem Rucksack gehabt, als er gestürzt war. Die ältere Frau, die ihn wieder auf die Beine gebracht und einen richtigen Arzt geholt hatte, um ihn zu behandeln, hatte sie gefunden, als er bewusstlos war. Sie hatte auf einem Stuhl gelegen und auf ihn gewartet, als er aufwachte, ein Anstoß für seine Sinne.

Er zog die Kleidung, die sie verbarg, beiseite und sein Herz schlug schneller. Er zog die Schublade heraus und kippte sie aus, und verstreute die Kleidung auf dem Boden.

Sie war weg. Die Elsa-Puppe. Die, von der seine Tochter ihm gesagt hatte, er solle sie bei sich behalten und an sie denken. Sie war weg.

KAPITEL ZWEIUNDNEUNZIG

Zoe holte tief Luft, bevor sie die Tür ihres Minis öffnete. Sie hatte ein paar Häuser weiter geparkt, in der Nähe von Howard Petersens Haus. Eine ziemliche Strecke auf dieser breiten Straße im Vorort Four Oaks. Petersen besaß ein Schreibwarengeschäft und eine Gruppe von Webdesign-Agenturen, aber sie nahm an, dass dieses Haus auf andere Weise bezahlt worden war.

Sie schritt die lange Auffahrt hinauf und betrachtete den Säulengang und die hohen Koniferen. Die Art von Haus, das edel aussehen sollte, aber in Wirklichkeit billig aussah.

Sie zog an einem Metallstab, der als Türklingel diente. Eine Glocke ertönte aus einiger Entfernung, laut und eindringlich.

Sie schauderte, und der Drang, sich die Hand abzuwischen, überkam sie.

Eine Frau in einer weißen Schürze öffnete die Tür. Sie war klein, hatte drahtiges schwarzes Haar und einen Gesichtsausdruck, der Eisberge zum Schmelzen bringen würde.

„Kann ich Ihnen helfen?"

KAPITEL ZWEIUNDNEUNZIG

„Ich muss mit Mr. Petersen sprechen."

„Ich muss nachsehen, ob er da ist. Wen darf ich ankündigen?"

„Detective Inspector Zoe Finch".

Die Frau reagierte nicht. „Einen Moment, bitte." Sie schloss die Tür vor Zoe, die daraufhin die Stirn runzelte.

Howard Petersen war wegen Geldwäsche zu einer Bewährungsstrafe verurteilt worden. Er war in seiner Bewegungsfreiheit eingeschränkt und musste sich jeden Monat bei einem Bewährungshelfer melden. Zoe wusste, dass man von ihm erwartete, zu Hause zu sein, und dass er auch für einen Besuch der Polizei bereitstehen musste.

Die Tür öffnete sich. „Kommen Sie herein."

Sie folgte der Frau durch einen breiten Flur, der mit Vasen mit bunten Blumen geschmückt war, in ein gemütliches Wohnzimmer mit Blick auf einen Garten mit Rasen. Der Garten war lang und weitläufig, mit geschmackvoll bepflanzten Blumenbeeten. Das Zimmer hatte weibliche Akzente: Ornamente, ein zotteliger Teppich, noch mehr Blumen. Zoe fragte sich, was für eine Frau hier blieb, nachdem ihr Mann wegen Kindesmissbrauchs verhaftet worden war.

„Detective Inspector."

Sie drehte sich um und sah Howard Petersen in der Tür stehen. Er trug ein verschwitztes T-Shirt und Laufshorts, ein Handtuch um den Hals gewickelt.

„Ich war auf dem Laufband", sagte er. „Was wollen Sie?"

„Ich muss wissen, wo Trevor Hamm ist."

„Ich bin der letzte Mensch, der das wüsste." Er warf sich in einen hellen Ledersessel, die langen Beine vor sich ausgestreckt. Er klopfte sich mit dem Handtuch auf die Stirn.

Sie sah auf ihn herab. „Er ist verschwunden. Ich glaube, Sie wissen, wo er ist."

Er ließ das Handtuch auf seinen Schoß fallen. „Wie ich schon sagte, keine verdammte Ahnung. Er ist hier nicht gerade der Mann der Stunde."

„Howie, kann ich dir ein ... Oh." Eine Frau stand in der Tür. Braune Haare, mit einem Make-up, das eher für eine Nacht in der Stadt geeignet war. Sie sah etwa fünfzehn Jahre jünger aus als Petersen.

„Mrs. Petersen?" fragte Zoe.

„Wer will das wissen?"

„Detective Inspector Finch. Kriminalpolizei."

Der Blick von Mrs. Petersen wanderte zu ihrem Mann. „Er war den ganzen Tag hier, jeden Tag, seit der Verhandlung. Sie haben nichts gegen ihn in der Hand."

Zoe kam auf sie zu. „Hatte er Besuch?"

Wieder wanderte der Blick der Frau zu ihrem Mann und zurück zu Zoe. „Nein."

Zoe wandte sich an Petersen. „Hamm ist hier gewesen, nicht wahr?"

„Wenn dieser Mann jemals versucht, hierher zu kommen ..." Die Stimme von Mrs. Petersen war scharf. Entweder zitterte sie vor Wut, oder sie war eine verdammt gute Schauspielerin.

„Sie kennen die Bedingungen Ihrer Strafe, Mr. Petersen", sagte sie. „Kein Umgang mit Ihren Mitangeklagten."

„Trevor Hamm war kein Mitangeklagter."

Er hatte Recht. Hamm hatte es geschafft, sich ihrem Zugriff zu entziehen. Aber wenn Hamm in Kontakt mit Petersen stand, würde Shand es auch tun.

„Sie haben Jory Shand gar nicht gesehen?"

„Nein!", rief Mrs. Petersen. „Er war anständig. Lassen Sie ihn in Ruhe."

Zoe ignorierte sie. „Haben Sie von Maddy und Ollie

KAPITEL ZWEIUNDNEUNZIG

Osman gehört?", fragte sie Petersen. Sein Gesicht verfinsterte sich.

„Diese armen Babys", sagte Mrs. Petersen. „Ihre Mutter muss ..."

Zoe hob eine Hand. „Sie haben von ihnen gehört, ja?"

„Natürlich haben wir von ihnen gehört." Petersen knirschte mit den Zähnen.

„Wenn Sie uns helfen, sie zu finden, wird sich Ihr Bewährungshelfer sicher freuen."

„Diese Arschlöcher sind nie zufrieden. Und ich weiß nicht, wo die Kinder sind. Warum sollte ich?"

Mrs. Petersen schlurfte an die Seite ihres Mannes. Sie streichelte mit ihren langen Fingernägeln über seinen Arm. „Lassen Sie uns in Ruhe. Wir haben nichts getan."

Zoe hob eine Augenbraue zu Petersen. So dumm konnte seine Frau nicht sein.

„Wenn Hamm sich meldet, sagen Sie es uns. Und zwar sofort. Wenn Sie auch nur eine Ahnung haben, wo er ist."

„Eine Ahnung?" Petersen stand auf. „Natürlich." Er erwiderte ihren Blick, sein Gesicht war teilnahmslos. „Ich bin gerne bereit zu kooperieren."

Ja, na klar.

„Sonst noch etwas?", fragte Mrs. Petersen.

„Nein." Zoe seufzte. Die Zeit lief weiter.

KAPITEL DREIUNDNEUNZIG

Connie und Rhodri saßen schweigend im Büro und konzentrierten sich auf ihre Arbeit. Connie war neidisch auf ihre Chefs, die in der realen Welt auf Spurensuche gingen. Aber sie wusste, dass das Durchsuchen des Internets effizienter sein konnte und dass es der DI und dem Sarge helfen würde, ihre Arbeit zu machen. Außerdem war das letzte Mal, als sie einer Spur nachgegangen war, nicht gut ausgegangen. Sie und der Sarge waren von Simon Adams, einem von Hamms Männern, niedergeschlagen worden. Sie hatte immer noch Schmerzen im Bein, obwohl es so weit verheilt war, dass sie keinen Gips mehr brauchte.

Die Computer von Ian und Alison waren auf ihrem Schreibtisch, ebenso wie ihre Telefone. Rhodri durchforstete ihre Social-Media-Konten an seinem eigenen Computer, und sie durchsuchte diese hier erneut. Yala von der Forensik hatte es bereits getan, es bestand kaum eine Chance, dass sie noch etwas herausfinden würde.

Sie blätterte durch Ians Telefonkontakte. In der Woche vor der Entführung hatte er zwei Anrufe an ein unbekanntes

KAPITEL DREIUNDNEUNZIG

Telefon getätigt. Das Telefon war ein nichtregistriertes Prepaid-Handy. Ein Wegwerfhandy. Yala hatte es nicht zurückverfolgen können.

Sie hatten versucht, die Nummer anzurufen, bekamen aber keine Antwort. Kein Ping vom Mobilfunkmast, keine Mailbox. Das Telefon war außer Betrieb.

Es war sinnlos, aber sie wollte es ein letztes Mal versuchen. Diesmal würde sie ihr eigenes Telefon benutzen.

Sie tippte die Nummer ein und wartete. Das Telefon klingelte. Einmal, zweimal, dreimal. Als es sechsmal klingelte, wollte sie gerade auflegen.

Das Telefon klickte. Sie hielt den Atem an.

„Wer ist da?"

Connie spürte, wie sich ihr Magen zusammenzog. Sie hielt das Telefon mit den Fingerspitzen, als ob es brennen würde.

„Was ist los?", fragte Rhodri. Sie hielt ihren Finger an die Lippen, ihr Atem war flach.

„Rufen Sie diese Nummer bitte nicht mehr an." Die Leitung war tot.

Zitternd klingelte sie erneut. Keine Antwort.

„Was gibt's? Connie? Du siehst aus, als hättest du einen Geist gesehen."

„Die Stimme."

„Welche Stimme?

„Am anderen Ende. Die Nummer, die Ian angerufen hat, das Wegwerfhandy."

„Was ist damit?"

„Die Stimme habe ich schon mal gehört."

KAPITEL VIERUNDNEUNZIG

Zoe wusste, dass ein Besuch bei Jory Shand genauso erfolglos sein würde, wie der bei Howard Petersen es gewesen war. Sie schloss es nicht aus, aber sie hatte anderes zu tun.

Glücklicherweise hatte sie die benötigten Informationen auf der Website von Companies House gefunden.

Sie ging den Weg hinauf zu Stuart Reynolds' weiß verputztem Haus in Northfield und wartete. Das Haus sah ordentlich aus, frisch gestrichen. Auf der breiten Veranda standen eine Reihe gesund aussehender Pflanzen und ein Fahrrad mit rosa Quasten am Lenker.

Die Tür öffnete sich. Stuart Reynolds starrte sie an, seine Augen waren voller Verachtung.

„Was machen Sie hier?"

„Wir haben versucht, Sie in Ihrem Büro aufzusuchen."

„Hab einen Tag frei. Das ist doch kein Verbrechen, oder?"

„Kommt darauf an, was man in seiner Freizeit macht."

Er sah sie finster an. „Verpissen Sie sich."

Sie legte eine Hand an die Tür. „Ich muss Ihnen ein paar Fragen über einen Ihrer Kunden stellen."

KAPITEL VIERUNDNEUNZIG

„Was ich für meine Kunden tue, ist vertraulich".

„Auch wenn es Polizeibeamte sind?"

„Arbeit ist Arbeit".

„Nur dass Ihre Kunden, die Polizisten, Sie nicht bezahlen, nicht wahr?"

„Keine Ahnung, wovon Sie reden."

„Assistant Chief Constable Bryn Jackson. Detective Sergeant Ian Osman. Beide haben Arbeiten von Ihrer Firma durchführen lassen. Keiner von ihnen hat bezahlt."

„Ich mache keine Arbeit umsonst."

„Ihre Konten sind im Companies House registriert".

„Ja. Und Sie werden sehen, dass für all diese Jobs Zahlungen eingehen."

„Stimmt." Reynolds war gut darin, seine Spuren zu verwischen. Besser als seine Klienten. „Aber das Problem ist, dass weder auf Jacksons noch auf Osmans Bankkonten irgendwelche Zahlungen an Sie verzeichnet sind."

Er zuckte mit den Schultern. „Es ist nicht mein Problem, wie sie ihr Geld verwalten."

„Wer bezahlt Sie, Stuart? Ist es Trevor Hamm?"

„Ich weiß nicht, wovon Sie reden."

„Warum lassen Sie mich nicht rein. Ich kann mir nicht vorstellen, dass Sie wollen, dass Ihre Nachbarn das sehen."

Er grunzte und trat zur Seite. Sie ging an ihm vorbei und war überrascht, wie einfach das gewesen war.

Sie betrat ein Wohnzimmer, dessen Wände mit Blumentapeten bedeckt waren. Ein rosafarbenes Vlies hing über einem Stuhl, und über dem Kaminsims hing ein Familienfoto, eines von denen, die wie ein Gemälde aussehen sollten. Zoe stellte sich in die Mitte des Raumes und drehte sich zu Reynolds um.

„Ich würde Ihnen einen Sitzplatz anbieten, aber ich will nicht, dass Sie zu lange bleiben", sagte er.

„Keine Sorge, ich mache das schnell."

„Einen Scheiß werden Sie."

„Sagen Sie mir einfach, wo Trevor Hamm ist, und ich lasse Sie in Ruhe."

„Warum sollte ich das wissen?"

„Er ist einer Ihrer besten Kunden. Sie haben den maßgeschneiderten Schrank für ihn gemacht, an dem Sie bei unserem letzten Treffen gearbeitet haben."

Als sie ihn zum ersten Mal besuchte, arbeitete er gerade an einem Teakholzschrank für Hamms Wohnung in Brindleyplace. Sie hatte ihn auf den Tatortfotos entdeckt, nachdem Hamm einen Einbruch in seine Wohnung inszeniert hatte. Er hatte ihr geholfen, die Verbindung zwischen Hamm, Reynolds und Jackson herzustellen.

Und jetzt Osman.

„Keine Ahnung, wo er ist, tut mir leid, Schätzchen. Sie vergeuden Ihre Zeit."

Sie verengte ihre Augen.

„Wenn Trevor Hamm dafür bezahlt, dass Sie Ian Osmans Haus renovieren, was tut Osman dann für Hamm?"

Er stieß ein Lachen aus. „Da fragen Sie den Falschen."

Zoes Telefon klingelte in ihrer Tasche. Sie ignorierte es.

„Meinen Sie nicht, dass Sie da besser rangehen sollten?", sagte er.

„Ich rede mit Ihnen."

„Reine Zeitverschwendung." Er beugte sich zu ihr. Sein Atem roch nach Salz und Essigchips.

„Das Leben eines Mädchens steht auf dem Spiel", sagte sie. „Ich habe das Gefühl, dass Sie nicht wissen, wie unangenehm Ihr sogenannter größter Kunde ist. Sie sind ein fieser Kerl, der gerne mit Menschen redet, als wären sie etwas, in das man hineingetreten ist, aber ich glaube nicht, dass Sie der Typ sind, der gefährdete Kinder missbraucht."

Seine Pupillen weiteten sich. „Was reden Sie da für einen Scheiß."

„Ian Osmans Tochter ist verschwunden, Stuart. Wir glauben, Hamm hat sie und will sie einem Dreckskerl geben, der es verdient hat, im Gefängnis zu sitzen. Wenn Sie wissen, wo Hamm ist, können Sie uns helfen, das zu verhindern."

Er blinzelte. „Sie lügen."

Ihr Telefon klingelte wieder. *Nur Geduld*. Sie zog es aus der Tasche und schaute darauf: Connie.

Sie wandte sich wieder an Reynolds. „Wie alt ist Ihre Tochter?"

„Das geht Sie nichts an."

„Das Bild über dem Kaminsims. Sie sieht darauf etwa drei Jahre alt aus, aber Sie sehen ein ganzes Stück jünger aus. Ich schätze, sie ist jetzt ein Teenager. So alt wie die Tochter von Ian Osman."

„Sie geht dich nichts an." Er ballte die Fäuste. Er schwitzte.

„Sagen Sie mir, wo er ist. Ich kann meinen Vorgesetzten sagen, dass Sie mit uns kooperiert haben." Sie hielt inne. „Und es wird Mädchen wie Ihre Tochter schützen."

Er blickte auf den Teppich hinunter. „So etwas tut er nicht."

Sie zog eine Augenbraue hoch. „Woher wissen Sie das?"

„Ich weiß es einfach, okay?"

„Sie wissen also von anderen Dingen, die er im Schilde führt?"

„Ich sage nichts, in Ordnung."

„Stuart. Wenn Trevor Hamm Maddy Osman an Missbrauchstäter übergibt, sind Sie dafür verantwortlich. Ich hoffe, Sie können damit leben."

Sie drehte sich um und verließ das Zimmer. Sie öffnete die Vordertür, ohne sich umzudrehen. In der Hoffnung, dass dies funktionieren würde. Das Haus war still hinter ihr, kein Geräusch vom Schließen der Tür.

Sie überprüfte ihr Telefon. Eine SMS von Connie. *Ruf mich an, dringend.*

„In Ordnung."

Zoe drehte sich um und sah Reynolds in seinem Vorgarten stehen. Er blickte die Straße hinauf und hinunter, als erwarte er, dass Hamms Jungs aus dem Gebüsch springen würden.

„Ja?", sagte sie.

„Ich kann Ihnen sagen, wo er ist."

KAPITEL FÜNFUNDNEUNZIG

„Alles in Ordnung, Con?", fragte Rhodri.
„Ich versuche, den Boss zu erreichen."
„Sie klopft an Türen. Wahrscheinlich kann sie nicht rangehen."
„Ja." Connie legte ihr Handy weg und seufzte. Sie nahm es wieder in die Hand und begann eine SMS zu schreiben.

Rhodri wandte sich wieder seinem eigenen Bildschirm zu. Er musste sich konzentrieren. Er ging die Social-Media-Konten der Osmans durch und suchte nach allem, was in der Woche vor der Entführung der Kinder passiert war. Er versuchte, ihre Bewegungen nachzuvollziehen.

Alison hatte eine Nachricht an das Kletterzentrum geschickt und Maddy für eine Stunde angemeldet. Er fragte sich, wie es wohl sein würde, etwas zu lernen, das den eigenen Vater getötet hatte. Dann fragte er sich, wie viel die Kinder über Benedict wussten.

Er klickte auf die Facebook-Seite des Kletterzentrums und dann auf deren Website. Dort gab es eine Diashow, Fotos von

Kindern, die klettern lernen, und von Erwachsenen, die sich die Wände hochziehen. Glückspilze.

Er blieb bei einem Foto stehen, auf dem vier Männer irgendwo auf einem Felsen zu sehen waren. Einer von ihnen war Rick, der Manager, mit dem sie gesprochen hatten. Neben ihm stand ein dünner Mann mit einer Mütze in der Hand. An beiden Ohren fehlte ein Stückchen. Rhodri zuckte zusammen.

Er schaute genauer hin.

„Connie?"

„Ja." Sie legte ihr Handy weg und starrte es an, als ob es mit ihr sprechen würde.

„Hast du ein Foto von Alison Osmans Ex?"

„Da ist eins auf der Tafel."

Rhodri ging in das innere Büro und sah sich die Tafel an. In der obersten Reihe, getrennt von der Familie Osman, befand sich ein Foto von Benedict Tomkin. Er hatte dunkles Haar und einen struppigen Bart. Die Spitzen seiner Ohren fehlten.

„Scheiße."

Rhodri schnappte sich das Foto und lief zurück zu seinem Schreibtisch. Er hielt es vor den Bildschirm.

Er scrollte durch den Rest der Diashow, auf der Suche nach mehr. Er vertiefte sich weiter in die Website, suchte nach Galerien, Videos, nach allem.

Auf der Seite, die für ihre Outdoor-Klettertage warb, war ein Video von einer Klettertour in Derbyshire zu sehen. Birchen Edge. Vier Profis waren dabei, mit einem Dutzend Zuschauern. Einer von ihnen hatte wieder diesen struppigen Bart und die Mütze. Er lehnte sich hinein. An einem seiner Ohren waren rote Flecken zu sehen, direkt unter dem Rand der Mütze.

„Verdammte Scheiße."

KAPITEL FÜNFUNDNEUNZIG

„Was ist los?", fragte Connie. Sie hielt ihr Telefon an ihr Ohr.

„Es ist Benedikt. Er ist am Leben. Und ich habe ihn kennengelernt."

Connie warf ihr Handy weg. „Du hast was?"

„Ich muss es dem Boss sagen."

„Ich krieg sie nicht ran."

„Nein." Er zögerte und starrte auf den Bildschirm. „Es wird nicht lange dauern."

Rhodri sprang von seinem Stuhl auf und griff nach seiner Jacke, das Herz klopfte ihm bis zum Hals.

KAPITEL SECHSUNDNEUNZIG

Connie starrte auf die Tür.

Rhodri war von seinem Stuhl aufgesprungen und durch die Tür geschossen, als hinge sein Leben davon ab.

Sie ging zu seinem Schreibtisch. Auf seinem Monitor war immer noch die Website zu sehen, die er sich angesehen hatte. Das Kletterzentrum. Warum untersuchte er das, wenn sie Trevor Hamm aufspüren mussten?

Die Tür öffnete sich. Sie blickte auf und wollte Rhodri zur Rede stellen. Sie hielt sich zurück, als sie sah, dass es DI Whaley war. Sie richtete sich auf. Sie war noch nie mit ihm allein gewesen.

„Sir."

Er lächelte, seine Augen funkelten. Er war muskulös, aber schlank und hatte Augen, in denen man sich verlieren konnte. Seine Haut war hellbraun, ohne Makel. Die Art von Mann, die ihre Mutter als *ordentlich* beschreiben würde.

„Connie. Wie geht's voran?"

Sie runzelte die Stirn, weil sie sich nicht sicher war, wie viel sie ihm sagen konnte, ohne DI Finch zu verärgern. Sie

KAPITEL SECHSUNDNEUNZIG

schien mit ihm an diesem Fall zu arbeiten, aber Connie hatte die Spannungen zwischen ihnen bemerkt. Sie wusste immer noch nicht, warum er die Kripo nach dem Jackson-Fall so abrupt verlassen hatte.

Sie schluckte. Sie konnte es nicht für sich behalten.

„Ich habe etwas, Sir."

„Zeigen Sie es mir."

Sie stand auf. DI Whaley war ihr im Weg. Sie wartete darauf, dass er sich bewegte, unruhig. Er wich zur Seite und murmelte eine Entschuldigung.

Sollte sie es ihm sagen?

Der Boss ging nicht ans Telefon. Und der Sarge auch nicht. Irgendjemand musste es ja wissen.

„Sie haben Ian Osman verhört", sagte sie.

„Ja."

„Wegen des Verdachts auf Korruption?"

Er sagte nichts.

„Ich habe eine Telefonnummer gefunden."

„Sprechen Sie weiter." Er beugte sich über sie. Er roch nach Moschus.

Sie nahm das Telefon aus der Tasche mit den Beweismitteln. „Er hat in der Woche vor der Entführung zwei Anrufe an ein nichtregistriertes Handy getätigt."

„Und wir wissen nicht, wem es gehört."

„Nun ..." Sie musterte ihn. Konnte sie ihm vertrauen?

„Fahren Sie fort, Constable. Wenn es uns hilft, Maddy zu finden ..."

Er hatte Recht. „Ich habe die Nummer angerufen", sagte sie.

Er hob eine Augenbraue.

„Es wurde abgenommen", fuhr sie fort. „Ich habe die Stimme erkannt."

Er legte eine Hand auf die Rückenlehne ihres Stuhls. „Wer?"

Sie schürzte ihre Lippen. Das würde ihr so viel Ärger mit dem Boss einbringen.

„Connie, sagen Sie es mir. Bitte."

Also gut. „Es war Detective Superintendent Randle, Sir."

Sein Gesicht erstarrte, sein Mund stand halb offen. Er schien aufzuhören zu atmen.

„Sir?"

Er richtete sich auf. „Gut gemacht. Überlassen Sie es mir."

Er rannte fast aus dem Büro. Connie sah ihm nach, ihre Gedanken rasten. Hatte sie das Richtige getan?

KAPITEL SIEBENUNDNEUNZIG

„Boss."

„Mo, wo bist du?" Zoe war auf der Bristol Road, die ins Stadtzentrum führt.

„Hamms Wohnung. Ich komme gerade von Reynolds."

„Hast du was gefunden?"

„Bis jetzt nichts bei Reynolds. Adi baut jetzt hier auf."

„Ist es immer noch so leer, wie es war, als du es gefunden hast?"

„Scheint so. Aber du weißt ja, wie Adi ist."

„Er würde ein Staubkorn in einem Gewitter finden."

„Das wollen wir hoffen", antwortete Mo. „Wo bist du?"

Zoe trat auf die Bremse und sah gerade noch, wie die Ampel an der Universität rot wurde.

„Zo?"

„Entschuldigung. Ich bin auf dem Weg zu dir. Sei bereit, dass ich dich abhole."

„Wohin fahren wir?"

„Ich weiß, wo Hamm ist."

„Woher weißt du das?"

„Reynolds hat es mir gesagt."

Ein Pfiff. „Meine Güte. Wie hast du das geschafft?"

„Er hat eine Tochter."

„Ich verstehe. Wo ist er?"

„Das Canalside Hotel."

„Schäbig."

„Ja. Perfekt für Hamm's Art von Verderbtheit." Ihr Magen kribbelte bei dem Gedanken, dass Maddy dort war.

„Wir müssen schnell sein", sagte Mo. Seine Stimme war dünn. „Soll ich hinfahren?"

„Ich bin fast bei dir. Komm nach vorne und warte auf mich."

„Kein Problem."

Sie hörte, wie er mit jemandem im Hintergrund murmelte. Wahrscheinlich Adi Hanson.

Die Ampel schaltete auf Grün, und sie trat das Gaspedal durch.

KAPITEL ACHTUNDNEUNZIG

Im Kletterzentrum war es ruhiger als beim letzten Mal, als Rhodri hier war. Zwei Gruppen von Männern befanden sich im Hauptkletterbereich und ein Paar saß im Café und lachte bei einem Getränk.

Rick Kent war an der Rezeption. Rhodri ging auf ihn zu und versuchte, die Dringlichkeit, die er empfand, zu verbergen.

„Hallo, ich war vor ein paar Tagen hier, mit meinem Chef."

„Haben Sie eine Kletterstunde gebucht?" Rick drehte sich zu seinem Computer.

„Nein." Rhodri lehnte sich vor. „Wir sind von der Polizei. Schon vergessen?"

Rick schürzte seine Lippen. „Ich erinnere mich."

„Wir haben mit Ihnen über Benedict Tomkin gesprochen."

Ein Nicken. „Der arme Kerl."

Rhodri schüttelte den Kopf. „Er ist nicht tot."

„Natürlich ist er tot."

„Mm-hm." Rhodri zückte sein Handy. Er hatte die Diashow bereits vorbereitet. „Das ist er."

„Das ist Brian."

„Wie lange arbeitet er schon hier?"

„Zwei Jahre, vielleicht auch etwas mehr. Ich muss nachsehen. Sein Name ist Brian Parrish. Das ist nicht Benedict."

„Sie haben Benedikt nie getroffen."

„Nein, aber ..."

Rhodri blätterte durch seine Fotos. „Das ist Benedikt."

Rick blinzelte. „Sieht ein bisschen aus wie er, aber das tun viele Leute."

„Nimmt Brian jemals seine Mütze ab?"

„Ja, auf diesem Foto."

„Wenn er hier ist, im Zentrum."

„Nein. Aber Kletterer mögen ihre Mützen. Es ist nicht gerade ..." Ricks Schultern sanken. „Er versteckt sich. Er will nicht erkannt werden."

„Genau."

„Das ist eine schwere Anschuldigung, die Sie da vorbringen. Brian muss in der Lage sein, seine Seite der Geschichte zu erzählen."

„Ist er hier?"

„Es ist sein freier Tag." Ricks Gesichtsausdruck verhärtete sich.

„Wo wohnt er?"

„Ich kann keine privaten Informationen weitergeben..."

Rhodri senkte seine Stimme. „Ich bin Polizeibeamter. Und ich bin auf der Suche nach Benedicts Tochter. Sie wurde gekidnappt."

Rick wurde blass. „Ja."

„Ich denke, ein Mann, der seine Identität verbirgt, hat vielleicht noch etwas anderes zu verbergen."

„Sie glauben doch nicht, dass Brian seiner eigenen Tochter etwas antun würde."

KAPITEL ACHTUNDNEUNZIG

„Vielleicht nichts antun. Vielleicht hat er sie aber genommen. Um sie zu behalten."

Rick schüttelte den Kopf. „Ich glaube immer noch nicht, dass ..."

„Schauen Sie. Ich schaffe das auch ohne Ihre Hilfe. Aber Sie können die Sache für mich beschleunigen." Rhodri holte ein Foto von Maddy hervor. „Sie könnte in Gefahr sein. Wenn Benedict – Brian – sie nicht hat, könnte er uns helfen herauszufinden, wer sie hat."

„Er würde ihr nicht wehtun."

„Woher wissen Sie das? Was hat er dir über sich erzählt?"

Eine Pause. „Nicht viel." Rick schaute auf den Computerbildschirm, um eine Entscheidung zu treffen. „Okay. Aber sagen Sie ihm nichts, Okay?"

Rhodri schnalzte mit den Lippen. „Meine Lippen sind versiegelt, Kumpel. Jetzt geben Sie mir seine Adresse. Bitte."

KAPITEL NEUNUNDNEUNZIG

Mo wandte sich wieder an Adi.

„War das die reizende Zoe Finch?"

Mo rollte mit den Augen. „Sie holt mich in fünf Minuten ab."

„Kein Problem."

Sie befanden sich in dem großen Wohnbereich in Trevor Hamms Penthouse-Wohnung. Pam, die Empfangsdame, die zuvor so hilfsbereit gewesen war, stand draußen im Flur und war offensichtlich besorgt, dass sie etwas falsch gemacht hatte.

„Kannst du sie loswerden?" sagte Adi. „Sie wird meine Szene verunreinigen."

Mo ging mit einem sanften Lächeln auf dem Gesicht auf den Flur hinaus. „Hallo noch mal, Pam."

„Ist alles in Ordnung? Ich hoffe, es gibt keinen Ärger."

„Wir werden uns so weit wie möglich von Ihnen fernhalten. Und versuchen, Ihre anderen Bewohner nicht zu stören."

„Oh. Gut." Sie erlaubte sich ein Lächeln.

„Aber Sie müssen bitte wieder nach unten gehen."

„Oh. Ich dachte, Sie brauchen mich vielleicht ..."

KAPITEL NEUNUNDNEUNZIG

„Wir brauchen Sie, um den Vordereingang im Auge zu behalten. Und mir sagen, wenn Hamm zurückkommt. Oder irgendjemand, der ihn hier besucht hat." Er legte den Kopf schief und versuchte, verschwörerisch zu wirken.

„Oh, ja. Ja, natürlich. Das werde ich tun."

„Danke. Und wenn ich schon dabei bin, brauchen wir eine Beschreibung der Besucher, die er hatte. Jemand wird eine Aussage von Ihnen einholen."

„Kein Problem." Sie zitterte. „Er hatte ziemlich viel Besuch."

Darauf wette ich, dachte Mo. Er holte sein Handy heraus und zeigte ein Foto von Ian Osman an. „War dieser Mann einer von ihnen?"

Sie blinzelte und beugte sich vor. Ihr Atem war flach.

Sie sah zu Mo auf. „Nein. Tut mir leid. Ich erinnere mich nicht an ihn."

„Das ist okay." Mo steckte sein Handy weg. Nichts war jemals so einfach.

„Sergeant Uddin!"

Er drehte sich um und sah Adi, der ihn in die Wohnung winkte.

„Ich muss los", sagte er zu Pam. „Sie bewachen die Vordertür. Okay?"

Sie grinste. „Okay."

Er kehrte in die Wohnung zurück. Adi hatte sich in ein Schlafzimmer begeben, wo zwei seiner weiß gekleideten FSI etwas auf dem Boden untersuchten. Einer von ihnen kratzte Proben ab und deponierte sie in Töpfen.

Adi nickte seinem Kollegen zu. „Wir haben Blutspuren gefunden. Und Sperma."

Mo folgte seinem Blick. „Viel davon?"

„Nein. Der Ort wurde ziemlich gründlich gereinigt. Aber

sie haben Spuren hinterlassen. Wir werden die Proben analysieren und sehen, ob wir eine DNA-Übereinstimmung finden können."

„Gut."

Einer von Adis Kollegen kam gerade aus dem Badezimmer.

„DS Uddin, das ist Yala Cook", sagte Adi.

„Wir kennen uns schon", sagte sie. Mo nickte anerkennend. Sie wandte sich an Adi. „Das musst du dir ansehen."

Adi folgte ihr zurück ins Badezimmer, gefolgt von Mo. Der Raum war eng und es hallte, und Mo konnte kaum erkennen, was sie sich ansahen.

„Bastard." Adis Stimme war streng. Er ging aus dem Weg, damit Mo es sehen konnte.

Der Deckel des Toilettenspülkastens war angehoben worden. Yala zog etwas heraus. Ein Stück gestreifter Stoff.

„Was ist das?" fragte Mo.

„Es ist eine Krawatte", sagte Adi.

„Warum sollte Hamm seine Krawatte da reinstecken?"

Adi drehte sich zu ihm um, seine Augen blitzten. „Hat Hamm Kinder?"

„Nein. Seine Frau starb nur wenige Monate nach ihrer Hochzeit."

„Dachte ich mir."

„Warum?"

„Weil das keine Männerkrawatte ist. Es ist eine Schulkrawatte."

KAPITEL EINHUNDERT

Zoe hatte ein halbes Dutzend verpasste Anrufe von Connie und eine SMS. Sobald sie das Gespräch mit Mo beendet hatte, wählte sie die Nummer.

„Connie. Tut mir leid, dass ich nicht rangehen konnte, ich habe Reynolds befragt."

„Ist schon gut, Boss. Ich weiß, wie das ist."

„Was gibt's?"

„Ich habe die Nummer auf Ians Telefon gewählt. Eins der Wegwerfhandys. Die, mit denen Yala nicht weiterkam."

„Du würdest mich nicht anrufen, wenn *du* nicht weitergekommen wärst."

„So ist es, Boss."

„Na dann los. Wem gehört es?"

„Ich bin mir nicht sicher, ob es mir angenehm ist, am Telefon darüber zu sprechen."

„Warum? Wer war es?"

Connies Atem kam schwer und schnell über die Leitung.

„Connie. Du musst es mir sagen."

„Ich habe es bereits DI Whaley gesagt, Boss."

„Okay. Und, verfolgt er es mit Ian weiter?"

„Ich denke schon. Er ist ziemlich schnell rausgestürmt, nachdem ich es ihm gesagt habe."

„Das hört sich an, als wäre es eine große Sache, Connie."

„Das könnte sein."

„Also, wer war es dann?"

Wieder schweres Atmen. Zoe widerstand dem Drang, den DC anzuschreien. Sie umklammerte das Lenkrad und wartete.

„Es war der Detective Superintendent, Boss."

Zoe brauchte nicht zu fragen, welcher Detective Superintendent.

„OK", sagte sie. „Sag es sonst niemandem. Wenn DI Whaley weitere Fragen stellt, sag es mir."

„Habe ich etwas falsch gemacht, Boss?"

„Nein. Ich hätte es ihm selbst gesagt. Aber ich bin froh, dass du es mir gesagt hast."

„Gut."

„Also gut", sagte Zoe. „Gibt es sonst noch etwas über die Osmans? Ihre Bewegungen in den Tagen vor der Entführung?"

„Ich glaube, Rhodri hat etwas gefunden."

„Du glaubst?"

„Er wurde ganz nervös und rannte weg. Ich weiß nicht, wohin er gegangen ist."

„Er hat was getan?"

„Tut mir leid. Ich hatte keine Chance, ihn aufzuhalten. Er war ziemlich aufgelöst."

„Okay. Ich werde ihn ausfindig machen. In der Zwischenzeit möchte ich, dass du das Canalside Hotel überprüfst."

„Glaubst du, Maddy ist dort?"

„Sie könnte es sein. Trevor Hamm ist es."

„Nein." Connies Stimme war kaum noch ein Flüstern. „Du hast ihn gefunden."

KAPITEL EINHUNDERT

„Ich fahre jetzt mit DS Uddin dorthin. Finde so viel wie möglich über den Ort heraus und schick mir eine SMS. Es kann sein, dass ich nicht abnehmen kann."

„Kein Problem."

„Und Connie?"

„Ja?"

„Mach dir keine Sorgen um DI Whaley. Er ist auf unserer Seite."

„Ja, Boss."

Zoe legte auf. Sie hatte das Hemisphere-Gebäude erreicht, in dem sich die Wohnung von Hamm befand, aber Mo war nirgends zu sehen. Sie senkte den Kopf, um durch die Windschutzscheibe auf das Gebäude zu schauen.

Mo, wo bist du? Das war nicht seine Art.

Sie griff nach ihrem Telefon, dann überlegte sie es sich anders. Wenn er immer noch da drin war, dann hatte das einen guten Grund.

Sie ging an einer lächelnden blonden Frau im Foyer vorbei und machte sich auf den Weg zum Aufzug. Oben angekommen, verteilte sich die kriminaltechnische Ausrüstung in der Wohnung, und sie konnte sehen, wie die Kameras aufgestellt wurden.

„Mo?", rief sie. „Adi?"

Mo kam aus einer Tür auf der linken Seite heraus. Er sah aus, als hätte er einen Schlag abbekommen.

„Was ist los? Wer ist da?"

Mo schüttelte den Kopf. „Er ist ein kranker Bastard."

„Das weiß ich."

Adi erschien hinter Mo. Seine Augen, der einzige Teil seines Gesichtes, der momentan sichtbar war, leuchteten beim Anblick von Zoe auf. „DI Finch, so wie ich lebe und atme. Schön, dich zu sehen."

„Dich auch, Adi. Was ist denn da los? Was habt ihr gefunden?"

Adi musterte sie von oben bis unten. „Du hast keinen Anzug an."

„Ich habe ihn im Auto gelassen. Hätte nicht gedacht, dass ich einen brauche ..."

„Bleib da."

Adi verschwand durch die Tür.

Zoe sah Mo an. „Du warst nicht vor der Tür."

„Du wirst verstehen, warum, wenn du das hier siehst."

Adi kam mit einer Tüte Beweismaterial wieder zum Vorschein. Er hielt sie Zoe hin, die über die Schwelle griff. Sie nahm sie.

Es war eine Schulkrawatte, schwarz und rot gestreift. Ein Wappen in der Nähe der Spitze. Auf der Rückseite befand sich ein Lippenstiftfleck. Ihr drehte sich der Magen um.

„Oh mein Gott", flüsterte sie.

„Ja", antwortete Adi.

Sie sah ihn wieder an. „Du durchsuchst diesen Ort, als hinge dein Leben davon ab. Finde alles, was wir brauchen können, um diesen Bastard zu Fall zu bringen."

„Verlass dich drauf", sagte Adi.

„Gut. Mo, wir müssen ihn schnappen. Beeil dich."

KAPITEL EINHUNDERTEINS

Zoe und Mo sprangen in ihr Auto.

„Hast du sonst noch etwas gefunden?", fragte sie ihn.

„Noch nicht. Wir haben das eben gerade erst gefunden."

Sie biss sich auf die Unterlippe und dachte an Maddy. Sie drückte den Fuß auf das Gaspedal.

„Wenn er sie hat", sagte Mo, „wird sie wahrscheinlich nicht im Hotel sein."

„Ich weiß."

Sie starrten vor sich hin, beide in Gedanken versunken. Beide hofften, dass Mo sich irrte.

„Scheiße", sagte sie. „Ich muss Rhodri anrufen."

„Was hat er dieses Mal angestellt?"

„Er ist irgendetwas nachgejagt. Connie sagte, er habe das Büro in Eile verlassen."

„Ich werde es tun. Du konzentrierst dich auf die Straße."

An der Ampel, wo die Edgbaston Road auf die Pershore Road trifft, bremste sie ab und murmelte etwas vor sich hin.

„Stell ihn auf Lautsprecher", sagte sie.

Mo nickte, sein Telefon am Ohr. Nach einem Moment

drückte er einen Knopf und legte es auf seinen Schoß. Rhodris Stimme kam über den Lautsprecher.

„Sergeant."

„Rhodri, ich bin bei DI Finch. Wo zum Teufel bist du?"

„Tut mir leid, Sergeant. Boss. Aber Benedict Tomkin ist nicht ums Leben gekommen."

Mo warf einen Blick auf Zoe. Sie blinkte, um auf die Pershore Road abzubiegen, und verfluchte den Verkehr.

„Wie kommst du darauf?", fragte sie.

„Als du und ich im Kletterzentrum waren, Boss, erinnerst du dich an den Kerl am Schreibtisch?"

„Er trug drinnen eine Mütze. Ich erinnere mich an ihn."

„Das ist er. Er hat seinen Namen geändert. Aber er ist es wirklich."

Zoe ging den Besuch im Kletterzentrum noch einmal in Gedanken durch und versuchte, sich an das Gesicht des Mannes zu erinnern. Aber sie war zu abgelenkt von der Lächerlichkeit, drinnen eine Wollmütze zu tragen.

„Woher weißt du das?", fragte Mo.

„Ich habe sein Foto auf der Website entdeckt. Das Kletterzentrum hat Videos. Er trägt diese Mütze, um die Erfrierungen an seinen Ohren zu verbergen."

Jetzt konnte sich Zoe erinnern. Benedict Tonkin hatte bei einer Expedition zum Annapurna die Spitzen seiner Ohren verloren, ein Jahr vor der Reise zum K2.

„Wo bist du?" fragte Mo.

„Ich verlasse gerade das Kletterzentrum und gehe zu Brians Wohnung."

„Wer ist Brian?"

„So nennt er sich selbst. Brian Parrish."

„Wenn du dort bist", sagte Zoe, „wartest du. Ruf Connie an

und organisiere Verstärkung von den Uniformerten. Ich will nicht, dass du da alleine reingehst."

„Was, wenn er sie hat, Boss?"

„Ich glaube nicht, dass er sie hat."

„Vielleicht wollte er sie zurückholen. Das würde erklären, warum er ihnen Ollie überlassen hat."

Zoe tauschte einen Blick mit Mo. Wenn Ian glaubte, dass Ollie ihm gehörte, dann könnte Benedict zu demselben Schluss gekommen sein.

Wenn es sich um einen sehnsüchtigen Vater handelte, der seine Tochter zurückhaben wollte, dann wäre Maddy nicht in Gefahr. Zoe hoffte es.

„Wie ich schon sagte, Rhod. Warte ab. Beobachte seine Wohnung und warte."

„Was ist mit dir?"

„Wir sind dabei, mit dem fiesesten Mistkerl der Stadt zu reden", sagte Mo.

KAPITEL EINHUNDERTZWEI

Als Maddy ins Auto stieg, wartete das Kätzchen bereits in einem Käfig auf dem Rücksitz auf sie. Sie steckte ihre Finger durch die Gitterstäbe und beobachtete, wie es ihre Haut beschnupperte. Sie roch schlecht, das wusste sie.

Die Frau schloss die Tür und stieg vorne ein. Sie befanden sich in einer schmutzigen Straße mit hohen Gebäuden auf beiden Seiten und einer Reihe von Geschäften gegenüber. Die Hälfte der Läden war zugenagelt. Maddy fröstelte und kauerte sich in den Sitz.

„Mach dir keine Sorgen, Maddy, Liebes. Alles wird gut werden. Er wird so glücklich sein, dich zu sehen."

„Wer?"

„Du wirst es herausfinden."

Maddy schlang die Arme um sich, als das Auto losfuhr. Sie hatte ihren Kapuzenpulli nicht dabei, und sie hatte eine Gänsehaut.

„Bringen Sie mich zu Ollie?"

Die Frau schaute in den Rückspiegel. „Pssst. Hab

Geduld." Ihre Augen funkelten. Maddy rutschte auf ihrem Sitz hin und her und sah aus dem Fenster.

Sie verließen die schmuddelige Straße und fuhren auf eine Schnellstraße. Diese fühlte sich vertrauter an. Vor ihnen tauchten die hohen Gebäude des Stadtzentrums auf. Autos umgaben sie. Sie legte ihre Hände an die Scheiben. Könnte sie die Aufmerksamkeit von jemandem erregen?

„Mach keine Dummheiten", sagte die Frau. „Das ist eine schnelle Straße."

Maddy krallte ihre Finger um den Türgriff und überlegte, ob sie es wagen sollte. Etwas in der Tür klickte und sie zog ihre Hand weg, als wäre sie gebissen worden.

„So ist es besser." Die Augen der Frau waren kalt im Spiegel, sie funkelten nicht mehr.

Das Auto wurde schneller und der Verkehr um sie herum auch. Sie befanden sich jetzt auf der Autobahn, die aus der Stadt herausführte, die Route, die Mum nahm, wenn sie zum Einkaufen fuhren. Maddy scannte die Autos und hoffte, Mamas blauen Fiesta zu sehen.

„Wo bringen Sie mich hin?" Sie musste pinkeln und ihr Magen tat weh.

„Ich habe dir gesagt, du sollst Geduld haben." Die Frau strich ihr kurzes Haar zurück. Es sah aus wie das von Mama. „Meine Güte, du lässt nicht locker, was? Ich hoffe, er weiß das alles zu schätzen."

Das Kätzchen bewegte sich in seinem Käfig. Es saß zusammengekauert in einer Ecke und miaute leise. Es mochte es nicht, im Auto oder im Käfig zu sein. Maddy wusste, wie es sich fühlte.

Sie steckte ihre Finger durch die Gitterstäbe. „Ruhig jetzt. Du bist in Sicherheit. Ich werde auf dich aufpassen."

Das hatte sie zu Ollie gesagt, dachte sie. Sie wischte sich die Tränen aus den Augen und hoffte, dass sie ihm nicht wehgetan hatten.

KAPITEL EINHUNDERTDREI

Zoe parkte an der doppelten gelben Linie und sprang heraus. Mo ging zum Kofferraum und schnappte sich zwei Stichschutzwesten. Das Canalside Hotel lag in Digbeth, es war ein heruntergekommenes Etablissement mit verblasster Farbe an der Tür und einem breiten Riss im vorderen Fenster.

Sie stieß die Tür mit dem Ellbogen auf und hielt den Dienstausweis in ihrer Tasche bereit. Ein älterer Mann saß an der winzigen Rezeption und rauchte eine Selbstgedrehte.

„Polizei", sagte sie. „Bleiben Sie, wo Sie sind, und telefonieren Sie nicht."

„Was ist hier los?", fragte der Mann. Seine Zigarette war auf den Boden gefallen und brannte ein Loch in den Flockteppich.

„Ein gewisser Trevor Hamm wohnt hier", sagte Zoe. „Sagen Sie mir, welches Zimmer."

„Nie von ihm gehört, Baby."

Sie griff über den Schreibtisch. Dort lag ein dicker Ordner voller Quittungen. Sie blätterte sie durch und suchte nach Hamms Namen. Keine Spur.

„Okay", sagte sie. „Welches ist Ihr größtes Zimmer?"

„Warum, willst du es mit deinem Freund hier mieten?" Er warf ein Grinsen in Mo's Richtung.

„Sagen Sie es mir einfach."

„Die Angelegenheiten meiner Kunden gehen nur sie etwas an."

„Willst du, dass wir jede Tür in diesem Laden aufbrechen? Denn das werden wir."

Der Mann errötete. „Na gut. Verdammte Bullen."

„Und?"

„Ja, ja. Es ist das oberste Stockwerk. Die ganze Etage gehört dem Besitzer. Er lässt dort einen seiner Kumpels wohnen."

„Danke."

Am oberen Ende der Treppe befand sich ein schummriger Korridor. Ein Licht flackerte auf, vielleicht durch einen Bewegungsmelder. Zoe und Mo spähten hinauf und hinunter, dann weiter nach oben.

Sie wiederholten diese Prozedur, bis sie das vierte und oberste Stockwerk erreichten. Die einzige Tür vor ihnen hatte drei sichtbare Schlösser und auf der anderen Seite zweifellos eine Vielzahl von Riegeln.

Zoe klopfte an die Tür.

Aus dem Inneren war kein Geräusch zu hören. Sie musterte Mo. Sie hatten keinen Durchsuchungsbefehl, keinen Grund für einen Einbruch. Aber wenn Maddy da drin war ...

Die Tür öffnete sich. Ein Mann mit einer Vogeltätowierung im Nacken starrte sie an, und seine Kinnlade fiel herunter.

„Scheiße."

„In der Tat, Scheiße", sagte Zoe. *Jetzt* hatten sie einen

Grund, einzutreten. Sie packte das Handgelenk des Mannes und legte ihm Handschellen an. „Ich dachte, du hättest dich besser irgendwo versteckt."

Simon ‚Stick' Adams hatte Mo und Connie angegriffen, als sie im Mordfall Jackson ermittelten. Er spuckte ihr ins Gesicht.

„Angriff auf einen Polizeibeamten und Verletzung der Kaution", sagte Mo. „Nicht sehr schlau."

Adams blickte sie finster an. Zoe schlurfte vorwärts und hielt sich an ihm fest, und sah Trevor Hamm, der drinnen auf einem kahlen grünen Samtsofa saß. Vor ihm standen eine Flasche Whiskey und zwei Gläser. Hamm sah zu ihr auf, sein Gesicht war eine Maske der Unschuld.

„Wo ist sie?" Zoe bellte.

„Wo ist *wer*?" antwortete Hamm.

„Maddy Osman. Ist sie hier?"

Hamm stand auf. Zoe stellte sich ihm gegenüber, und er lächelte sie an. „Keine Ahnung, von wem Sie reden."

„Es ist sonst niemand hier, Boss." Mo trat aus einer Tür, der einzigen, die von diesem Raum abging.

„Du Bastard, du sagst mir, wo sie ist, oder ich schwöre, ich werde ..."

Mo's Hand lag auf ihrem Arm. „Boss."

Sie riss ihren Arm weg, hörte aber auf zu sprechen. *Konzentrier dich*, sagte sie sich. Sie erinnerte sich daran, was Lesley zu ihr gesagt hatte, als Shand und Petersen freigelassen worden waren. Das Verfahren. Gute Polizeiarbeit. *Wir bauen einen Fall auf.*

Sie würde es sicher nicht vermasseln, indem sie Hamm einen Grund zur Beschwerde gab.

Aber er saß hier und teilte sich eine Flasche Whisky mit einem Mann, der gegen die Kautionsauflagen verstoßen hatte.

Sie schritt auf ihn zu. „Trevor Hamm, Sie sind verhaftet. Ihnen wird Rechtsbeugung vorgeworfen. Sie haben das Recht zu schweigen. Alles, was Sie sagen, kann und wird vor Gericht gegen Sie verwendet werden."

KAPITEL EINHUNDERTVIER

Rhodri saß in seinem Auto, die Ungeduld nagte an ihm. Er hatte getan, was ihm gesagt worden war. Er suchte sich einen Platz mit Blick auf die Wohnung, parkte und wartete ab.

Er hasste es.

Wenn Benedict Maddy hätte, könnte sie da drin sein. Ihre Mutter wollte sie zurückhaben. Er wusste, wie seine Mutter reagieren würde, wenn seine kleine Schwester verschwinden würde. Sie hatten schon einmal gedacht, sie sei verschwunden, als sie vierzehn war. Aber sie hatte nur einen dummen Streich gespielt. Er hatte sie an der Bushaltestelle gefunden und ihr eine Tracht Prügel verpasst, um sie auf das vorzubereiten, was sie von ihrem Vater bekam.

Die Straße war ruhig, nur ab und zu fuhren Autos oder gingen Leute vorbei. Sie verlief entlang der Bahnlinie durch die Stadt, der Bahnhof Gravelly Hill war nur hundert Meter entfernt. Zwei Züge waren gekommen und wieder abgefahren, während er hier gesessen hatte. Es machte ihn fertig.

Sein Telefon klingelte.

„Sergeant."

„Wo bist du, Rhodri?"

„Ich tue, was man mir sagt. Ich beobachte seine Wohnung. Noch kein Zeichen von Verstärkung."

„OK. Die DI ist auf dem Weg. Sie wird etwa eine Viertelstunde brauchen."

Verdammt. Er hoffte, dass er nicht in Schwierigkeiten steckte.

„Ja, Boss."

„Du bleibst, wo du bist, bis sie da ist, okay?"

„Habt ihr Hamm erwischt?"

„Das haben wir. Aber keine Spur von Maddy hier."

Rhodris Blick glitt zurück zur Tür des Hauses, in dem sich Brians Wohnung befand. *Das ist, weil sie hier ist*, dachte er.

„Wir haben allerdings mehr bekommen, als wir erwartet haben", sagte Mo. „Stick Adams war bei ihm."

„Dieser Bastard. Gut gemacht."

„Ja. Wir sollten uns aber nicht zu früh freuen, oder? Jetzt hängt alles von der Forensik ab."

Ein Auto fuhr auf ihn zu, ein gedrungener Mini, der ihn an die DI und ihren ganzen Stolz erinnerte, den flaschengrünen Mini, mit dem sie überallhin fuhr. Rhodri beobachtete, wie er die Straße entlangschlich, langsamer als die Autos, die bisher vorbeigefahren waren. Er fragte sich, ob Brian darin saß.

„Ich muss los, Sergeant", sagte er. „Hier passiert vielleicht gerade was."

„Sei vorsichtig, ja? Ich will nicht, dass du dich verletzt, so wie Connie es getan hat."

„Keine Sorge, ich werde ein guter Junge sein."

„Hmmm." Die Leitung war tot.

Rhodri schaute in seinen Rückspiegel. Das Auto war verschwunden. Die Straße war voller geparkter Autos, er hatte Glück gehabt, dass er jemanden sah, der aus dieser Lücke kam.

KAPITEL EINHUNDERTVIER

Wenn der Fahrer des Mini einen Parkplatz suchte, konnte das eine Weile dauern.

Das Auto tauchte hinter ihm wieder auf und kam vom anderen Ende der Straße zurück. Es schlich weiter, eindeutig auf der Suche nach einem Parkplatz. Rhodri ließ sich auf seinem Sitz zurückfallen und beobachtete, wie es vorbeifuhr. Im Inneren des Wagens suchte eine Frau die Straße ab und blickte von einer Seite zur anderen.

Endlich schien sie eine Lücke entdeckt zu haben. Das Auto hielt etwa fünfzig Meter vor Rhodri an. Er setzte sich auf und beobachtete die Stelle, an der es verschwunden war.

Eine Frau überquerte die Straße, dieselbe Frau, die er im Auto gesehen hatte. Er hielt den Atem an. Sie ging auf Brians Wohnung zu und schaute alle paar Sekunden hinter sich, als ob sie wusste, dass sie beobachtet wurde. Sie trug einen grauen Kapuzenpulli und ihr Gesicht war nicht zu erkennen.

Rhodri rutschte wieder in seinem Sitz zurück.

Sie ging den Pfad zu Brians Wohnung entlang. Rhodri beobachtete sie weiter und hielt den Atem an. Die Frau zog einen Schlüssel aus ihrer Tasche und ging hinein.

Er lehnte sich an das Fenster, um einen besseren Blick auf die Fenster zu bekommen. Das Haus hatte zwei Wohnungen. Sie könnte die Nachbarin von Brian sein. Er hatte nicht daran gedacht, Rick zu fragen, ob Brian verheiratet war oder eine Freundin hatte.

Er kaute auf seiner Lippe und dachte nach. Er könnte ganz lässig hingeschlendert kommen, an die Tür klopfen und so tun, als würde er etwas verkaufen. Aber was dann? Wie würde er herausfinden, ob Brian da drin war? Ob Maddy da drin war?

Die Tür öffnete sich und die Frau trat heraus. Sie war allein. Sie hatte die Kapuze heruntergezogen, und er konnte einen grünen Schal darunter sehen. Sie sah verärgert aus.

Rhodri beobachtete, wie sie zu ihrem Auto zurückkehrte. Sie überquerte die Straße direkt vor seinem Auto und schaute noch einmal auf und ab. Nicht zu ihm. Sie suchte nach jemandem.

Als sie vor seinem Auto vorbeiging, drehte sie den Kopf und ihre Blicke trafen sich für eine Sekunde. Er wandte seinen Blick ab, sein Gesicht war heiß.

Er kannte dieses Gesicht. Blasse Haut, langes dunkles Haar, große Augen. Das Halstuch, das sie trug.

Aber das war unmöglich. Sie hatten sie in Gewahrsam. Oder etwa nicht?

Was hatte Alison Osman in der Wohnung ihres Ex-Mannes zu suchen?

KAPITEL EINHUNDERTFÜNF

Zoe nickte Rhodri zu, als sie an seinem Auto vorbeifuhr. Die Straße war voll und es gab keinen Platz zum Parken.

Sie hatte keine Zeit für die Suche. Sie hielt an der doppelten gelben Linie neben dem Bahnhof an und stieg aus.

Sie stieg in Rhodris Auto. „Welche Wohnung?"

Er zeigte darauf. „Die da. Ich habe jemanden hineingehen sehen."

„Benedikt?"

„Nein, Boss. Ist Alison noch in Gewahrsam?"

„Ja. Warum?"

„Weil ich vermute, dass sie einen Zwilling hat."

„Sprich weiter."

„Ein Auto fuhr herum und suchte einen Parkplatz. Dann stieg sie aus und ging in dieses Gebäude. Sie sah genauso aus wie Alison. Sie trug sogar den gleichen Schal."

„Was für ein Schal?"

„Das grüne Halstuch. Das von der Videoüberwachung."

Zoe drehte sich zu ihm um. „Rhodri, bist du dir da sicher?"

„Natürlich bin ich das, Boss. Sonst würde ich es ja nicht sagen."

„Hast du ihr Nummernschild bekommen?"

„Natürlich." Er zeigte ihr sein Notizbuch.

„Gut gemacht. Ist sie weggefahren?"

„Ja."

Sie lehnte sich gegen die Windschutzscheibe, ihre Finger umklammerten das Armaturenbrett. „Wenn sie rausgekommen ist, dann ist er wahrscheinlich nicht da. Aber wer ist sie?"

„Weiß ich nicht. Aber das da ist Benedikt."

Ein Mann mit einer gestreiften Mütze ging die Straße vom Bahnhof entlang. Er trug eine Tasche mit Einkäufen und sah müde aus. Seine Schritte waren schleppend.

„Das ist der Typ vom Kletterzentrum", sagte Zoe.

„Es ist Benedikt", sagte Rhodri. „Da bin ich mir sicher."

„Also gut." Sie stieß die Tür auf. Als Benedikt seine Wohnung erreichte, überquerte sie die Straße. Sie war direkt hinter ihm, als er seinen Schlüssel ins Schloss steckte.

„Brian Parrish?"

„Äh, ja." Er drehte sich um und ließ seinen Arm sinken. Er sah verwirrt aus.

„Früher bekannt als Benedict Tomkin", sagte sie.

Er verzog das Gesicht. „Wer sind Sie?"

„Detective Inspector Finch, West Midlands Police. Ich denke, wir sollten besser reingehen, oder?"

Er blickte die Straße auf und ab. *Oh nein, das wirst du nicht tun*, dachte sie und hoffte, dass Rhodri in einer guten Position war, um ihn aufzuhalten, falls er weglief. Doch dann stieß Benedikt einen Seufzer aus und schloss die Tür auf.

Seine Wohnung war klein, aber ordentlich, dünne Vorhänge schirmten das schwache Sonnenlicht von der Straße

KAPITEL EINHUNDERTFÜNF

ab. Er stellte seine Einkaufstasche auf einen Tisch und drehte sich zu ihr um.

„Wie haben Sie mich aufgespürt?"

„Mein Kollege schon. Durch das Kletterzentrum."

Er zuckte zusammen. „Verdammt."

„Dort zu arbeiten, klingt für mich, als wollten Sie gefunden werden."

Er zuckte mit den Schultern.

Rhodri kam hinter ihr herein und schnupperte die Luft. Zoe konnte Parfüm riechen.

„Wo ist Maddy?", fragte sie Benedikt.

„Ich hatte gehofft, Sie könnten mir das sagen."

„Haben Sie sie hier?"

„Boss." Rhodri zeigte auf ein Foto auf einem Beistelltisch. Darauf war ein Bild von Benedict und Alison zu sehen.

„Sie hat wieder geheiratet, wissen Sie", sagte Zoe. „Es hat nicht viel Sinn, ihr Foto aufzubewahren."

Benedikt wandte sich ihm zu. „Das ist nicht Alison. Das ist meine Freundin, Vic."

KAPITEL EINHUNDERTSECHS

„Sagen Sie es ihr nicht, ja?" sagte Benedikt.

„Ihr was sagen?", fragte Zoe.

„Wenn Vic wüsste, dass sie genauso aussieht wie meine Ex-Frau, würde sie durchdrehen."

„Weiß sie, dass Sie eine Ex-Frau haben?", fragte Rhodri. „Ist sie überhaupt Ihre Ex-Frau?"

„Alison wohnt zweieinhalb Kilometer entfernt in Erdington", sagte Benedikt. „Meinen Sie, ich würde es Vic sagen?"

Zoe ging die Überwachungskameras in ihrem Kopf durch. Die Reinigungsfirma. Die Fäden liefen zusammen. „Wo ist sie?", fragte sie. „Vic?"

Benedikt zuckte mit den Schultern.

„Sie war hier", sagte Rhodri. „Sie kam herein und ging wieder."

„Sie hat einen Schlüssel", sagte Benedikt.

„Wohnt sie hier?" fragte Zoe.

„Mehr oder weniger. Sie hat eine eigene Wohnung, am anderen Ende der Stadt. Aber sie schläft meistens hier. In letzter Zeit nicht mehr so oft."

KAPITEL EINHUNDERTSECHS

Zoe starrte Rhodri an. Ihr Herz raste.

„Geben Sie uns ihre Adresse", sagte sie.

„Warum? Wollen Sie ihr sagen, dass ich nicht der bin, der ich behaupte zu sein?"

„Sie weiß es bereits", antwortete Zoe. Sie hatte als Alison Tomkin für die Reinigungsfirma gearbeitet. „Aber im Moment denke ich, dass Vic Ihre Tochter hat."

Benedikt kippte fast nach hinten um. „Madison?"

„Wir glauben, dass es Vic war, der sie entführt hat.

„Was ist mit Ollie?"

„Er ist bei seiner Oma."

„Barbara." Er blies die Luft aus. „Warum ist er nicht zu Hause? Diese alte Hexe ..."

„Er ist nicht zu Hause, weil wir dachten ... nein, ich werde Ihnen nicht sagen, warum er nicht zu Hause ist." Zoe verspürte den Drang, diesen Mann zu schlagen, der so viele Menschen belogen hatte. „Sagen Sie uns einfach, wo Vic ist."

Zoe drehte sich um, als sie hörte, wie sich hinter ihnen ein Schlüssel drehte. Es war gedämpft und kam von der Haupttür des Gebäudes. Rhodri starrte sie an, seine Brust hob und senkte sich.

„Das ist sie", flüsterte er. Zoe gab ihm ein Zeichen, sich von der Tür zu entfernen. Sie schlüpfte dahinter.

„Bitte nicht ...", sagte Benedikt.

Die Tür öffnete sich und eine Frau kam herein. Sie war größer als Alison. Aber sonst hätten sie Zwillinge sein können. Sie entdeckte Benedict und ein Lächeln huschte über ihr Gesicht.

„Ich habe eine Überraschung für dich", sagte sie. „Ein frühes Geburtstagsgeschenk."

Benedikt schüttelte den Kopf. „Vic, ich kann nicht ..."

Vic drehte sich um und sah Zoe hinter der Tür stehen. Zoe streckte eine Hand aus, um sie zu ergreifen.

„Wo ist sie?"

Vic drehte sich wieder zu Benedict um, ihre Augen sprühten Feuer. „Du Mistkerl! Ich dachte, du würdest dich freuen!"

Sie stieß Zoe die Tür vor der Nase zu und rannte aus dem Zimmer. Rhodri wollte nach ihr greifen, verfehlte sie aber. Zoe rannte hinter den beiden in den Flur.

Auf dem Außenflur gab es eine hektische Bewegung. Vic schob ein Mädchen zur Tür. Das Mädchen hielt einen Käfig in der Hand.

„Maddy!" rief Zoe. Das Mädchen kreischte.

„Komm schon!" drängte Vic. Sie zerrte Maddy nach draußen. Maddy trat sie und Vic kreischte. „Hör auf damit! Gott, ich weiß nicht, warum ich mir die Mühe gemacht habe." Sie knallte Rhodri die Tür vor der Nase zu.

Rhodri riss die Tür auf und rannte hinaus. Zoe folgte ihm. Vic schleppte Maddy über die Straße. Maddy ließ den Käfig fallen, und er gab ein jaulendes Geräusch von sich. Darin befand sich ein kleines graues Häufchen Flaum. Ein Kätzchen? Diese Frau hatte sich als Alison ausgegeben. Sie hatte Maddy entführt und ihr dann ein Kätzchen geschenkt?

„Es hat keinen Sinn, Vic!" rief Zoe. „Sie werden nicht entkommen."

Maddy schrie erneut auf. Sie drehte sich zu Vic, die innehielt und dem Mädchen in die Augen schaute. Maddy schrie auf und biss Vic dann in den Arm. Vic jaulte auf und zuckte weg. Maddy nutzte die Gelegenheit und rannte die Straße hinunter.

Scheiße.

KAPITEL EINHUNDERTSECHS

Zoe wandte sich an Rhodri. „Ich kümmere mich um Maddy, du holst Vic."

Sie sprintete hinter Maddy her, rief ihren Namen und sagte, sie sei von der Polizei. Als sie vorbeikam, öffneten sich Haustüren und Menschen kamen aus ihren Häusern heraus. Hinter ihr hörte sie weitere Rufe: Rhodri und Vic. Sie hoffte, er hatte sie erwischt.

Maddy war etwa fünf Häuser vor ihr und ging auf den Bahnhof zu. Zoe beschleunigte das Tempo und betrachtete die Zugstrecke unter ihnen. *Oh lieber Gott*, dachte sie, und ihr Verstand vernebelte sich. Fahr *langsamer*.

Maddy warf einen kurzen Blick hinter sich und wich dann auf die Straße aus. Sie steuerte auf den Eingang des Bahnhofs zu.

Zoe hörte, wie sich ein Zug näherte. Wenn Maddy in den Zug stieg, würden sie sie vielleicht nie finden.

„Maddy, halt! Ich will dich nach Hause bringen. Zu deiner Mum."

Maddy warf einen Blick über ihre Schulter. „Sie hat gesagt, dass *sie* meine Mutter sein wird!"

„Sie hat gelogen. Es wird alles gut. Bleib einfach stehen."

Maddy befand sich auf der Rampe zur Plattform, die Schwerkraft und der Schwung zogen sie vorwärts. Zoe rannte ihr hinterher. Der Zug näherte sich.

Bitte, nein.

Maddy war fast am Ende der Rampe angekommen. Sie drehte sich um und sah Zoe an, ihr Haar flatterte ihr ins Gesicht. Sie stolperte, stolperte über einen Riss im Asphalt, über ihre eigenen Füße, Zoe war sich nicht sicher.

Maddy schrie auf und ihre Hände flogen nach vorne. Sie stürzte zu Boden und landete vor den Füßen einer Frau, die einen Kinderwagen die Rampe hinaufschob.

„Alles in Ordnung, Liebes?", fragte die Frau. Sie sah zu Zoe auf. „Sie müssen besser auf Ihre Tochter aufpassen."

Zoe nickte ihr atemlos zu und ging dann neben Maddy in die Hocke.

„Maddy, ich bin Polizeibeamtin. Mein Name ist Zoe. Ich bin hier, um dich zu deiner Mutter und deinem Vater zurückzubringen."

KAPITEL EINHUNDERTSIEBEN

Zoe griff nach Maddys Hand, als sie zum Haus zurückgingen, aber Maddy wich zurück. Sie schüttelte den Kopf und beäugte Zoe misstrauisch. Zoe konnte es ihr nicht verdenken.

„Wir sind nicht weit von deinem Zuhause entfernt, Maddy. Ich werde dich zu deiner Oma bringen. Ollie ist dort. Wir brauchen nur fünf Minuten."

Sie konnte das arme Mädchen nicht einmal nach Hause bringen. Ihre Mutter war in Gewahrsam, ihr Vater auch. Sie würde Carl anrufen, damit er Alison freiließ. Bei Ian war sie sich nicht so sicher. Er war jetzt Carls Problem.

Der Käfig mit dem Kätzchen stand immer noch mitten auf der Straße. Zoe war dankbar, dass keine Autos vorbeigekommen waren.

„Kann ich es behalten?" fragte Maddy.

Zoe hob es auf. Das Kätzchen miaute sie mit großen Augen an.

„Sicher. Wir bringen es in mein Auto."

Rhodri hatte Vic in Handschellen. Die beiden saßen auf

einer niedrigen Mauer vor der Wohnung. Brian stand in der Tür und starrte Maddy an.

Hatte er sie gesehen, während all dies geschah? Wusste er, was seine Freundin getan hatte? *Eine Überraschung*, hatte sie gesagt. *Zu deinem Geburtstag.* Zoe zitterte.

„Das ist mein Dad." Maddys Stimme war leise.

„Ich dachte, Ian wäre dein Dad?"

Ein Stirnrunzeln legte sich auf Maddys Stirn. „Man kann zwei Väter haben, schätze ich."

Benedikt zappelte von einem Fuß auf den anderen, seine Hände zitterten. Er war ein Nervenbündel.

„Willst du mit ihm reden?", fragte sie das Mädchen.

Maddy schüttelte den Kopf, den Blick auf den Boden gerichtet. „Ich möchte nach Hause."

Es war das Beste. Maddy hatte schon genug durchgemacht, ohne sich mit dem Wiederauftauchen ihres toten Vaters auseinandersetzen zu müssen.

„Du wartest im Auto auf mich, hm? Ich bin gleich da. Hier." Sie gab ihr den Käfig und öffnete die Beifahrertür. Dann überlegte sie. Konnte ein Zwölfjähriger vorne mitfahren?

Natürlich konnte sie das. Nicholas hatte es getan.

Maddy rutschte ins Auto und starrte das Kätzchen an. Sie wackelte mit den Fingern und drückte ihre Stirn gegen das Gitter. Zoe beobachtete, wie sie das Kätzchen anlächelte. Sie sah jetzt ganz gut aus, aber es würde verdammt viel für sie zu verarbeiten geben. Sie würde professionelle Hilfe brauchen.

Sie wandte sich an Rhodri. „Ich bringe sie zu ihrer Oma. Kannst du hier auf die Uniformen warten?"

„Sie sollten schon längst hier sein."

„Du kannst das nicht einfach tun", sagte Vic. „Das ist verdammt demütigend, hier draußen auf der Straße zu sitzen."

„Haben Sie die Formalitäten erledigt, DC Hughes?"

KAPITEL EINHUNDERTSIEBEN

„Wegen Kindesentführung verhaftet."

„Und der Rest." Sie wandte sich an Vic, ihre Stimme wurde härter. „Wenn man bedenkt, was Sie getan haben, denke ich, dass eine kleine Blamage vor den Nachbarn Ihre geringste Sorge sein wird."

Diese Frau dachte, sie würde ihrem Freund ein Geschenk machen. Stattdessen hatte sie Maddys Unschuld genommen und eine Familie in zwei Teile zerrissen.

Hinter ihr hörte sie einen Motor. Ein Streifenwagen.

„Das wurde auch Zeit", sagte Rhodri.

„Bringt sie nach Harborne", sagte Zoe.

„Ja, Boss." Rhodri löste die Handschellen und führte Vic zu dem wartenden Auto.

Zoe ging mit angespannter Brust zu ihrem eigenen Auto zurück. Maddy zu ihrer Großmutter zu bringen, würde eine Freude und gleichzeitig Herzschmerz sein. Sie hoffte nur, dass sie Alison bald nach Hause bringen konnten.

Sie hielt an, bevor sie ins Auto stieg. Sie griff nach ihrem Telefon.

Mo nahm nach dem ersten Klingeln ab. „Boss?"

„Rhodri hatte Recht, Mo. Benedict ist am Leben. Er hat eine Freundin, die Alison wie aus dem Gesicht geschnitten ist, und sie war es, die sie entführt hat."

„Sie war also diejenige auf dem Überwachungsvideo?"

„Und bei Cleanways. Es war Rhodri, der alles zusammengesetzt hat."

„Gut gemacht." *Ja. Connie auch*, dachte sie. Nur dass die Informationen, die Connie aufgedeckt hatte, sensibler waren.

„Das bedeutet, dass wir nichts gegen Alison in der Hand haben", sagte sie. „Kannst du Carl sagen, dass sie so schnell wie möglich freigelassen und zu ihrer Mutter gebracht werden soll."

„Klar doch. Was ist mit Ian?"
„Das liegt an Carl."
„Ja."
Zoe legte auf, stieg ins Auto und schenkte Maddy das zuversichtlichste Lächeln, das sie zustande bringen konnte.

KAPITEL EINHUNDERTACHT

CARL PARKTE sein Auto in der Tiefgarage unter Lloyd House und ging zum Aufzug. Es war ein langer Tag. Die Arbeit mit Zoe war ein Bonus, aber der Ausdruck auf Alison Osmans Gesicht, als sie ihr sagten, dass Maddy gesund und munter war ... Das war unbezahlbar.

Der Aufzug öffnete sich im fünften Stock. Er zögerte und dachte darüber nach, was Connie ihm gesagt hatte. Er wartete, bis sich die Türen schlossen, und drückte erneut auf den Knopf.

Als er ausstieg, herrschte im zehnten Stock reges Treiben. Hauptsächlich ziviles Personal: Sekretärinnen, Rechtsberater, PR-Leute. Hier arbeiteten die hohen Tiere, zusammen mit ihrer schützenden Blase von Zivilisten.

Das Büro von David Randle befand sich an der Westseite des Gebäudes. Carl wandte sich ihm zu.

Er betrat erneut den Aufzug. Alles, was er hatte, war eine DC, die sagte, sie hätte seine Stimme erkannt. Zoes Verdächtigungen während des Jackson-Falls. Sein eigener Instinkt. Das war nicht genug. Es war nicht genug gewesen, als Randle ein

DCI war. Es war nicht annähernd genug, jetzt wo er Superintendent war.

Er drückte auf den Knopf für den fünften Stock und fuhr hinunter, sein Körper sackte in sich zusammen. Er würde Zoe später anrufen, um zu sehen, ob er sie zu einem Drink überreden konnte.

„DI Whaley." Superintendent Rogers stand vor seinem Büro. Hatte er auf ihn gewartet?

„Sir."

„Wie ist es gelaufen?"

„Wir haben genug gegen Ian Osman, Sir. Aber wir könnten ihn gebrauchen."

„Nicht hier draußen."

Carl ließ seinen Chef zuerst ins Büro gehen. Drinnen schloss Rogers die Tür. „Erklären Sie mir Ihren Plan."

„Es gibt Beweise, dass er Kontakt zu Stuart Reynolds hatte. Reynolds ist definitiv einer von Hamms Männern."

„Hamm ist bereits in Gewahrsam."

„Sie kennen den Typ. Er wird sich einen guten Anwalt nehmen. Er wird im Handumdrehen wieder auf der Straße sein."

Rogers schürzte seine Lippen. Er wusste, dass Carl recht hatte.

„Und außerdem", sagte Carl. „Wir sind nicht hinter Hamm her. Die Kripo soll sich um ihn kümmern. Er kann uns zu korrupten Beamten führen. Wenn er Jackson in der Tasche hatte, wird es noch andere geben."

Rogers hob seinen Blick zur Decke. Wer aus dem zehnten Stock war in all das verwickelt? Carl hasste es, wie Jacksons Korruption unter den Teppich gekehrt wurde. Es hatte keinen Sinn, hatte man ihm gesagt, denn der Mann war ja tot.

„Ian könnte uns Informationen geben", sagte Carl. „Er

KAPITEL EINHUNDERTACHT

könnte über andere korrupte Beamte Bescheid wissen, wenn auch nur indirekt. Ich sage, wir bieten ihm einen Deal an."

„Was für einen Deal?", fragte Rogers.

„Hamm weiß nicht, dass wir Osman verdächtigen. Für die Allgemeinheit wurde er wegen des Verschwindens seiner Kinder befragt. Mehr nicht."

„Sie meinen, wir können ihn als Informanten benutzen."

„Für ihn heißt es entweder das oder er verliert seinen Job. Vielleicht auch ein Strafverfahren. Ich denke, er wird es annehmen."

„Meinen Sie, er hat die Nerven dafür?"

„Es gibt nur einen Weg, das herauszufinden."

Carl beobachtete seinen Vorgesetzten hoffnungsvoll. Rogers kratzte sich am Kinn.

„Wir würden ihn einem Risiko aussetzen. Nur weil er korrupt ist, heißt das nicht, dass ..."

„Ich übernehme persönlich die Verantwortung, Sir. Ich werde sicherstellen, dass wir das Risiko einschätzen und minimieren, bevor wir ihn da reinschicken. Und er würde nur das tun, was er bereits getan hat."

„Und mit uns reden. Das kann einen umbringen, wenn es um Leute wie Hamm geht."

„Wir brauchen einen Weg hinein, Sir."

„Lassen Sie mich darüber nachdenken."

Carl wusste, dass das das Beste war, was er im Moment kriegen konnte. „Sir." Er verließ das Büro und ging zurück zu seinem eigenen Schreibtisch, holte sein Telefon aus der Tasche und wählte Zoes Nummer.

KAPITEL EINHUNDERTNEUN

„Zoe. Gut gemacht."

Lesley war im Teambüro, Mo, Connie und Rhodri hinter ihr. Zoe kam herein warf einen Blick rundum auf ihr Team. Auf Mos Schreibtisch stand eine Flasche Sprudelwasser und Gläser.

„Du hast ein Kind zu seiner Familie zurückgebracht", sagte er. „Ich denke, wir dürfen feiern."

Zoe lächelte. Sie betrachtete das Wasser. Nur Mo würde sich daran erinnern, dass Champagner nicht das Richtige war. Man trank nicht, wenn die Kindheit durch eine alkoholkranke Mutter zerstört worden war.

„Danke", sagte sie.

„Was ist das, Boss?" Rhodri betrachtete den Gegenstand, den Zoe bei sich trug.

Sie hievte die Katzentransportbox auf seinen Schreibtisch. Connie beugte sich darüber, ihre Augen leuchteten.

„Maddys Entführerin hat es ihr gegeben. Sie versuchte wohl, sie für sich zu gewinnen. Ich sagte Maddy, sie könne es behalten, aber ihre Oma wollte es nicht."

KAPITEL EINHUNDERTNEUN

Rhodri sah entsetzt aus. „Warum nicht?"

Zoe zuckte mit den Schultern. „Sie sagte, es würde Erinnerungen wecken. Sie wollte nicht, dass es ins Haus kommt." Sie schaute es an. Es rieb sich durch die Gitterstäbe des Käfigs an Connies Handrücken. „Ich muss wohl den Tierschutzverein anrufen oder so."

„Du kannst es immer noch behalten", sagte Mo.

„Ich?"

„Gesellschaft für dich, wenn Nicholas zur Uni geht."

Sie betrachtete das Kätzchen. Konnte sie sich auf sich selbst verlassen, dass sie sich richtig um dieses Fellknäuel kümmern würde?

Connie öffnete den Käfig. Sie griff hinein, so behutsam, als ob sie mit feinem Kristall hantieren würde, und hob das Kätzchen auf ihre Schulter. Es miaute und blinzelte sie an.

Zoe erlaubte sich ein Lächeln. „Es ist schon ziemlich süß."

„Mach schon", sagte Connie. „Ich kümmere mich darum, wenn du länger arbeitest."

„Du wohnst auf der anderen Seite der Stadt als ich."

„Mein Bruder ist die ganze Zeit bei dir zu Hause. Ich werde ihn dazu bringen, es zu tun."

„Bis er zur Uni geht."

„Dir wird schon etwas einfallen."

Das Kätzchen miaute. „Na gut." Zoe streckte die Hand aus und kratzte es unter dem Kinn. Es streckte sein Köpfchen hervor und schloss die Augen.

„Es mag dich", sagte Mo.

„Es mag ein bisschen Getue", antwortete sie.

„Wie auch immer, da wir den Verbleib des Kätzchens jetzt geklärt haben ... auf ein Wort, bitte?" Lesley stand mit verschränkten Armen vor dem inneren Büro.

Zoe ließ ihre Hand fallen. *Was ist los?* Sie warf einen Blick auf Mo, der mit den Schultern zuckte. Sie folgte Lesley in ihr Büro.

„Was gibt es, Ma'am? Ein Problem?"

„Schließen Sie die Tür."

Zoe tat, wie ihr gesagt wurde. Lesley hockte auf dem Schreibtisch, die Beine vor sich ausgestreckt.

„Was ist passiert?"

„Ian. Er ist entlassen worden."

„*Was?*"

„Das PSD sagte, sie hätten nicht genug, um den Fall zu verfolgen."

„Aber er hat mit Stuart Reynolds zusammengearbeitet. Der zu Hamms Organisation gehört. Wir haben einen soliden Fall..."

„Es ist nicht unser Fall, Inspector. Es ist der des PSD. Und die sagen, es ist nicht gut genug."

„Also geht er zurück an seinen Arbeitsplatz, als wäre nichts passiert?"

„Scheint so."

Zoe lehnte sich mit dem Rücken gegen die Trennwand. „Das sieht Carl gar nicht ähnlich."

Lesley zuckte mit den Schultern. „Nicht seine Entscheidung, nehme ich an."

„Richtig."

„Aber abgesehen davon, gut gemacht. Dies war Ihr erster Fall als SIO, und Sie haben sich gut geschlagen."

„Danke, Ma'am."

„Ich weiß, dass Sie viele Bälle jongliert haben. Sie haben es ohne zu wackeln gemeistert."

„Nun, das würde ich nicht sagen ..." Zoe dachte an den Abend, an dem sie zu Lesley gekommen war, weil sie sich

KAPITEL EINHUNDERTNEUN

Sorgen machte, dass sie nicht weiterkam. An das Gespräch, das sie mit Mo in seiner Küche geführt hatte.

„Das Wichtigste ist, dass Sie den richtigen Ball gefangen haben."

„DC Hughes gebührt der Verdienst dafür. Er war derjenige, der herausfand, dass Benedict noch am Leben war. Um fair zu sein, wir hatten keine Ahnung, dass das nicht Alison auf dem Band war, bis wir das Foto von Vic in Benedicts Wohnung sahen."

Lesley stand auf. „Zoe, nehmen Sie doch einfach das Lob an, wenn es Ihnen angeboten wird. Ja, Ihr Team hat einen wichtigen Beitrag geleistet. Aber es ist *Ihr* Team. Sie arbeiten hart für *Sie*. Gut gemacht."

Zoe spürte, wie ihr die Hitze in den Nacken kroch. Sie widerstand dem Drang, etwas über die Arbeit anderer Teammitglieder zu sagen: Connie bei den Hintergrundinformationen, Mo in Hamms Wohnung.

„Was ist mit Hamm los?", fragte sie.

„Er ist in Gewahrsam. Sie und ich werden ihn gemeinsam befragen."

Zoe hob eine Augenbraue.

„Ich habe an anderen Fällen gearbeitet, in denen er seine Finger im Spiel hatte, Zoe. Wir müssen alles miteinander verknüpfen, einen Fall aufbauen. Wenn es einen Weg gibt, wie Hamm sich aus der Sache herauswinden kann, wird er ihn finden."

„Ja, Ma'am."

„Und es gibt noch eine weitere Neuigkeit."

Nicht noch mehr. „Ja?"

„DI Dawson kommt zurück."

Zoe spürte, wie ihr Körper zusammensackte. DI Dawson war ihr alter Chef, ebenso wie der alte Chef von Mo. Er war es, den sie vorübergehend ersetzt hatte, als sie als DI tätig gewesen war.

„Seine Abordnung ist vorbei."

„Ja", sagte Lesley. „Es scheint so gut gelaufen zu sein, dass die Chefs zufrieden sind, aber nicht so gut, dass sie ihm eine Stelle in der Met verschafft haben. Sie werden Kollegen sein."

„Ja, Ma'am." Dawson würde sich über ihre Beförderung ärgern. Sie würde hart arbeiten müssen, um sicherzustellen, dass er sich nicht so verhielt, als sei er immer noch der ranghöchste Beamte.

„Er wird ein Team brauchen", sagte Lesley.

„Nicht ..."

„Nicht alle, nein. Aber ihr vier wart sein Team, bevor Sie befördert wurden."

Zoe fühlte sich leicht und schwer zugleich. Wen würde sie verlieren?

„Ich denke, DS Uddin ist am besten geeignet, um in Franks Team zu wechseln", sagte Lesley.

„Mo?"

„Ja, Zoe. Sie dürfen DC Hughes und DC Williams behalten. Zwei für dich, einen für Frank."

„Mo und ich haben jahrelang zusammengearbeitet."

„Ich weiß. Ihr beide seid so eng wie der Arsch des Kätzchens da draußen."

„Er ist ..." Zu sagen *Er ist mein bester Freund* war nicht das Richtige.

„Wenn Sie Mo behalten, bekommt Dawson die beiden Constables."

Zoe schaute auf das Team. Connie saß an ihrem Schreibtisch, das Kätzchen rieb seinen Kopf an ihrem Computerbildschirm. Sie streichelte es, während sie weiter auf den Bildschirm starrte. Rhodri hatte sich ein Glas Sprudelwasser an seinen Schreibtisch gestellt und wühlte in den Unterlagen. Kein billiges Bier heute, dachte sie. Mo hatte sie beobachtet, wandte sich aber ab, als sie seinem Blick begegnete. Wusste er es?

Mo konnte mit Dawson umgehen. Er hatte mehr Erfahrung mit diesem Mann.

Zoe wandte sich wieder an den DCI. „Wie Sie wünschen, Ma'am."

KAPITEL EINHUNDERTZEHN

Alison beobachtete ihre Kinder beim gemeinsamen Spielen. Maddy hatte Lego aus ihrem Zimmer mitgebracht und half Ollie, einen Turm zu bauen. Er kicherte jedes Mal, wenn er umfiel.

Maddy hatte einen gequälten Blick in ihren Augen. Alison hatte sie dabei erwischt, wie sie ins Leere starrte, wenn sie dachte, dass niemand es sah.

Was hatte sie in dieser Wohnung durchgemacht? Was hatte diese Frau, die sich ihr gegenüber als neue Mutter ausgegeben hatte, getan?

Alison fröstelte und zog ihre Strickjacke fester um sich. Sie zwang sich zu einem Lächeln und ging zu den beiden. Ollie sah auf und lächelte, als sie sich neben ihn auf den Boden kniete. Sie gab ihm einen Kuss auf den Kopf und legte eine Hand auf Maddys Schulter. Maddy versteifte sich.

„Höher!", sagte Ollie. Er hatte zu reden begonnen, sobald Maddy nach Hause kam, aber er hatte nichts über seine Tortur gesagt. Alles, was sie hatten, war das, was Maddy wusste. Sie hatte keine Ahnung, was mit ihm passiert war, als er das

KAPITEL EINHUNDERTZEHN

Zimmer verlassen hatte und nach Hause gebracht worden war. Man hatte ihn in einer Telefonzelle abgeladen, fotografiert. Wie lange hatte man ihn dort gelassen? Was war ihm durch den Kopf gegangen?

Es läutete an der Tür. Alison seufzte und richtete sich auf. Die Presse war schon seit drei Tagen da, seit Maddy nach Hause gekommen war. Ihre Mutter hatte ihr gesagt, sie solle ihre Geschichte verkaufen, aber sie wollte es nicht.

Sie spähte durch das Guckloch, das die Polizei für sie eingebaut hatte, und keuchte. Sie trat zurück und wischte sich die Hände an ihrer Hose ab. Ihre Handflächen waren feucht.

Sie wandte sich der Tür zu und schaute erneut hindurch. Draußen stand ein Mann mit einer Wollmütze.

Sie brauchte nicht zu öffnen. Sie konnte so tun, als ob sie nicht da wären.

Gegenüber stieg ein anderer Mann aus einem Auto aus. Ein Journalist. Er rief etwas und lief über die Straße zum Haus. Er hatte ihren Besucher gesehen. Hatte er ihn erkannt?

Alison wollte nicht, dass die Presse involviert wird.

Sie öffnete die Tür. Als sie das tat, richtete er sich auf, sein Gesicht war blass.

„Du solltest besser reinkommen." Sie musterte den Journalisten, der am Ende des Weges stehen blieb.

Benedikt schlüpfte durch die Tür, wobei er darauf achtete, sie nicht zu berühren. Sie schloss sie fest.

„Was willst du?", fragte sie. Sie vergewisserte sich, dass die Tür zum Wohnzimmer geschlossen war. *Kommt nicht raus. Es gibt nichts zu sehen.*

„Ich wollte mich entschuldigen."

„Tut es dir leid, dass du dich tot gestellt hast, oder tut es dir leid, dass du Maddy und Ollie entführt hast?"

„Ich hatte nichts damit zu tun, Alison. Das musst du mir glauben."

„Du hast über deinen eigenen Tod gelogen. Wie kann ich dir auch nur ein Wort glauben?"

„Es ist kompliziert."

„Ja, es ist verdammt kompliziert", zischte sie. „Ich weiß nicht einmal, ob meine Ehe mit Ian jetzt legal ist."

„Ich bin seit mehr als drei Jahren weg. Auch ohne die Annahme des Todes sind wir rechtlich entfremdet."

„Ja, aber ich habe ihn geheiratet in ..." Sie hielt inne. Sie wollte nicht, dass Benedict erfährt, seit wann sie mit Ian zusammen ist.

„Ist Ollie seiner?" fragte Benedikt. Sein Atem war flach.

„Er gehört zu ihm in dem Sinne, dass Ian jetzt sein rechtlicher Vater ist und der Mann, der ihn großzieht."

„Du weißt, was ich meine."

Sie schloss die Augen. „Nein. Du bist sein Vater. Sein biologischer Vater."

„Ich würde sie gerne sehen, wenn du mich lässt."

Sie starrte ihn an. Maddy hatte den Schrecken des Todes ihres Vaters miterlebt. Ollie hatte ihn nie gekannt. Und jetzt wollte er diese Wunden aufreißen?

Sie schüttelte den Kopf. „Sie haben schon genug durchgemacht."

„Vielleicht nicht jetzt. Aber irgendwann?"

Sie starrte ihn an. Er war immer noch derselbe Benedict, in den sie sich verliebt hatte. Sie hatte seinen Sinn für Abenteuer bewundert, seine unbändige Natur. Als Ehemann hatte ihn das mehr als unbrauchbar gemacht. Aber wenn sie jetzt in seine Augen sah, konnte sie sich daran erinnern, was sie angezogen hatte.

Aber sie hatte sich für Ian und nicht für ihn entschieden.

Ian war zuverlässig, beständig. Er liebte die Kinder. Es war ihm egal, dass sie nicht die gleiche DNA hatten wie er. Er würde ihr Vater sein, koste es, was es wolle.

„Ich kann jetzt noch nicht darüber nachdenken", sagte sie. „Vielleicht, wenn sie etwas älter sind und besser damit umgehen können."

„Es sind meine Kinder, Alison."

Sie hatte das Gefühl, sie würde vor Wut platzen. „Du hast jedes Recht auf sie verwirkt, als du deinen eigenen Tod vorgetäuscht hast."

„Ich habe es nicht vorgetäuscht. Man hatte mich für tot gehalten. Es dauerte Monate, bis ich nach Hause zurückkam. Ich kam hierher und sah dich mit ihm. Ich habe euch monatelang beobachtet und mich gefragt, ob ich dich kontaktieren soll. Ich sah, wie glücklich ihr alle wart."

„Du hast einen falschen Namen benutzt."

„Ich dachte, das würde die Sache für dich einfacher machen."

„Weißt du, dass ich Maddy für eine Stunde an der Kletterwand angemeldet habe? Was wäre passiert, wenn du sie unterrichtet hättest? Hattest du vor, sie mir wegzuschnappen?"

Er verzog das Gesicht. „Nein, Al. Niemals. Vic war ein Ungeheuer. Das wusste ich nicht, als ich sie traf."

Die Tür ging auf: Ian. Er warf einen Blick auf Benedikt und stürzte sich auf ihn.

Alison schob sich zwischen die beiden. „Nein, Ian! Er geht gleich."

Ian ließ sich von ihr zurückhalten. Er keuchte und sein Haar war zerzaust. Er roch nach Schweiß und kaltem Metall.

„Hat er die Kinder gesehen?"

„Nein", sagte sie. Sie packte Ian an den Schultern und

drehte ihn zu sich herum. „Du bist ihr Vater. Ich habe ihm gesagt, er soll gehen. Er ist keine Bedrohung für dich."

Ians Augen blitzten sie an. Sie begegnete ihnen mit so viel Gelassenheit, wie sie konnte. *Glaube mir*, dachte sie. *Vertrau mir*.

Er wandte sich an Benedikt. „Ich denke, du solltest gehen."

„Du hast recht." Benedikt warf einen traurigen Blick in Richtung des Wohnzimmers und trat aus der Haustür.

Alison spürte, wie die Spannung aus ihrem Körper wich. Sie schlang ihre Arme um ihren Mann. „Du bist wieder da."

„Ja."

Warum haben sie dich so lange festgehalten?"

„Ich weiß es nicht." Er klang abgelenkt. Er würde Maddy sehen wollen.

„Komm." Sie lächelte ihn an. „Sie sind hier."

KAPITEL EINHUNDERTELF

Zoe lehnte sich mit schweren Gliedern an ihre Haustür. Das Kätzchen war in seinem Transportbehälter, auf der Fußmatte neben ihr.

Ihr Telefon klingelte: Carl. *Wann gehen wir auf einen Drink?*

Sie wischte die Nachricht weg. Sie war nicht in der Stimmung für Carl, nach dem, was Lesley ihr erzählt hatte.

Sie hob die Katzentransportbox auf und trug sie ins Wohnzimmer. *Mal sehen, was Nicholas von dir hält*, dachte sie.

Sie erstarrte, als sie den Raum betrat.

Nicholas saß auf dem Sofa und drehte sich um, um sie anzuschauen. Zaf stand neben ihm.

Und ihnen gegenüber, auf dem abgenutzten Sessel, saß Zoes Mutter.

Zoe warf einen Blick auf ihre Mutter und dann wieder auf Nicholas. Sie ging zur Rückseite des Sofas und zerzauste sein Haar. „Ich habe etwas für dich."

Sie stellte den Käfig auf die Rückenlehne des Sofas.

„Ein Kätzchen!" rief Zaf. Er sprang auf, warf sich um

Nicholas herum und griff nach dem Käfig. Sie ließ ihn gewähren und öffnete die Klappe. Das Kätzchen kauerte darin. Für einen Tag hatte es genug von neuen Menschen, dachte sie. Sie nahm es ihm nicht übel.

„Nicholas, kannst du mir bitte in der Küche helfen?", fragte sie. Sie ignorierte ihre Mutter.

„Äh ..." Nicholas sah Zaf an und zuckte mit den Schultern. Zaf grinste ihn an und holte das Kätzchen aus seinem Versteck.

In der Küche konnte sie sich nur schwer beherrschen, ihn nicht anzufahren. Sie versuchte, ihre Stimme lässig klingen zu lassen.

„Was macht sie hier?"

„Sie ist vor etwa einer Stunde aufgetaucht. Sie hat Zaf über seine Kunst ausgefragt. Sie scheint eine Menge darüber zu wissen."

Annette Finch hatte sich früher als eine Art Bohemienne inszeniert. Kunst, Poesie, Literatur. Bis der Alkohol sie zu dumm gemacht hatte, um an irgendetwas davon zu denken.

„Ich will nicht, dass sie hier ist", zischte Zoe.

„Es geht ihr gut. Sie wollte dich nur sehen."

Zoe holte tief Luft. Sie wollte ihre Abneigung gegen ihre Mutter nicht an Nicholas weitergeben, wollte nicht, dass er die Spannungen spürte, mit denen sie aufgewachsen war. Sie nickte langsam.

„Komm schon", sagte er. „Ich setze den Kessel auf. Ich habe eine Lasagne im Ofen." Nicholas war ein großartiger Koch. Das musste er auch sein, denn Zoe konnte nicht einmal Fischstäbchen zubereiten.

Sie sah ihn an und dachte an Alison. Der Ausdruck auf ihrem Gesicht, jedes Mal, wenn sie hingegangen war, die vorübergehende Hoffnung. Ein Kind so zu verlieren ... und sie war dabei, ihn zu verlieren, in gewisser Weise. An die Universität, an das Erwachsensein.

„Geh rein", sagte er. „Behalte das Kätzchen im Auge."

Sie biss mit verkniffenen Lippen die Zähne zusammen. Heute war sie einem verängstigten Kind hinterhergelaufen, hatte eine geistesgestörte Entführerin festgenommen und sich mit der Rückkehr von DI Frank Dawson befasst. Nichts davon kam der Anstrengung nahe, höflich zu ihrer Mutter zu sein.

Sie schlurfte ins Wohnzimmer. Zaf hatte das Kätzchen auf dem Schoß, kraulte es unter dem Kinn und murmelte ihm etwas zu. Annette sah zu, ihre Augen funkelten. Sie hatten nicht diese Stumpfheit, die sie überkam, wenn sie getrunken hatte.

Sie hatte es auf keinen Fall aufgegeben. Sie hatte heute nur noch nicht damit begonnen.

„Mum", murmelte Zoe. Sie ließ sich neben Zaf auf das Sofa fallen.

„Zoe, Liebes."

Nennen Sie mich nicht Liebes. Zoe beobachtete Zaf mit dem Kätzchen. Er erinnerte sie so sehr an seine große Schwester.

Sie drehte sich zu ihrer Mutter um, alle ihre Sinne waren in Aufruhr. Sie zögerte.

„Nicholas hat Lasagne gemacht", sagte sie. „Möchtest du zum Essen bleiben?"

Ich hoffe, dass Ihnen *„Mörderischer Zwang"* gefallen hat. Möchten Sie mehr über Zoes Geschichte bei der Kripo erfahren? Ihre Vorgeschichte, *Mörderische Ursprünge*, ist kostenlos in meinem Buchclub unter rachelmclean.com/origins erhältlich. *Danke, Rachel McLean.*

LIES ZOES VORGESCHICHTE, MÖRDERISCHE URSPRÜNGE

Wir schreiben das Jahr 2003 und Zoe Finch ist frischgebackene Detective Constable. Als in ihrem Revier eine Leiche gefunden wird, lässt man sie zähneknirschend an dem Fall mitarbeiten.

Doch als weitere Leichen entdeckt werden und Zoe erkennt, dass der Fall Verbindungen zu ihrer eigenen Familie hat, werden die Ermittlungen sehr persönlich.

Kann Zoe den Mörder finden, bevor es zu spät ist?

Finde es heraus, indem du *Mörderische Ursprünge* KOSTENLOS auf rachelmclean.com/origins liest.

DIESE BÜCHER AUS DER DI ZOE FINCH SERIE SIND BEREITS AUF DEUTSCH ERHÄLTLICH:

Mörderische Wünsche

Mörderischer Zwang

Mörderische Impulse

Folgende Bücher werden ebenfalls bald auf Deutsch erscheinen:

Mörderischer Terror

Mörderische Vergeltung

Mörderischer Fallout

Mörderisches Weihnachtsfest

Deadly Origins, ein GRATIS Zoe Finch Prequel, im Moment nur auf Englisch.

Erhältlich auf Amazon (in deutscher Sprache) und im Buchhandel (Englisch) oder über die Rachel McLean website. (Hier können wir im Moment nur englischsprachige Bücher anbieten.)

EBENFALLS VON RACHEL MCLEAN:

Die Dorset Krimis – Erhältlich auf Amazon (Deutsch) und im Buchhandel (Englisch) oder über die Rachel McLean website. (Hier können wir im Moment nur englischsprachige Bücher anbieten.)

Die Morde von Corfe Castle

Die Morde am Kliff

Die Morde auf Brownsea Island

Die Morde am Denkmal

Die Morde in Millionärskreisen

Die Morde am Fossil Beach

Die Morde am Blue Pool

Die Leuchtturm Morde

Die Morde im Geisterdorf

...weitere Titel kommen bald.

The McBride & Tanner Series – Auf Englisch erhältlich im Buchhandel oder über die Rachel McLean website. Diese Serie wird bald ins Deutsche übersetzt.

Blood and Money

Death and Poetry

Power and Treachery

Secrets and History

The Cumbria Crime Series by Rachel McLean and Joel Hames – Auf Englisch erhältlich im Buchhandel oder über die

Rachel McLean website. Auch diese Serie wird bald ins Deutsche übersetzt.

The Harbour

The Mine

The Cairn

The Barn

...weitere Titel kommen bald.

The London Cosy Mystery Series by Rachel McLean and Millie Ravensworth – Auf Englisch erhältlich im Buchhandel oder über die Rachel McLean website. Die Übersetzung dieser Serie ist ebenfalls geplant.

Death at Westminster

Death in the West End

Death at Tower Bridge

Death on the Thames

Death at St Paul's Cathedral

Death at Abbey Road

Printed in Great Britain
by Amazon